MAR 1 5

DÓNDE ESTÁS, BERNADETTE

MARIA SEMPLE

DÓNDE ESTÁS, BERNADETTE

Traducción de Ángeles Leiva Morales

RESERVOIR BOOKS

Título original: *Where'd You Go, Bernadette*

Primera edición: marzo de 2013

© 2012, Maria Semple
© 2013, de la presente edición en castellano para todo el mundo:
 Random House Mondadori, S.A.
 Travessera de Gràcia, 47-49. 08021 Barcelona
© 2013, Ángeles Leiva Morales, por la traducción

Printed in the United States of America
Impreso en los Estados Unidos De America

ISBN: 978-84-397-2582-4
Depósito legal: B-1.093-2013

Fotocomposición: La Nueva Edimac, S. L.

1

Para Poppy Meyer

ÍNDICE

Lo que más me revienta es cuando le pregunto a mi padre qué cree que le ha ocurrido a mamá, y él siempre me responde: «Lo más importante es que entiendas que no es culpa tuya». Como os habréis dado cuenta, ni siquiera era esa la pregunta. Cuando insisto, me contesta lo segundo que más me revienta: «La verdad es complicada. Es imposible que una persona llegue a conocer del todo a otra».

¿Que mamá se esfume dos días antes de Navidad sin decírmelo? Pues claro que es complicado. Pero que sea complicado, y que uno piense que es imposible llegar a conocer del todo a otra persona, no quiere decir que no pueda intentarse.

No quiere decir que yo no pueda intentarlo.

PRIMERA PARTE

MAMÁ CONTRA LAS MOSCARDONAS

La escuela Galer Street es un lugar donde la compasión, los estudios y la conectitud global se aúnan para formar ciudadanos con valores cívicos en un planeta diverso y sostenible.

Alumno/a: Bee Branch
Curso: Octavo
Profesor/a: Levy

LEYENDA

S Supera la Excelencia
A Alcanza la Excelencia
P Progresa hacia la Excelencia

Geometría	S
Biología	S
Religión en el mundo	S
Mundo moderno	S
Creación literaria	S
Cerámica	S
Lengua	S
Movimiento expresivo	S

COMENTARIOS: Bee es una auténtica delicia. Su pasión por aprender resulta contagiosa, al igual que su bondad y su humor. No le da miedo hacer preguntas. Siempre se propone entender a fondo un tema determinado, no solo sacar buena nota. Los otros alumnos le piden ayuda con sus estudios, y ella siempre responde solícita con una sonrisa. Bee demuestra tener una extraordinaria capacidad de concentración cuando trabaja sola; en grupo, se revela como una líder tranquila y segura de sí misma. Cabe destacar que Bee sigue siendo una flautista de gran talento. Aún no ha pasado más que un trimestre del curso, pero pienso ya con tristeza en el día en que Bee termine sus estudios en Galer Street y salga al mundo. Tengo entendido que ha presentado su solicitud de ingreso en varios internados de la Costa Este. Envidio a los profesores que tengan la oportunidad de conocer a una joven como ella, y de descubrir por sí mismos lo encantadora que es.

*   *   *

Aquella noche, durante la cena, me dediqué a escuchar a mamá y papá, con sus «Qué orgullosos estamos de ti» y «Hay que ver qué lista es», hasta que se produjo una pausa.

—Ya sabéis lo que significa —dije—. Implica algo grande.

Mamá y papá cruzaron una mirada interrogante con el ceño fruncido.

—¿No os acordáis? —pregunté—. Cuando entré en Galer Street me dijisteis que si sacaba unas notas impecables de principio a fin, me regalaríais lo que quisiera cuando me graduara.

—Claro que me acuerdo —respondió mamá—. Lo dijimos para que dejaras de insistir con lo del poni.

—Eso era lo que quería de niña —repuse—. Pero ahora quiero otra cosa. ¿No tenéis curiosidad por saber qué es?

—No estoy seguro —dijo papá—. ¿Queremos saberlo?

—¡Un viaje en familia a la Antártida! —Saqué el folleto sobre el que llevaba sentada toda la cena. Era de una agencia de viajes de aventuras que ofrecía cruceros a destinos exóticos. Lo abrí por la página de la Antártida y lo puse encima de la mesa—. Si vamos, tiene que ser para Navidad.

—¿Para esta Navidad? —dijo mamá—. ¿Dentro de poco más de un mes?

Se levantó y comenzó a meter los envases vacíos de comida preparada en las bolsas donde la habían traído.

Papá estaba enfrascado ya en la lectura del folleto.

—Allí es verano —dijo—. Es el único momento del año en que se puede ir.

—Con lo monos que son los ponis. —Mamá hizo un nudo con las asas.

—¿Qué dices? —Papá alzó la vista hacia mamá.

—¿Es que no te va mal por el trabajo? —le preguntó ella.

—En clase estamos estudiando la Antártida —expliqué—. He leído los diarios de todos los exploradores, y mi presentación irá sobre Shackleton. —Comencé a removerme en la silla—. No puedo creer que ninguno de los dos haya dicho que no.

—Yo esperaba que lo dijeras tú —le comentó papá a mamá—. No te gusta nada viajar…

—Y yo que lo dijeras tú —le contestó mamá—. Tienes que trabajar…

—¡Qué fuerte! ¡Eso es un sí! —exclamé, dando un respingo en el asiento—. ¡Eso es un sí!

Mi alegría era tan contagiosa que Helado se despertó y comenzó a ladrar y dar vueltas triunfales alrededor de la mesa de la cocina.

—¿Eso es un sí? —le preguntó papá a mamá, alzando la voz por encima del ruido que hicieron los envases de plástico al ser embutidos en la basura.

—Eso es un sí —respondió mamá.

* * *

MARTES, 16 DE NOVIEMBRE

De: Bernadette Fox
Para: Manjula Kapoor

Manjula:

Ha surgido un imprevisto y me vendría genial que pudieras hacer horas extra. Para mí, este período de prueba ha sido una

17

salvación. Espero que resulte conveniente para ti también. En tal caso, dímelo lo antes posible porque necesito que hagas valer tu magia india para un proyecto ingente.

Está bien, voy a dejarme de rodeos.

Como sabes, tengo una hija, Bee. (Es para ella para quien pides los medicamentos y libras valientes batallas con la compañía de seguros.) Por lo visto, mi marido y yo le prometimos que le regalaríamos lo que quisiera si conseguía acabar el colegio con sobresaliente en todo. Pues resulta que lo ha logrado, o debería decir más bien que ha «superado la excelencia», ya que Galer Street es una de esas escuelas liberales en las que piensan que las notas debilitan la autoestima (espero que no tengáis centros como estos en la India), y ¿sabes qué quiere Bee? ¡Un viaje en familia a la Antártida!

Entre las miles de razones por las que no quiero ir a la Antártida, la principal es que me veré obligada a salir de casa, algo que no me gusta mucho, como habrás supuesto ya a estas alturas. Pero no puedo discutir con Bee. Es una buena chica, y tiene más carácter que Elgie, yo y diez más juntos. Además, quiere ir a estudiar a un internado en otoño, lo que conseguirá sin problemas después de sacar tantos sobresalientes. ¡Ay! De superar la excelencia en todo, quería decir. Así que sería de muy mal gusto negarle a Buzzy lo que pide.

La única forma de llegar a la Antártida es en transatlántico. Hasta el más pequeño lleva a bordo ciento cincuenta pasajeros, lo que significa que me veré atrapada con ciento cuarenta y nueve personas más que no harán más que incordiarme con su mala educación, sus preguntas inútiles y estúpidas, sus quejas incesantes, sus repulsivos pedidos de comida, sus charlas aburridas, etcétera. O lo que sería aún peor, que sientan curiosidad por mí y esperen a cambio un trato cortés por mi parte. Solo de pensarlo me da un ataque de ansiedad. Un poco de fobia social no hace daño a nadie, ¿no?

Si te paso la información, ¿podrías encargarte del papeleo, los visados, los billetes de avión y todo lo necesario para que vayamos los tres de Seattle al continente blanco? ¿Tienes tiempo para hacerlo?

Dime que sí,

Bernadette

¡Ah! Para pagar los billetes de avión, el viaje y todo lo demás, ya tienes los datos de la tarjeta de crédito. En cuanto a tu sueldo, me gustaría que te lo cobraras directamente de mi cuenta personal. Cuando Elgie vio el cargo en la Visa por tu trabajo el mes pasado —aunque no fuera mucho dinero—, no le hizo ninguna gracia que hubiera contratado a una ayudante virtual de la India. Le dije que no volvería a recurrir a tus servicios. Así que, si podemos, Manjula, será mejor que mantengamos nuestro romance en secreto.

* * *

De: Manjula Kapoor
Para: Bernadette Fox

Querida señora Fox:

Sería una placer ayudarla con los preparativos para su viaje familiar a la Antártida. Le adjunto el contrato para pasar a un régimen de jornada completa. Tenga la amabilidad de incluir donde se indica el número de ruta del banco. Espero que nuestra colaboración no se vea interrumpida.

Un cordial saludo,

Manjula

* * *

Factura del Servicio Internacional de Ayudantes Virtuales de Delhi

Número de factura: BFB39382

Asociado/a: Manjula Kapoor

40 horas semanales a 0,75 dólares
(estadounidenses) por hora

TOTAL   30,00 $

El pago completo deberá efectuarse al recibir la factura

Carta de Ollie Ordway («Ollie-O»)

CONFIDENCIAL:
PARA LA ASOCIACIÓN DE PADRES DE LA ESCUELA GALER STREET

Apreciados padres:

Fue estupendo conoceros la semana pasada. Me hace mucha ilusión que se me haya contratado como asesor de la fantástica escuela Galer Street. La directora del centro, la señora Goodyear, me aseguró que erais una asociación de padres motivados, y no me habéis decepcionado.

Hablemos claro: dentro de tres años se os acaba el contrato de arrendamiento en la actual ubicación del colegio. Nuestro objetivo consiste en **lanzar una campaña por todo lo alto** para que podáis adquirir un recinto más grande y apropiado. Para aquellos que no pudisteis asistir a la reunión, detallo a continuación los **pormenores** de la misma:

He organizado un encuentro informal con veinticinco padres de la zona de Seattle que cuentan con una renta anual de doscientos mil dólares y cuyos hijos están en edad de entrar al parvulario. El **resumen** es que Galer Street está considerada una **escuela de**

segunda categoría, la alternativa que les queda a aquellos que no consiguen plaza en el centro que eligen como primera opción.

Nuestro objetivo es que Galer Street **suba de nivel** y llegue a estar dentro del **Grupo de Primera Opción (GPO)** para la élite de Seattle. ¿Cómo vamos a lograrlo? ¿Cuál es la **fórmula mágica**?

Según la declaración de principios de vuestra escuela, Galer Street se basa en la «conectitud» global. (¡Vosotros no solo os **salís de los esquemas**, sino también **del diccionario**!) Habéis recibido una impresionante cobertura de los **grandes medios** por las vacas que comprasteis para los guatemaltecos y las cocinas solares que enviasteis a los aldeanos africanos. Y si bien recaudar **pequeñas sumas de dinero** para gente que ni siquiera conocéis es encomiable, tenéis que empezar a recaudar **grandes sumas de dinero** para el colegio privado de vuestros propios hijos. Para ello, debéis emanciparos de lo que yo llamo mentalidad de Padres Subaru y comenzar a pensar más como **Padres Mercedes**. ¿Cómo piensan los Padres Mercedes? A continuación, expongo las conclusiones de mi investigación:

1. La elección de los colegios privados se basa tanto en el miedo como en la ambición. Los Padres Mercedes temen que sus hijos no reciban «la mejor educación posible», lo que no tiene nada que ver con la educación propiamente dicha y sí todo que ver con cuántos Padres Mercedes más hay en una escuela determinada.

2. Cuando apuntan a sus hijos al parvulario, los Padres Mercedes tienen la **mira puesta en el premio**. Y ese premio es la **escuela de Lakeside**, alma mater de Bill Gates, Paul Allen et al. Lakeside se considera la escuela nodriza por antonomasia de la Ivy League. Hablando en plata: la primera parada de este **tren desbocado** es el **Cruce del Parvulario**, y nadie se baja hasta que llega a la **Estación de Harvard**.

La señora Goodyear me enseñó el recinto donde se encuentra actualmente vuestra escuela, en el polígono industrial. Por lo visto, a los Padres Subaru no les importa llevar a sus hijos a un colegio situado junto a un **distribuidor de marisco al por mayor**. Os aseguro que a los Padres Mercedes sí que les importa.

Todo apunta a la necesidad de recaudar dinero para adquirir un nuevo recinto. La mejor manera de lograrlo es llenar el futuro parvulario con hijos de **Padres Mercedes**.

Echad mano de los crampones porque nos espera una dura escalada. Pero no temáis, que **aquí vengo yo al rescate**. Partiendo de vuestro presupuesto, he concebido **un plan de acción sobre dos flancos**.

La primera **medida de acción** consiste en **rediseñar el logo** de Galer Street. Por mucho que me gusten las ilustraciones hechas con huellas de mano pintadas de colores, hay que buscar una imagen que plasme mejor la idea del **éxito**. Un escudo de armas dividido en cuatro, donde se vea representada la Space Needle, una calculadora, un lago (como en el logo de Lakeside) y algo más, como una pelota, quizá. Solo lanzo ideas; no hay nada decidido en firme.

La segunda **medida de acción** consiste en organizar un **Almuerzo para Futuros Padres (AFP)**, con el propósito de que asista básicamente la élite de Seattle, o los **Padres Mercedes**, como me gusta llamarlos a mí. Audrey Griffin, una de las madres de Galer Street, ha tenido la generosidad de ofrecer su preciosa casa para celebrar dicho encuentro. (Es mejor que los futuros padres no vean la industria pesquera que hay al lado de la escuela.)

Os adjunto una hoja de cálculo donde figuran los **Padres Mercedes** de Seattle. Es imprescindible que reviséis bien dicha lista y me digáis a quién podéis traer al AFP. Nos interesa **atraer al mayor número de asistentes** posible, para que luego estos **arrastren** a otros **Padres Mercedes**. Cuando se vean todos juntos, se disiparán sus temores ante la visión de Galer Street como una escuela de segunda categoría y lloverán las solicitudes.

Mientras tanto, aquí un servidor se encargará de la invitación. Pasadme los nombres lo antes posible. Tenemos que hacer ese almuerzo en casa de los Griffin antes de Navidad. La fecha que tengo en mente es el sábado 11 de diciembre. Esta aventurilla tiene todos los ingredientes para convertirse en una **hazaña que cambiará las reglas del juego**.

Saludos,

Ollie-O

* * *

Nota de Audrey Griffin a un especialista en el control de zarzas

Tom:

Resulta que estaba en el jardín, podando las plantas perennes y plantando otras de las que dan flor en invierno para que haya un poco de colorido ahí fuera, en vista de que vamos a celebrar un almuerzo para padres el próximo 11 de diciembre. Total, que cuando he ido a remover el compost, me he visto atacada por unas zarzas.

Me sorprende ver que han vuelto a invadir no solo la pila del compost, sino también los arriates donde tengo matas de hortalizas ya crecidas, el invernadero e incluso el cubo de los gusanos. Comprenderás mi frustración, sobre todo teniendo en cuenta que hace tres semanas me cobraste una pequeña fortuna por eliminarlas. (Puede que 235 dólares no sea mucho dinero para ti, pero para nosotros sí lo es.)

En tu folleto publicitario garantizabas la eficacia de tu trabajo. Así que te pido que pases por casa antes del 11 para quitar todas las zarzas, de una vez por todas.

Gracias, y ya cogerás unas cuantas acelgas.

Audrey

* * *

Nota de Tom, el especialista en el control de zarzas

Audrey:

Yo quité como era debido las zarzas de tu propiedad. Las zarzas de las que hablas son de la casa que hay en lo alto de la colina. Son las zarzas de tu vecino las que se cuelan por debajo de tu valla e invaden tu jardín.

Para frenarlas, podríamos cavar una zanja en los límites de tu finca y rellenarla con una barrera de hormigón, pero debería ser de un metro y medio de profundidad, y eso saldría caro. También puedes mantenerlas a raya con un herbicida, lo que no creo que te convenza por los gusanos y las hortalizas.

En realidad, es el vecino que vive en lo alto de la colina quien tiene que acabar con ellas. Nunca he visto tantas zarzas creciendo a sus anchas en la ciudad de Seattle, y menos en la colina de Queen Anne, al precio que están las viviendas por ahí. En la isla de Vashon vi una casa con los cimientos enteros agrietados por arbustos como esos.

Dado que la maleza del vecino se encuentra en una ladera empinada, necesitarán una máquina especial. La mejor es la CXJ, una desbrozadora de monte con brazo lateral. Yo no la tengo.

Otra opción, mejor en mi opinión, es recurrir a unos cerdos grandes. Si alquilas un par, verás cómo en cuestión de una semana te arrancan de raíz esas zarzas y más aún. Además, son una monada.

¿Quieres que hable con tu vecino? Puedo ir a hacerle una visita, aunque parece que allí no vive nadie.

Ya me dirás algo.

Tom

* * *

De: Soo-Lin Lee-Segal
Para: Audrey Griffin

Audrey:
Como ya te conté, ahora voy al trabajo en el autobús de la empresa. Pues adivina a quién me he encontrado allí esta mañana. A Elgin Branch, el marido de Bernadette. (Yo tengo mis motivos para ahorrarme un dinero cogiendo el Connector de Microsoft,

pero ¿Elgin Branch?) Al principio no estaba segura de que fuera él, con lo poco que lo vemos por la escuela.

Esto te va a encantar. Resulta que solo quedaba un asiento libre, al lado de Elgin Branch, entre la ventana y él.

—Disculpe —le he dicho yo.

Él estaba aporreando el teclado de su portátil. Y, sin levantar la vista, ha echado las rodillas a un lado. Ya sé que es vicepresidente corporativo del Nivel 80, y yo no soy más que una simple asistente. Pero la mayoría de los caballeros se pondrían de pie para dejar pasar a una mujer. Pues he pasado como he podido y me he sentado.

—Parece que al final va a salir el solecito —le he dicho.

—Eso estaría genial.

—Qué ganas tengo de que llegue el Día de la Celebración Mundial —he comentado. Él parecía un poco asustado, como si no tuviera ni idea de quién era yo—. Soy la madre de Lincoln. De Galer Street.

—¡Claro! —ha dicho—. Me encantaría hablar contigo, pero tengo que enviar este e-mail.

Entonces se ha puesto unos auriculares que llevaba al cuello y ha vuelto a concentrarse en su portátil. Y no te lo pierdas… ¡ni siquiera tenía los auriculares enchufados! ¡Eran de esos que aíslan del ruido! No me ha vuelto a dirigir la palabra en todo el trayecto a Redmond.

Fíjate tú, Audrey, llevamos cinco años pensando que la rara era Bernadette ¡y ahora resulta que su marido es tan maleducado y antisocial como ella! Me ha sentado tan mal que, cuando he llegado al trabajo, he buscado a Bernadette Fox en Google. (Algo que me extraña que no haya hecho antes, ¡teniendo en cuenta nuestra malsana obsesión con ella! Todo el mundo sabe que Elgin Branch es jefe de equipo de Samantha 2 en Microsoft. Pero al buscarla a ella, no ha aparecido nada. La única Bernadette Fox que hay es una arquitecta de California. He probado con todas las combinaciones posibles de su nombre: Bernadette Branch, Bernadette Fox-Branch. Pero nuestra Bernadette, la madre de Bee, no existe en internet, lo cual ya es todo un logro hoy día.

Cambiando de tema, ¿no estás encantada con Ollie-O? Me quedé planchada cuando Microsoft lo despidió el año pasado por reducción de plantilla. Pero si eso no hubiera ocurrido, nunca podríamos haberlo contratado para darle una nueva imagen a nuestra pequeña escuela.

Y, volviendo a Microsoft, SteveB acaba de convocar una asamblea general para el lunes siguiente a Acción de Gracias. Los rumores se han disparado. Mi jefe de proyectos me ha pedido que reserve una sala de reuniones justo para las horas previas a la asamblea, y no sabes lo que me está costando dar con una. Eso solo puede significar una cosa: otra tanda de despidos. (¡Felices vacaciones!) A nuestro jefe de equipo le llegaron voces de que iban a cancelarnos el proyecto, así que buscó entre sus e-mails el correo con el mayor número posible de destinatarios, escribió «Microsoft es un dinosaurio cuyas acciones no van a valer nada» y le dio a responder a todos. En mala hora. Ahora tengo miedo de que vayan a castigar a toda la organización y yo salga mal parada. ¡Eso si no salgo directamente por la puerta! ¿Y si esa sala de reuniones que he reservado es para echarme a la calle a mí?

Ay, Audrey, te ruego que nos tengas presentes a Alexandra, Lincoln y a mí en tus plegarias. No sé qué haría si me despidieran. Aquí las pensiones son «chapadas en oro». Si aún conservo mi empleo después de las vacaciones, pagaré con mucho gusto una parte de lo que cueste el almuerzo para futuros padres.

Soo-Lin

JUEVES, 18 DE NOVIEMBRE
Nota de Audrey Griffin al especialista en el control de zarzas

Tom:

Es normal que pienses que el caserón embrujado de ahí arriba está deshabitado, a juzgar por el aspecto del jardín. Pero no lo está. La hija de los dueños, Bee, va a la clase de Kyle en Galer Street. Me encantaría comentar el tema de las zarzas con su madre cuando vaya a recogerla hoy a la escuela.

¿Cerdos? No. Nada de cerdos. Insisto en lo de las acelgas.

Audrey

* * *

De: Bernadette Fox
Para: Manjula Kapoor

¡¡¡Qué contenta estoy de que hayas dicho que sí!!! Lo he firmado y escaneado todo. En cuanto al viaje a la Antártida, iremos los tres, así que reserva dos habitaciones. Como Elgie tiene un montón de millas acumuladas con American, estaría bien comprar los tres billetes con dicha compañía. Tenemos vacaciones desde el 23 de diciembre hasta el 5 de enero. Si es necesario que Bee pierda unos días de clase, no pasa nada. ¡Y la perra! Tenemos que encontrar algún sitio donde admitan a un chucho de sesenta kilos que siempre anda mojado. Huy, se me hace tarde para ir a recoger a Bee a la escuela. Una vez más, GRACIAS.

VIERNES, 19 DE NOVIEMBRE
Nota de la señora Goodyear enviada a casa en nuestras carpetas de fin de semana

Apreciados padres:
Se ha corrido la voz del incidente ocurrido ayer a la hora de recogida. Por suerte, nadie resultó herido. Pero nos brinda la oportunidad de pararnos a consultar de nuevo las normas recogidas en el manual de Galer Street. (La cursiva la he añadido yo.)

Sección 2ª. Artículo ii. Hay dos maneras de recoger a los estudiantes.

En coche: acceder a la entrada de la escuela con el vehículo. Hay que evitar bloquear la zona de carga de la empresa Sound Seafood International.

A pie: estacionar en el aparcamiento norte y recoger a los estudiantes en el camino del canal. *En aras de la seguridad y la eficiencia, se ruega a los padres que vayan a pie que no se acerquen a la zona de acceso para vehículos.*

Siempre me sirve de estímulo pensar en la fantástica comunidad de padres que tenemos, tan comprometidos unos con otros. Sin embargo, la seguridad de nuestros estudiantes debe ser en todo momento una prioridad absoluta. Así pues, tomémonos lo sucedido a Audrey Griffin como una lección y tengamos presente que la entrada para coches no es el lugar más indicado para pararse a hablar.

Atentamente,

Gwen Goodyear
Directora de la escuela

* * *

Factura del servicio de urgencias que Audrey Griffin me ha dado para que se la pase a mamá

Nombre del/de la paciente: Audrey Griffin
Médico asistente: C. Cassella

Tarifa de visita a urgencias	900,00
Rayos X (opcional, SIN COBERTURA)	425,83
Tratamiento: Vicodina 10mg	
(15 comprimidos, sin renovación)	95,70
Alquiler de muletas (opcional, SIN COBERTURA)	173,00
Depósito por muletas	75,00
TOTAL	1.669,53

Notas: tras un reconocimiento visual y neurológico básico, se ha comprobado que la paciente no presentaba lesiones. En un ataque de angustia emocional, ha pedido rayos X, Vicodina y muletas.

* * *

De: Soo-Lin Lee-Segal
Para: Audrey Griffin

¡Me he enterado de que Bernadette ha intentado atropellarte a la salida de la escuela! ¿Estás bien? ¿Quieres que me pase a llevarte la cena? ¿QUÉ HA OCURRIDO?

* * *

De: Audrey Griffin
Para: Soo-Lin Lee-Segal

Así es. Tenía que hablar con Bernadette sobre las zarzas de su propiedad, que se extienden desde lo alto de la colina hasta mi valla y me invaden el jardín. Me he visto obligada a contratar a un especialista, que me ha dicho que las zarzas de Bernadette van a destruir los cimientos de mi casa.

Naturalmente, yo quería tener una charla amistosa con ella. Así que me acerqué a su coche mientras hacía cola para recoger a su hija. *Mea culpa!* Pero ¿cómo sino puede una cruzar dos palabras con esa mujer? Es como Franklin Delano Roosevelt. Solo se deja ver de cintura para arriba mientras pasa de largo en su coche. Creo que no se ha dignado acompañar a pie a Bee hasta la puerta de la escuela ni una sola vez.

Intenté hablar con ella, pero tenía las ventanillas subidas y fingió no verme. Ni que fuera la primera dama de Francia, con su pañuelo de seda puesto de aquella manera y sus enormes gafas de sol. Le di unos toques en el parabrisas, pero se fue.

¡Pasando por encima de mi pie! Acudí a urgencias y me atendió un médico inepto que se negó a admitir que tenía algo.

En serio, no sé con quién estoy más furiosa, si con Bernadette Fox o con Gwen Goodyear, por referirse personalmente a mí en la carpeta del viernes. ¡Ni que yo hubiera hecho algo malo! ¡Y mencionar mi nombre, y no el de Bernadette! Yo, que creé el Consejo para la Diversidad, que fui la impulsora de «Donuts para papás», que redacté la declaración de principios de Galer Street, por la que esa empresa tan importante de Portland pretendía cobrarnos diez mil dólares.

Puede que a Galer Street ya le vaya bien estar en medio de un polígono industrial. Puede que no le atraiga la estabilidad de contar con un recinto nuevo. Puede que Gwen Goodyear quiera que cancele el Almuerzo para Futuros Padres. Ahora mismo la llamo. No estoy nada contenta.

Está sonando el teléfono. Es ella.

LUNES, 22 DE NOVIEMBRE
Nota de la señora Goodyear enviada a casa a través del Messenger del lunes

Apreciados padres:

Os escribo para aclarar que era Bernadette Fox, la madre de Bee Branch, quien conducía el vehículo que pasó por encima del pie de la otra madre. Espero que hayáis pasado todos un fin de semana estupendo a pesar de la lluvia.

Atentamente,

Gwen Goodyear
Directora de la escuela

* * *

Si alguien me hubiera preguntado, podría haberles explicado lo que pasó a la salida de la escuela. Tardé un rato en subir al coche porque mamá siempre trae a Helado y la deja sentarse delante. Una vez que se apoltrona ahí, ya no quiere cambiar de sitio. Total, que Helado estaba haciendo lo que siempre hace cuando se empeña en salirse con la suya, que es ponerse totalmente rígida, con la vista clavada al frente.

—¡Mamá! —le dije—. No deberías dejar que se pusiera delante…

—Se acaba de subir.

Mamá tiró de ella cogiéndola del collar mientras yo le empujaba el culo y, después de mucho gruñir, Helado acabó pasando atrás. Pero en lugar de sentarse en el asiento como haría cualquier perro, se quedó en el suelo, metida en el hueco que quedaba detrás del asiento delantero, con esa expresión abatida, como diciendo: «¿Veis lo que me obligáis a hacer?».

—Bah, no seas tan teatrera —le dijo mamá.

Subí al coche y me abroché el cinturón. De repente, vi que Audrey Griffin venía corriendo hacia nosotras, toda tiesa y desacompasada. Se diría que era la primera vez que corría en diez años.

—¡Vaya! —exclamó mamá—. ¿Y ahora qué?

Audrey Griffin, con esa sonrisa de oreja a oreja habitual en ella y una mirada de loca, agitaba un papel en el aire. El pelo cano se le escapaba de la coleta, iba con zuecos y bajo el chaleco de plumas se veían sobresalir los pliegues de los vaqueros que llevaba puestos. Costaba no mirarla.

La señora Flores, encargada de vigilar el tráfico, nos dio la señal para que siguiéramos avanzando, ya que había una cola de coches enorme y el de la empresa de marisco estaba grabando en vídeo el atasco. Audrey nos indicó con un gesto que nos hiciéramos a un lado y paráramos.

Mamá iba con gafas de sol, como siempre; no deja de llevarlas ni cuando llueve.

—Será posible —refunfuñó mamá—, no veo a esa moscardona.

Nos fuimos y punto. Me consta que no pasamos por encima del pie de nadie. A mí me encanta el coche de mamá, pero viajar en esa cosa es como el cuento «La princesa y el guisante». Si mamá hubiera pasado por encima de algo tan grande como un pie humano, los airbags se habrían disparado.

31

MARTES, 23 DE NOVIEMBRE

De: Bernadette Fox
Para: Manjula Kapoor

Te adjunto escaneada una factura de urgencias que supongo que debería pagar. Una de las moscardonas de Galer Street asegura que le pasé la rueda del coche por encima del pie a la salida de la escuela. Me tomaría a risa todo el asunto, pero ya me aburre. Por eso las llamo las moscardonas, porque son unas pesadas, pero no tanto como para que quiera malgastar mi valiosa energía en ellas. Esas moscardonas han hecho de todo en estos últimos nueve años para provocarme... ¡La de historias que podría contarte! Ahora que Bee está a punto de terminar el colegio y ya veo la luz al final del túnel, no vale la pena que me pelee con una moscardona. ¿Puedes revisar las pólizas de seguro que tenemos para ver si alguna lo cubre? Pensándolo bien, será mejor pagar la factura y zanjar el tema. A Elgie no le haría ninguna gracia que nos subieran las tarifas por una nimiedad como esta. Él nunca ha entendido mi antipatía hacia las moscardonas.

¡Todo esto del viaje a la Antártida es increíble! Reserva dos habitaciones dobles Clase B. Estoy escaneando los pasaportes, donde encontrarás nuestras fechas de nacimiento, nombres completos y todos esos datos tan necesarios. He incluido los permisos de conducir y los números de la seguridad social por si acaso. En el pasaporte de Bee verás que su nombre legal es Balakrishna Branch. (Digamos que en aquella época estaba muy estresada y me pareció una buena idea llamarla así.) Entiendo que en su billete de avión debe constar como «Bala Krishna», pero en todo lo relacionado con el barco —etiqueta de identificación, lista de pasajeros, etcétera— te ruego que remuevas cielo y tierra para asegurarte de que la divina criatura figura como «Bee».

Veo que hay una lista de equipaje. ¿Por qué no te encargas de comprar todo lo necesario para los tres? Yo tengo una talla mediana de mujer y Elgie una XL de hombre, no porque esté gordo sino porque mide metro noventa, pero no tiene ni un gramo de grasa, por suerte para él. Bee es pequeña para su edad, así que lo mejor es cogerle la ropa que le iría bien a una niña de diez años. Si tienes dudas sobre tallas y estilos, envíanos varias prendas para que nos las probemos, siempre y cuando cualquier devolución no me suponga más esfuerzo que dejar una caja en la puerta de casa para que se la lleve el mensajero de UPS. Asimismo, encárgate de comprar todos los libros recomendados, que Elgie y Bee devorarán y yo me lo propondré.

También me gustaría conseguir un chaleco de pesca, uno de esos repletos de bolsillos con cremallera. Una vez conocí en un avión —te hablo de cuando me lo pasaba bien fuera de casa— a un ecologista que dedicaba la vida a recorrer el planeta, de aquí para allá. Iba con un chaleco de pesca en el que llevaba el pasaporte, el dinero, las gafas y los carretes de fotos… Sí, carretes, fíjate si hace tiempo. La genialidad de semejante prenda es que lo llevas todo en un sitio, es práctica, va con cremallera y además te la puedes quitar rápidamente para dejarla en la cinta de rayos X. Siempre me he dicho: la próxima vez que viaje, me haré con uno de esos chalecos. Pues ha llegado el momento. Mejor compra dos.

Mándalo todo a casa del pastor. ¡Eres la mejor!

* * *

De: Manjula Kapoor
Para: Bernadette Fox

Querida señora Fox:
He recibido sus instrucciones en relación con la lista de equipaje y procederé según lo indicado. ¿A qué se refiere con la casa del pastor? En mis archivos no me consta.
Un cordial saludo,

Manjula

* * *

De: Bernadette Fox
Para: Manjula Kapoor

¿Sabes esa sensación que tienes cuando vas a Ikea y te maravilla lo barato que es todo, y aunque no necesites un centenar de velas de té, acabas picando porque la bolsa entera vale solo noventa y nueve centavos? ¿O los cojines, que seguro que llevan un relleno blando hecho con algo tóxico, pero son tan llamativos y te venden tres por cinco dólares que antes de que te des cuenta te has dejado quinientos pavos, no porque necesitaras ninguna de esas chuminadas, sino porque estaban tiradísimas de precio?

Claro que no sabes a qué me refiero, pero, si lo supieras, entenderías cómo veía yo el panorama inmobiliario en Seattle.

Digamos que vine a vivir aquí por capricho, más o menos. Antes estábamos en Los Ángeles, hasta que el Gran Hermano compró la empresa de animación de Elgie. ¡Huy! ¿He dicho Gran Hermano? Quería decir Microsoft. Por esa misma época a mí me había ocurrido una Cosa Tremendamente Espantosa (sobre lo que no cabe entrar en detalles). Basta con decir que fue tan tremendo y espantoso que me hizo huir para siempre de Los Ángeles.

Aunque Elgie no tenía por qué trasladarse a Seattle, el Gran Hermano se lo recomendó encarecidamente. Yo estaba encantada de que eso me sirviera de excusa para largarme de la ciudad de las estrellas.

La primera vez que vine aquí, a Seattle, el agente inmobiliario vino a recogerme al aeropuerto para ir a mirar casas. Las que visitamos por la mañana eran todas de estilo Craftsman; es lo único que tienen aquí, sin contar con esos edificios de apartamentos que surgen como setas en lugares inexplicables, tapando las vistas, como si el jefe de zonificación se hubiera quedado dormido en su despacho durante los años sesenta y setenta y se hubiera recurrido al modelo de diseño arquitectónico soviético.

Todo lo demás es de estilo Craftsman. Estilo Craftsman de finales del siglo XIX, estilo Craftsman maravillosamente restaurado, reinterpretación del estilo Craftsman, estilo Craftsman necesitado de amor, visión moderna del estilo Craftsman. Es como si un hipnotizador hubiera sumido a toda la población de Seattle en un trance colectivo. «Tenéis mucho sueño; cuando despertéis, querréis vivir en una casa de estilo Craftsman. Os dará igual de qué año sea; lo único importante será que las paredes sean gruesas, las ventanas diminutas, las habitaciones oscuras, los techos bajos y que esté mal situada dentro de la parcela.»

Lo principal de esta abundancia de viviendas de estilo Craftsman era que, en comparación con Los Ángeles, ¡eran tan baratas como los productos de Ikea!

Ryan, el agente inmobiliario, me llevó a comer a un Tom Douglas del centro con sabor mediterráneo. Tom Douglas es un chef de la ciudad que tiene media docena de restaurantes, a cual mejor. Comer en Lola —¡aquella tarta de nata y coco, aquella mantequilla de ajo!— me hizo creer que podría ser feliz montándome la vida en este sumidero pegado a Canadá que llaman la Ciudad Esmeralda. ¡Tú tienes la culpa, Tom Douglas!

Después de comer, cogimos el coche de Ryan para hacer las visitas de la tarde. El centro se hallaba a los pies de una colina abarrotada de, ¿lo adivinas?, casas de estilo Craftsman. En la cima, a la izquierda, divisé un edificio de ladrillo con un jardín enorme que daba a la bahía de Elliott.

—¿Qué es eso? —le pregunté a Ryan.

—Straight Gate —contestó—. Era una escuela católica para niñas rebeldes. Fue construida a finales del sigo XIX.

—¿Y ahora qué es? —quise saber.

—Lleva años cerrada. De vez en cuando alguna promotora intenta convertirla en varios complejos de apartamentos.

—¿Así que está en venta?

—En teoría, iban a transformarla en nada más y nada menos que ocho complejos de apartamentos —explicó Ryan. Entonces los ojos comenzaron a hacerle chiribitas al olerse una posible venta—. La parcela ocupa doce mil metros cuadrados, la mayoría en terreno plano. Además, incluye toda la ladera, en la que no se puede edificar, pero que garantiza la intimidad. Gatehouse, o Casa de la Puerta, como la rebautizaron las promotoras por lo homófobo que sonaba lo de Straight Gate, o Puerta de la Rectitud, tiene una superficie de más de mil cien metros cuadrados y muchísimo encanto. Se ha descuidado un tanto su mantenimiento, pero estamos hablando de la joya de la corona.

—¿Cuánto piden?

Ryan hizo una pausa dramática.

—Cuatrocientos mil.

Observó con satisfacción mi cara de asombro. Las otras casas que habíamos visto valían lo mismo, y estaban en parcelas diminutas.

Resulta que el enorme jardín se había cedido como espacio abierto al público por motivos fiscales, y la Asociación de Vecinos de Queen Anne había declarado Straight Gate monumento histórico, lo que imposibilitaba tocar un solo ladrillo de las paredes exteriores o interiores. De ahí que la escuela para niñas Straight Gate permaneciera estancada en un limbo fruto de la ley del suelo.

—Pero se halla en una zona destinada a residencias unifamiliares —comenté.

—Vamos a echar un vistazo. —Ryan me metió en su coche.

En cuanto a distribución, era fenomenal. El sótano, donde por lo visto encerraban a las niñas, a juzgar por la puerta de mazmorra que se cerraba desde fuera, era sin duda deprimente y daba miedo. Pero medía casi quinientos metros cuadrados, lo que dejaba más de seiscientos metros cuadrados sobre el nivel del suelo, unas dimensiones impresionantes para una vivienda. En la planta baja había una cocina abierta a un comedor —que se veía fabuloso—, una zona de recepción enorme que podría servirnos de salón y un par de despachos pequeños. El primer piso lo ocupaba una capilla con vitrales y una hilera de confesionarios. ¡Ideal como dormitorio principal y armario! Las otras habitaciones podían utilizarse como dormitorio para niños y cuarto de invitados. Lo único que necesitaba era un lavado de cara: una buena impermeabilización, una renovación de los acabados y una mano de pintura. Pan comido.

Al salir al pórtico de atrás, que daba al oeste, me fijé en los ferris que brillaban como caracoles en el agua.

—¿Adónde van? —pregunté.

—A la isla de Bainbridge —respondió Ryan. El agente inmobiliario, que no tenía un pelo de tonto, añadió—: Aquí mucha gente tiene segundas residencias.

Me quedé un día más y me hice también con una casa de playa.

* * *

De: Manjula Kapoor
Para: Bernadette Fox

Querida señora Fox:

Los artículos de la lista de equipaje serán enviados a la dirección de Gate Avenue.

Un cordial saludo,

Manjula

* * *

De: Bernadette Fox
Para: Manjula Kapoor

¡Ah! ¿Podrías reservarnos una mesa para la cena de Acción de Gracias? Puedes llamar al Washington Athletic Club y pedir una para tres para las siete de la tarde. Podéis hacer llamadas, ¿no? Pues claro, ¿en qué estaré pensando? Si India no es más que una línea telefónica gigante con Estados Unidos.

Reconozco que es un tanto extraño encargarte que hagas una reserva desde la India para un lugar que veo por la ventana, pero resulta que siempre me coge el teléfono ese tipo que dice: «Washington Athletic Club, ¿con quién quiere hablar?».

Y siempre lo pregunta con ese tono cordial y uniforme tan… canadiense. Una de las principales razones por las que no me gusta salir de casa es por el temor a encontrarme cara a cara con un canadiense. En Seattle los hay a patadas. Seguro que para ti Estados Unidos y Canadá son intercambiables porque ambos países están llenos de blancos obesos que hablan inglés. Pues mira, Manjula, no podrías estar más equivocada.

Los estadounidenses son prepotentes, detestables, neuróticos y chabacanos, todo eso y más… la catástrofe total, como diría nuestro amigo Zorba. Los canadienses no son nada de eso. Yo los temo como se temería a una vaca plantada en la calzada en plena hora punta. Para los canadienses, todo el mundo es igual. Joni Mitchell es intercambiable con una secretaria que sale a cantar en un espectáculo nocturno abierto al público. Frank Gehry no es mejor que un tipejo que se dedica a construir McMansiones como churros con AutoCAD. John Candy no es más gracioso que tío Lou cuando va con un par de cervezas en el cuerpo. No es de extrañar que los únicos canadienses de los que se oiga hablar sean los que se han largado por patas de su país. Cualquiera con talento que se quedara allí se vería aplastado bajo el rodillo de la igualdad. Lo que no entienden los canadienses es que algunas personas son extraordinarias y habría que tratarlas como tal.

Vale, ya está.

Si no tienen mesa en el WAC, lo que podría pasar, dado que solo quedan dos días para Acción de Gracias, seguro que encuentras otro sitio en la mágica internet.

* * *

Me preguntaba cómo es que acabamos cenando en Daniel's Broiler para Acción de Gracias. Aquella mañana dormí hasta tarde y bajé con el pijama puesto. Deduje que iba a llover porque de camino a la cocina pasé por un mosaico de bolsas de plástico y toallas. Era un sistema que había ideado mamá para las goteras de la casa.

Primero ponemos las bolsas de plástico y las tapamos con toallas o mantas de mudanzas. Luego colocamos encima ollas hondas para recoger el agua. Las bolsas de basura son necesarias porque la lluvia puede estar horas filtrándose por un mismo sitio y salir después un par de dedos más allá. El gran invento de mamá consiste en meter una camiseta vieja en la olla para amortiguar el sonido del goteo incesante. Porque es para volverse loca cuando intentas dormir.

Era una de esas mañanas raras en que papá estaba por casa. Había madrugado para salir en bici, y estaba sudado, de pie junto a la encimera, con sus ridículos pantalones fluorescentes de carreras, tomando un zumo verde que él mismo había hecho. Se había quitado la camiseta, y llevaba sujeto al pecho un monitor negro para medir el ritmo cardíaco, además de una especie de abrazadera para los hombros, un invento suyo que se supone que le va bien para la espalda porque le alinea los hombros cuando está delante del ordenador.

—Buenos días a ti también —dijo en tono de reproche.

Seguro que fue por la cara que puse. Ya me perdonará, pero es que no es normal entrar en la cocina y encontrarte a tu padre en sujetador, por mucho que este le sirva para corregir la postura.

Mamá llegó de la despensa con un montón de ollas hondas.

—¡Hola, Buzzy! —Soltó las ollas con un estrepitoso sonido metálico—. Lo siento, lo siento, lo siento. Es que estoy muy cansada.
—Mamá a veces no duerme.

Papá avanzó unos pasos, haciendo ruido en el suelo con sus zapatillas de ciclista, y enchufó el monitor en su portátil para bajar los resultados de su sesión de ejercicios.

—Elgie —le dijo mamá—, cuando tengas un momento, necesitaría que te probaras unas botas impermeables para el viaje. Te he comprado varias para que elijas.

—¡Ah, estupendo! —Papá se dirigió al salón con su sonoro caminar.

Mi flauta estaba sobre la encimera y la cogí para tocar unas escalas.

—Oye, mamá —dije—, cuando estudiabas en Choate, ¿ya estaba allí el Centro Artístico de Mellon?

—Sí —respondió ella, cargada una vez más de ollas—. Fue la única vez que me subí a un escenario. Hice de una de las chicas del cuerpo de baile en el musical *Guys and Dolls*.

—Cuando papá y yo lo visitamos, la chica que nos lo enseñó dijo que Choate tenía una orquesta de estudiantes, y que todos los viernes iba gente de Wallingford para ver los conciertos pagando.

—Eso te vendrá de maravilla —dijo mamá.

—Si consigo entrar. —Toqué varias escalas más; entonces mamá volvió a soltar las ollas.

—¿Tienes idea del esfuerzo que estoy haciendo? —estalló—. ¿De lo duro que es para mí que te vayas a un internado?

—Tú también fuiste a un internado —dije—. Si no querías que yo fuera a uno, no tendrías que habérmelo pintado tan divertido.

Papá abrió de golpe la puerta de vaivén; llevaba puestas unas botas de invierno de las que colgaban unas etiquetas.

—Bernadette —dijo—, es increíble todo lo que has comprado. —Y, rodeándola con el brazo, le dio un achuchón—. ¿Es que te pasas el día metida en REI?

—Algo así —respondió mamá antes de volverse hacia mí—. Mira, nunca pensé en las consecuencias reales que tendría el hecho de que quisieras estudiar en un internado. Es decir, que nos dejarías. Pero a mí me parece bien que te vayas, en serio. Seguiré viéndote todos los días.

Yo la miré con el ceño fruncido.

—Ah, ¿no te lo he dicho? —continuó—. Voy a mudarme a Wallingford y alquilar una casa cerca del campus. He conseguido trabajo en el comedor de Choate.

—No me digas eso ni en broma —dije.

—Nadie sabrá que soy tu madre. Ni siquiera tendrás que decirme hola. Solo quiero ver tu preciosa cara todos los días. Pero un saludito de vez en cuando seguro que reconfortaría el corazón de una madre. —Con aquel último comentario, sonó a duende travieso.

—¡Mamá! —exclamé.

—No tienes escapatoria —dijo—. Eres como el conejito andarín del cuento. No podrás huir de mí. Estaré acechándote desde detrás de las bandejas de comida con mis guantes de plástico, sirviendo hamburguesas los miércoles, pescado los viernes…

—Papá, dile que pare.

—Bernadette —dijo él—, haz el favor.

—Creéis que hablo en broma —respondió mamá—. Muy bien, pues pensad lo que queráis.

—Bueno, ¿y qué vamos a hacer para cenar esta noche? —pregunté.

Al ver la expresión de mamá, supe que se le había ocurrido algo.

—Un momento —dijo, y salió por la puerta trasera.

Cogí el mando de la tele.

—¿No jugaban hoy los Seahawk contra Dallas?

—Es a la una —respondió papá—. ¿Y si vamos al zoo y volvemos para el partido?

—¡Genial! Podemos aprovechar para ver esa nueva cría de canguro arbóreo que tienen.

—¿Te apetece ir en bici?

—¿Irás en esa bici tuya reclinada? —le pregunté.

—Supongo. —Papá cerró los puños y los hizo girar—. Estas colinas me destrozan las muñecas…

—Vayamos en coche —me apresuré a decir.

Mamá volvió a la cocina. Se limpió las manos en los pantalones y respiró hondo.

—Esta noche iremos a Daniel's Broiler —anunció.

—¿A Daniel's Broiler? —preguntó papá.

—¿A Daniel's Broiler? —repetí—. ¿Te refieres a esa marcianada de asador que hay en Lake Union, ese lugar al que van los turistas y que siempre anuncian en la tele?

—Ese mismo —respondió mamá.

Se produjo un silencio, que se vio roto por un «¡Vaya!» de papá.

—Jamás en la vida habría imaginado que escogerías un sitio como Daniel's Broiler para ir a cenar el día de Acción de Gracias —dijo.

—Me gusta que ejercites la imaginación —respondió mamá.

Cogí el móvil de papá para mandar un mensaje de texto a Kennedy, que estaba con su madre en la isla de Whidbey. Se murió de envidia cuando se enteró de que iríamos al asador de Daniel.

Había un pianista, podías beber toda la limonada que quisieras sin que te cobraran más por ello y te servían un pedazo gigantesco de pastel de chocolate, que ellos llamaban «Muerte por chocolate», más grande aún que la porción descomunal que te ponían en P. F. Chang's. El lunes, en la escuela, todo el mundo me decía: «¡Qué fuerte! ¿Fuiste a Daniel's Broiler para Acción de Gracias? Eso sí que mola».

LUNES, 29 DE NOVIEMBRE
Nota de Tom

Audrey:

No necesito acelgas. Lo que necesito es que me pagues lo que me debes. De lo contrario, tendré que emprender acciones legales para hacer que te embarguen.

* * *

Nota de Audrey Griffin

Tom:

Me resulta muy gracioso que seas tú quien me amenace con emprender acciones legales contra mí. A mi marido, Warren, que trabaja en la oficina del fiscal del distrito, le parece de lo más cómico ya que somos nosotros quienes podríamos llevarte a juicio a ti con pequeñas demandas y ganar sin problemas. Antes de llegar a eso, he estado pensando y se me ha ocurrido una solución más amistosa. Hazme un cálculo aproximado de lo que costaría eliminar las zarzas de mis vecinos. Si necesitas utilizar una de esas máquinas, adelante. Tú incluye lo que haga falta, siempre que no hablemos literalmente de cerdos.

Una vez que tenga delante dicho presupuesto, te pagaré la totalidad de lo que te debo. Pero de aquí a menos de dos semanas voy a celebrar una reunión de la escuela muy importante y necesito que el jardín vuelva a ser el que era.

Nota de Tom

Audrey:

Para un trabajo de semejante envergadura, no hay duda de que necesitarás la desbrozadora de monte de la que te hablé. Pero mi operario dice que es mejor no utilizarla hasta que pasen las lluvias. Lo más pronto que podría empezar es en mayo. Para hacer un presupuesto, tendríamos que acceder a la finca de tus vecinos. ¿Llegaste a hablar con ellos? ¿Tienes su número de teléfono?

* * *

Nota de Audrey Griffin

Tom:

Tengo la sensación de estar viviendo en un lugar de locos. Dentro de diez días la élite de Seattle se dará cita en mi casa para un acto escolar de capital importancia y querrán disfrutar de mi jardín. No puedo permitir que unas dichosas zarzas les destrocen la ropa. Mayo es demasiado tarde, y de aquí a un mes también. No me importa que tengas que alquilar la desbrozadora esa tú mismo. Necesito que esas zarzas desaparezcan antes del 11 de diciembre.

En cuanto a lo de acceder a la finca de mis vecinos para elaborar un presupuesto, debo decir que es un tema espinoso, sin ánimo de hacer un juego de palabras. Sugiero que quedemos en mi casa el lunes a las tres de la tarde en punto. Me consta que a esa hora mi vecina habrá ido a recoger a su hija a la escuela. Podemos pasar por un agujero que hay en la valla de la ladera para ver dónde tiene las zarzas.

43

Fragmento de mi redacción sobre sir Ernest Shackleton

El pasaje de Drake es el tramo de mar que separa el extremo meridional de América del Sur, el cabo de Hornos (Chile), del continente antártico. Este estrecho, de ochocientos kilómetros, debe su nombre a sir Francis Drake, corsario del siglo XVI. En las latitudes del pasaje de Drake no hay ninguna extensión de tierra importante, hecho que origina la Corriente Circumpolar Antártica, una corriente circular que fluye libre de obstáculos. Por este motivo, las aguas del paso de Drake son las más embravecidas y temidas del mundo.

* * *

De: Bernadette Fox
Para: Manjula Kapoor

Las cosas que se aprenden de los estudiantes de octavo cuando les haces preguntas retóricas del estilo: «¿Qué estáis dando en clase?».

Por ejemplo, ¿sabías que la diferencia entre la Antártida y el Ártico es que la Antártida tiene tierra, mientras que el Ártico no es más que hielo? Yo sabía que la Antártida era un continente, pero suponía que en el norte también había tierra. Otra cosa, ¿sabías que en la Antártida no hay osos polares? ¡Yo no! Pensaba que desde el barco veríamos a unos pobres osos polares haciéndose las víctimas mientras intentaban saltar de un iceberg medio derretido a otro. Pero para presenciar tan triste espectáculo hay que ir al Polo Norte. Son los pingüinos los que pueblan el Polo Sur. Así que si tenías una imagen idílica de unos osos polares retozando con pingüinos, desengáñate, porque los osos polares y los pingüinos viven literalmente en extremos opuestos de la Tierra. Supongo que debería salir más.

Lo que me lleva a lo siguiente que no sabía. ¿Tenías idea de que para llegar a la Antártida hay que atravesar el pasaje de Drake? ¿Sabías que las aguas de dicho pasaje son las más turbulentas de todo el planeta? Yo lo sé porque acabo de pasarme tres horas en internet.

Si te cuento esto es por algo. ¿Tú te mareas yendo en barco? La gente que no se marea no sabe lo que es. No son solo las náuseas. Además de las náuseas, es que se te quitan las ganas de vivir. Ya se lo he advertido a Elgie: lo más importante durante esos dos días de travesía es que no dejes que tenga un arma cerca. En pleno mareo, pegarme un tiro sería lo más fácil.

Hace diez años vi un documental sobre el asedio a aquel teatro de Moscú. Después de cuarenta y ocho horas durante las cuales los terroristas tuvieron retenidos a los rehenes en sus asientos sin dejarlos dormir, con todas las luces encendidas y obligándolos a hacerse pis encima –para defecar, podían ir al foso de la orquesta–, no fueron pocos los rehenes que se levantaron y se dirigieron hacia la salida, sabiendo que les dispararían por la espalda. Ya estaban HARTOS.

Eso me pasa a mí. Cada vez temo más el viaje a la Antártida. Y no solo porque no soporte a la gente, que sigo sin soportarla, que conste. El caso es que no creo que aguante la travesía por el pasaje de Drake. Si no fuera por Bee, cancelaría el viaje sin dudarlo. Pero no puedo fallarle. Quizá puedas buscarme algo fuerte contra el mareo. Y no me refiero a la Biodramina, sino a algo fuerte de verdad.

Cambiando de tema, ¡espero que te cobres todo el tiempo que inviertes en leer mis divagatorios e-mails!

* * *

Carta de Bruce Jessup,
decano de admisiones de Choate

Querida Bee:

Tras una meticulosa revisión de un grupo excepcional de solicitantes de Admisión Anticipada, tenemos el gran placer de comunicarte que has sido admitida en Choate Rosemary.

A lo largo del proceso de revisión, nos ha llenado de satisfacción descubrir tus logros académicos y variados intereses. De hecho, las calificaciones y valoraciones que figuraban en tu expediente eran tan extraordinarias que nuestra directora de estudios, Hillary Loundes, ha remitido una carta por separado a tus padres para informarles de las exclusivas ventajas de inscripción que te ofrecemos.

De momento, permítenos darte nuestra más efusiva felicitación por sobrevivir a este proceso tan sumamente competitivo. No me cabe la menor duda de que tus compañeros de clase te parecerán tan estimulantes, críticos y encantadores como a nosotros.

Atentamente,

Bruce Jessup

* * *

Carta de Hillary Loundes,
directora de estudios de Choate

Apreciados señor y señora Branch:

Felicidades por la admisión de Bee a Choate Rosemary. Como sabrán mejor que nadie, Bee es una jovencita extraordinaria. De hecho, lo es tanto que voy a recomendar que se salte el tercer curso (noveno grado) y entre en Choate Rosemary como alumna de cuarto (décimo grado).

Este año, Choate Rosemary admitirá a uno de cada diez solicitantes. Casi sin excepción, los candidatos tienen, al igual que Bee, una puntuación global de sobresaliente en la prueba de aptitud y una nota media casi perfecta a lo largo de sus estudios. Se preguntarán cómo navegamos por este mar de uniformidad académica consistente en una inflación de recomendaciones y calificaciones para dar con los estudiantes capaces de prosperar realmente en Choate Rosemary.

Nuestro departamento de admisiones ha trabajado conjuntamente desde finales de los años noventa con el Centro PHCP (Psicología de las Habilidades, Competencia y Pericia) de Yale a fin de desarrollar un indicador definitivo de las aptitudes personales exigidas para adaptarse a los retos académicos y sociales de un internado. Como resultado de esta labor se ha creado una herramienta única en el proceso de admisiones de Choate Rosemary, la Autoevaluación de Choate (AC).

Fue en su AC donde Bee se distinguió realmente del resto. En esta nueva terminología del éxito, hay dos palabras que nos gusta utilizar para describir a nuestro estudiante ideal, «coraje» y «aplomo». Su hija ha superado con creces las estadísticas con respecto a ambas cualidades.

Como todos sabemos, lo peor que puede sucederle a un niño superdotado es que acabe aburriéndose en clase. Por ello, consideramos que lo mejor para Bee es que entre directamente en cuarto curso.

La matrícula del internado cuesta 47.260 dólares. Para que Bee tenga su plaza garantizada, debería formalizarse el contrato de inscripción y efectuarse el ingreso antes del día 3 de enero.

Confío en poder hablar con ustedes de todo esto más adelante. Ante todo, ¡bienvenidos a Choate Rosemary!

Atentamente,

Hillary Loundes

* * *

De: Bernadette Fox
Para: Manjula Kapoor

¿Has oído mi llanto ahí en la India? ¡Han aceptado a Bee en Choate! Te lo digo en serio, culpo a Elgie y me culpo a mí misma por compartir con Bee nuestras aventuras de internado. Elgie fue a Exeter, y yo a Choate. No había más que estudiantes brillantes, conciertos de Grateful Dead y formas innovadoras de impedir que tu habitación apestara a pipa de agua. ¿A quién no le atraería eso? Una parte gigantesca de mí desea que mi hija se aleje del deprimente provincianismo de Seattle. Y Bee se muere por irse. Así que no me queda otra que seguir adelante y no centrarlo todo en mí.

Elgie está redactando una carta de disconformidad con la decisión de que Bee se salte un curso. Pero eso no te incumbe. Por favor, encárgate de hacer el ingreso a través de nuestra cuenta conjunta. ¿Alguna novedad sobre el medicamento para el mareo? Comienzo a estar atacada de los nervios.

Luego sigo; ahora llego tarde para ir a recoger a Bee y no encuentro a la perra por ninguna parte.

* * *

«Vale —dijo mamá aquel día, en cuanto subí al coche—, tenemos un problema. Helado se ha metido en el armario, la puerta se ha cerrado tras ella y no he podido abrirla. Está atrapada.»

Puede que esto parezca extraño, pero no lo es. Nuestra casa es vieja. Cruje día y noche, como si intentara acomodarse pero le fuera imposible, lo que seguro que tiene que ver con la enorme cantidad de agua que absorbe cada vez que llueve. Ya ha pasado antes eso de que una puerta se cierre de repente y no haya forma de abrirla porque la casa se ha asentado a su alrededor. Esta era la primera vez que afectaba a Helado.

Mamá y yo volvimos a casa a toda velocidad y subimos las escaleras corriendo y llamando a la perra. En el dormitorio de mamá y papá hay una fila de confesionarios que utilizan de armarios. Las puertas son redondeadas y acaban en punta por arriba. Detrás de una de ellas estaba Helado ladrando, no con un ladrido asustado y quejumbroso, sino juguetón. En serio, estaba riéndose de nosotras.

Había herramientas esparcidas por el suelo, además de unos tablones de madera, que siempre tenemos a mano por si necesitamos proteger el tejado con lona impermeabilizada. Tiré del pomo de la puerta, pero esta no cedió ni un milímetro.

—Lo he intentado todo —dijo mamá—. La imposta está totalmente podrida. Mira ahí. ¿Ves lo combada que está la viga? —Yo sabía que mamá arreglaba casas antes de que yo naciera, pero hablaba como si no fuera ella. No me gustaba–. He intentado levantar el marco de la puerta con un gato –me explicó–, pero no he conseguido hacer suficiente palanca.

–¿Y si entramos dándole una patada sin más? –sugerí.

–La puerta se abre… –Mamá se perdió en sus pensamientos y, de repente, tuvo una idea–. Tienes razón. Habrá que abrirla de una patada, pero desde dentro. Treparemos por fuera para entrar por la ventana.

Vaya, eso sonaba divertido.

Bajamos corriendo y salimos a buscar una escalera de mano al cobertizo para arrastrarla después por el césped hasta un lateral de la casa. Mamá puso en el suelo unas placas de contrachapado como base para apoyar encima la escalera.

–Vale –dijo–, tú aguanta la escalera y yo subiré al tejado.

–Es mi perra –repuse–. Aguanta tú la escalera.

–Ni lo sueñes, Bala. Es demasiado peligroso.

Mamá se quitó el pañuelo, se lo lió a la mano derecha e inició la ascensión. Resultaba gracioso verla con sus mocasines belgas y sus pantalones pirata, trepando por la escalera manchada de pintura. Rompió la vidriera de un puñetazo con la mano que llevaba protegida, descorrió el pestillo de la ventana y entró en la casa. Pasó una eternidad.

–Mamá –la llamé una y otra vez.

La muy bellaca ni siquiera se dignó asomar la cabeza. Yo estaba tan nerviosa y enfadada que me dio igual. Puse un pie en la escalera; la noté firme. Entonces subí a toda prisa, porque lo que me habría hecho perder el equilibrio habría sido que mamá me pillara en plena subida y me gritara. Tardé unos ocho segundos en llegar arriba y entré por la ventana sin resbalar.

Helado no reaccionó al verme. Le interesaba más mamá, que golpeaba la puerta una y otra vez con patadas de kárate. «¡Gaaah!», gritaba cada vez que daba una patada. Al final, la puerta se abrió deslizándose.

–Bien hecho –dije.

Mamá dio un respingo.

—¡Bee!

Estaba furiosa, y se enfureció aún más cuando se oyó un fuerte estrépito fuera. La escalera se había caído al suelo y yacía sobre el césped.

—¡Huy! —exclamé. Le di a la perra un abrazo enorme y respiré su aroma a humedad tanto cuanto pude sin desmayarme—. Mira que eres mala, Helado.

—Ha llegado esto para ti. —Mamá me pasó una carta. En el remite se veía el sello de Choate—. Felicidades.

Mamá encargó que trajeran la cena pronto y fuimos a celebrarlo con papá. Mientras cruzábamos a toda velocidad el puente flotante del lago Washington, en mi mente se agolpaba un aluvión de imágenes de Choate, un lugar vastísimo e impoluto, con sus majestuosos edificios de ladrillo rojo cubiertos de hiedra por los lados. Así me imaginaba que sería Inglaterra. Papá y yo lo habíamos visitado en primavera, cuando las ramas de los árboles estaban cargadas de flores y los patitos se deslizaban por las brillantes aguas de los estanques. Nunca había visto un paraje tan pintoresco salvo en los puzles.

Mamá se volvió hacia mí.

—Tienes derecho a estar feliz por irte de aquí.

—Es extraño.

Me encanta Microsoft. Allí fui a la guardería, y cuando salía el sol nos montaban en unos grandes vagones rojos y nos llevaban a visitar a nuestros padres. Papá inventó una máquina de tesoros. Sigo sin entender cómo funcionaba, pero cuando llegaba la hora de que vinieran a recogernos, tenías que meterle una moneda y te salía un tesoro, que coincidía totalmente con tus gustos. A un niño que le gustaban los coches siempre le tocaba un Hot Wheels. Pero no uno cualquiera, sino un modelo que no tenía. Y si a una niña le daba por jugar a mamás, le salía un biberón para su muñeco bebé. La máquina de los tesoros se exhibe actualmente en el Centro de Visitantes, pues constituye uno de los primeros ejemplos de tecnología de reconocimiento facial, que era a lo que papá se dedicaba en Los Ángeles cuando Microsoft le compró su parte.

Tras dejar el coche en un lugar donde estaba prohibido aparcar, mamá se abrió paso como si tal cosa por The Commons, el mini-centro comercial para los trabajadores de la empresa, cargada con las bolsas de comida preparada, conmigo a la zaga. Entramos en el edificio de papá. Sobre la recepcionista se cernía un reloj digital gigante que marcaba una cuenta atrás:

119 DÍAS
2 HORAS
44 MINUTOS
33 SEGUNDOS

—Eso es lo que llaman el «reloj del barco» —explicó mamá—. Indica el tiempo que falta para la botadura de Samantha 2. Lo ponen ahí arriba para que sirva de motivación. Sin comentarios.

El mismo reloj estaba en el ascensor, en los pasillos e incluso en los baños. Su tictac nos acompañó durante toda la cena en el despacho de papá, donde nos sentamos en los balones inflables que tiene en lugar de sillas, con los recipientes de comida preparada tambaleándose peligrosamente sobre nuestras rodillas. Yo estaba contándoles los distintos tipos de pingüinos que tendríamos la oportunidad de ver durante el viaje.

—¿Queréis saber lo mejor? —me interrumpió mamá—. En el comedor del barco los asientos son libres, y tienen mesas de cuatro. Eso significa que si nos sentamos los tres juntos y ocupamos la silla que sobra con los gorros y los guantes, ¡nadie podrá sentarse con nosotros!

Papá y yo nos miramos como diciendo: «¿Está de broma?».

—Y los pingüinos —se apresuró a añadir mamá—. Me entusiasma la idea de ver todos esos pingüinos.

Papá debió de haberle contado a todo el mundo que íbamos a verle, porque la gente no dejaba de pasar por allí y asomarse por el cristal, aunque actuaban como si no estuvieran, que es la sensación que uno debe de tener cuando es famoso.

—Ojalá esto tuviera más de celebración —dijo papá, echando un vistazo a su correo electrónico—. Pero tengo una videoconferencia con Taipei.

—No pasa nada, papá —respondí—. Estás ocupado.

* * *

De papá

Apreciada señora Loundes:

Ante todo debo decirle que nos hace mucha ilusión que Bee haya sido admitida en Choate. Aunque yo estudié en Exeter, mi mujer, Bernadette, siempre ha dicho que sus días más felices los pasó en Choate, y para Bee ha sido una meta desde pequeña.

En segundo lugar, quiero darle las gracias por sus amables palabras sobre Bee. Estamos de acuerdo en que es extraordinaria. Sin embargo, nos oponemos enérgicamente a que salte un curso.

Acabo de revisar su solicitud de admisión y, por la información que tienen de ella, veo que es imposible que sepan un dato fundamental: Bee nació con una deficiencia cardíaca, la cual requirió que la sometieran a media docena de intervenciones quirúrgicas. Como consecuencia de ello, pasó los primeros cinco años de su vida entrando y saliendo del hospital infantil de Seattle.

Empezó el parvulario cuando tocaba, aunque a su pequeño cuerpo le resultaba difícil mantenerse al nivel de los demás. (En aquella época tenía un percentil de cero en altura y peso; hoy día aún le cuesta alcanzar la media, como habrá comprobado usted misma.) Sin embargo, ya entonces despuntaba por su profunda inteligencia. Los profesores nos animaban a que le hiciéramos pruebas, pero lo cierto es que ni Bernadette ni yo estábamos interesados en la industria de los niños superdotados. Quizá porque ambos habíamos ido a colegios y universidades privados de prestigio, no los veíamos con el fetichismo que sentían por ellos otros padres de

Seattle. Nuestra principal preocupación era que nuestra hija conociera un mínimo de normalidad tras las horribles circunstancias en que habían transcurrido sus primeros cinco años de vida.

Fue una decisión que ha resultado ser sumamente beneficiosa para Bee. Dimos con una maravillosa escuela de la zona llamada Galer Street, y es cierto que ella iba «por delante» del resto de sus compañeros. En respuesta, se impuso el deber de enseñar a los más lentos a leer y escribir. Hasta la fecha, Bee tiene por costumbre quedarse después de clase para ayudar con los deberes a los niños que lo necesitan. Este es otro dato que no mencionó en su solicitud.

Choate dispone de unas instalaciones fantásticas. Estoy seguro de que Bee tendrá estímulos de sobra para evitar que «acabe aburriéndose».

Ya que hablamos del tema, permítame que le cuente la historia de la primera y última vez que Bee afirmó que se aburría. Bernadette y yo llevábamos en coche a Bee y una amiguita suya, ambas en edad preescolar, a una fiesta de cumpleaños. Había mucho tráfico y, en un momento dado, Grace dijo: «Me aburro».

—Sí, yo también me aburro —la imitó Bee.

Bernadette se hizo a un lado para parar, se quitó el cinturón y se volvió hacia ellas.

—Muy bien —les dijo—. Así que os aburrís. Pues voy a contaros un pequeño secreto sobre la vida. Si os parece que ahora os aburrís, sabed que cada vez será más aburrido. Cuanto antes aprendáis que depende de uno mismo que la vida sea interesante, mejor para vosotras.

—Vale —contestó Bee tranquilamente.

Grace se puso a llorar y nunca más volvió a venir con nosotros a ninguna parte. Aquella fue la primera y última vez que Bee dijo que se aburría.

Espero que nos veamos en otoño, cuando Bee empiece el nuevo curso con sus compañeros de tercero.

Atentamente,

Elgin Branch

* * *

¡No estoy enferma! Nací con el síndrome del corazón izquierdo hipoplásico, ¿vale? Se trata de una afección congénita en la que las válvulas mitral y aórtica, el ventrículo izquierdo y la aorta no se desarrollan por completo y debido a la cual tuvieron que operarme tres veces a corazón abierto y tres más por complicaciones varias. La última intervención me la hicieron a los cinco años. Sé que se supone que soy listísima, pero ¿sabéis qué? ¡Que yo no me acuerdo de nada! ¿Y sabéis otra cosa? Que ahora estoy perfectamente, y así he estado nueve años y medio. Si uno se para a pensar en ello, verá que llevo dos tercios de mi vida en un estado totalmente normal.

Mamá y papá me llevan al hospital una vez al año para que me hagan un ecocardiograma y radiografías con los que hasta el cardiólogo se queda asombrado, porque ve que no los necesito. Cuando recorremos aquellos pasillos, mamá se comporta siempre como si fuera un veterano de guerra y le vinieran recuerdos del Vietnam. Al pasar por delante de un cuadro cualquiera colgado en la pared, se agarra a una silla y dice: «Ay, Dios, ese cartel de Milton Avery». O respira hondo y suelta: «Ese ficus estaba adornado con grullas de papel aquellas horribles navidades». Y luego cierra los ojos mientras los demás se quedan allí parados y papá la abraza fuerte, con los ojos llenos de lágrimas él también.

Todos los médicos y las enfermeras salen de sus consultas para aclamarme como si yo fuera un héroe conquistador, y yo no dejo de preguntarme por qué. Me enseñan fotos de cuando era bebé en las que salgo en una cama de hospital con un gorrito, como si tuviera que acordarme de ello. Ni siquiera sé qué sentido tiene nada de eso salvo por el hecho de que ahora estoy totalmente bien.

Lo único que me pasa ahora es que soy baja y estoy plana, lo cual me mosquea. Además del asma. Muchos médicos dijeron que podría tener asma aunque hubiera nacido con un corazón sin problemas. De hecho, no es algo que me impida hacer cosas como bailar o tocar la flauta. Yo no emito esos pitidos típicos de los asmáticos. Lo mío es superasqueroso cuando me pongo enferma, aunque sea por un virus estomacal, porque luego me paso dos semanas con una flema repugnante, que no me queda más remedio que escupir. No digo que sea un espectáculo agradable de ver, pero si la preocupación viene por cómo me siento yo, debo decir que casi ni me doy cuenta.

La enfermera de la escuela, la señora Webb, tiene una obsesión totalmente absurda con mi tos. Lo juro, el último día de clase pienso caerme redonda en medio de su despacho y hacerme la muerta solo para que le dé un patatús. De verdad que pienso que cada día que sale de Galer Street, la señora Webb lo vive como un día en el que yo no me he muerto estando ella de guardia, con el alivio que supondrá eso para ella.

Me estoy yendo por las ramas. ¿Por qué he empezado a escribir todo esto? Ah, sí. ¡No estoy enferma!

JUEVES, 2 DE DICIEMBRE

De: Soo-Lin Lee-Segal
Para: Audrey Griffin

Has sido muy considerada al no preguntarme cómo fue la asamblea de Microsoft. Seguro que te mueres de ganas de saber si he sido una víctima más de la tremenda escabechina anunciada en todos los periódicos.

Ha sido una reducción de plantilla que ha diezmado el personal de la empresa de arriba abajo. Antes una reorganización significaba una campaña de contratación masiva. Ahora significa una oleada de despidos. Como ya te habré explicado, estuvieron a punto de cancelar el proyecto para el que trabajo, y mi jefe de proyectos se trastocó un poco y puso de vuelta y media a la mitad de Microsoft. Yo no hacía más que mirar las reservas de las salas de reuniones y la web de ofertas de empleo para intentar deducir algo sobre mi futuro. Los peces gordos de nuestro departamento han ido a parar a Windows Phone y Bing. Cuando trataba de sonsacarle información a mi jefe, lo único que recibía como respuesta era un silencio inquietante.

Y entonces, ayer por la tarde, recibí el aviso de una responsable de RRHH que quería verme al día siguiente en la sala de reuniones que hay al final del pasillo. (Mira que había visto aquella cita concertada. ¡Y yo sin saber que era para mí!)

Antes de montar un drama y regodearme en la autocompasión, lo dejé todo y acudí a la reunión de Víctimas Contra la Victimización más cercana, que me ayudó muchísimo. (Ya sé que tú eres muy escéptica con esta gente, pero son mi puntal.)

Esta mañana he venido en coche al trabajo porque no quería pasar por la humillación añadida de tener que subir al autobús de empresa cargada con un montón de cajas. Cuando me he presentado en la sala de reuniones, la de RRHH me ha informado con toda la calma del mundo de que nuestro equipo al completo, salvo los que ya habían recolocado en Bing y Windows Phone, iba a ser despedido.

«Sin embargo —me ha dicho—, tú gozas de tan buena consideración que nos gustaría asignarte a un proyecto especial situado en el Estudio C.»

Casi me caigo de la silla, Audrey. Estudio C se encuentra en el nuevo campus Estudio Oeste, y el trabajo que realizan allí es de lo más destacado de Microsoft. ¡La buena noticia es que me van a ascender! La mala es que el nuevo producto en el que voy a trabajar está con la directa metida, y me tocará trabajar fines de semana. Es un proyecto bajo secreto absoluto. Aún no sé ni el nombre. Lo malo es que quizá no pueda ir al Almuerzo para Futuros Padres. Lo bueno es que seguro que podré pagar una parte de la comida.

¡Hasta pronto!

* * *

De : Ollie-O
Para: Comité del Almuerzo para Futuros Padres

¡NOTICIA EXPRÉS!

¡Hemos llegado a las sesenta invitaciones! De momento voy **sembrando aquí y allá,** pero ojo al dato: **Pearl Jam.** Me he enterado de que tienen hijos en edad de ir a párvulos. Si conseguimos atraer a uno de ellos –**no tiene por qué ser el cantante**–, puedo hacer que la cosa **crezca.**

* * *

De: Audrey Griffin
Para: Soo-Lin Lee-Segal

¡Qué gran noticia lo de tu ascenso! Acepto encantada tu ofrecimiento de pagar una parte de la comida. Aún tengo en el invernadero bastantes tomates verdes para servirlos fritos como aperitivo, además de eneldo, perejil y cilantro para la salsa *aioli*. He guardado dos sacos de manzanas y quiero preparar mi tarta tatín al romero de postre. Como plato principal, ¿qué te parece si encargamos que nos traigan uno de esos hornos para pizzas portátil? Pueden montarlo en el jardín, y así la cocina quedaría despejada.

Ollie-O tenía razón con lo de correr la voz de forma «viral». Hoy en Whole Foods una mujer que yo ni siquiera he reconocido me ha reconocido a mí y me ha dicho que estaba deseando asistir al almuerzo en mi casa. A juzgar por el contenido de su carrito de la compra –queso de importación, frambuesas orgánicas, spray para lavar frutas–, es la clase de madre con la calidad exacta que necesitamos en Galer Street. La he visto en el aparcamiento. Llevaba un Lexus. No es un Mercedes, pero ¡se parece!

¿Te has enterado? ¡Mandar a una niña enferma a un internado! ¿Por qué será que no me sorprende?

* * *

Aquel día me dieron permiso para salir de clase porque nuestro profesor de música, el señor Kangana, me pidió que acompañara a los de primero con la canción que iban a interpretar para el Día de la Celebración Mundial, y necesitaba que estuviera en el ensayo. Había ido a mi taquilla a coger la flauta y ¿a quién me encuentro? No podía ser más que Audrey Griffin. Estaba colgando unas alfombras de oración que habían tejido los de tercero para la subasta de obras de arte.

—He oído que vas a ir a un internado —dijo—. ¿De quién ha sido la idea?

—Mía —respondí.

—Yo jamás podría enviar a Kyle a un internado —dijo Audrey.

—Será que quiere más a su hijo de lo que mi madre me quiere a mí —contesté, y me fui por el pasillo dando saltitos mientras tocaba la flauta.

* * *

De: Manjula Kapoor
Para: Bernadette Fox

Querida señora Fox:

He estado investigando los medicamentos que existen contra el mareo causado por el movimiento de un medio de transporte. El remedio más fuerte que puede adquirirse en Estados Unidos con receta es una crema transdérmica llamada ABHR. Se trata de un compuesto de Ativan, Benadryl, Haldol y Reglan en forma de pomada de uso tópico. Fue concebido por la NASA para administrárselo a los cosmonautas a fin de combatir los efectos del mareo por movimiento en el espacio exterior. Desde entonces se ha adoptado su empleo en los programas de cuidados paliativos para enfermos de cáncer en fase terminal. Con mucho gusto le enviaría los enlaces a los diversos tablones de anuncios que alaban las excelencias de la crema ABHR. Sin embargo, debo advertirle que van acompañados de fotografías de enfermos graves, que pueden herir su sensibilidad. He tomado la iniciativa de averiguar cómo obtener la crema ABHR. Se vende solo en «farmacias de compuestos». En la India no tenemos nada parecido; por lo visto, en Estados Unidos abundan. He encontrado un médico que puede encargarle la receta por teléfono. Le ruego me notifique cómo quiere que proceda.

Un saludo cordial,

Manjula

* * *

Para: Manjula Kapoor
De: Bernadette Fox

¡Si es lo bastante buena para astronautas y enfermos de cáncer, también lo será para mí! ¡Encárgala!

* * *

Nota de Audrey Griffin

Tom:

Aquí tienes el cheque por el trabajo que me hiciste. Te confirmo nuestra cita en mi casa el lunes por la tarde para subir por la colina hasta la casa de las zarzas. Entiendo tu reticencia a entrar en la propiedad de mi vecina sin permiso. Pero sé a ciencia cierta que no habrá nadie allí.

* * *

LUNES, 6 DE DICIEMBRE

Aquel día teníamos clase de arte en la sexta hora, y yo me noté mucosidad en la garganta, así que salí al pasillo para escupirla en la fuente, que es lo que siempre hacía cuando estaba en clase de arte. ¿Y quién dobló la esquina justo en el momento en que yo expectoraba? La señora Webb, la enfermera. Le entró el pánico de que estuviera propagando gérmenes, lo que le expliqué que era imposible, ya que la flema blanca indica que los microbios están muertos. No hay más que preguntar a un médico de verdad y no a una administrativa cuya única justificación para hacerse llamar enfermera no se basa en haber estudiado enfermería sino en tener una caja de tiritas en la mesa de su despacho.

«Iré a por mi mochila», dije.

Me gustaría señalar que el señor Levy, mi profesor de biología y tutor de curso, tiene una hija aquejada como yo de asma inducida por virus, y juega al jockey de alta competición, así que sabe que mi tos no es nada del otro mundo. Jamás de los jamases se le ocurriría mandarme al despacho de la señora Webb. Cuando tengo mucosidad en la garganta se me nota enseguida, porque respondo a las preguntas con una voz entrecortada, como si hablara por un móvil con poca cobertura. Entonces el señor Levy hace eso de pasarme un pañuelo por detrás de su espalda. El señor Levy es muy divertido. Deja que la tortuga se mueva a sus anchas por la clase, y una vez trajo nitrógeno líquido y comenzó a congelar la comida que nos había sobrado.

No me molestó mucho que mamá tuviera que venir a recogerme antes, porque ya era la sexta hora. Lo que más me fastidió fue que no podría quedarme a ayudar con los deberes después de clase. Los de cuarto tenían que preparar un debate, y yo iba a echarles una mano. En clase estaban estudiando China, y el debate iba sobre los «pros y contras» de la ocupación china del Tíbet. ¿Habrase visto cosa igual? Galer Street es tan ridícula que va más allá de lo políticamente correcto y se encierra en sí misma hasta el punto de que los alumnos de cuarto se ven obligados a debatir las «ventajas» del genocidio cometido por China contra el pueblo tibetano, por no mencionar el genocidio cultural de consecuencias igualmente devastadoras. Yo quería explicarles que uno de los pros era que la ocupación china estaba contribuyendo a paliar la escasez de comida en el mundo, ya que cada vez había menos bocas tibetanas que alimentar. Pero el señor Lotterstein me oyó y dijo que ni se me ocurriera.

Y allí estaba yo, sentada en las escaleras del paso elevado bajo la lluvia. (No nos dejaban esperar en el despacho desde que a Kyle Griffin lo enviaron allí un día y, en un momento en que nadie lo vigilaba, cogió la agenda telefónica de Galer Street y comenzó a llamar a todos los padres desde el número de la oficina principal. Así que cuando los padres veían en sus móviles una llamada entrante de la escuela, contestaban y Kyle gritaba: «¡Ha habido un accidente!», y colgaba. Desde entonces, todos los niños tenían que esperar fuera.) Cuando llegó mamá, ni siquiera me preguntó cómo estaba porque sabe que la señora Webb es una pesada. De camino a casa, me puse a tocar mi flauta nueva. Mamá nunca me deja tocar en el coche porque le da miedo que tengamos un accidente y la flauta me empale en el asiento. A mí me parece absurdo, porque ¿cómo va a ocurrir algo así?

–Bee… –dijo mamá.

–Vale, vale. –Guardé la flauta.

–No –dijo mamá–. ¿Es nueva? Nunca la había visto.

–Es una flauta japonesa llamada *shakuhachi*. El señor Kangana me la ha prestado de su colección. Los de primero van a cantar para los padres en el Día de la Celebración Mundial y yo voy a acompañarlos. La semana pasada fui al ensayo y al verlos allí plantados, cantando sin más, se me ocurrió que tendrían que hacer un baile del elefantito, así que tengo que montarles la coreografía.

–No sabía que estuvieras haciendo una coreografía para los de primero –dijo mamá–. Eso es muy importante, Bee.

–No tanto.

–Tienes que contarme esas cosas. ¿Puedo ir?

–No estoy segura de cuándo será.

Sabía que a mamá no le gustaba ir a la escuela, y lo más probable era que no fuera, así que para qué fingir.

Cuando llegamos a casa yo subí a mi habitación y mamá hizo lo que siempre hacía, que era salir al Petit Trianon.

Creo que aún no he hablado del Petit Trianon. A mamá le gusta estar fuera de casa durante el día, sobre todo porque Norma y su hermana vienen a limpiar, y se hablan a grito pelado de una habitación a otra. Además están los jardineros, que entran a quitar las malas hierbas. Así que mamá compró una caravana Airstream y una grúa se la plantó en el jardín. Allí es donde tiene el ordenador, y donde pasa la mayor parte del tiempo. Fui yo quien le puso el nombre del Petit Trianon, por el palacete que tenía María Antonieta en Versalles, donde podía refugiarse cuando necesitaba descansar de la residencia real.

Así pues, mamá estaba allí, y yo en mi habitación, con los deberes ya delante, cuando Helado comenzó a ladrar.

Entonces oí la voz de mamá procedente del jardín.

—¿Puedo ayudarlos en algo? —preguntó, rezumando sarcasmo.

Se produjo un gritito tonto.

Me acerqué a la ventana. Mamá estaba en medio del césped con Audrey Griffin y un hombre vestido con un mono y botas.

—Creía que no estarías en casa —farfulló Audrey.

—Eso parece. —La voz de mamá sonó supermaliciosa.

Era todo bastante cómico.

Audrey comenzó a cortocircuitarse mientras se refería a nuestras zarzas, a su jardín ecológico, al hombre que tenía un amigo con una máquina especial y a algo que había que hacer aquella misma semana. Mamá se limitó a escuchar, lo que hizo que Audrey hablara aún más rápido.

—Contrataré encantada a Tom para que me quite las zarzas —dijo mamá finalmente—. ¿Tiene usted una tarjeta?

Se produjo un largo e incómodo silencio mientras el hombre buscaba en sus bolsillos.

—Parece que ya hemos acabado —dijo mamá a Audrey—. Así que ¿por qué no vuelven por el mismo agujero de la valla por el que se han colado y salen de mis dominios? —Y, dando media vuelta, entró de nuevo en el Petit Trianon con paso firme y cerró la puerta.

¡Esa es mi madre!, pensé. Y es que, digan lo que digan ahora sobre mamá, lo que está claro es que sabía ponerle sal a la vida.

*   *   *

De: Bernadette Fox
Para: Manjula Kapoor

Te adjunto una información acerca de un tipo que «controla» zarzas. (¿Puedes creer que exista algo así?) Ponte en contacto con él y dile que haga lo que tenga que hacer, como, cuando, donde y con quien estime oportuno. Yo correré con todos los gastos.

*   *   *

Cinco minutos después, mamá siguió con esto:

De: Bernadette Fox
Para: Manjula Kapoor

Necesito que me hagan un cartel. De dos metros y medio de ancho por uno y medio de alto. En él debe leerse el siguiente texto:

PROPIEDAD PRIVADA
PROHIBIDO EL PASO
Las moscardonas de Galer Street
serán detenidas y encarceladas
en la prisión para moscardonas

Quiero que el fondo del cartel sea de un rojo lo más chillón y desagradable posible, y las letras de un amarillo lo más chillón y desagradable posible. Me gustaría que lo colocaran en la linde oeste de mi propiedad, al pie de la colina, una zona que será accesible una vez que hayamos «controlado» las despreciables zarzas. Que se aseguren de que quede orientado hacia el jardín de mi vecina.

MARTES, 7 DE DICIEMBRE

De: Manjula Kapoor
Para: Bernadette Fox

Le escribo para confirmar que el cartel que quiere colocar es de «dos metros y medio de ancho por uno y medio de alto». El señor que he contratado comentaba que son unas medidas inusitadamente grandes y que parecen desproporcionadas para una zona residencial.

Un saludo cordial,

Manjula

* * *

De: Bernadette Fox
Para: Manjula Kapoor

Puedes apostar tu bindi a que lo quiero así de grande.

* * *

De: Manjula Kapoor
Para: Bernadette Fox

Querida señora Fox:

El cartel ya está encargado y se lo colocarán el mismo día que Tom finalice sus trabajos de control.

Asimismo, me complace comunicarle que he encontrado un médico dispuesto a extender una receta de crema ABHR. Por desgracia, la única farmacia de compuestos de Seattle que la despacha no hace repartos a domicilio. He preguntado por la posibilidad de recurrir a servicios de mensajería, pero lamentablemente la farmacia insiste en que debe ser usted quien vaya a recoger la receta ya que están obligados por ley a repasar los efectos secundarios con el usuario en persona.

Le adjunto la dirección de la farmacia y una copia de la receta.

Un saludo cordial,

Manjula

* * *

VIERNES, 10 DE DICIEMBRE

De: Bernadette Fox
Para: Manjula Kapoor

Voy ahora a la farmacia. No es tan terrible salir de casa mientras esa máquina infernal llena de pinchos, brazos plegables y rotores salvajes me destroza la ladera, escupiendo mantillo por todas partes. Tom ha tenido que atarse literalmente a lomos de la bestia para que no se encabrite y lo tire al suelo. No me sorprendería que comenzara a echar fuego.

¡Ah! Han llegado los chalecos de pesca. ¡Gracias! Ya he metido en los bolsillos las gafas, las llaves y el móvil. Puede que me lo deje puesto para siempre.

* * *

De: Soo–Lin Lee–Segal
Para: Audrey Griffin

Como diría Ollie–O… ¡NOTICIA EXPRÉS!

¿Te he contado que me iban a poner de asistente de un nuevo equipo? Acabo de enterarme de que el equipo en cuestión es Samantha 2, ¡dirigido ni más ni menos que por Elgin Branch!

¡Ay, Audrey, mi cuerpo es un hervidero de emociones ahora mismo! Cuando Elgin dio a conocer Samantha 2 en el congreso anual de TED en febrero, provocó casi una revuelta en internet. En menos de un año la suya es la cuarta charla de TED más vista de todos los tiempos. Bill Gates dijo hace poco que su proyecto favorito de toda la empresa era Samantha 2. El año pasado Elgin recibió un Premio al Reconocimiento Técnico, el más alto honor de Microsoft. Los que trabajan en Samantha 2, y Elgin en particular, son como estrellas de rock aquí. Cuando vas a Estudio Oeste, intuyes quién está metido en dicho proyecto por los aires que se da. Yo ya sé que soy buena en mi trabajo, pero que te incluyan en el equipo de Samantha 2 significa que también lo sabe todo el mundo. Es una sensación que da vértigo.

Y luego está el propio Elgin Branch. Su mala educación y arrogancia aquel día en el autobús de la empresa fue como una bofetada en la cara que aún me duele. Pues espera a oír lo que ha ocurrido esta mañana.

He ido a RRHH para que me dieran mi nueva tarjeta llavero y la asignación del despacho. (¡En diez años, esta es la primera vez que tengo un despacho con ventana!) Estaba sacando de las cajas las fotos, las tazas y mi colección de bebés de nieve cuando levanto la vista y veo a Elgin Branch al otro lado del atrio. No llevaba zapatos, solo calcetines, lo cual me ha extrañado. He llamado su atención y lo he saludado con la mano. Él ha esbozado una sonrisa y luego ha seguido caminando.

Entonces he decidido ser proactiva (una de las tres pes que constituyen los fundamentos interpersonales de Víctimas Contra la Victimización) y dar pie a nuestro primer encuentro cara a cara en nuestros nuevos papeles de director y asistente.

Elgin estaba sentado a la mesa del despacho, con sus botas de montaña hechas un lío a sus pies. A primera vista me impresionó la cantidad de cubos de patentes que había amontonados de cualquier manera por toda la oficina. (Cada vez que un desarrollador patenta algo, recibe lo que aquí se llama un cubo ceremonial, un detalle mono que tenemos en MS.) El último director general que tuve poseía cuatro. En el caso de Elgin, ya solo en la repisa de la ventana había una veintena, sin mencionar los que habían caído al suelo.

—¿Puedo hacer algo por usted? —me preguntó.

—Buenos días —dije, poniéndome derecha—. Soy Soo-Lin Lee-Segal, la nueva asistente.

—Encantado de conocerla. —Me tendió la mano.

—De hecho, ya nos conocemos. Mi hijo Lincoln va a Galer Street, a la clase de Bee.

—¡Claro! —dijo—. Disculpa.

El desarrollador jefe, Pablo, asomó la cabeza en el despacho.

—Hace un hermoso día, vecino. —Todos los del equipo le toman el pelo a Elgin con alusiones a Mr. Rogers. Por lo visto, una de sus rarezas es que, en cuanto se mete en su despacho, se quita los zapatos, como Mr. Rogers. Incluso en la charla de TED, que yo acababa de volver a ver por internet, sale en calcetines. ¡Delante de Al Gore y Cameron Diaz!—. Hemos quedado al mediodía —añadió Pablo—. Tenemos una reunión con terceros en South Lake Union. ¿Qué te parece si la convertimos en una comida en el centro? ¿Vamos a Wild Ginger?

—Estupendo —contestó Elgin—. Está al lado de la estación del tren ligero. De ahí puedo ir directamente al aeropuerto.

Yo había visto en el calendario de Samantha 2 que Elgin tiene una presentación fuera de la ciudad mañana.

Pablo se volvió y yo aproveché para presentarme.

—¡Viva! —exclamó—. ¡Nuestra nueva asistente! No sabes lo duro que ha sido estar sin ti. ¿Te apetece venir a comer con nosotros?

—Seguro que has oído cómo me gruñen las tripas —dije alegre—. He venido en coche. Podemos cogerlo para ir al centro.

—Mejor vamos en la lanzadera 888 —propuso Elgin—. Necesitaré Wi-Fi para enviar unos e-mails.

—Pues vamos en la lanzadera 888 —dije, ofendida ante el rechazo de mi sugerencia pero con el pequeño consuelo de pensar que por primera vez tendría la oportunidad de subir a la lanzadera 888, un autobús de la empresa reservado para vicepresidentes y altos cargos—. Al mediodía, en Wild Ginger. Haré una reserva.

Así que aquí estoy, temiendo ir a una comida en el que debería ser el día más feliz de mi vida. Ay, Audrey, espero que el día te vaya mejor que a mí.

* * *

De: Audrey Griffin
Para: Soo-Lin Lee-Segal

¿A quién le importa Elgin Branch? A mí me importas tú. Qué orgullosa estoy de todo lo que has superado desde el divorcio. Por fin estás consiguiendo el reconocimiento que mereces.

Pues a mí el día me está yendo de fábula. Una máquina está arrancando todas las zarzas de la ladera de Bernadette. Estoy tan animada que hasta puedo tomarme a broma un incidente ocurrido en Galer Street que de lo contrario me habría hundido en la miseria.

Gwen Goodyear me ha cogido por banda esta mañana y me ha pedido que habláramos en privado en su despacho. ¿Y a quién me he encontrado allí sentado en una enorme silla de piel de espaldas a mí? ¡A Kyle! Gwen ha cerrado la puerta y se ha puesto detrás de la mesa. Yo me he sentado en una silla que había al lado de Kyle.

Gwen ha abierto el cajón.

—Ayer encontramos algo en la taquilla de Kyle.

Tenía en la mano un frasco de pastillas de color naranja. Mi nombre estaba escrito en el envase… Era la vicodina que me habían recetado después de que Nuestra Señora de Straight Gate intentara pasarme por encima con el coche.

—¿Qué hace eso aquí? —he preguntado.

—¿Kyle? —ha dicho Gwen.

—No sé —ha respondido Kyle.

—Galer Street tiene una política de tolerancia cero con las drogas —ha explicado Gwen.

—Pero si es un medicamento que me han recetado —he contestado, sin entender todavía a qué venía todo aquello.

—Kyle —ha dicho Gwen—. ¿Qué hacía esto en tu taquilla?

Como no me gustaba ni un pelo el cariz que tomaba la conversación, le he dicho:

—¿Será posible, Gwen? Por si no lo recuerdas, el otro día acabé en urgencias gracias a Bernadette Fox, y salí de allí con muletas. Le pedí a Kyle que me cogiera el bolso, y el medicamento que me habían recetado.

—¿Cuándo ha echado en falta la vicodina? —me ha preguntado Gwen.

—No la he echado en falta hasta ahora —le he respondido.

—¿Por qué está el frasco vacío? Que conteste Kyle, Audrey. —Gwen se ha vuelto entonces hacia él—. Kyle, ¿por qué está vacío?

—No sé —ha respondido Kyle.

—Seguro que estaba vacío cuando nos lo dieron —he dicho yo—. Ya sabes lo justos que van de personal en el centro médico de la Universidad de Washington. Lo más probable es que se les pasara rellenarlo. ¿Eso es todo? Tal vez no te hayas enterado, pero mañana voy a celebrar en mi casa una fiesta para sesenta futuros padres.

Dicho esto, me he levantado y me he ido.

Ahora que escribo esto, me gustaría saber que hacía Gwen Goodyear en la taquilla de Kyle. ¿Es que no se cierran con llave? ¿De qué sirve sino una taquilla?

* * *

Todas nuestras taquillas incorporan cerraduras de combinación en las puertas. Es una lata tener que girar la ruedecita a un lado y a otro millones de veces cuando hay que coger algo de dentro. Pero Kyle y los gamberretes del cole han encontrado un modo de abrirlas, que consiste en destrozar las cerraduras hasta romperlas. De ahí que la puerta de la taquilla de Kyle esté siempre entreabierta. Eso es lo que hacía la señora Goodyear en esa taquilla.

* * *

De: Bernadette Fox
Para: Manjula Kapoor

Era la primera vez que bajaba al centro en un año. Enseguida recordé por qué: por los parquímetros.

Verás, aparcar en Seattle es un proceso consistente en ocho pasos. Primer paso, buscar un lugar donde estacionar (¡bueeena sueeerte!). Segundo paso, entrar marcha atrás en la plaza libre en diagonal (al inventor de ese tipo de aparcamientos habría que meterlo entre rejas). Tercer paso, dar con un parquímetro que no se vea rodeado por la presencia amenazadora de un apestoso mosaico de mendigos/vagabundos/yonquis/fugados de casa. Esto requiere el cuarto paso, cruzar la calle. Ah, además has olvidado el paraguas (y así acaba tu pelo, del que dejaste de preocuparte ya a finales del siglo pasado... eso que te ahorras en disgustos). Quinto paso, introducir la tarjeta de crédito en la máquina (un pequeño milagro si has encontrado una que no esté rellenada con silicona por la actuación insensata de un usuario descontento). Sexto paso, regresar al coche (pasando por delante del pestilente corrillo ya mencionado, que te echan en cara que no les hayas dado dinero al cruzarte antes con ellos... Ah, por cierto, ¿he comentado que todos tienen perros que no dejan de tiritar?) Séptimo paso, colocar el tíquet en la ventanilla indicada (¿es la del lado del copiloto por aparcar de culo en diagonal?, ¿o la del lado del conductor? Leería las normas escritas en el dorso del adhesivo, pero no puedo porque ¿QUIÉN COÑO LLEVA GAFAS DE LEER PARA APARCAR?) Octavo paso, rogar al Dios en el que no crees que la cabeza te dé para acordarte del dichoso motivo que te ha traído al centro.

A estas alturas deseaba que un rebelde chechenio me pegara un tiro por la espalda.

La farmacia de compuestos era un establecimiento grande y tenebroso, revestido de madera, y no tenía más que unas pocas baldas medio vacías. En medio había un diván de brocado, sobre el que pendía una araña de luces Chihuly. El lugar no tenía ni pies ni cabeza, y yo para entonces ya estaba hecha polvo.

Me acerqué al mostrador. La joven que estaba atendiendo llevaba uno de esos tocados como los de las monjas vestidas de blanco pero sin alas. No tengo ni idea de cuál era su origen étnico a juzgar por dicha prenda, pero aquí las hay a montones, sobre todo empleadas en negocios de vehículos de alquiler. Un día de estos tendré que preguntarlo para salir de dudas.

—Soy Bernadette Fox —anuncié.

La chica me miró y de repente vi en sus ojos un destello de malicia.

—Un momento.

La joven subió a una tarima y susurró algo al oído de otro farmacéutico. Este bajó la barbilla y me observó detenidamente con una expresión austera a través de sus gafas. Luego bajaron ambos. Fuera lo que fuera lo que estuviera a punto de suceder, habían decidido de antemano que intervendrían los dos.

—He recibido una receta de su médico —dijo el señor—. Se la ha prescrito como remedio contra el mareo, para un crucero que va a hacer, ¿no?

—Nos vamos a la Antártida para Navidad —le expliqué—, lo que implica atravesar el pasaje de Drake. Si le dijera cuáles son las estadísticas acerca de la velocidad de aquellas aguas turbulentas y la altura de las olas, se quedaría horrorizado. Pero no puedo decírselo, porque soy una negada para recordar cifras. Además, intento con todas mis fuerzas no pensar en ello. Mi hija tiene la culpa. Si voy es por ella.

—La receta es de ABHR —dijo el farmacéutico—. ABHR lleva fundamentalmente Haldol con un poco de Benadryl, Reglan y Ativan.

—Me suena bien.

—Haldol es un antipsicótico. —El hombre se metió las bifocales en el bolsillo de la camisa—. Se utilizaba en las cárceles soviéticas para quebrantar la voluntad de los prisioneros.

—Y yo sin saberlo —dije.

Aquel tipo se resistía a mis numerosos encantos, o será que no tengo ninguno, que probablemente sea el caso.

—Tiene algunos efectos secundarios fuertes —continuó—, siendo el peor la discinesia tardía. Dicho trastorno se caracteriza por muecas incontrolables y gestos involuntarios, como sacar la lengua, relamerse los labios...

—Seguro que ha visto a esa gente que va así —añadió en tono grave la Monja Sin Alas. Entonces se llevó una mano retorcida a la cara, ladeó la cabeza y cerró un ojo.

—Se nota que no se marean en el mar —dije—. Porque un par de horas con mareo equivalen a un día entero de playa.

—La discinesia tardía puede durar toda la vida —dijo el farmacéutico.

—¿Toda la vida? —repetí yo con un hilo de voz.

—La probabilidad de contraer discinesia tardía es de un cuatro por ciento —explicó él—. En mujeres mayores aumenta hasta el diez por ciento.

—¡Qué me dice! —exclamé tras soplar con fuerza.

—He hablado con su médico. Le ha extendido una receta para unos parches de escopolamina contra el mareo en los viajes, y Xanax para la ansiedad.

¡Xanax, de eso ya tenía! El batallón de médicos de Bee siempre me enviaban a casa con Xanax o somníferos. (¿He mencionado ya que sufro de insomnio?) Yo nunca me los tomaba, porque la única vez que lo hice me entraron náuseas y tuve la sensación de no ser yo misma. (Lo sé, eso debería haber sido un atractivo. ¿Qué puedo decir? He acabado acostumbrándome.) Lo que ocurría con el Xanax y los centenares de pastillas que había ido acumulando con el tiempo era que ahora las tenía guardadas en una bolsa de plástico, todas revueltas. ¿Que por qué? Pues resulta que una vez se me pasó por la cabeza tomarme una sobredosis de pastillas, así que vacié el contenido de todos los frascos que me habían recetado —había tantas que no me cabían en las dos manos juntas—, solo para ver si podría tragármelas todas. Pero luego me calmé y metí las pastillas en una bolsa de plástico, donde han languidecido hasta el día de hoy. Te preguntarás por qué quise tomarme una sobredosis de pastillas. ¡Yo también me lo pregunto! Ni siquiera lo recuerdo.

—¿No tendrá un gráfico de esos plastificados con la imagen de las pastillas? —le pregunté al farmacéutico.

Yo pensaba que tal vez podría identificar las que eran Xanax para así volver a guardarlas en su frasco correspondiente. El pobre hombre se quedó a cuadros. No era para menos.

—Está bien —dije—. Deme el Xanax y lo de los parches.

Mientras esperaba me retiré al diván de brocado. Era incómodo a más no poder. Puse una pierna en alto y me recliné. Eso ya era otra cosa. Entonces caí en la cuenta de que lo tendrían allí por si alguien se desmayaba, y lo suyo sería tumbarse. Sobre mí se cernía la araña de Chihuly. Dichas lámparas son las palomas que tenemos en Seattle. Las hay por todas partes, y, aunque no se crucen en tu camino, no puedes evitar desarrollar cierta antipatía hacia ellas.

Aquella era toda de cristal, cómo no, blanca y llena de adornos y tentáculos colgantes. Brillaba desde dentro con un frío resplandor azul, aunque no quedaba claro dónde estaba la fuente de luz. Fuera llovía a cántaros. El rítmico golpeteo de las gotas no servía sino para hacer más inquietante aquella bestia de cristal acechante, como si hubiera llegado con la tormenta, provocando ella misma la lluvia. Me cantaba «Chihuly... Chihuly». En la década de los setenta, Dale Chihuly ya era un distinguido soplador de vidrio cuando tuvo un accidente de coche y perdió un ojo. Pero eso no lo detuvo. Unos años más tarde sufrió un percance haciendo surf y se lesionó el hombro de tal modo que nunca más pudo volver a sostener una pipa de vidrio. Pero eso tampoco lo detuvo. ¿No me crees? Basta con coger un barco en Lake Union y asomarte a la ventana del estudio de Dale Chihuly. Seguro que ahí está, con su parche en el ojo y su brazo muerto, haciendo la obra más sublime y extravagante de su vida. Tuve que cerrar los ojos.

—¿Bernadette? —dijo una voz.

Abrí los ojos. Me había quedado dormida. Este es el problema de no dormir, que a veces te vence el sueño en el peor momento, como en esta ocasión, en público.

—¿Bernadette? —Era Elgie—. ¿Qué haces aquí dormida?

—Elgie… —Me limpié la baba de la mejilla—. No han querido darme Haldol, así que tengo que esperar a que me den Xanax.

—¿Cómo? —Elgie miró hacia la ventana. Al otro lado del cristal, en la calle, había una gente de Microsoft que reconocí vagamente—. ¿Qué llevas puesto?

Se refería al chaleco de pesca.

—Ah, esto. Lo he comprado por internet.

—¿Podrías hacer el favor de levantarte? —dijo—. Tengo una comida. ¿Es necesario que la cancele?

—¡No, por Dios! —contesté—. Estoy bien. Es que anoche no pegué ojo y me he quedado traspuesta. Anda, vete y haz lo que tengas que hacer.

—Voy a ir a casa para cenar. ¿Qué te parece si cenamos fuera esta noche?

—¿No vas a Wash…?

—Puede esperar —me cortó.

—En ese caso, perfecto —dije—. Ya buscaremos un restaurante Buzz y yo.

—Solo tú y yo.

Dicho esto, se marchó.

Y fue entonces cuando comenzó a desentrañarse el misterio. Habría jurado que una de las personas que lo esperaba fuera era una moscardona de Galer Street. No la que no deja de incordiarnos con lo de las zarzas, sino uno de sus monos voladores. Pestañeé para asegurarme de que estaba en lo cierto. Pero Elgie y sus acompañantes se habían perdido ya en el bullicio de la hora punta del mediodía.

El corazón me latía con fuerza. Debería haberme quedado allí para tomarme una de esas pastillas para la ansiedad. Pero no soportaba estar ni un segundo más en aquella farmacia de compuestos, atrapada bajo el presagio glacial. ¡La culpa es tuya, Dale Chihuly!

Huí. No sabía qué camino había tomado, ni siquiera adónde me dirigía. Pero debí de subir por Fourth Avenue, porque cuando me quise dar cuenta estaba frente a la biblioteca pública de Rem Koolhaas.

Al parecer, me había detenido, porque un chico se acercó a mí. Tenía pinta de universitario. Se le veía muy buen chico; no había nada malo o intimidatorio en él.

Pero me reconoció.

No sé cómo, Manjula. La única fotografía que corre por ahí de mí es de hace veinte años, justo antes de que sucediera la Cosa Tremendamente Espantosa. Salgo guapísima, con una cara que irradia confianza y una sonrisa de felicidad ante el futuro de mi elección.

«Bernadette Fox», solté.

Tengo cincuenta años, y poco a poco me estoy volviendo loca.

Esto no tendrá sentido para ti, Manjula. No tiene por qué. Pero ya ves lo que ocurre cuando trato con la gente. No promete mucho para lo de la Antártida.

* * *

Ese día, más tarde, mamá vino a recogerme. Puede que estuviera un poco callada, pero a veces ya le pasa eso, porque de camino a la escuela va escuchando el programa de actualidad *The World* en la Radio Pública Internacional, con el que normalmente te entra la depre, y ese día no era una excepción. Cuando me metí en el coche, estaban emitiendo un reportaje sobrecogedor sobre la guerra en la República Democrática del Congo, donde la violación era utilizada como arma. Se violaba a todas las mujeres, sin distinción de edad, desde bebés de seis meses hasta abuelas de ochenta años. Más de mil mujeres y niñas eran violadas cada mes, algo que venía ocurriendo desde hacía doce años, y nadie hacía nada al respecto. Hillary Clinton había visitado el país y prometido ayuda, lo que esperanzó a todo el mundo, pero lo único que hizo después fue dar dinero al gobierno corrupto.

—¡No puedo escuchar esto! —Apagué la radio de un manotazo.

—Sé que es espantoso —dijo mamá—. Pero ya tienes una edad. Vivimos una vida privilegiada en Seattle. Eso no significa que podamos apagar literalmente a esas mujeres, cuya única culpa es haber nacido en el Congo durante una guerra civil. Tenemos que servir de testimonio. —Volvió a encender la radio.

Yo me hice una bola en mi asiento, enfurruñada.

«La guerra en el Congo se prolonga sin que se vislumbre su final —prosiguió el comentarista—. Y ahora se dice que los soldados han emprendido una nueva campaña para buscar a las mujeres ya violadas y volver a abusar de ellas.»

—¡Por todos los santos! —exclamó mamá—. Lo de volver a abusar de ellas ya es demasiado. —Y apagó la radio.

Nos quedamos en silencio. Luego, a las cuatro y diez, tuvimos que encenderla de nuevo porque los viernes a esa hora es cuando escuchamos en la Radio Nacional Pública a nuestra persona preferida, Cliff Mass. Para quien no conozca a Cliff Mass, digamos que es un apasionado de la meteorología como ningún otro al que le fascina tanto el tiempo que él a su vez resulta inevitablemente fascinante. Mamá y yo tenemos debilidad por él.

Una vez, cuando yo tenía diez años, si no recuerdo mal, me quedé en casa con una canguro mientras mamá y papá iban a una conferencia que se daba en el Ayuntamiento. A la mañana siguiente mamá me enseñó una foto en su cámara digital. «Yo y adivina quién.» No tenía ni idea. «Cuando te enteres, te vas a poner muy celosa.» La miré con cara de mala. Mamá y papá la llaman cara de Kubrick, una expresión que ponía de pequeña con el ceño fruncido. «¡Cliff Mass!», exclamó al final mamá.

Por Dios, que alguien me detenga antes de que siga escribiendo sobre Cliff Mass.

A lo que iba: primero por lo de las violaciones repetidas y segundo por la fascinación que sentimos mamá y yo por Cliff Mass, la cuestión es que ese día no hablamos mucho durante el trayecto, así que no me di cuenta de que mamá estaba traumatizada. Al llegar a casa, paramos en la entrada. Había un montón de camiones gigantes en la bocacalle, y uno de ellos estaba aparcado en nuestra curva para que la verja quedara abierta. Se observaba un trasiego de obreros. Costaba ver lo que pasaba exactamente a través del parabrisas cubierto de lluvia.

—No preguntes —dijo mamá—. Audrey Griffin ha exigido que quitemos las zarzas.

Cuando yo era pequeña, mamá me llevó a ver *La bella durmiente* al Pacific Northwest Ballet. En la obra, una bruja malvada le echa una maldición a la princesa y la hace dormir durante cien años seguidos. Un hada buena protege a la princesa en su letargo envolviéndola en un bosque de brezos. Durante el ballet, la joven permanece dormida mientras las ramas espinosas crecen a su alrededor. Así es como me sentía yo en mi dormitorio. Sabía que aquellas zarzas combaban el suelo de la biblioteca, eran el origen de ciertos bultos extraños en la alfombra y hacían añicos las ventanas del sótano. Sin embargo, al pensar en ellas se dibujaba una sonrisa en mi cara, pues, mientras dormía, había una fuerza que me protegía.

—¡Todas no! —grité—. ¿Cómo has podido?

—No te pongas así conmigo —dijo mamá—, que soy yo quien te va a llevar al Polo Sur.

—Mamá, que no vamos a ir al Polo Sur.

—Ah, ¿no?

—El único lugar al que van los turistas es a la península Antártica, que es como los cayos de Florida de la Antártida. —Por vergonzoso que resulte, mamá parecía ignorar de verdad dicho dato—. No deja de estar a cero grados —continué—. Pero es una zona muy pequeñita de la Antártida. Es como si alguien te dice que va a pasar la Navidad en Colorado, y a la vuelta le preguntas cómo le fue por Nueva York. Claro que ambos lugares están en Estados Unidos. Pero, la verdad, es de ser muy ignorante. Por favor, mamá, dime que lo sabías pero que lo habías olvidado porque estás cansada.

—Estoy cansada y soy una ignorante —dijo.

* * *

De: Soo-Lin Lee-Segal
Para: Audrey Griffin

Antes de que me taches de ser la chica del ¡NOTICIA EXPRÉS!, escucha esto.

Como ya te conté, Elgin, Pablo y yo quedamos para comer en el centro. Elgin insistió en coger la lanzadera 888. En el centro había obras, así que cuando llegamos a la esquina de Fifth con Seneca el tráfico estaba parado por completo. Elgin dijo que sería más rápido ir a pie. Llovía a cántaros, pero yo no estaba en situación de discutir, así que me bajé del autobús tras ellos.

Tú que siempre estás hablando de los planes de Dios, por primera vez entendí a qué te refieres. Habría pensado que Dios me había abandonado al hacerme caminar tres manzanas bajo la lluvia torrencial. Pero resulta que en la tercera manzana había algo que Dios quería que viera.

Elgin, Pablo y yo íbamos corriendo por Fourth Avenue, con la cabeza gacha y la cara bien tapada con la capucha. En estas, que me da por levantar la vista un momento, y ¿qué veo? A Bernadette Fox dormida en una farmacia.

Repito, Bernadette Fox estaba tumbada en un diván con los ojos cerrados en medio de una farmacia de compuestos. Tanto le habría dado estar en el escaparate de Nordstrom a la vista de toda Seattle. Iba con gafas de sol, pantalones y mocasines, una camisa de hombre con unos gemelos de plata y una especie de chaleco bajo el impermeable. Entre las manos agarraba un elegante bolso al que llevaba atado uno de sus pañuelos de seda.

Pablo y Elgin ya habían llegado a la esquina, y estaban dando vueltas, preguntándose dónde me habría metido. Elgin me vio y vino hacia mí, todo furioso.

—Lo… lo…—tartamudeé—. Lo… siento.

Era mi primer día en el trabajo. Fuera lo que fuera lo que pasara con Bernadette, yo no quería formar parte de ello. Corrí a alcanzarlos, pero era demasiado tarde. Elgin ya había mirado por el cristal. Se puso pálido. Abrió la puerta y entró en la farmacia.

Para entonces, Pablo se había acercado a donde estábamos.

—La mujer de Elgin está durmiendo ahí dentro —le expliqué.

—Eso sí que es venirse abajo —dijo Pablo, sonriendo, sin querer volver la cabeza hacia la farmacia.

—Ya sé qué voy a pedir para comer —dije—. Los calamares salpimentados. No están en la carta, pero si los pides te los hacen.

—Suena bien —opinó él—. Yo seguramente miraré la carta antes de pedir.

Cuando por fin salió Elgin, se le veía débil.

—Cambia mi vuelo a Washington para mañana por la mañana —me pidió.

Yo no estaba totalmente al corriente de la agenda de Elgin. Pero sabía que la presentación que tenía era en Washington a las cuatro de la tarde. Abrí la boca para explicar que con la diferencia horaria...

—Haz lo que... —dijo.

—Está bien.

Entonces pasó de largo un Connector, mira tú por dónde. Elgin se echó a correr como una flecha entre los coches y lo detuvo. Cruzó unas palabras con el conductor y luego me hizo señas para que me acercara.

—Te lleva de vuelta a Redmond —dijo Elgin—. Ya me enviarás por S-Plus el nuevo itinerario.

No tuve más remedio que subir al autobús. Pablo me trajo un plato de calamares salpimentados del restaurante, pero con el trayecto perdieron mucho.

* * *

De: Audrey Griffin
Para: Soo-Lin Lee-Segal

Te escribo rápido porque estoy liada con los preparativos de la fiesta. El verdadero «notición» es que empiezas a darte cuenta de que es Dios quien conduce el autobús. (En tu caso, literalmente.

79

¡Pi, pi!) Me encantaría hablar contigo de este asunto en algún momento. ¿Quedamos para tomar un café? Puedo acercarme a Microsoft.

* * *

E-mail del chico que había a la salida de la biblioteca a su profesor de arquitectura de la Universidad del Sur de California (USC)

De: Jacob Raymond
Para: Paul Jellinek

Apreciado señor Jellinek:

¿Recuerda que le decía que iba a ir de peregrinación a Seattle para ver la biblioteca pública, y bromeaba con que ya le avisaría si me cruzaba con Bernadette Fox? Pues adivine a quién he visto a la salida de la biblioteca.

¡A Bernadette Fox! Rondaba los cincuenta, y tenía el pelo castaño y revuelto. Si la he mirado dos veces ha sido solo porque llevaba puesto un chaleco de pesca, y eso es algo en lo que uno se fija.

De Bernadette Fox no hay más que esa foto de hace veinte años, de cuando ganó el premio. Y todas esas especulaciones que se oyen sobre ella, de por qué se fue a Seattle, se convirtió en una ermitaña y se volvió loca. Yo estaba casi seguro de que era ella. Antes de que pudiera decirle nada, se me ha adelantado y me ha soltado: «Bernadette Fox».

Yo me he dejado llevar por la emoción. Le he contado que era universitario en la USC, que había visitado el Bifocales Beeber cada vez que lo abrían al público, que nuestro proyecto de invierno consistía en un concurso en el que debía reinterpretarse la Casa de las Veinte Millas.

De repente, me he dado cuenta de que había hablado más de la cuenta. Ella tenía la mirada perdida. Algo grave le pasaba. Yo quería hacerme una foto con la esquiva Bernadette Fox. (¡Menuda foto de perfil!) Pero luego lo he pensado mejor. Con lo que me ha dado ya esa mujer. Ha sido una relación unilateral, y ¿aún quiero más? Le he hecho una reverencia con las manos juntas en posición de plegaria y he entrado en la biblioteca, dejándola allí fuera, bajo la lluvia.

Me siento mal porque pienso que quizá la haya trastornado. En fin. Por si le interesa, sepa que Bernadette Fox se pasea por Seattle en pleno invierno con un chaleco de pesca.

Nos vemos en clase,

Jacob

* * *

Aquella noche mamá y papá salieron a cenar sin mí, a un restaurante mexicano de Ballard, lo cual estuvo bien porque el viernes es cuando unos cuantos vamos al Grupo de Jóvenes, donde tienen langostinos fritos y además nos dejan ver una película, que en aquella ocasión fue *Up*.

Papá se fue a las cinco de la madrugada a coger un avión porque tenía un asunto de Samantha 2 en el hospital militar Walter Reed.* Claire Anderssen iba a dar una fiesta en la isla de Bainbridge, y yo quería ir a la casa que tenemos allí; además me apetecía que Kennedy se quedara a dormir. Kennedy saca de quicio a papá, y no podría pasar la noche en casa estando él, así que me alegré de que papá se marchara.

---

* Al decir esto no estoy divulgando ninguna información patentada por Microsoft. Una empresa como Microsoft se fundamenta en ideas, y uno no puede ir por ahí soplando dichas ideas, ni siquiera a su propia familia, porque esta puede soplárselas a Kennedy, que a su vez se las sopla a su padre, y aunque este trabaja en Amazon, antes trabajaba en Microsoft y conoce a gente allí, y se lo cuenta, y papá se entera de ello, y uno aprende la lección. Normalmente, no diría adónde va papá por cuestiones de trabajo, pero lo miré en internet, y hay un vídeo de la presentación que hizo aquella tarde en el hospital militar Walter Reed de Washington, así que es un acto totalmente público. *(N. de la A.)*

Mamá y yo teníamos un plan. Cogeríamos el transbordador de las 10.10 a Bainbridge, y Kennedy iría en el ferry de pasajeros después de gimnasia; ella intentó salir de clase, pero su madre no la dejó.

Transcripción del parte meteorológico especial de Cliff Mass en la Radio Pública Nacional

Esta tormenta está convirtiéndose en un complejo fenómeno meteorológico. Necesitaré más tiempo de lo normal en describirlo, ya que los medios no acaban de comprender las consecuencias que puede tener. La masa nubosa asociada al sistema frontal que se aproxima llegó al oeste del estado de Washington ayer por la tarde. Los últimos modelos de ordenador en alta resolución mostraban vientos sostenidos de sesenta y cinco a ochenta kilómetros por hora, con rachas de ciento diez a ciento treinta kilómetros por hora, situándose la zona de bajas presiones en el norte, y no en el sur, como indicaban las predicciones anteriores.

Ayer, en la radio, expresé un enorme escepticismo ante la trayectoria prevista para el centro de las bajas presiones, y las últimas imágenes recibidas vía satélite confirman que este cruzará el sur de la isla de Vancouver en dirección a la Columbia Británica. Dicha posición propicia el avance de una masa de aire húmedo y templado hacia el sector occidental del estado de Washington, con la probabilidad de fuertes lluvias.

Ayer en la radio hicieron caso omiso de mis serias advertencias con respecto al tiempo en Seattle, que tomaron por una falsa alarma. Pero les aseguro que no es una falsa alarma. El cambio imprevisto en la trayectoria de la tormenta ha favorecido el avance de un sistema de bajas presiones hacia el norte del estrecho de Puget y una moderación generalizada de las temperaturas.

En Seattle, la combinación de unas temperaturas elevadas y las corrientes de aire cargadas de humedad provenientes del archipiélago de Hawai ya ha producido unas precipitaciones en las que se han acumulado cuatro dedos de lluvia entre las siete de la tarde de ayer y las siete de esta mañana. Me aventuro a pronosticar que dichas lluvias se estancarán sobre el estrecho de Puget y las inundaciones se prolongarán durante horas. Estamos en medio de un espectáculo meteorológico del todo destacable.

* * *

A esto me refiero cuando hablo de Cliff Mass. Porque lo que dice fundamentalmente es que va a llover.

* * *

De: Ollie-O
Para: Comité del Almuerzo para Futuros Padres

¡NOTICIA EXPRÉS!
El día del AFP ha llegado. Por desgracia, nuestro gran invitado, **el sol**, no va a hacer acto de presencia. Ja, ja. Eso es lo que llamo yo un chiste.

Es imprescindible que **cumplamos a rajatabla el horario previsto**. Para Galer Street sería su **sentencia de muerte** que los futuros padres tuvieran la sensación de estar perdiendo el tiempo, sobre todo en **la época de compras más importante del año**. Nuestro objetivo es que los **Padres Mercedes** vean y sean vistos, y luego soltarlos para que puedan asaltar el centro comercial de U-Village y aprovechar esas increíbles **rebajas al cincuenta por ciento en todas las tiendas**.

- 10.00-10.45 – Llegada de los PM. Recepción con comida y bebida.
- 10.45 – Llegada del señor Kangana y una de las madres, Helen Derwood, con los niños del parvulario, que entrarán silenciosos como **ratones de iglesia** por la puerta lateral y se colocarán en su sitio para la actuación de marimbas.

10.55 – Breve discurso de bienvenida a cargo de Gwen Goodyear, quien acto seguido acompañará a los PM al jardín de
invierno. El señor Kangana dirigirá la actuación de marimbas de los pequeños.

11.15 – Palabras de despedida.

Gwen Goodyear estará apostada en la puerta, **diciendo adiós** a
los invitados y repartiendo objetos promocionales de Galer Street.
No está de más recalcar la importancia de este gesto. El hecho de
que sean **Padres Mercedes** no significa ni mucho menos que no
vayan a aceptar una **tontada gratis**. (¡Con perdón!)

¡Saludos!

* * *

De: Soo-Lin Lee-Segal
Para: Audrey Griffin

¡BUENA SUERTE CON LO DE HOY! Acabo de hablar con Pizza Nuo-
vo. La lluvia no afecta a ese horno de leña que alquilan. Monta-
rán una tienda en el jardín. No me puedo mover de Redmond
porque Elgin está haciendo una presentación en otra ciudad y quiere que esté en mi puesto para resolver cualquier problema técnico
que pudiera surgir. Sin comentarios.

* * *

De: Ollie-O
Para: Comité del Almuerzo para Futuros Padres

Crisis. Cartel enorme sobre la casa de Audrey. Colocado de la no-
che a la mañana por una **vecina loca**. (¿Una madre de Galer Street?)
Audrey está histérica. Su marido va a llamar al fiscal de la ciudad.
Yo no voy a hacerme el **haraquiri**.

* * *

De: Helen Derwood, doctora
Para: Padres del parvulario de Galer Street
Cc: Lista de toda la escuela Galer Street

Apreciados padres:

Supongo que vuestros pequeños os habrán contado retazos de los horribles incidentes que han tenido lugar en el almuerzo de hoy. Sin duda estaréis preocupados y confundidos. Al ser la única madre del parvulario presente en el evento, he recibido un aluvión de llamadas de padres interesados en saber lo que había sucedido realmente.

Como muchos de vosotros sabéis, trabajo como terapeuta en el Centro Médico Sueco, y estoy especializada en el trastorno por estrés postraumático (TEPT). Fui a Nueva Orleans después del Katrina y sigo viajando con frecuencia a Haití. Con el permiso de la directora de la escuela, la señora Goodyear, os escribo en calidad tanto de madre como de asesora de TEPT.

Es importante analizar la cuestión partiendo de los hechos. Dejasteis a vuestros hijos delante de Galer Street. De ahí los subimos al autobús y el señor Kangana y yo los acompañamos hasta la residencia de Audrey y Warren Griffin, en Queen Anne. A pesar de la lluvia, el lugar era precioso. Las macetas estaban llenas de vistosas flores, y el aire olía a leña quemada.

Un caballero llamado Ollie-O nos recibió y nos condujo a la entrada lateral, donde nos pidieron que nos quitáramos los impermeables y las botas de agua.

En aquel momento, el almuerzo estaba muy animado. Había aproximadamente cincuenta invitados, y todos ellos parecían estar pasándolo bien. Percibí una tensión palpable en Gwen Goodyear, Audrey Griffin y Ollie-O, pero nada que un niño pudiera detectar.

Nos llevaron al jardín de invierno, donde el señor Kangana había montado sus marimbas la noche anterior. Los pequeños que tenían que ir a hacer sus necesidades las hicieron, y luego se colo-

85

caron de rodillas detrás de sus instrumentos. Los estores estaban bajados, de modo que la sala se hallaba en penumbra. Como a los niños les costaba localizar los mazos, comencé a subirlos.

Ollie-O apareció de repente y me agarró de la mano. «Así es imposible», me dijo, y encendió las luces.

Los invitados acudieron a ver la actuación. Tras una breve introducción a cargo de Gwen Goodyear, los niños comenzaron con «My Giant Carp». ¡Qué orgullosos os habríais sentido! Sonaba de maravilla. Sin embargo, cuando llevaban tocando un minuto más o menos, se oyó un gran alboroto en el jardín, donde estaban los encargados del catering.

«¡Hostia p...!», se oyó gritar a alguien desde fuera.

Unos cuantos invitados reaccionaron riendo con disimulo, sin ofenderse. Los niños estaban tan absortos en su música que apenas se dieron cuenta. Cuando terminó la canción, todos ellos miraron al señor Kangana, que empezó a contarles para dar paso al siguiente tema. «Un, dos, tres...»

«¡Jod...!», gritó otra persona.

Aquello no iba bien. Atravesé el lavadero a toda prisa hasta la puerta trasera con la intención de hacer callar a los que armaban tanto escándalo. Una fuerte presión, invariable y constante empujaba la puerta hacia mí. Al sentir de inmediato la fuerza de una naturaleza atroz al otro lado, intenté cerrar la puerta, pero aquella fuerza inhumana me lo impedía. Entonces atranqué la puerta con el pie, y oí un crujido que no presagiaba nada bueno. Las bisagras comenzaron a salirse del marco.

Antes de que me diera tiempo a asimilar algo siquiera de lo que ocurría, las marimbas dejaron de sonar de golpe. Entonces oí una serie de sonidos metálicos procedentes del jardín de invierno, y el grito de socorro de un niño.

Olvidé la amenaza que se cernía tras la puerta y fui volando al jardín de invierno, que encontré sembrado de vidrios rotos, con los niños gritando mientras se alejaban a todo correr de los instrumentos. Viendo que no tenían cerca a sus padres para buscar su consuelo, los pequeños se refugiaron en masa entre el corrillo de futuros padres, que a su vez estaban intentando pasar por una puerta estrecha, la única que daba al salón. Es un pequeño milagro que nadie acabara pisoteado.

Mi hija Ginny vino corriendo a mi lado y se abrazó a mis piernas. Tenía la espalda mojada… y manchada de barro. Al levantar la vista vi que los estores se habían subido por sí solos, un hecho del todo inquietante.

Y entonces llegó el barro, que entró a mansalva por las ventanas rotas. Barro espeso, barro líquido, barro con piedras, barro con trozos de cristal biselado, barro con junquillos de ventana, barro con césped, barro con utensilios de barbacoa, barro con cascos de mosaico de una pila para pájaros. En un abrir y cerrar de ojos, las ventanas del jardín de invierno habían desaparecido, y en su lugar había un agujero enorme que rezumaba barro.

Niños, adultos, todo el mundo intentaba huir de aquel desastre, que ahora afectaba también a los muebles. Yo me quedé allí con el señor Kangana, que trataba de rescatar las marimbas que había traído con él de jovencito cuando emigró de su amada Nigeria.

Y entonces, tal como había comenzado, dejó de entrar barro. Me volví y vi un cartel al revés pegado al agujero del jardín de invierno, formando un dique. No sabía de dónde habría salido aquel cartel, pero era de un rojo brillante y lo bastante grande para tapar lo que había sido una pared de ventanas.

PROPIEDAD PRIVADA
PROHIBIDO EL PASO
Las moscardonas de Galer Street
serán detenidas y encarceladas
en la prisión para moscardonas

Para entonces los invitados salían ya volando por la puerta de entrada para meterse en sus coches entre gritos. Los chefs y camareros cubiertos de barro endurecido iban de aquí para allá chillando cual posesos, como si aquello fuera lo más divertido que hubieran visto en su vida. El señor Kangana nadaba en lodo mientras recogía las marimbas. Gwen Goodyear estaba en el vestíbulo, tratando de mantener el tipo mientras repartía los objetos de recuerdo de Galer Street. Ollie-O se hallaba en un estado semicatatónico, diciendo frases absurdas como «Esto no es biodegradable… las consecuencias río abajo son enormes… todo apunta a un camino escabroso… seguir avanzando…» antes de quedarse atascado en las palabras «fracaso colosal», que luego repitió una y otra vez.

Lo más increíble, quizá, fue ver a Audrey Griffin corriendo por la calle, huyendo de su propia casa. Cuando la llamé, ya había doblado la esquina.

Me quedé sola con treinta niños traumatizados a mi cuidado.

«¡Vale! —dije, serenándome—. ¡Que todo el mundo busque sus botas y su impermeable!» Ahora me doy cuenta de que fue una orden desacertada, ya que solo sirvió para poner de relieve la imposibilidad de dicho cometido. Además, aquellos niños iban en calcetines, algunos incluso con los pies desnudos, y había cristales rotos por todas partes.

«Que nadie se mueva.» Recogí todos los cojines que pude e improvisé un camino desde la puerta principal hasta la acera. «Caminad sobre los cojines, y poneos en fila al lado del seto.»

Si hay algo que entienden los niños pequeños es cómo ponerse en fila. Uno a uno los fui llevando por la calle hasta el autobús, que luego conduje hasta Galer Street.

Esta es la razón por la que vuestros hijos volvieron sin botas ni impermeable, cubiertos de barro y cargados de historias fantásticas.

Con vuestro permiso, ahora hablaré en calidad de especialista en TEPT.

Un «trauma» puede definirse en términos generales como una experiencia que el sujeto percibe como una amenaza para su vida. Puede no durar más de un dieciochoavo de segundo. En el momento inmediatamente posterior al trauma, los niños pueden manifestar miedo o confusión. Me tomé mi tiempo para llevarlos uno a uno al autobús y así tener la oportunidad de comunicarme físicamente con ellos. La investigación ha demostrado los efectos curativos del contacto corporal justo después de una vivencia traumática, sobre todo en el caso de los más pequeños.

Durante el trayecto al autobús, pude escuchar, expresar mi curiosidad o simplemente «estar» con cada uno de ellos. Asimismo, tuve la ocasión de observarlos para detectar posibles indicios de TEPT en fase inicial. Celebro informaros de que vuestros hijos parecían llevarlo muy bien. Lo que más les preocupaba era si les devolverían las cosas de lluvia, y cómo se las harían llegar. Yo contesté a sus preguntas con toda la sinceridad posible. Les dije que haríamos cuanto estuviera en nuestra mano para recuperar sus pertenencias, que probablemente estarían sucias, pero que las mamis harían todo lo posible por limpiarlas.

La buena noticia es que se trató de un incidente traumático aislado, por lo que las probabilidades de desarrollar un TEPT son menores. La mala es que el TEPT puede aflorar meses o incluso años después del hecho en cuestión. Siento que es mi responsabilidad como doctora avisaros de algunos de los síntomas del TEPT que podrían presentar vuestros hijos:

- preocupación por la muerte
- hacerse pis en la cama, pesadillas, insomnio
- actos regresivos como chuparse el pulgar, balbucear y llevar pañal
- quejas físicas para las que no hay una causa física subyacente
- retraimiento de la familia y los amigos
- negativa a ir a la escuela
- conducta sádica, violenta

Si advertís cualquiera de estos síntomas ahora o en los próximos años, es importante que acudáis de inmediato a un especialista y le contéis lo sucedido en casa de Audrey Griffin. Con ello no quiero decir que vaya a suceder. De hecho, las probabilidades de que eso ocurra son mínimas.

Le he ofrecido a Gwen Goodyear mis servicios de terapia para las dos clases de parvulario. Aún estamos sopesando la conveniencia de celebrar una asamblea de toda la escuela, una reunión solo de parvulario o un foro de padres para tratar en conjunto este hecho traumático. Me gustaría saber vuestra opinión.

Atentamente,

Helen Derwood, doctora

* * *

Basta con esto para acabar de entender lo imprevisible del tiempo aquella mañana; de hecho, fue la primera vez desde los atentados del 11-S que se suspendió el servicio de ferris.

Mamá y yo desayunamos en Macrina antes de acudir al mercado de Pike Place para cumplir con nuestra rutina habitual de los sábados. Mamá se quedaba esperando en el coche mientras yo corría a comprar salmón al famoso puesto de los pescados voladores, queso a Beecher y huesos para perro al carnicero.

A mí me había dado entonces por escuchar *Abbey Road*, ya que acababa de leer un libro acerca de los últimos días de los Beatles, y me pasé gran parte del desayuno hablándole a mamá de ello. Por ejemplo, aquel *medley* de la cara B fue concebido en un principio como varios temas por separado. Fue Paul quien tuvo la idea de unirlos todos, ya en el estudio. Asimismo, Paul sabía exactamente lo que estaba ocurriendo cuando escribió «Boy, you're going to carry that weight» . Se refiere al hecho de que John quería disolver los Beatles, pero Paul no. Aquella frase iba dirigida a John. Con ella, Paul le decía: «Nos va de fábula. Si este grupo se disuelve, tú serás el responsable, John. ¿Seguro que quieres vivir con eso?». ¿Y la parte instrumental del final, en la que los Beatles restan protagonismo a las guitarras y Ringo hace su único solo de batería? ¿A que parece que sea en todo momento una trágica despedida pensada para los fans, en la que te imaginas a los Beatles vestidos como hippies, tocando esa última parte de *Abbey Road* mientras se miran todos, llorando a lágrima viva? Pues resulta que toda esa parte instrumental también la montó Paul en el estudio después de lo sucedido, así que no es más que un montón de falso sentimentalismo.

En fin, que cuando llegamos al muelle de ferris, la cola ocupaba toda la zona de carga, pasaba bajo el viaducto y llegaba a la otra punta de First Avenue. Nunca habíamos visto una fila de coches tan larga. Mamá aparcó en la cola, apagó el motor y se acercó a pie hasta la cabina bajo la lluvia torrencial. Al volver me contó que una alcantarilla había inundado la terminal de ferris por la parte de Brainbridge. Había tres buques en espera, cargados de vehículos que tenían que desembarcar. Sonaba a caos total. Pero lo único que se puede hacer cuando hay problemas con los ferris es hacer cola y esperar.

—¿Cuándo es esa actuación de flauta? —me preguntó mamá—. Quiero ir a verte.

—No quiero que vengas.

Confiaba en que lo hubiera olvidado.

Mamá se quedó boquiabierta.

—La letra de la canción es muy cursi —le expliqué—. Te daría un ataque de cursilería.

—¡Es que quiero que me dé un ataque de cursilería! No hay nada que me guste más que los ataques de cursilería.

—No pienso decirte cuándo es.

—Menuda granujilla estás hecha —dijo.

Metí en el lector un cedé de *Abbey Road* que había copiado aquella misma mañana y le di al botón de reproducción. Me aseguré de que solo estuvieran encendidos los altavoces de delante, ya que Helado estaba durmiendo en la parte de atrás.

Por supuesto, la primera canción es «Come Together», que empieza con ese extraño y grandioso «shuump» y la línea de bajo. Y cuando John comenzó a cantar «Here come old flattop…», ¡resultó que mamá se sabía la letra de principio a fin! No solo toda la letra, sino todas las cadencias. Sabía todos y cada uno de los *all right!*, *aww!* y *yeaaah*. Y así fue, canción tras canción. Cuando comenzó a sonar «Maxwell's Silver Hammer», mamá dijo:

—Pufff... esta siempre me ha parecido una petulancia de juventud.

Y aun así, ¿qué hizo? Se puso a cantarla también, palabra por palabra.

Le di al botón de pausa.

—¿Cómo es que te sabes hasta esta? —le pregunté.

—¿De *Abbey Road*? —Mamá se encogió de hombros—. No sé, es algo que se sabe, sin más. —Volvió a darle al botón de reproducción.

¿Y qué pasó cuando empezó «Here Comes the Sun»? No es que saliera el sol, como dice la canción, sino que fue mamá quien se iluminó como el sol que asoma entre las nubes. Si uno se fija en las primeras notas de ese tema, verá que hay algo en la guitarra de George que las hace sonar llenas de optimismo. Pues así se oía a mamá cuando se puso a cantar, llena también de optimismo. Incluso le salieron bien las palmadas irregulares durante el solo de guitarra. Cuando terminó el tema, hizo una pausa.

—Ay, Bee —dijo—. Esta canción me recuerda a ti. —Tenía lágrimas en los ojos.

—¡Mamá!

Por eso no quería que viniera al baile del elefante de los de primero. Porque las cosas más insospechadas invaden su ser de amor.

—Necesito que sepas lo duro que resulta para mí a veces. —Mamá tenía puesta su mano sobre la mía.

—¿El qué?

—La banalidad de la vida —respondió—. Pero no me impedirá llevarte al Polo Sur.

—¡Que no vamos al Polo Sur!

—Ya lo sé. En el Polo Sur se llega casi a los cien grados bajo cero. Solo los científicos van allí. He comenzado a leer uno de los libros.

Saqué mi mano de debajo de la suya y le di al botón de reproducción. Ahora viene lo gracioso. Resulta que cuando copié el cedé, no deseleccioné la casilla que iTunes marca por defecto cuando te pregunta si quieres dejar dos segundos entre canción y canción. Así que cuando llegó el impresionante *medley*, mamá y yo cantamos juntas «You Never Give Me Your Money» y luego

«Sun King», que mamá se sabía entera, incluso la parte en español, y eso que no habla ni una palabra de español; lo que habla es francés.

Y entonces comenzaron los dos segundos de silencio.

Para quien no entienda lo trágico e irritante que resulta eso, va en serio, que se ponga a cantar «Sun King» al son de la música. Hacia el final, uno se ve entonando la letra en español todo adormilado, preparándose para pasar a la animada «Mean Mr. Mustard», porque lo que hace que el final de «Sun King» sea tan bueno es que te dejas llevar por su lenta cadencia al mismo tiempo que esperas los demoledores toques de batería de Ringo con los que arranca «Mean Mr. Mustard», que luego se vuelve funky. Pero si no deseleccionas esa casilla de iTunes, al final de «Sun King» le sigue…

UN BRUSCO SILENCIO DIGITAL DE DOS SEGUNDOS.

Y durante «Polythene Pam», justo después de que digan «look out», se oye UN VACÍO ENORME antes de «She Came in Through the Bathroom Window». En serio, es una tortura. Mamá y yo nos dedicamos a berrear mientras duró aquel suplicio, hasta que acabó el cedé.

—Te quiero, Bee —dijo mamá—. Lo intento. A veces sale bien. Otras no.

La cola en el muelle de ferris no se había movido.

—Supongo que deberíamos volver a casa —dije.

Era una lata, porque Kennedy nunca quería quedarse a dormir en Seattle, ya que nuestra casa le da miedo. Una vez juró ver cómo se movía un bulto de una de las alfombras. «¡Está viva, está viva!», gritó. Yo le dije que no era más que una zarza que crecía entre las tablas del suelo, pero ella estaba convencida de que era el fantasma de una de las niñas de Straight Gate.

Mamá y yo regresamos a Queen Anne Hill. En una ocasión, mamá comentó que los manojos de cables de los autobuses eléctricos eran como una escalera de Jacob. Cada vez que subíamos en coche por la colina, me imaginaba que pasaba los dedos separados por el entramado de cables y los sacaba entre ellos como en el juego del hilo.

Giramos por el camino de entrada a casa. Cuando estábamos atravesando la verja, apareció Audrey Griffin, que se acercó caminando al coche.

—Vaya por Dios —exclamó mamá—. Esto es un *déjà-vu* interminable. Y ahora, ¿qué querrá?

—Ten cuidado con su pie —dije, totalmente en broma.

—¡Oh, no! —La voz de mamá sonó como si escupiera las palabras. Se tapó la cara con las manos.

—¿Qué? —pregunté—. ¿Qué pasa?

Audrey Griffin iba sin chaqueta. Llevaba los pantalones cubiertos de barro de la rodilla para abajo, y caminaba descalza. También tenía barro en el pelo. Mamá abrió la puerta de su lado sin apagar el motor. Cuando salí del coche, Audrey Griffin estaba gritando.

—¡Tu ladera se ha deslizado hasta mi casa!

¿Cómo?, pensé yo. Nuestro jardín era tan enorme, y el final del césped estaba tan lejos que no veía a qué se refería.

—Durante una fiesta —continuó Audrey—, para los futuros padres de Galer Street.

—No tenía ni idea… —A mamá le temblaba la voz.

—Eso sí que me lo creo —dijo Audrey—, con lo poco que te implicas en la escuela, por no decir nada. ¡Pues estaban las dos clases de párvulos!

—¿Ha resultado alguien herido? —preguntó mamá.

—No, gracias a Dios. —Audrey esgrimía una sonrisa de loca.

Mamá y yo compartimos una fascinación por lo que llamamos gente alegre-enfadada. Nunca había visto nada que ilustrara mejor lo que entendíamos por dicha expresión que aquel gesto de Audrey.

—Bueno, eso está bien. —Mamá soltó un enorme suspiro—. Eso está bien.

Me dio la sensación de que lo decía como intentando convencerse a sí misma.

—¿¡Que está bien!? —gritó Audrey—. Mi jardín ha quedado enterrado bajo dos metros de lodo. ¡El barro me ha roto ventanas, me ha destrozado plantas, árboles, suelos de madera noble, me ha arrancado la lavadora y la secadora de la pared! —Audrey hablaba rapidísimo y respiraba muy seguido. Era como si, con cada elemento de la casa que citaba, la aguja del contador de su alegría-enfado se moviera cada vez más a la derecha−. La barbacoa ha desaparecido. Las cortinas están estropeadas. El invernadero ha acabado derribado. Las plantas de semillero, arruinadas. Los manzanos que han tardado veinticinco años en agarrar, arrancados de raíz. Los arces japoneses, aplastados. Las rosas antiguas han volado. ¡Hasta el brasero al aire libre que yo misma había alicatado ha desaparecido!

Mamá se metía en la boca las comisuras de los labios para evitar que se le formara una sonrisa. Yo tuve que mirar al suelo rápidamente para que no se me escapara una carcajada. Pero toda jocosidad malsana que pudiéramos verle a la situación se esfumó de golpe.

−¡Y ese cartel! −exclamó Audrey con un gruñido.

A mamá se le alteró el semblante. Apenas pudo pronunciar las palabras «El cartel».

−¿Qué cartel? −pregunté.

−¿Qué clase de persona pone un cartel...? −comenzó Audrey.

−Haré que lo quiten hoy mismo −dijo mamá.

−¿Qué cartel? −repetí.

−No hace falta, el barro ya se ha encargado de eso −replicó Audrey a mamá.

Nunca me había fijado en el verde claro de los ojos de Audrey Griffin hasta que vi cómo se le salían de las órbitas al mirar a mamá.

−Lo pagaré todo −dijo mamá.

Esto es algo propio de mamá: que lleva mal las molestias, pero reacciona de maravilla en una situación de crisis. Si un camarero olvida rellenarle el vaso de agua después de que ella se lo haya pedido tres veces, o no lleva encima las gafas oscuras cuando sale el sol, ¡cuerpo a tierra! Pero cuando ocurre algo realmente grave, mamá entra en ese estado de calma suprema. Creo que le viene de todos aquellos años que prácticamente medio viviendo en el hospital infantil por mi causa. Con esto solo digo que, cuando las cosas pintan mal, no hay nadie mejor que mamá para tener al lado.

Pero esa calma suya solo pareció servir para exasperar aún más a Audrey Griffin.

—¿¡Eso es lo único que cuenta para ti!? ¿¡El dinero!? —Cuanto más furiosa se ponía Audrey, más le brillaban los ojos—. ¿Ahí arriba, en tu caserón, desde donde nos miras a todos mientras extiendes cheques, sin dignarte nunca bajar de tu trono y honrarnos con tu presencia?

—Entiendo que estés exaltada —dijo mamá—. Pero te recuerdo que si he hecho algo en la ladera ha sido porque tú has insistido, Audrey. Contraté al tipo que trabaja para ti y le hice venir el día que tú especificaste.

—¿Así que no hay nada que sea responsabilidad tuya? —Audrey chasqueó la lengua—. Qué bien te viene eso. ¿Y qué me dices del cartel? ¿También te lo hice poner yo? Tengo curiosidad, la verdad.

—¡Qué cartel! —Comencé a asustarme con toda aquella historia del cartel.

—Hice una estupidez muy grande, Buzz —respondió mamá, volviéndose hacia mí—. Ya te lo contaré.

—Esta pobre niña —dijo Audrey con amargura—. Con todo lo que ha tenido que pasar.

—¿Cóm…? —exclamé.

—Siento mucho lo del cartel —afirmó mamá enérgicamente, dirigiéndose a Audrey—. Lo hice en un arrebato el día que te encontré en mi jardín con tu jardinero.

—¿Me estás culpando a mí? —dijo Audrey—. ¡Esto es increíble!

Era como si la aguja que medía su nivel de alegría hubiera traspasado la zona de peligro y ahora se hallara en un territorio desconocido que ninguna persona alegre-enfadada había osado pisar hasta entonces. Hasta yo estaba asustada.

—Me culpo a mí misma —contestó mamá—. Solo quiero señalar que lo ocurrido hoy se enmarca dentro de un contexto más amplio.

—¿Tú crees que un señor que va a tu casa para darte un presupuesto por un trabajo de jardinería, trabajo exigido legalmente según la normativa municipal, puede equipararse a poner un cartel, traumatizar a todos los niños del parvulario, poner en peligro la campaña de matriculación de Galer Street y destrozar mi casa?

—El cartel fue una reacción a eso —dijo mamá—. Así es.

—Vaaayaaa —exclamó Audrey Griffin, alargando la palabra mientras su entonación subía y bajaba como una montaña rusa.

Su voz estaba tan llena de odio y locura que me atravesó la piel. El corazón se me aceleró de miedo como nunca me había ocurrido.

—Esto sí que es interesante. —Audrey puso los ojos como platos—. Así que te parece que poner un cartel abominable que se vea bien grande desde mi casa es una reacción apropiada a que te hagan un presupuesto por un trabajo de jardinería. —Esta última frase la pronunció mientras señalaba con el dedo en ocho direcciones distintas—. Creo que ya entiendo.

—Fue una reacción exagerada —dijo mamá a Audrey con una calma renovada—. No olvides que habías entrado en mi propiedad sin autorización.

—En dos palabras, ¡que estás chiflada! —explotó Audrey, moviendo los ojos como si le dieran espasmos—. Mira que siempre me lo he preguntado, y ahora ya sé la respuesta.

Se le quedó una cara de demente con expresión de asombro y comenzó a aplaudir con palmadas pequeñas y rápidas.

—Audrey —dijo mamá—. No finjas que no tienes nada que ver en este juego.

—Yo no juego a nada.

—¿Y qué me dices de ese e-mail que hiciste enviar a Gwen Goodyear asegurando que yo te había pasado por encima del pie con el coche? ¿Qué era eso?

—Ay, Bernadette —dijo Audrey, moviendo la cabeza de un lado a otro con tristeza—. De verdad que tienes que dejar de ser tan paranoica. Quizá si te relacionaras más con la gente verías que no somos una panda de cocos temibles que queremos comerte.

Levantó las manos y movió los dedos en el aire.

—Creo que ya está todo dicho —afirmó mamá—. Una vez más, te pido disculpas por el cartel. Fue una estupidez y una equivocación, y asumo toda la responsabilidad de lo ocurrido, por lo que respecta al dinero, al tiempo, a Gwen Goodyear y a Galer Street.

Mamá dio media vuelta y bordeó la parte delantera del coche. Cuando estaba a punto de sentarse al volante, Audrey Griffin se echó a andar de nuevo, como si fuera un monstruo de película que hubiera revivido.

—A Bee nunca la habrían aceptado en Galer Street si hubieran sabido que vivía en esta casa —dijo Audrey Griffin—. Pregúntale a Gwen. Nadie se enteró de que erais esos de Los Ángeles que llegasteis a Seattle y comprasteis un edificio de mil cien metros cuadrados en medio de un barrio precioso y lo llamasteis vuestro hogar. Aquí mismo, donde estamos. En un radio de seis kilómetros se encuentra la casa en que yo me crié, la casa en que se crió mi madre y la casa en que se crió mi abuela.

—Eso sí que me lo creo —dijo mamá.

—Mi bisabuelo era cazador de pieles en Alaska —explicó Audrey—. El bisabuelo de Warren le compraba pieles. Lo que quiero decir con ello es que llegáis aquí con vuestro dinero de Microsoft y creéis que sois de aquí. Pero no lo sois. Nunca lo seréis.

—Amén.

—No le caes bien a ninguna de las otras madres, Bernadette. ¿Sabes que hicimos una cena de Acción de Gracias con todas las madres e hijas de octavo en la isla de Whidbey, pero que tú y Bee no estabais invitadas? ¡Aunque ya me enteré de que lo pasasteis de maravilla en Daniel's Broiler!

Al oír aquello sentí como si se me parara el corazón. Mi cuerpo estaba allí, de pie, pero tenía la sensación de que Audrey Griffin me había dejado sin aliento. Me acerqué al coche para tranquilizarme.

—Ya está bien, Audrey. —Mamá dio unos cinco pasos hacia mí—. Vete a la mierda.

—Eso es —dijo Audrey—. Suelta esas lindezas delante de tu hija. Espero que eso te haga sentir fuerte.

—Te lo digo una vez más —replicó mamá—. Vete a la mierda por meter en esto a Bee.

—A Bee la adoramos —dijo Audrey Griffin—. Es una estudiante estupenda y una chica fantástica. Su caso sirve para ilustrar lo fuertes que son los niños, en vista de lo bien que ha salido a pesar de todo. Si fuera hija mía, y me consta que hablo en nombre de todas las madres que fueron a la isla de Whidbey, nunca la mandaríamos a un internado.

Al final logré recobrar el aliento lo suficiente como para decir:

—¡Soy yo quien quiere ir a un internado!

—No me extraña —me dijo Audrey, compadeciéndose de mí.

—¡Fue idea mía! —grité, toda furiosa—. ¡Ya se lo dije!

—No, Bee —dijo mamá. Ni siquiera me miró; se limitó a levantar una mano en mi dirección—. No vale la pena.

—Pues claro que fue idea tuya —me dijo Audrey Griffin, señalando a mamá con la cabeza, con los ojos fuera de las órbitas—. Es normal que quieras irte. ¿Quién te va a culpar?

—¡A mí no me hable así! —grité—. ¡No sabe nada de mí!

Yo estaba empapada y el coche llevaba en marcha todo aquel rato, con el derroche de gasolina que eso supone, y teníamos las dos puertas abiertas, por lo que la lluvia entraba a chorros, estropeando la tapicería de piel; además estábamos aparcadas justo en la curva de entrada a casa, de modo que la verja intentaba cerrarse pero se abría una y otra vez, y yo temía que el motor acabara quemándose, y Helado estaba allí detrás, observando la escena como una tonta, con la boca abierta y la lengua colgando, como si ni siquiera percibiera que necesitábamos protección, y para colmo sonaba «Here Comes the Sun», la canción que mamá decía que le recordaba a mí, y en ese momento supe que nunca más escucharía *Abbey Road*.

—Dios mío, Bee, ¿qué pasa? —Mamá se había vuelto hacia mí y había visto que algo me ocurría—. Dime algo, Buzz. ¿Es el corazón?

Aparté a mamá de un empujón y le di una bofetada a Audrey en toda su cara mojada. ¡Ya lo sé! Pero es que estaba fuera de mis casillas.

—Rezaré por ti —dijo Audrey.

—Rece por usted —solté—. Mi madre es demasiado buena para usted y esas madres. Es usted a la que odia todo el mundo. Kyle es un gamberro que no hace ningún deporte ni ninguna actividad extraescolar. Los únicos amigos que tiene van con él porque les da drogas o porque es gracioso cuando se ríe de usted. Y su marido es un borracho que tiene tres multas por conducir en estado de embriaguez pero que se libra porque conoce al juez, y lo único que les importa es que nadie se entere, pero ya es demasiado tarde porque Kyle se lo ha contado a todo el colegio.

—Como soy cristiana, te perdonaré por lo que acabas de decir —se apresuró a contestar Audrey.

—Déjeme en paz —espeté—. Los cristianos no hablan como le ha hablado usted a mi madre.

Me metí en el coche, cerré la puerta, quité *Abbey Road* y me puse a lloriquear. Estaba sentada sobre un dedo de agua, pero me daba igual. La razón por la que estaba tan asustada no tenía nada que ver con un cartel, con un estúpido alud de barro o con el hecho de que a mamá y a mí no nos invitaran a la maldita isla de Whidbey —como si nosotras quisiéramos ir a alguna parte con aquella panda de imbéciles—, sino que era porque sabía que ahora todo sería distinto.

Mamá subió al coche y cerró la puerta.

—Eres una pasada —dijo—. ¿Lo sabías?

—La odio —dije.

Lo que no dije, porque no hizo falta, ya que quedó implícito, y la verdad es que no sabría decir por qué, pues nunca le habíamos ocultado un secreto hasta entonces, fue algo que tanto mamá como yo dimos por sentado: que no le contaríamos lo ocurrido a papá.

Mamá ya no fue la misma después de aquello. No fue el día de la farmacia. Aquella recaída la había superado. Yo estaba con ella en el coche, cantando *Abbey Road*. Y no me importa lo que digan papá, los médicos, la policía o quien sea, fue aquella discusión con Audrey Griffin lo que marcó un antes y un después para ella. Y para quien no me crea:

E-mail enviado cinco minutos más tarde

De: Bernadette Fox
Para: Manjula Kapoor

Nadie puede acusarme de no haberle puesto empeño. Pero es superior a mí. No puedo ir a la Antártida. No sé cómo me las arreglaré. Pero tengo fe en nosotras, Manjula. Juntas podemos hacer lo que nos propongamos.

De papá para la doctora Janelle Kurtz, psiquiatra de Madrona Hill

Apreciada doctora Kurtz:

Mi amiga Hannah Dillard la ha puesto por las nubes a raíz de la estancia de su marido, Frank, en Madrona Hill. Por lo que tengo entendido, Frank sufría depresión, pero el tratamiento recibido en Madrona Hill, bajo su supervisión, ha hecho maravillas con él.

Me dirijo a usted porque estoy muy preocupado por mi esposa. Se llama Bernadette Fox, y me temo que está muy enferma.

(Disculpe mi caligrafía caótica. Estoy en un avión y se me ha acabado la batería del portátil, así que he cogido un bolígrafo por primera vez en años. Será mejor que siga, ya que considero importante apuntarlo todo mientras lo tengo fresco en la memoria.)

Antes que nada, le pondré en antecedentes. Bernadette y yo nos conocimos hace unos veinticinco años en Los Ángeles, cuando el estudio de arquitectura para el que trabajaba ella rediseñó la empresa de animación para la que yo trabajaba. Ambos éramos de la Costa Este y habíamos estudiado en centros privados. Bernadette era una nueva promesa. A mí me cautivó su belleza, su sociabilidad y su encanto despreocupado. Nos casamos. Yo trabajaba entonces en una idea que tenía para una animación por ordenador. Microsoft compró mi empresa. Por su parte, Bernadette se metió en líos con una casa que estaba construyendo y de la noche a la mañana decidió romper con el mundo de la arquitectura de Los Ángeles. Para mi sorpresa, ella fue el acicate que nos hizo trasladarnos a Seattle.

Bernadette vino hasta aquí para mirar casas y me llamó diciendo que había encontrado el lugar ideal, la escuela para niñas Straight Gate, en Queen Anne. A cualquier otra persona, un reformatorio medio derruido podría parecerle un lugar extraño al que llamar hogar. Pero así era Bernadette, y estaba entusiasmada con la idea. Bernadette y su entusiasmo eran como un hipopótamo y el agua: si te interponías entre ellos, podías morir aplastado.

Nos mudamos a Seattle. Microsoft me engulló entero. Bernadette se quedó embarazada y tuvo el primero de una serie de abortos espontáneos. A los tres años logró superar los tres primeros meses de una gestación. Al principio del segundo trimestre, le impusieron reposo absoluto. La casa, que era un lienzo en blanco en el que Bernadette tenía pensado hacer valer su magia, languideció, lo cual era comprensible. Había goteras, corrientes de aire extrañas y de vez en cuando salía algún que otro hierbajo entre las tablas del suelo. A mí lo que me preocupaba era la salud de Bernadette —lo que necesitaba ella era descansar, no el estrés de una reforma—, así que íbamos con parka dentro de casa, poníamos ollas por todas partes cuando llovía y teníamos a mano unas tijeras de podar, guardadas en un jarrón del salón. Era romántico.

Nuestra hija, Bee, nació antes de tiempo. Salió amoratada. Le diagnosticaron síndrome del corazón izquierdo hipoplásico. Supongo que tener un hijo enfermo puede unir más a una pareja o romperla por completo. En nuestro caso, no pasó ni una cosa ni otra. Bernadette se entregó en cuerpo y alma a la recuperación de Bee. Yo me dediqué a hacer más horas que un reloj y lo llamamos una sociedad: Bernadette mandaba y yo pagaba.

Cuando Bee entró en el parvulario, ya era una niña sana, aunque inusitadamente pequeña para su edad. Siempre di por sentado que Bernadette volvería entonces a ejercer como arquitecta o, al menos, que arreglaría la casa. Las goteras del tejado se habían convertido en boquetes, y las ventanas con pequeñas grietas, en paneles de cartón pegados con cinta americana. El jardinero venía una vez a la semana a arrancar las malas hierbas que crecían bajo las alfombras.

Nuestra casa estaba volviendo literalmente a la tierra. Un día, cuando Bee tenía cinco años, yo estaba jugando con ella a cocinitas en su habitación. Tras tomar nota de mi pedido, y después de una actividad frenética en su cocina de miniatura, me trajo el «almuerzo», una cosa húmeda y marrón. Olía a tierra, pero tenía un aspecto más esponjoso. «Lo he sacado de ahí», dijo toda orgullosa, señalando el suelo de madera. Estaba tan húmedo de la lluvia caída durante años y años, que Bee podía excavarlo literalmente con una cuchara.

Una vez que Bee estuvo adaptada al parvulario, Bernadette no mostró interés alguno en arreglar la casa, ni tampoco en trabajar. Toda la energía que había canalizado en su día con tanta intrepidez en la arquitectura la empleó a partir de entonces en despotricar contra Seattle, en forma de disparatadas invectivas que requerían no menos de una hora en ser expresadas por completo.

Pongamos por caso los cruces de cinco vías. La primera vez que Bernadette hizo un comentario sobre la abundancia de este tipo de intersecciones en Seattle, me pareció de lo más pertinente. Yo nunca me había fijado, pero realmente había muchos cruces con una calle más de lo normal, que te obligaban a esperar un semáforo más en rojo. Desde luego, merecía la pena una conversación entre un marido y una mujer. Sin embargo, la segunda vez que Bernadette empezó con el mismo tema, me pregunté si tendría algo nuevo que añadir. Pero no. Se limitó a quejarse con una vehemencia renovada. Me pidió que le preguntara a Bill Gates por qué seguía viviendo en una ciudad con tantos cruces absurdos. Cuando llegué a casa de trabajar, quiso saber si se lo había preguntado. Un día compró un mapa antiguo de Seattle y me explicó que en su día había seis cuadrículas separadas, las cuales con el tiempo acabaron uniéndose sin un plan general. Una noche, de camino a un restaurante, se desvió varios kilómetros de la ruta que debíamos seguir para mostrarme dónde confluían tres de los sistemas, un punto de la ciudad con un cruce del que salían siete calles. Entonces calculó el tiempo que estuvimos parados en el semáforo. El caótico trazado de las calles de Seattle era uno de los temas preferidos de Bernadette.

Algunas noches estaba dormido en la cama y me decía:

—Elgie, ¿estás despierto?

—Ahora sí.

—¿Bill Gates conoce a Warren Buffett? ¿No es Warren Buffett el dueño de la marca de bombones See's Candy?

—Supongo.

—Genial. Porque tiene que saber lo que ocurre en la confitería del centro comercial de Westlake. ¿Sabes que See's Candy tiene la política de repartir muestras gratuitas? Pues toda esa horrible panda de fugados de casa se ha enterado. Así que hoy he tenido que hacer media hora de cola en plena calle, detrás de un montón de vagabundos y drogadictos que no iban a comprar nada sino a pedir una muestra gratuita, y luego volvían a ponerse en la cola para que les dieran otra.

—Pues no vayas más a See's Candy.

—No lo haré, créeme. Pero si ves a Warren Buffet por Microsoft, deberías decírselo. O avísame, y ya se lo diré yo.

Yo intentaba enfrentarme a ella, dejar de prestarle atención o pedirle que parara. Pero nada funcionaba, sobre todo lo de pedirle que parara, que solo servía para que estuviera diez minutos más despotricando sobre el tema en cuestión. Comencé a sentirme como un animal acorralado e indefenso.

Le recuerdo que Bernadette se pasó los primeros años de estancia en Seattle embarazada o recuperándose de los abortos espontáneos sufridos, de ahí que yo viera aquellos ataques de mal humor como vaivenes hormonales o como una forma de procesar el dolor.

La animé a que hiciera amigos, pero eso solo provocó una diatriba sobre lo mucho que lo había intentado, sin conseguir caerle bien a nadie.

Dicen que Seattle es una de las ciudades más difíciles en las que hacer amigos. Incluso existe una expresión para ello: la «frialdad de Seattle». Yo nunca he tenido esa sensación, pero la gente en el trabajo así lo afirma y lo atribuye a toda la sangre escandinava que hay por estas latitudes. Puede que a Bernadette sí que le costara encajar aquí al principio. Pero ¿seguir albergando un odio irracional hacia una ciudad entera después de dieciocho años?

Mire, doctora Kurtz, yo tengo un trabajo muy estresante. Había días que llegaba a mi mesa totalmente agotado por tener que aguantar a Bernadette y los espumarajos que echaba por la boca. Al final opté por coger el autobús de la empresa. Era una excusa para salir de casa una hora antes y evitar así las invectivas matutinas.

No pretendía extenderme tanto con esta carta, pero mirar por la ventanilla de un avión me pone sentimental. Permítame que le relate los incidentes de ayer que me han llevado a escribirle.

Yo iba a comer con unos compañeros de trabajo cuando uno de ellos señaló a Bernadette, que estaba dormida en un diván en medio de una farmacia. Por alguna razón, llevaba puesto un chaleco de pesca, algo rarísimo en ella, ya que Bernadette se empeña en ir siempre con ropa elegante, en señal de protesta contra el espantoso gusto para vestir de los demás. (Le ahorraré los detalles acerca de esta encantadora invectiva.) Yo me apresuré a entrar en la farmacia. Cuando logré despertar a Bernadette, me dijo como toda naturalidad que había ido allí con una receta de Haldol.

Doctora Kurtz, no hace falta que le diga que Haldol es un antipsicótico. ¿Estará mi mujer en manos de un psiquiatra que le receta Haldol? ¿Lo conseguirá de forma ilegal? No tengo la menor idea.

Me asusté tanto que cambié la hora del vuelo que tenía que coger por un viaje de trabajo para poder cenar con ella. Quedamos en un restaurante mexicano. En cuanto pedimos, saqué el tema del Haldol.

—Me ha sorprendido verte hoy en esa farmacia —le dije.

—¡Chissst! —Bernadette estaba intentando oír la conversación de la mesa que teníamos detrás—. ¡No saben distinguir entre un burrito y una enchilada! —Su rostro se tensó mientras se esforzaba por aguzar el oído—. Oh, Dios —susurró—. No tienen ni idea de lo que es «guacamole». ¿Cómo son? No quiero volverme.

—Son personas… sin más.

—¿Qué quieres decir? ¿Qué clase de…? —No pudo contenerse. Se volvió rápidamente—. ¡Van cubiertos de tatuajes! ¿Cómo es posible que seas tan guay como para tatuarte todo el cuerpo y no sepas distinguir entre una enchilada y un burrito?

—Volviendo a lo de hoy… —comencé.

—Ah, sí —dijo—. ¿Esa con la que ibas era una de las moscardonas? ¿De Galer Street?

—Soo-Lin es mi nueva asistente —le expliqué—. Tiene un hijo en la clase de Bee.

—¡Vaya! —exclamó Bernadette—. En ese caso estoy perdida.

—¿Que estás perdida? —pregunté.

—Esas moscardonas siempre me han odiado. Ella te pondrá en mi contra.

—Eso es ridículo —dije—. Nadie te odia…

—¡Chissst! —dijo—. El camarero. Va a tomarles nota.

Bernadette se reclinó hacia atrás y a su izquierda, cada vez más y más, estirando el cuerpo como el cuello de una jirafa, hasta que la silla salió disparada y ella cayó al suelo. El restaurante entero se volvió para mirar. Yo salté del asiento para ayudarla. Bernadette se levantó, enderezó la silla y empezó de nuevo:

—¿Has visto el tatuaje que lleva uno de ellos en la parte interior del brazo? Parece un rollo de cinta.

Tomé un trago de margarita y opté por transigir, es decir, por esperar a que se despachara a gusto.

—¿Sabes lo que lleva en el antebrazo uno de los empleados del Starbucks ese donde te sirven en el coche? —me preguntó Bernadette—. ¡Un clip! Antes hacerse un tatuaje era algo atrevido. Y ahora la gente se tatúa artículos de oficina en el cuerpo. ¿Pues sabes qué te digo? —Aquella era una pregunta retórica, claro está—. Que lo atrevido ahora es no hacerse un tatuaje. —Entonces se volvió de nuevo y dio un grito ahogado—. Ay, Dios. No es un rollo de cinta cualquiera. Es un rollo de celo, el típico de la marca Scotch, con sus cuadros escoceses en verde y negro. Esto ya es la monda. Si vas a tatuarte un rollo de cinta en el brazo, ¡al menos que sea uno sin marca, de los de toda la vida! ¿A qué crees que se debe? ¿A que ese día llegó al salón del tatuador el catálogo de material de oficina de Staples? —Bernadette metió en el guacamole un nacho y este se rompió del peso—. Dios, odio los nachos de aquí. —Entonces hundió un tenedor en la crema y cogió un poco—. ¿Qué decías?

—Siento curiosidad por lo del medicamento que no quisieron darte en la farmacia.

—¡Ya! —dijo—. Me hizo la receta un médico y resulta que era Haldol.

—¿Es por tu insomnio? —quise saber—. ¿Tienes problemas para dormir últimamente?

—¿Dormir? —preguntó—. ¿Qué es eso?

—¿Para qué era la receta?

—Para la ansiedad —respondió.

—¿Es que vas a un psiquiatra? —le pregunté.

—¡No!

—¿Quieres ir a un psiquiatra?

—¡No, por Dios! —dijo—. Solo estoy preocupada por el viaje.

—¿Qué es lo que te preocupa tanto?

—El pasaje de Drake, la gente. Ya sabes cómo es.

—La verdad es que no —dije.

—Habrá mucha gente. No me desenvuelvo bien cuando me veo expuesta a la gente.

—Creo que deberíamos buscar a alguien con quien puedas hablar de ello.

—Estoy hablando contigo, ¿no?

—Me refiero a un profesional —dije.

—Ya lo intenté una vez, y no sirvió de nada. —Y, acercándose a mí, susurró—. Hay un tipo trajeado al otro lado de la ventana. Es la cuarta vez que lo veo en tres días. Y te prometo una cosa. Si miras ahora, se irá.

Me volví. Un hombre vestido de traje desapareció calle abajo.

—¿Qué te he dicho? —dijo.

—¿Estás diciéndome que te siguen?

—No estoy segura.

Chalecos de pesca, cabezadas en público, agorafobia, medicación antipsicótica y ahora, ¿hombres que la seguían?

Bee, cuando tenía dos años, le cogió un extraño apego a un libro ilustrado que Bernadette y yo habíamos comprado años atrás en Roma a un vendedor ambulante.

ROMA — Pasado y presente
Una guía
del centro monumental de la antigua Roma
con reconstrucciones de los monumentos

Incluye fotografías de las ruinas actuales, con láminas superpuestas que muestran el aspecto que tenían en su apogeo. Bee se recostaba en su cama de hospital, conectada a los monitores, y se dedicaba a hojearlo buscando las imágenes. Tenía mordida la mullida tapa de plástico roja que cubría el libro.

Entonces me di cuenta de que estaba frente al pasado y presente de Bernadette. Había un abismo aterrador entre la mujer de la que me había enamorado y aquella persona ingobernable que tenía sentada delante.

Volvimos a casa. Mientras Bernadette dormía, abrí su botiquín. Estaba abarrotado de frascos de Xanax, Klonopin, Ambien, Halcion y trazodona entre otros medicamentos, recetados por varios doctores distintos. Todos los envases estaban vacíos.

Doctora Kurtz, no pretendo entender qué le ocurre a Bernadette. ¿Está deprimida? ¿Enganchada a las pastillas? ¿Es una maniaca? ¿Una paranoica? Ignoro qué constituye un trastorno mental. Como quiera que lo llame usted, me parece justificado decir que mi esposa necesita una atención especial.

Hannah Dillard me ha hablado muy bien concretamente de usted, doctora, y de lo mucho que ha hecho para ayudar a Frank en su difícil trance. Si no recuerdo mal, al principio Frank se resistía al tratamiento, pero no tardó en aceptar su programa. A Hannah le impresionó tanto que ahora es miembro del consejo que dirige usted.

Bernadette, Bee y yo tenemos previsto ir a la Antártida dentro de dos semanas. Evidentemente, Bernadette no quiere ir. Ahora pienso que sería mejor que fuéramos a la Antártida solo Bee y yo, y que ella mientras tanto ingresara en Madrona Hill. No creo que a Bernadette le haga mucha gracia la idea, pero cada vez tengo más claro que necesita un tiempo de descanso y recuperación supervisados. Estoy deseando saber su opinión al respecto.

Atentamente,

Elgin Branch

SEGUNDA PARTE

BERNADETTE: PASADO Y PRESENTE

Concurso de arquitectura patrocinado por los Constructores Verdes de Estados Unidos

PARA SU DIFUSIÓN INMEDIATA:

Constructores Verdes de Estados Unidos
y la Fundación Turner anuncian:

20 x 20 x 20: La Casa de las Veinte Millas
Veinte años después
Veinte años en el futuro

Fecha límite para la presentación de propuestas: 1 de febrero

La Casa de las Veinte Millas de Bernadette Fox ya no se encuentra en pie. Hay pocas fotografías de dicha edificación, y la señora Fox afirma haber destruido todos los planos. Sin embargo, su relevancia va en aumento año tras año. Para celebrar el vigésimo aniversario de su edificación, los Constructores Verdes de Estados Unidos, en colaboración con la Fundación Turner, invitan a arquitectos, estudiantes y constructores a presentar propuestas de diseño para una nueva planificación y reconstrucción de la Casa de las Veinte Millas, y con ello entablar un diálogo en torno a lo que significa la «construcción sostenible» en los próximos veinte años.

El reto: presentar los planos para la construcción de una residencia unifamiliar de 400 m² con tres dormitorios sita en el número 6528 de Mulholland Drive, en Los Ángeles. Los participantes tendrán como única restricción la que se impuso en su día la señora Fox, a saber: todo material que se empleará en la construcción debe proceder de un lugar situado en un radio de veinte millas alrededor de la obra.

El ganador: será anunciado en la gala de la Asociación de Constructores Verdes y el Instituto Americano de Arquitectos, celebrada en el Centro Getty, y premiado con 40.000 dólares.

SÁBADO, 11 DE DICIEMBRE

De Paul Jellinek, catedrático de arquitectura en la USC, al chico con el que mamá se cruzó en la calle a la salida de la biblioteca

Jacob:

En vista de tu interés por Bernadette Fox, te envío un fragmento de una hagiografía que aparecerá en el número de febrero de *Artforum*. Me han pedido que la revise por si hubiera algún error mayúsculo. En caso de que tengas el impulso de ponerte en contacto con el autor para relatarle tu encuentro fortuito con Bernadette Fox, te ruego que no lo hagas. Es evidente que Bernadette ha optado por desaparecer del mapa, y me parece que deberíamos respetar su decisión.

Paul

* * *

PDF del artículo de *Artforum*

«Santa Bernadette:
La arquitecta más influyente de la que jamás se ha oído hablar»

La Asociación de Arquitectos y Constructores de Estados Unidos realizó recientemente una encuesta entre trescientos universitarios de arquitectura en que les preguntaban cuáles eran los arquitectos a los que más admiraban. En la lista figuran los nombres que cabría esperar, Frank Lloyd Wright, Le Corbusier, Mies van der Rohe, Louis Kahn, Richard Neutra, Rudolf Schindler, con una sola excepción. Entre los grandes hombres de la arquitectura se encuentra una mujer que es prácticamente desconocida.

Bernadette Fox es extraordinaria por muchos motivos. Fue una joven que ejerció en solitario una profesión dominada por los hombres; le concedieron una beca MacArthur con treinta y dos años; su mobiliario hecho a mano se exhibe en la colección permanente del Museo de Arte Popular de Estados Unidos; está considerada una precursora del movimiento de la construcción ecológica; la única casa que construyó en toda su carrera ya no se mantiene en pie; abandonó la arquitectura hace veinte años y desde entonces no ha realizado ningún otro proyecto.

Tomadas por separado, ninguna de estas características haría que un arquitecto tuviera un interés notable. Sin embargo, al darse todas juntas, nació un icono. Pero ¿quién era Bernadette Fox? ¿Una pionera que allanó el camino a las mujeres en el terreno de la arquitectura? ¿Un genio? ¿Era ecologista antes de que se hablara de ecologismo? ¿Tenía una clara visión de futuro? ¿Dónde está ahora?

Artforum ha hablado con las pocas personas que trabajaron en estrecha colaboración con Bernadette Fox.

A mediados de los años ochenta, Princeton se hallaba en la primera línea de batalla por el futuro de la arquitectura. La escuela modernista estaba firmemente arraigada; sus acólitos eran alabados e influyentes. Los posmodernistas, encabezados por Michael Graves, miembro del cuerpo docente de Princeton, estaban preparando un desafío importante. Su ingenio, ornamentación y eclecticismo constituían un rechazo audaz a la austera formalidad minimalista del modernismo. Mientras tanto, los deconstructivistas, una facción más agresiva, formaban un frente común. Liderado por Peter Eisenman, antiguo profesor de Princeton, el deconstructivismo rechazaba tanto el modernismo como el posmodernismo en favor de la fragmentación y la geometría imprevisible. De los estudiantes de Princeton se esperaba que tomaran partido, se alzaran en armas y derramaran su sangre por un movimiento u otro.

Ellie Saito estaba en la clase de Bernadette Fox en Princeton.

ELLIE SAITO: Para mi tesis diseñé una casa de té para el centro de información del monte Fuji. Consistía básicamente en una flor de cerezo abierta hecha de velas de barco rosadas que explotaban. Durante la revisión del proyecto defendí mi diseño, encajando las críticas que me venían por todas partes. Bernadette, que estaba haciendo punto, levantó la vista y preguntó: «¿Y dónde van a dejar los zapatos?». La miramos todos. «¿No se supone que la gente se quita los zapatos en las casas de té? —dijo—. ¿Dónde los dejarán?»

La preocupación de Fox por lo prosaico llamó la atención del profesor Michael Graves, que la contrató para su despacho de Nueva York.

ELLIE SAITO: Bernadette fue la única de toda la clase a la que contrató. Fue un mazazo.

MICHAEL GRAVES: No me interesa contratar a un arquitecto con un ego enorme y unas ideas tremendas. Para eso ya estoy yo. Quiero a alguien que tenga la capacidad de llevar a cabo mis ideas y resolver los problemas que plantean. Lo que me sorprendió de Bernadette fue la alegría con que asumía tareas que para la mayoría de los estudiantes estarían por debajo de su nivel. La arquitectura no es una profesión que suelan escoger abejas obreras sin ego. Así que si necesitas contratar a alguien, y ves a una persona con talento, no la dejas escapar.

Fox era el miembro más joven de un grupo asignado al Edificio Team Disney de Burbank. Su primer encargo fue el típico trabajo pesado, diseñar los baños del ala para ejecutivos.

MICHAEL GRAVES: Bernadette sacaba de quicio a todo el mundo. Quería saber cuánto tiempo pasaban los ejecutivos en sus despachos, con qué frecuencia se reunían, a qué hora del día, cuántas personas asistían a las reuniones, la proporción de hombres y mujeres. La llamé por teléfono y le pregunté qué demonios hacía.

—Tengo que saber qué problemas debo resolver con mi diseño —me explicó.

—Michael Eisner necesita hacer pis en alguna parte sin que todo el mundo lo vea —le dije.

Me encantaría decir que la tenía cerca porque reconocí el talento que surgiría en ella. Pero lo cierto es que me gustaban sus jerséis de punto. Me hizo cuatro, y aún los tengo. Mis hijos siguen intentando robármelos. Mi mujer quiere donarlos a la beneficiencia. Pero yo no estoy dispuesto a desprenderme de ellos.

El proyecto del Edificio Team Disney se retrasó en repetidas ocasiones debido al proceso de permisos. Durante una reunión de toda la empresa, Fox presentó un gráfico en que explicaba cómo capear al departamento de edificación. Graves la envió a Los Ángeles para que trabajara a pie de obra.

MICHAEL GRAVES: Yo fui el único que sintió su partida.

La obra del Team Disney se terminó al cabo de seis meses. Graves ofreció a Fox un encargo en Nueva York, pero a ella le gustaba la libertad del mundillo de la arquitectura en Los Ángeles. Por recomendación de Graves, Fox fue contratada por el estudio de Richard Meier, que en aquel momento trabajaba ya en la construcción del Centro Getty. Ella fue una de la media docena de jóvenes arquitectos encargados de buscar, importar y controlar la calidad de las dieciséis mil toneladas de travertino de Italia que revestirían las paredes del museo.

En 1988 Fox conoció a Elgin Branch, un animador por ordenador. Se casaron al año siguiente. Fox quería construir una casa. Judy Toll fue su agente inmobiliaria.

JUDY TOLL: Eran una joven pareja adorable, ambos muy inteligentes y atractivos. Yo intenté buscarles una casa en Santa Mónica, o en Palisades. Pero Bernadette estaba obsesionada con comprar un pedazo de tierra donde pudiera diseñar algo ella misma. Le enseñé una fábrica abandonada de Venice Beach que estaba en venta por el valor del suelo.

Bernadette echó un vistazo y dijo que era perfecto. Para mi sorpresa, vi que se refería al edificio en sí. Quien se quedó más sorprendido que yo fue su marido. Pero él confiaba en ella. Las esposas siempre toman esas decisiones igualmente.

Fox y Branch compraron la antigua fábrica de Bifocales Beeber. Poco después, fueron invitados a una cena en la que conocieron a las dos personas que más influirían en la vida profesional de Fox: Paul Jellinek y David Walker. Jellinek era arquitecto y profesor de SCI-Arc.

PAUL JELLINEK: Fue el día que Elgie y ella visitaron Bifocales Beeber. El entusiasmo de Bernadette iluminó toda la velada. Explicó que la fábrica se hallaba todavía llena de maquinaria y cajas de gafas bifocales antiguas «con las que quería hacer algo». Por su manera de hablar, tan desenfrenada y confusa, no me imaginaba que fuera una arquitecta titulada, y menos aún pupila de Graves.

David Walker era contratista.

DAVID WALKER: Íbamos por el postre cuando Bernadette me pidió que fuera su contratista. Yo le comenté que ya le daría referencias. «No hace falta, me caes bien», contestó, y me dijo que me pasara aquel mismo sábado con unos cuantos hombres.

PAUL JELLINEK: Cuando Bernadette contó que estaba trabajando con el travertino del Getty, lo entendí todo. Un amigo mío también desempeñaba el mismo cometido. Tenían a aquellos arquitectos sobrados de talento reducidos a ser el inspector número 44 en una cadena de montaje. Era un trabajo que minaba la moral. Beeber fue la manera que encontró Bernadette de volver a conectar con lo que le fascinaba de la arquitectura, la construcción en sí.

La fábrica de Bifocales Beeber era un bloque de cemento de trescientos metros cuadrados con techos de tres metros y medio coronados por un lucernario. El tejado consistía en una serie de claraboyas. La transformación de aquel espacio industrial en una vivienda consumió los dos años siguientes de la vida de Fox. El contratista David Walker estuvo allí cada día.

DAVID WALKER: Desde fuera parecía una porquería, pero cuando entrabas estaba todo lleno de luz. Aquel primer sábado me presenté allí con unos cuantos hombres como me pidió Bernadette. No tenía ni planos ni permisos, solo escobas y rasquetas de goma, así que nos pusimos todos a barrer el suelo y limpiar los cristales y las claraboyas. Cuando le pregunté si quería que pidiera un contenedor para los escombros, casi me grita que no.

Se pasó la semana siguiente vaciando el edificio y dejándolo todo en el suelo. Había miles de monturas bifocales, cajas de lentes y fardos de cajas de cartón desmontadas, además de toda la maquinaria para cortar y pulir las lentes.

Cada vez que iba, ella ya estaba allí. Llevaba a cuestas aquella mochila de la que salía un hilo; así podía tejer estando de pie. Era para verla, mirándolo todo mientras hacía punto. Me recordaba a un niño que tuviera delante un puñado de piezas de Lego esparcidas por la alfombra, y que se quedara allí sentado, observándolas con detenimiento antes de que se le ocurriera qué hacer.

Aquel viernes se llevó a casa una caja de monturas metálicas. El lunes volvió con todas ellas entretejidas con alambre. El resultado: una impresionante cota de malla hecha de gafas. ¡Y además resistente! Así que Bernadette puso a los hombres a trabajar, con tijeras de podar y alicates, para convertir miles de monturas viejas para lentes bifocales en pantallas, que luego utilizaría como paredes interiores.

Resultaba de lo más cómico ver a aquellos machotes mexicanos haciendo punto sentados al sol. Pero les encantaba. Se ponían sus rancheras en la radio y contaban chismes como un corrillo de comadres.

PAUL JELLINEK: Fue como si la fábrica de Bifocales Beeber evolucionara. No es que a Bernadette se le ocurriera de repente una gran idea. Empezó entretejiendo las gafas. Luego vinieron los tableros de mesa hechos de lentes, y después los pies de mesa hechos con piezas de maquinaria. Era algo cojonudo. Yo me pasaba por allí con mis estudiantes y les daba créditos adicionales si echaban una mano.

Había una sala trasera con pilas de catálogos que iban del suelo al techo. Bernadette los pegó entre sí hasta obtener cubos de metro veinte por metro veinte. Una noche nos emborrachamos todos y los cortamos en forma de sillas con una motosierra. Se convirtieron en el mobiliario del salón.

DAVE WALKER: Enseguida quedó claro que la gracia del asunto consistía en apañarse con lo que hubiera allí y no tirar de ferretería. Se convirtió como en un juego. No sé si podría llamarse arquitectura, pero desde luego era divertido.

PAUL JELLINEK: Por entonces, la arquitectura giraba en torno a la tecnología. Todo el mundo cambiaba sus mesas de dibujo por AutoCAD; de lo único que querían hablar era de viviendas prefabricadas. La gente construía Macmansione a menos de quince centímetros del límite de la parcela. Lo que Bernadette estaba haciendo se situaba totalmente fuera de la corriente dominante. En cierto modo, el proyecto de Bifocales Beeber tiene sus raíces en el arte vagabundo. Se trata de una casa muy artesanal. Las feministas van a matarme por decir esto, pero Bernadette Fox es una arquitecta muy femenina. Cuando uno entra en Bifocales Beeber, queda abrumado por el mimo y la paciencia que revela su interior. Es como adentrarse en un enorme abrazo.

En su trabajo diario para el Centro Getty, Fox estaba cada vez más indignada ante el despilfarro que suponía importar una tonelada tras otra de travertino de Italia para que luego lo rechazaran sus superiores por imperfecciones sin importancia.

PAUL JELLINEK: Un día comenté que el departamento de cultura de la ciudad acababa de adquirir un solar vacío junto a las torres Watts, y que estaban entrevistando a arquitectos para la construcción de un centro de información.

Fox pasó un mes diseñando en secreto una fuente, un museo y una serie de miradores hechos del travertino rechazado del Getty.

PAUL JELLINEK: Bernadette estableció la relación porque las torres Watts se habían construido con materiales de desecho. Ella diseñó aquellos miradores en forma de nautilo, que recordaban a los fósiles del travertino y las volutas de las torres Watts.

Cuando Fox presentó su proyecto a la dirección del Getty, no dudaron en tumbárselo al instante.

PAUL JELLINEK: Al Getty solo le interesaba una cosa: que el Getty se construyera. No necesitaban que una empleada de bajo nivel les dijera qué hacer con el material que les sobraba. Además, ¿qué pensarían los de relaciones públicas? ¿No es lo bastante bueno para el Getty, pero sí para el centro sur de Los Ángeles? ¿Qué falta hace ese quebradero de cabeza?

Richard Meier & Partners fueron incapaces de encontrar los dibujos de Fox en los archivos del Centro Getty.

PAUL JELLINEK: Estoy seguro de que Bernadette los tiró sin más. Lo que cabe destacar de todo esto, y ella lo sabía, es que había forjado un punto de vista totalmente distinto, que consistía simplemente en no desperdiciar nada.

Fox y Branch se mudaron a la Casa de Bifocales Beeber en 1991. Fox estaba impaciente por comenzar otro proyecto.

JUDY TOLL: Bernadette y su marido habían invertido todo lo que tenían en aquella fábrica de gafas en la que vivían, y ella no disponía de mucho dinero para gastar. Así pues, le encontré un terreno lleno de maleza en Mulholland, en pleno Hollywood, cerca del cañón Runyon. Tenía una zona plana y unas vistas fantásticas de la ciudad. La parcela de al lado también se vendía. Yo le sugerí que la compraran junto con la otra, pero no les alcanzaba el dinero.

Fox se propuso construir una casa empleando únicamente materiales procedentes de un radio de no más de veinte millas a la redonda. Eso no significaba acudir a la tienda de materiales de construcción más cercana y comprar acero de China. Todos los materiales debían ser de origen local.

DAVID WALKER: Cuando me preguntó si me apuntaba al reto, yo le dije «Claro que sí».

PAUL JELLINEK: Una de las cosas más inteligentes que hizo Bernadette fue conectar con Dave. La mayoría de los contratistas no saben trabajar sin planos, pero él sí. Si la Casa de las Veinte Millas pone algo de manifiesto es la habilidad que tenía Bernadette con los permisos.

Cuando se habla de Bernadette, todo el mundo enseña Beeber y las Veinte Millas. Yo enseño sus permisos. Es imposible mirar los planos que presentó para su inspección sin soltar una carcajada. Incluyen folios y folios llenos de documentación de apariencia oficial que no contienen prácticamente información alguna. Entonces era diferente. Era antes del auge de la construcción, antes del terremoto. Uno podía ir al departamento de edificación de la ciudad y hablar con el mismísimo director.

Ali Fahad era el entonces director del Departamento de Edificación y Seguridad de Los Ángeles.

ALI FAHAD: Por supuesto que me acuerdo de Bernadette Fox. Era un encanto. Solo trataba conmigo. Mi mujer y yo acabábamos de tener gemelos, y Bernadette se presentó con unos arrullos y unos gorritos de punto hechos a mano para los dos. Ella se sentaba y, mientras tomábamos un té, me explicaba lo que quería hacer con su casa, y yo le decía cómo podía hacerlo.

PAUL JELLINEK: ¡A eso me refiero! Solo una mujer podría hacer algo así.

La arquitectura siempre ha sido una profesión dominada por los hombres. Hasta la aparición de Zaha Hadid en 2005, costaba nombrar a una sola arquitecta famosa. A veces se menciona a Eileen Gray y Julia Morgan. Las mujeres dedicadas a la arquitectura casi siempre han estado a la sombra de sus célebres compañeros: Ann Tyng junto a Louis Kahn, Marion Griffin junto a Frank Lloyd Wright y Denise Scott Brown junto a Robert Venturi.

ELLIE SAITO: Eso era lo que tanto me sacaba de quicio de Bernadette en Princeton. ¿Cómo podías ser una de las dos únicas mujeres en todo el departamento de arquitectura y pasarte el día entero haciendo punto? Era tan lamentable como ponerse a llorar en medio de una revisión. Como mujer, a mí me parecía importante equipararnos con los hombres. Cada vez que intentaba hablar de esto con Bernadette, ella no mostraba el menor interés al respecto.

DAVID WALKER: Si necesitábamos que soldaran algo, yo contrataba a un profesional, Bernadette le explicaba lo que quería, y el tipo me respondía a mí. Pero a ella nunca le molestaba eso. Lo que quería era ver construida su casa, y si eso significaba alguna que otra muestra de falta de respeto por parte de sus subordinados, no le importaba.

PAUL JELLINEK: Por eso Dave era tan importante. Si Bernadette hubiera sido una mujer sin más plantada en medio de una obra con la pretensión de que le soldaran unas piezas de metal, se la habrían comido viva. Y cabe recordar que solo tenía treinta años. La arquitectura es una de las pocas profesiones en las que se valoran de verdad la edad y la experiencia. Una mujer sola, joven y con la idea de construir una casa básicamente sin planos… en fin, no tenía mucho futuro. Si hasta el arquitecto de Ayn Rand era un hombre.

Tras recibir un permiso de obras para construir un cubo de acero y vidrio de cuatrocientos metros cuadrados y tres dormitorios con garaje y casa de huéspedes aparte, Fox inició la construcción de la Casa de las Veinte Millas. Una fábrica de cemento de Gardena suministró la arena, que Fox mezcló a pie de obra. Para el acero, una planta de reciclaje de Glendale avisaba a Fox si le llegaban vigas. (Los materiales procedentes de un vertedero eran considerados aptos, aunque originalmente provinieran de fuera del radio de las veinte millas.) Calle abajo estaban derribando una casa; el contenedor de escombros era una gran fuente de materiales. La madera de los árboles podados se destinaría a armarios, muebles y revestimiento de suelos.

ELLIE SAITO: Aprovechando que estaba en Los Ángeles e iba de camino a Palm Springs, donde había quedado con unos promotores de casas prefabricadas, pasé por la Casa de las Veinte Millas. Encontré a Bernadette muy risueña, con un mono y un cinturón de herramientas, chapurreando español con un puñado de obreros. Era contagioso. Me arremangué el Issey Miyake que llevaba puesto y ayudé a cavar una zanja.

Un día, una caravana de camiones entró en el solar adyacente. La propiedad había sido adquirida por Nigel Mills-Murray, el magnate de la televisión inglesa, más conocido por su popularísimo concurso Si lo coges, te lo quedas. *Mills-Murray había contratado a un arquitecto británico para diseñar una mansión de mármol blanco de estilo Tudor de mil trescientos metros cuadrados que Fox apodó el Castillo Blanco. Al principio, la relación entre los dos equipos de obra era cordial. Fox iba al Castillo Blanco y pedía prestado un electricista por una hora. Si un inspector se disponía*

a revocar un permiso de nivelación del Castillo Blanco, Fox hablaba con
él para disuadirlo.

DAVID WALKER: La construcción del Castillo Blanco era como ver una película a cámara rápida. Cientos de obreros acudían al lugar y trabajaban día y noche, literalmente. Había tres turnos de ocho horas.

Se dice que durante el rodaje de *Apocalypse Now*, Francis Ford Coppola tenía un letrero en su caravana: «Rápido, barato, bueno: elige dos». Con las casas ocurre lo mismo. Bernadette y yo escogimos indudablemente «barato» y «bueno». Pero vaya si íbamos lentos. En el Castillo Blanco, en cambio, eligieron «rápido» y «rápido».

El Castillo Blanco estuvo habitable antes de que Fox y Walker hubieran
terminado de cerrar los muros de la Casa de las Veinte Millas.

DAVID WALKER: El tipo de la tele comenzó a pasarse por allí con el decorador. Un día decidió que no le gustaban los herrajes de latón, así que hizo quitar todos los tiradores, pomos, bisagras y griferías de baño.

Para nosotros, fue como si se adelantara la Navidad. Al día siguiente, Bernadette estaba literalmente dentro del contenedor de escombros del Castillo Blanco cuando el inglés llegó con su Rolls-Royce.

Nigel Mills-Murray no ha respondido a varias solicitudes de entrevista.
Su gerente comercial sí lo ha hecho.

JOHN L. SAYRE: ¿A quién le gustaría llegar a su casa y encontrarse a un vecino rebuscando en su basura? A nadie, está claro. Mi cliente habría estado dispuesto a negociar un precio justo por todos aquellos herrajes. Pero la mujer ni se lo planteó. Entró sin más en su propiedad y se los robó. La última vez que lo consulté, la ley no permitía tal cosa.

De la noche a la mañana, Mills-Murray levantó una alambrada y puso un guardia de seguridad las veinticuatro horas del día en la entrada a la finca. (El Castillo Blanco y la Casa de las Veinte Millas compartían un camino de entrada para coches. Técnicamente, se trataba de una servidumbre de paso cedida al Castillo Blanco por la propiedad de la Casa de las Veinte Millas. Dicha circunstancia se convertiría en un factor importante al año siguiente.)

Conseguir los herrajes desechados se convirtió en una obsesión para Fox. Cuando llegó un camión al Castillo Blanco para llevarse el contenedor, subió a su coche rauda y veloz y lo siguió hasta un semáforo. Entonces le dio al conductor cien dólares a cambio de recuperar el material de Mills-Murray.

DAVID WALKER: Como le parecía muy chabacano para utilizarlo dentro de la casa, decidió soldar todas las piezas con alambre, como se hacía antiguamente, y convertir el metal resultante en la verja de entrada.

Mills-Murray llamó a la policía, pero no se presentó ningún cargo. Al día siguiente la verja había desaparecido. Fox estaba convencida de que su vecino se la había robado, pero no tenía pruebas. En vista de que en el Getty tenía cada vez menos trabajo, Fox lo dejó para dedicar todas sus energías a la Casa de las Veinte Millas.

PAUL JELLINEK: Se notaba sin duda una energía diferente una vez que Bernadette dejó el Getty. Cuando me pasaba a verla acompañado de estudiantes, de lo único que hablaba era del Castillo Blanco, de lo feo que era y de lo mucho que despilfarraban. Era todo cierto, pero no tenía nada que ver con la arquitectura.

Las obras del Castillo Blanco llegaron a su fin. El colofón fue la plantación de palmeras de abanico californianas a lo largo del camino de entrada compartido, una actuación valorada en un millón de dólares que requirió la ayuda de un helicóptero para colocar los árboles en su sitio uno a uno desde el aire. A Fox le enfureció ver que el acceso a su casa parecía ahora un Ritz-Carlton. Se quejó, pero Mills-Murray le envió el informe de titularidad en el que se especificaba claramente que la servidumbre de paso cedida a su favor era de «entrada y salida» y que le correspondían a él las «decisiones sobre el ajardinamiento y su mantenimiento».

DAVID WALKER: Veinte años después, cada vez que oigo las expresiones «servidumbre de paso» y «ajardinamiento» aún se me revuelve el estómago. Bernadette no dejaba de despotricar sobre el tema. Yo comencé a llevar un walkman para no tener que escucharla.

Mills-Murray decidió estrenar su nuevo hogar celebrando una fiesta por todo lo alto tras la entrega de los Oscar. Contrató a Prince para que tocara en su jardín. La falta de aparcamiento siempre es un problema en Mulholland Drive, así que Mills-Murray pensó en un servicio de aparcacoches. El día anterior a la fiesta, Fox escuchó a escondidas a la ayudante del magnate mientras esta recorría el camino de entrada con el jefe de aparcacoches para ver dónde podían estacionar un centenar de vehículos. Fox informó a una docena de compañías de grúas que en el acceso a su propiedad iban a aparcar coches de manera ilegal.

Durante la fiesta, mientras los aparcacoches se colaban en el jardín para ver tocar a Prince «Let's Go Crazy», Fox hacía señas a la lenta flota de grúas para que avanzaran por el camino de entrada. Cuando un furioso Mills-Murray se le enfrentó, Fox sacó con parsimonia el informe de titularidad, en el que se estipulaba que el acceso era de «entrada y salida». No de estacionamiento de vehículos.

PAUL JELLINEK: En aquel momento, Elgie y Bernadette vivían en Bifocales Beeber, con la idea de trasladarse a la Casa de las Veinte Millas y formar una familia. Pero Elgie estaba cada vez más angustiado ante los efectos que tenía en Bernadette su enemistad con el vecino. Se le quitaron las ganas de mudarse a aquella casa. Yo le dije que esperara, que las cosas podrían cambiar.

Una mañana de abril de 1999, Fox recibió una llamada telefónica. «¿Es usted Bernadette Fox? —le preguntó la voz—. ¿Está sola?»

La persona que llamó le dijo que la Fundación MacArthur le había otorgado una «beca para genios», distinción que nunca había recibido un arquitecto. Dicha beca, valorada en quinientos mil dólares, se concede a «individuos con talento que han mostrado una originalidad y dedicación extraordinarias en la búsqueda de su creatividad y una capacidad notoria para obrar con autonomía».

PAUL JELLINEK: Un amigo mío de Chicago que era miembro de la Fundación MacArthur —no sé ni cómo; todo el asunto es un misterio— me preguntó qué era lo más emocionante, en mi opinión, que estaba ocurriendo en el mundo de la arquitectura. Yo le dije la verdad: la casa de Bernadette Fox. Nadie sabía lo que era ella exactamente, si una arquitecta, una artista marginal, una mujer a la que le gustaba trabajar con las manos o una «basurillas» con pretensiones. Lo único que yo sabía es que te sentías bien al entrar en sus casas.

Corría el año 92 y comenzaba a hablarse de arquitectura sostenible, pero eso fue antes del programa LEED, antes del Consejo de Construcción Ecológica, diez años antes de la revista *Dwell*. Claro que la arquitectura medioambiental se tenía presente desde hacía décadas, pero la belleza no era una prioridad.

Mi amigo de Chicago se desplazó hasta Los Ángeles con un nutrido grupo de personas. No cabe duda de que esperaban encontrar una especie de yurta horrenda hecha con neumáticos y matrículas. Pero cuando entraron en la Casa de las Veinte Millas, se echaron a reír de lo maravillosa que era. Un chispeante cubo de cristal de líneas puras, sin un milímetro de yeso o pintura. Los suelos eran de cemento; las paredes y el techo, de madera; los mostradores, al descubierto, hechos con un conglomerado de fragmentos de vidrios rotos para darles un color traslúcido. Incluso con todos esos materiales cálidos, el interior se percibía más ligero que el exterior.

Aquel día, Bernadette estaba construyendo el garaje, vertiendo hormigón en formas diversas y levantando paredes con paneles precolados. Los de la Fundación MacArthur se quitaron la americana y se remangaron para echar una mano. En aquel momento supe que había ganado.

Recibir aquel reconocimiento permitió a Fox desprenderse de la Casa de las Veinte Millas y ponerla en el mercado.

JUDY TOLL: Bernadette me dijo que quería poner la casa a la venta y buscar otra propiedad sin una entrada compartida. Tener a Nigel Mills-Murray al lado le beneficiaba mucho con respecto a la tasación. Saqué unas cuantas fotos y le dije que realizaría un análisis comparativo con otros inmuebles similares.

Cuando llegué a mi despacho, tenía un mensaje en el contestador. Era de un gerente comercial con el que trabajaba a menudo, y que se había enterado de que la casa estaba en venta. Le expliqué que no teníamos previsto incluirla en nuestro listado hasta al cabo de un par de meses, pero el tipo era un aficionado a la arquitectura y quería poseer la casa que había ganado el «premio para los genios».

Lo celebramos con una comida en Spago, Bernadette, su querido marido y yo. Era para verlos. Él estaba orgullosísimo de ella. Su mujer acababa de ganar un premio muy importante y había hecho un gran negocio con la casa. ¿Qué marido no estaría orgulloso? Durante el postre, Elgie sacó una cajita y se la dio a Bernadette. Dentro había un relicario de plata con una fotografía amarillenta de una joven de rostro adusto y expresión perturbada.

«Es santa Bernadette –dijo Elgie–. Nuestra Señora de Lourdes. Tuvo visiones, dieciocho en total. Tú tuviste tu primera visión con Bifocales Beeber, y la segunda con la Casa de las Veinte Millas. Para que tengas dieciséis más.»

Bernadette rompió a llorar. Yo también. Y Elgie. Cuando el camarero trajo la cuenta, estábamos los tres anegados en lágrimas.

Fue en aquella comida cuando decidieron ir a Europa. Querían visitar Lourdes, pueblo natal de santa Bernadette. Era todo tan bonito… Tenían el mundo entero por delante.

Bernadette aún tenía que fotografiar la casa para su carpeta de trabajos. Si esperaba un mes, al jardín le daría tiempo a crecer. Así que decidió hacerlo cuando regresaran del viaje. Llamé al comprador y le pregunté si le parecía aceptable. «Por supuesto que sí», me dijo.

PAUL JELLINEK: Todo el mundo cree que yo estaba muy unido a Bernadette, pero la verdad es que no hablaba tanto con ella. Era otoño y yo tenía un nuevo grupo de estudiantes. Quería enseñarles la Casa de las Veinte Millas. Sabía que Bernadette se había ido a Europa. Aun así, hice lo que siempre hacía, le dejé un mensaje para decirle que me pasaría por allí con mi clase. Tenía una llave.

Al salir de Mullholland para tomar el camino de entrada a casa de Bernadette, vi que la verja estaba abierta, lo cual fue lo primero que me extrañó. Paré el coche y bajé de él. Tardé un instante en entender lo que veían mis ojos: ¡un puto *bulldozer* estaba demoliendo la casa! De hecho, había tres *bulldozers* tirando paredes, rompiendo cristales, aplastando vigas y haciendo añicos muebles, luces, ventanas y armarios. El estruendo era tal que la situación resultaba aún más confusa.

Yo no tenía ni idea de lo que ocurría. Ni siquiera sabía que había vendido la casa. Me acerqué corriendo a uno de los *bulldozers*, saqué literalmente de un tirón al tipo que lo conducía y le grité qué coño estaba haciendo. Pero el hombre no hablaba inglés.

En aquella época, no había móviles. Hice que mis estudiantes se pusieran en fila delante de las máquinas, y fui en coche a Hollywood Boulevard lo más rápido que pude en busca del teléfono público más cercano. Llamé a Bernadette y me saltó el contestador. «¿Dónde diablos estás? —bramé—. No puedo creer que no me lo dijeras. ¡No puedes largarte a Europa sin más y destruir tu casa!»

Jellinek no estaba en su despacho dos semanas más tarde cuando Fox le dejó el siguiente mensaje, que él aún conserva, y me deja escuchar. «Paul

—dice una voz de mujer—, ¿qué ocurre? ¿De qué hablas? Ya hemos vuelto. Llámame.» Fox telefoneó después a su agente inmobiliaria.

JUDY TOLL: Me preguntó si había algún problema con la casa. Le dije que no sabía si Nigel habría hecho algo con ella. «¿Quién?», preguntó Bernadette. «Nigel», le respondí. «¡¿Quién!?», repitió, pero esta vez chillando. «El señor que ha comprado tu casa —le aclaré—. Tu vecino, Nigel, el del concurso de la tele donde tiran cosas caras desde una escalera y si las coges, te las quedas. Es inglés.»

«Espera un momento —dijo Bernadette—. Fue un amigo tuyo llamado "John Sayre" quien compró la casa.»

¡Entonces me di cuenta, naturalmente, de que no lo sabía! Estando ella en Europa, el gerente comercial me hizo transferir el título de propiedad a Nigel Mills-Murray. Yo no tenía ni idea, pero resulta que el gerente estaba comprándola para su cliente, Nigel Mills-Murray. Es algo que está a la orden del día, que los famosos compren casas a nombre de sus gerentes comerciales y luego transfieran los títulos de propiedad. Lo hacen para salvaguardar su privacidad.

«Nigel Mills-Murray ha sido el comprador real desde el primer momento», le dije a Bernadette.

Hubo un silencio, y luego colgó.

La Casa de las Veinte Millas, que había tardado tres años en estar terminada, había sido demolida en un solo día. Las únicas fotografías que existen son las que la agente inmobiliaria Judy Toll sacó con su cámara compacta. Los únicos planos son los que Fox presentó, irónicamente incompletos, al departamento de edificación de la ciudad.

PAUL JELLINEK: Sé que se considera a Bernadette como la gran víctima de todo esto. Pero la culpa de que destruyeran la Casa de las Veinte Millas no es de nadie más que de ella.

Fueron muchas las muestras de dolor expresadas en círculos arquitectónicos cuando se tuvo noticia de la demolición de la casa.

PAUL JELLINEK: Bernadette desapareció del mapa. A instancias mías, un montón de arquitectos firmaron una carta que se publicó en los periódicos. Nicolai Ouroussoff escribió un excelente editorial. La Comisión de Monumentos se tomó en serio la conservación de la arquitectura moderna. Así que algo bueno surgió de aquello.

Intenté contactar con Bernadette por teléfono, pero Elgie y ella vendieron Bifocales Beeber y se marcharon de la ciudad. Me hago cruces. Es que no me cabe en la cabeza. Me pone malo pensar en ello. Sigo pasándome de vez en cuando por allí. No hay nada.

Bernadette Fox no volvió a construir casas. Se trasladó a Seattle con su marido, que consiguió trabajo en Microsoft. Cuando el Instituto Americano de Arquitectos hizo miembro de la asociación a Fox, esta no asistió a la ceremonia.

PAUL JELLINEK: Me siento en una posición extraña con respecto a Bernadette. Todo el mundo me mira a mí, porque yo estaba allí, y nunca le di pie a que pusiera distancia entre ella y yo. Pero solo construyó dos casas; ambas, para sí misma. No digo que no fueran unos edificios extraordinarios. Lo que digo es que una cosa es construir una casa sin clientes, presupuestos ni limitaciones de tiempo. ¿Y si tuviera que diseñar un edificio de oficinas o una vivienda para otros? No la veo con el temperamento necesario. No se llevaba bien con casi nadie. ¿En qué clase de arquitecto te convierte eso?

Su producción es tan reducida que por eso todo el mundo puede canonizarla. ¡Santa Bernadette! ¡Era una mujer joven en un mundo de hombres! ¡Hizo construcciones ecológicas antes de que surgiera el ecologismo! ¡Era una maestra mueblista! ¡Una escultora! ¡Le sacó los colores al Getty por sus prácticas de despilfarro! ¡Fundó el movimiento del «Hazlo tú mismo»! Se puede decir lo que uno quiera, total, ¿qué pruebas hay en su contra?

Marcharse cuando lo hizo fue probablemente lo mejor que pudo haber sucedido para su reputación. La gente dice que el hecho de que Nigel Mills-Murray destruyera la Casa de las Veinte Millas provocó que Bernadette se volviera loca. Yo creo más bien que se hizo la loca.

Una búsqueda en internet no da ninguna pista de la actividad de Fox en la actualidad. Cinco años atrás apareció un artículo en subasta en un folleto de la escuela Galer Street, un colegio privado de Seattle. El anuncio decía: «CASA EN UN ÁRBOL POR ENCARGO: Bernadette Fox, madre de una alumna de tercero, se ofrece para diseñar una casa en un árbol para niños, suministrando todos los materiales necesarios y encargándose personalmente de su construcción». Cuando me puse en contacto con la directora del centro en relación con dicho anuncio, ella me contestó por correo electrónico: «Según nos consta, no hubo pujas por ese artículo en subasta y no se vendió».

LUNES, 13 DE DICIEMBRE
De mamá para Paul Jellinek

Paul:

Saludos desde la soleada Seattle, donde las mujeres son «chicas», las personas son «amigos», un poco es una «pizquita», si estás cansado estás «hecho papilla», si algo se sale un poco de lo normal «huele a chamusquina», no puedes hacer el indio pero sí «el ganso», cuando sale el sol nunca se le llama «sol» sino «solecito», los novios y las novias son «compañeros», nadie dice palabrotas pero de vez en cuando a alguien se le escapa un «¡jo!», se te permite estornudar pero solo si lo haces con disimulo, y cualquier petición, sea o no razonable, se recibe con un «no se preocupe».

¿Te he dicho lo mucho que odio esta ciudad?

Pero es la capital mundial de la tecnología, y tenemos eso llamado «internet», que nos permite hacer algo que se conoce como una «búsqueda de Google», así que si nos topamos con un desconocido a la salida de la biblioteca pública que comienza a hablarnos de un concurso de arquitectura en Los Ángeles inspirado en una misma,

133

pongamos por caso, podemos teclear ese dato en la susodicha «búsqueda de Google» y obtener más información al respecto.

Menudo granuja estás hecho, Paul. Tus huellas están por todas partes en esa revisión de la Casa de las Veinte Millas. ¿Por qué me quieres tanto? Nunca he entendido qué fue lo que viste en mí, so bobo.

Supongo que debería sentirme honrada o furiosa, pero la palabra exacta sería turbada. (Acabo de mirarla en el diccionario, y ¿sabes qué me ha hecho gracia? La primera acepción es «tan sorprendido o avergonzado que uno no sabe cómo reaccionar». La segunda, «falto de quietud». ¡No me extraña que nunca sepa cómo utilizarla! En este caso, la empleo en el segundo contexto.)

Paul Jellinek, ¿se puede saber cómo demonios estás? ¿Enfadadísimo conmigo? ¿Echándome de menos porque la vida sin mí no es lo mismo? ¿Turbado, ya sea con el primer o segundo significado del término?

Creo que te debo una llamada.

Te preguntarás qué he estado haciendo en estos últimos veinte años. Me he dedicado a resolver el conflicto entre el espacio público y el privado de la residencia unifamiliar.

¡Es broma! ¡Me paso el día comprando pijadas por internet!

A estas alturas ya habrás deducido que nos mudamos a Seattle. Elgie fue contratado por Microsoft. O MS, como dicen los que trabajan allí. En mi vida he visto una empresa más dada a las siglas que Microsoft.

Nunca ha sido mi intención hacerme vieja en este deprimente rincón del país. Solo quería marcharme de Los Ángeles en un ataque de furia, lamer las graves heridas que había sufrido mi ego y, cuando viera que todo el mundo se compadecía lo bastante de mí, desplegar mi capa y lanzarme en picado para acometer el segundo acto y mostrar a esos cabrones quién es de verdad la puta ama de la arquitectura.

Pero resulta que Elgie acabó enamorándose de esta ciudad. ¿Quién iba a imaginar que nuestro Elgin tenía un álter ego oculto dado a montar en bici, conducir un Subaru y llevar botas de montaña? Pues ese álter ego salió del armario en Microsoft, que es esa maravillosa utopía para gente con una mente prodigiosa. Un momento, ¿he dicho que Microsoft es maravillosa y utópica? Quería decir siniestra y malvada.

Hay salas de reuniones por todas partes, más que despachos, que son todos diminutos. La primera vez que estuve en el de Elgie, se me cortó la respiración. Ocupaba poco más que su mesa. Ahora mismo es uno de los pesos pesados de la empresa, y aun así su despacho es minúsculo. Si apenas cabe un sofá a lo largo para echarse una cabezada, ¿qué clase de despacho es ese? Otra cosa rara: no hay secretarias. Elgie dirige un equipo de doscientas cincuenta personas, y tienen a una sola asistente administrativa para todos. O «asistente» a secas, como las llaman ellos. En Los Ángeles alguien la mitad de importante que Elgie tendría dos secretarias, y estas a su vez contarían con ayudantes, y así hasta que estuvieran en plantilla todo hijo e hija de papá espabilados residentes en la costa californiana. Pero en Microsoft no. Allí todo se lo hacen ellos mismos a través de portales que funcionan con códigos especiales.

Vale, vale, calma, que ahora hablaré de las salas de reuniones. Hay mapas en todas las paredes, lo cual es totalmente normal, claro está. ¿Qué negocio no tiene un mapa en la pared donde se muestren sus territorios o rutas de distribución? El caso es que en las paredes de Microsoft lo que hay son mapamundis, y por si no te queda claro cuáles son sus dominios, bajo los mapas aparecen las palabras: EL MUNDO. El día que me di cuenta de que su objetivo era la DOMINACIÓN MUNDIAL, estaba en Redmond, comiendo con Elgie.

—¿Y cuál es la misión de Microsoft? —pregunté, engullendo un pedazo de pastel de cumpleaños de Costco.

Era el Día de Costco en el campus de la empresa, y dichos almacenes intentaban captar nuevos socios con derecho a descuento, valiéndose de porciones gratis de bizcocho como señuelo. No me extraña que a veces confunda aquel lugar con una maravillosa utopía.

—Durante mucho tiempo nuestra misión fue que hubiera un ordenador de sobremesa en todos los hogares del mundo —contestó Elgie, sin comer pastel porque el hombre tiene mucha disciplina—. Pero eso prácticamente lo conseguimos hace años.

—Entonces, ¿cuál es vuestra misión ahora? —insistí.

—Es… —Elgie me miró con recelo—. Bueno —dijo, mirando a su alrededor—. No es algo de lo que hablemos.

Verás, aquí una conversación con cualquiera de Microsoft puede acabar de dos maneras. La primera pasa por la paranoia y la desconfianza. ¡Hasta sus propias mujeres les aterran! Y es que, como les gusta decir, es una compañía basada en la información, y esta puede escaparse con facilidad.

Y ahora te explicaré cuál es la segunda manera en que puede acabar una conversación con un empleado de MS. (¡MS! ¡Ay, Dios, acabo de hacerlo yo también!) Pongamos por caso que estoy en el parque con mi hija, empujándola en los columpios, con cara de sueño. En el columpio de al lado hay un padre con pintas de montañero, por la ropa cómoda e informal con que va vestido… porque aquí solo se da un estilo de padres, el montañero. Total, que el hombre ha visto la bolsa de pañales que llevo, que no es una bolsa de pañales sino uno de los innumerables «regalos promocionales» con el logo de Microsoft que Elgie trae a casa.

PADRE MONTAÑERO: ¿Trabaja en Microsoft?

YO: Yo no, mi marido. (De paso, me adelanto a su siguiente pregunta.) Está en robótica.

PADRE MONTAÑERO: Yo también trabajo en Microsoft.

YO: (Fingiendo interés, porque la verdad es que me importa un bledo, pero no todos los días se encuentra una con un tipo hablador.) ¡Ah! ¿Y a qué se dedica?

PADRE MONTAÑERO: Trabajo para Messenger.

YO: ¿Qué es eso?

PADRE MONTAÑERO: ¿Conoce Windows Live?

YO: Hummm…

PADRE MONTAÑERO: ¿Le suena la página de inicio de MSN?

YO: Más o menos…

PADRE MONTAÑERO: (Perdiendo la paciencia.) Cuando enciende el ordenador, ¿qué le aparece?

YO: El *New York Times*.

PADRE MONTAÑERO: Bueno, hay una página de inicio de Windows que suele aparecer.

YO: ¿Se refiere a eso que viene precargado cuando uno compra un PC? Lo siento, es que tengo un Mac.

PADRE MONTAÑERO: (Poniéndose a la defensiva, porque en Microsoft todo el mundo se muere por un iPhone, pero corre el rumor de que si Ballmer te ve con uno, te echan del trabajo. Y aunque no se ha demostrado que esto sea cierto, tampoco se ha desmentido.) Me refiero a Windows Live. Es la página de inicio más visitada del mundo.

YO: Le creo.

PADRE MONTAÑERO: ¿Qué buscador utiliza?

YO: Google.

PADRE MONTAÑERO: Bing es mejor.

YO: Nadie ha dicho que no lo sea.

PADRE MONTAÑERO: Si alguna vez, sea como sea, ha ido a Hotmail, Windows Live, Bing o MSN, habrá visto una pestaña en la parte superior de la página en la que pone «Messenger». Ese es mi equipo.

YO: ¡Genial! ¿Y qué hace para Messenger?

PADRE MONTAÑERO: Mi equipo está trabajando en un usuario final, interfaz C Sharp para HTML5…

Y entonces es como si sus voces fueran apagándose, porque llega un momento en toda conversación en que no hay nadie en todo el mundo lo bastante inteligente como para hacerla más comprensible.

Resulta que en Los Ángeles Elgie era un tipo que se pasaba el día en calcetines, buscando una sala enmoquetada e iluminada con fluorescentes por la que pudiera deambular a todas horas de la noche. En Microsoft encontró su hábitat ideal. Es como si hubiera vuelto a sus tiempos de universitario en el MIT, donde pasaba noches enteras sin dormir, lanzando lápices al falso techo y jugando a Invasores del Espacio con picacódigos de acento extranjero. Cuando Microsoft construyó su nuevo campus, lo convirtieron en el hogar del equipo de Elgin. En el atrio de su flamante edificio, hay una sandwichería con un rótulo en que se lee: CABEZA DE JABALÍ. LAS CARNES MÁS SELECTAS SE SIRVEN AQUÍ. En cuanto vi aquello, supe que perdería de vista a mi marido.

Y aquí nos tienes, en Seattle.

Para empezar, quienesquiera que diseñaran esta ciudad, no concebían un cruce de cuatro vías que no se convirtiera en uno de cinco vías. No concebían una calle de doble sentido que no pasara a ser de repente y sin ningún motivo una calle de sentido único. No concebían unas vistas hermosas que no quedaran tapadas con un asilo de ancianos de veinte pisos sin la más mínima integridad arquitectónica. Un momento, creo que esta es la primera vez que se utiliza la expresión «integridad arquitectónica» con relación a Seattle.

Aquí se conduce fatal. Y cuando digo fatal me refiero a que no se dan cuenta de que una tiene que circular por alguna parte. Son los conductores más lentos que he visto en mi vida. Si estás en un cruce de cinco vías, te salen canas mientras esperas a que todos los semáforos se pongan en verde uno por uno, y cuando por fin te toca pasar, ¿sabes lo que hacen? Se ponen en marcha y de repente pisan el freno en medio del cruce. Entonces piensas que se les ha caído el sándwich bajo el asiento y están buscándolo, pero no. Simplemente reducen la velocidad porque es un cruce, mire usted.

A veces esos coches tienen matrícula de Idaho. Y me pregunto qué diablos hará aquí uno de Idaho. Entonces recuerdo que estamos tocando a Idaho, claro está. Me he mudado a un estado que linda con Idaho. Y siento como si se desinflara la poca vida que pudiera quedar dentro de mí. Pfff...

Mi hija hizo un proyecto de arte llamado «un libro paso a paso», que empezaba con el universo y después se abría al sistema solar, a la Tierra, a Estados Unidos, al estado de Washington y por último a Seattle, y yo pensé sinceramente: «¿Qué tendrá que ver el estado de Washington con ella? Es verdad, si vivimos aquí, recuerdo entonces. Pfff...

Seattle. Nunca he visto una ciudad tan plagada de fugados de casa, drogadictos y vagabundos. En el mercado de Pike Place están por todas partes. En Pioneer Square te los encuentras a patadas. En el Nordstrom más emblemático de la ciudad tienes que ir con cuidado para no pisar los que están sentados en la entrada. En el Starbucks más antiguo de todos siempre hay uno que ocupa todo el mostrador de la leche, echándose canela gratis en la cabeza. Ah, y todos van con pitbulls, muchos de los cuales llevan encima letreros escritos a mano con frases ocurrentes como TE APUESTO UN DÓLAR A QUE LEES ESTE CARTEL. ¿Por qué todo mendigo tendrá un pitbull? ¿De verdad no lo sabes? Porque es un perro con malas pulgas, no lo olvides.

Un día fui al centro a primera hora de la mañana y me fijé en que había un montón de gente en las calles que iba de aquí para allá arrastrando maletas con ruedas. Y pensé: «Vaya, he aquí una ciudad llena de buscavidas». Pero entonces me di cuenta de que estaba equivocada, y que todos ellos eran vagabundos sin techo que habían pasado la noche en portales y que recogían sus cosas antes de que los echaran a patadas. Seattle es la única ciudad donde uno pisa una mierda y ruega a Dios que sea de perro.

Cada vez que expresas consternación ante el hecho de que una ciudad con millones de turistas se permita verse invadida de vagabundos, te viene a la mente la misma respuesta: «Seattle es una ciudad compasiva».

Un tipo conocido como el Hombre Tuba, una institución muy querida que tocaba la tuba en los partidos de béisbol de los Mariners, fue brutalmente asesinado por unos pandilleros cerca del Seattle Center. ¿Cuál fue la respuesta? No tomar medidas enérgicas contra las bandas callejeras ni nada parecido. Eso no habría sido compasivo. En lugar de ello, redoblaron los esfuerzos para «llegar a la raíz de la violencia entre bandas». La gente del barrio organizó una «Carrera por la Raíz» a fin de recaudar dinero para este esfuerzo inútil. Naturalmente, dicha carrera consistía en un triatlón, porque Dios nos libre de pedirle a uno de esos benefactores atléticos que practique un solo deporte el domingo.

Incluso el alcalde pasa a la acción. Hubo una tienda de cómics en mi barrio que demostró tener agallas al poner un letrero en el escaparate indicando que prohibían la entrada a todo aquel que fuera con los pantalones por debajo del trasero. Y el alcalde dijo que quería llegar a la raíz de por qué los críos llevaban los pantalones caídos. El puto alcalde.

Y no hablemos ya de los canadienses. Tela.

¿Recuerdas cuando los federales irrumpieron en el complejo de aquella secta mormona y polígama de Texas hace unos años? ¿Y aquel montón de esposas desfilando frente a la cámara? ¿Todas ellas con esas melenas entrecanosas y sin brillo que no conocían peinado alguno, sin maquillar, con la tez color ceniza, un vello facial a lo Frida Kahlo y una ropa nada favorecedora? ¿Y lo horrorizado que se quedó el público de *Oprah*, como si se hubieran puesto todos de acuerdo? Pues eso es que nunca han estado en Seattle.

Aquí se llevan dos tipos de peinado: el pelo corto cano y el pelo largo cano. Como entres en una peluquería con la intención de teñirte, se ponen a agitar los codos y cloquear: «¡Yupi, nunca tenemos la oportunidad de utilizar tintes!».

Pero lo que sucedió en realidad fue que llegué aquí y tuve cuatro abortos. Por mucho que lo haya intentado, es difícil culpar de ello a Nigel Mills-Murray.

Ay, Paul. Fue tan horrible aquel último año en Los Ángeles… No sabes cuánto me avergüenzo de mi comportamiento. He cargado con ello hasta el día de hoy, con la repulsa que siento por lo vil que me volví, todo por una estúpida casa. Nunca he dejado de estar obsesionada con ello. Pero justo antes de inmolarme por completo, pienso en Nigel Mills-Murray. ¿Tan mala era como para merecer que destruyeran tres años de mi vida, que se dice pronto, porque a un gilipollas ricachón se le antojó jugarme una broma pesada? Vale, hice que la grúa se llevara unos cuantos coches. Me puse una verja hecha de pomos sacados de la basura. Pero gané una beca MacArthur, joder. ¿Es que no puedo tomarme un descanso? Me pongo a ver la tele y acaba saliendo el nombre de Nigel Mills-Murray por alguna parte. Es para volverse loca. ¿Él sigue creando, y soy yo la que no levanta cabeza?

Hagamos un inventario de lo que hay en el baúl de los juguetes: vergüenza, ira, envidia, infantilismo, autorreproches y autocompasión.

El grato honor que me concedió el Instituto Americano de Arquitectos años atrás, lo de ese concurso 20 x 20 x 20, los intentos de un periodista de *Artforum* por hablar conmigo sobre un artículo… Mira, todo eso no sirve más que para empeorar las cosas. Son premios otorgados al peor candidato porque todo el mundo sabe que soy una artista que no pudo superar el fracaso.

Anoche mismo me levanté a hacer pis. Estaba medio dormida, sin conciencia de mí misma, en blanco, y de repente comenzaron a cargarse de nuevo todos los datos: Bernadette Fox… destruyeron la Casa de las Veinte Millas… me lo merecía… soy un fracaso. El fracaso me tiene cogida con sus garras, y no va a dejar de zarandearme.

Pregúntame ahora por la Casa de las Veinte Millas y verás cómo me resbala. Aquello es agua pasada, ¿a quién le importa? Es mi fachada falsa, y no me despego de ella.

Cuando empecé con los abortos, Elgie estaba a mi lado, apoyándome.

—Todo es culpa mía —decía yo.

—No, Bernadette —decía él—. No es culpa tuya.

—Me lo merezco —decía yo.

—Nadie se merece esto.

—No puedo hacer nada sin destruirlo —decía yo.

—Vamos, Bernadette, eso no es cierto.

—Soy un monstruo —le decía—. ¿Cómo es posible que me quieras?

—Te querré siempre.

Lo que Elgin no sabía era que yo me valía de sus palabras para intentar superar una pena más profunda aún que la causada por los abortos, una pena que me resultaba inconfesable: la pena por la pérdida de la Casa de las Veinte Millas. Elgie sigue sin saberlo, lo cual acrecienta más si cabe la vergüenza infinita que me corroe, por haberme convertido en un ser tan demente y deshonesto, en una completa desconocida para el hombre más lúcido y honesto que conozco.

Lo único de lo que se puede culpar a Elgie es de hacer que la vida parezca la mar de fácil: haz lo que más te gusta. En su caso, eso significa trabajar, estar con su familia y leer biografías de presidentes.

Sí, he arrastrado mi penoso culo hasta la consulta de un loquero. Fui al mejor que había en Seattle. Tardé tres sesiones en merendarme al pobre diablo y escupirlo. Lamentó mucho fallarme. «Lo siento —me dijo—, es que los psiquiatras de aquí no somos muy buenos.»

Cuando llegamos aquí, compré una casa. Un reformatorio para niñas sin pies ni cabeza y con todas las restricciones de construcción habidas y por haber. Hacer algo con semejante edificio requeriría el ingenio de Harry Houdini. Eso, por supuesto, me atraía. Me propuse de verdad reponerme del mazazo recibido con lo de la Casa de las Veinte Millas creando un hogar para Elgie, para mí y para el bebé del que siempre estaba embarazada. Entonces me sentaba en la taza del váter y, al mirar abajo, me veía las bragas manchadas de sangre, y vuelta a llorar en el hombro de Elgie.

Cuando por fin logré quedarme embarazada y llegar al parto, el corazón de nuestra hija no había acabado de desarrollarse por completo, así que tuvieron que someterla a una serie de operaciones para reconstruírselo. Las posibilidades de que sobreviviera eran ínfimas, sobre todo entonces. En cuanto nació, se llevaron al quirófano a mi pececillo azul antes de que pudiera tocarla.

Cinco horas más tarde, la enfermera me puso una inyección para cortarme la leche. La operación había sido una chapuza. Nuestra pequeña no era lo bastante fuerte como para soportar otra.

La estampa no podía ser más inconsolable: yo sentada en el coche, en el aparcamiento del hospital infantil, con todas las ventanillas subidas, vestida con el camisón del hospital, con un palmo de compresas entre las piernas y la parka de Elgie sobre los hombros, y

Elgie fuera, intentando entreverme en plena oscuridad a través de las ventanillas empañadas. Toda yo era tormento y pura adrenalina. No pensaba ni sentía nada. En mi interior bullía algo tan terrible que Dios sabía que debía mantener a mi bebé con vida si no quería que aquel torrente que había dentro de mí se desatara sobre el universo.

Diez de la mañana, un golpeteo en el parabrisas. «Podemos verla ahora», dijo Elgie. Fue entonces cuando vi a Bee por primera vez. Estaba durmiendo plácidamente en su incubadora, como una barrita de pan amoratada con un gorro amarillo, tapada hasta el pecho con unas sábanas extendidas sin una sola arruga. Le habían puesto cables y tubos por todas partes. A su lado tenía una torre de trece monitores; estaba conectada a todos y cada uno de ellos. «Su hija —anunció la enfermera—. Ha pasado mucho.»

Entendí entonces que Bee era otra y que me la habían confiado a mí. ¿Sabes esos pósters del niño Krishna, conocido como «Balakrishna», la encarnación de Visnú, creador y destructor del mundo? ¿Un pequeño regordete, feliz y azul? Pues esa era Bee, creadora y destructora. Estaba clarísimo.

«No va a morir —les dije a las enfermeras, como si fueran las personas más tontas sobre la faz de la tierra—. Es Balakrishna.» En su partida de nacimiento se puso dicho nombre. La única razón por la que Elgie accedió a ello fue porque sabía que el terapeuta especializado en el duelo tenía previsto reunirse con nosotros al cabo de una hora.

Pedí que me dejaran sola con mi hija. Elgie me regaló una vez un relicario de santa Bernadette, que tuvo dieciocho visiones. Él me dijo que Bifocales Beeber y las Veinte Millas habían sido mis dos primeras visiones. Me arrodillé ante la incubadora de Bee y agarré el relicario. «No volveré a construir nunca más —le dije a Dios—. Renunciaré a mis dieciséis visiones restantes si mantienes a mi bebé con vida.» Funcionó.

En Seattle no le caigo bien a nadie. El día que llegué aquí, fui a comprar un colchón a Macy's. Cuando pregunté si alguien podía ayudarme, la dependienta me dijo: «Usted no es de aquí, ¿verdad? Lo noto por su energía». ¿A qué clase de energía se refería? ¿A que pidiera ayuda a una vendedora de colchones en la sección de colchonería de unos grandes almacenes?

No sé la de veces que me he visto en medio de una conversación superficial, y de repente alguien dice: «Dinos lo que piensas de verdad» o «Quizá deberías pasarte al descafeinado». Yo lo achaco a la proximidad a Canadá. Dejémoslo ahí; de lo contrario, me pondré a hablar de los canadienses, y te faltaría tiempo para escuchar todo lo que tengo que decir al respecto.

Sin embargo, hace poco me he hecho una amiga, una mujer llamada Manjula que me hace los recados desde la India. Tenemos una relación virtual, pero algo es algo.

El lema de esta ciudad debería ser las palabras inmortales que pronunció aquel mariscal de campo francés durante el sitio de Sebastopol: «J'y suis, j'y reste» («Aquí estoy, aquí me quedo»). La gente que nace aquí se cría aquí, va a la Universidad de Washington, trabaja aquí y muere aquí. Nadie tiene deseos de marcharse. Cuando les preguntas «¿Qué es lo que siempre decís que os gusta tanto de Seattle?» te responden: «Que lo tenemos todo. El agua y las montañas». Esa es su explicación, el agua y las montañas.

Por mucho que intente no entablar conversación con nadie en la caja de un supermercado, un día no pude morderme la lengua cuando oí a una señora calificar Seattle de «cosmopolita». «¿Lo dice en serio?», le pregunté, viniéndome arriba. «Pues claro —contestó ella—, Seattle está llena de gente de todas partes.» «¿De dónde, por ejemplo?» Y me responde: «De Alaska. Yo tengo un montón de amigos de Alaska». Ahí queda eso.

Te propongo un juego. Yo digo una palabra y tú dices la primera palabra que se te ocurra. ¿Preparado?

YO: Seattle.
TÚ: Lluvia.

Todo lo que hayas oído decir de la lluvia aquí es cierto. Así pues, uno podría suponer que está interiorizada en la vida cotidiana de esta ciudad, sobre todo entre los que son de aquí. Pero cada vez que llueve, sin excepción, y tienes que relacionarte con alguien, te sueltan: «Hay que ver qué tiempo, ¿no?». Y te dan ganas de responder: «Pues sí, ya lo veo. Lo que no veo es por qué tengo que hablar con usted sobre el tiempo». Pero, por supuesto, me reservo el comentario, pues solo serviría para provocar una pelea, algo que intento evitar por todos los medios, con resultados desiguales.

Enzarzarme en una pelea con alguien hace que se me acelere el corazón. Y no enzarzarme en una pelea con alguien también hace que se me acelere el corazón. ¡Incluso dormir hace que se me acelere el corazón! Estoy tumbada en la cama y, de repente, el corazón empieza a latirme con fuerza, como si sintiera aproximarse un invasor extranjero. Es una masa oscura horrible, como el monolito de *2001*, autoorganizada pero completamente incognoscible, que entra en mi cuerpo y libera adrenalina. Al igual que un agujero negro, absorbe todo pensamiento benigno que pudiera estar pasando por mi mente y lo reviste de un pánico visceral. Por ejemplo, a lo largo del día, puede darme por pensar que debería poner más fruta fresca en la fiambrera de Bee. Y por la noche, con la llegada de El Aceleracorazones, se convierte en ¡¡¡DEBERÍA PONER MÁS FRUTA FRESCA EN LA FIAMBRERA DE BEE!!! Percibo la irracionalidad y angustia que pierde mi depósito de energía como un coche de carreras a pilas que chirría al llegar a la esquina. Es la energía que necesitaría para pasar el día siguiente. Pero me limito a quedarme tumbada en la cama mientras la veo consumirse, y con ella toda esperanza de tener un mañana productivo. Adiós a fregar los platos, adiós a ir al supermercado, adiós a hacer ejercicio, adiós a tirar la basura. Adiós a una bondad humana básica. Me despierto tan empapada en sudor que siempre duermo con una jarra de agua al lado para no morir deshidratada.

Ay, Paul, ¿recuerdas aquel lugar cerca de la Casa de las Veinte Millas calle abajo, en La Brea, donde tenían helado de agua de rosas y nos dejaban reunirnos y utilizar el teléfono? Me encantaría que conocieras a Bee.

Sé lo que estás pensando: «¿De dónde demonios sacará el tiempo para ducharse?». ¡Es que no me ducho! Puedo tirarme días en este plan. Soy un desastre, no sé qué me pasa. Me he discutido con una vecina —¡sí, otra vez!— y en esta ocasión, como represalia, he puesto un puto cartel y le he destrozado la casa sin querer. ¿Te lo puedes creer?

Todo este drama comenzó en el parvulario. En la escuela a la que va Bee les entusiasma lo de la participación de los padres. Están deseando siempre que nos metamos en comisiones para esto o aquello, cosa que yo nunca hago, naturalmente. Una de las madres, Audrey Griffin, se me acercó un día en la entrada.

—Veo que no te has apuntado a ninguna comisión —me dijo, toda ella sonrisas y miradas asesinas.

—No me va mucho eso de las comisiones —respondí.

—¿Y a tu marido? —preguntó.

—A él aún menos.

—¿Así que ninguno de los dos creéis en la comunidad?

Para entonces se había formado un corrillo de madres, que estaban deleitándose con aquel enfrentamiento tan esperado con la mamá antisocial de la niña enferma.

—No sé si la comunidad es algo que se hace o en lo que no se cree —contesté.

Unas semanas más tarde entré en la clase de Bee y vi algo en la pared llamado el Muro de las Preguntas. En él los pequeños escribían frases como: «Me pregunto qué desayunan los niños en Rusia» o «Me pregunto qué hace que una manzana sea roja o verde». Ya estaba empachada de tanta cursilada cuando me encontré con lo siguiente: «Me pregunto por qué todos los padres menos uno se ofrecen a participar en actividades de la clase». Escrito por Kyle Griffin, retoño de la bruja.

Ese niño nunca me ha gustado. En el parvulario, Bee tenía una cicatriz tremenda que le ocupaba todo el pecho. (Con el tiempo le ha desaparecido, pero entonces era impactante.) Un día Kyle se la vio y llamó a Bee «Oruga». Cuando mi hija me lo contó no me hizo ninguna gracia, claro está, pero los niños son crueles, y a Bee no le afectó mucho que digamos, así que preferí pasarlo por alto. La directora, que sabía que ese niño era mala hierba, utilizó el caso de Bee como excusa para convocar un foro sobre el acoso escolar.

Un año más tarde, molesta aún por lo del Muro de las Preguntas, superé mi lado malo y me apunté a mi primer trabajo de voluntaria, como madre conductora para una visita de la escuela a Microsoft. Tenía a mi cargo a cuatro niños: Bee y tres más; entre ellos, el tal Kyle Griffin. En un momento dado pasamos por delante de un montón de máquinas de golosinas. (En Microsoft las hay por todas partes, y expenden dulces sin necesidad de meter dinero; basta con darle a un botón.) El joven Goodman Griffin, y lo llamo así porque tiende por defecto a la destrucción a pequeña escala, golpeó una de las máquinas. Al ver que caía una chocolatina, comenzó a aporrear las máquinas, y se le sumaron todos los niños, incluida Bee. Los pequeños gritaban y daban saltos mientras caían al suelo chucherías y refrescos. Era una escena fabulosa, como salida de *La naranja mecánica*. Entonces otro grupo de niños, acompañados de la directora en persona, se toparon con aquel saqueo perpetrado por minidrugos.

—¿Quién de vosotros ha comenzado? —inquirió la directora.

—No ha comenzado nadie —dije yo—. Es culpa mía.

¿Y qué hizo Kyle? Pues levantar la mano y delatarse a sí mismo.

—He sido yo.

Su madre, Audrey, me odia desde entonces, y se ha dedicado a poner a las otras madres en mi contra.

¿Y por qué no cambié a Bee de escuela? El caso es que los otros colegios buenos a los que podría haberla enviado... En fin, para llegar a donde estaban tenía que pasar por delante de un Buca di Beppo. Mi vida ya era lo bastante insoportable sin tener que pasar cuatro veces al día en coche por delante de un restaurante italiano como aquel.

¿No estás harto ya? Porque yo estoy hasta la coronilla.

En pocas palabras: una vez, cuando era pequeña, jugué a buscar huevos de Pascua en el club de campo al que solía ir, y encontré un huevo de oro, por el que me premiaron con un conejito. A mis padres no les hizo ninguna gracia, pero le compraron a regañadientes una jaula e instalamos al animalillo en nuestro apartamento de Park Avenue. Le puse el nombre de Marinero. Aquel verano me fui de campamentos y mis padres se marcharon de vacaciones a Long Island, dejando a Marinero al cuidado de la criada. Cuando regresamos a finales de agosto, descubrimos que Gloria se había largado dos meses antes, con la plata y las joyas de mamá. Corrí a la jaula de Marinero para ver si había sobrevivido. Lo encontré arrinconado, temblando y en un estado de lo más lamentable: estaba tan desnutrido que el pelaje le había crecido como una mala cosa, en un intento de su cuerpo por compensar su lento metabolismo y una temperatura más baja de lo normal. Tenía las garras como dos dedos de largas, y lo que era aún peor, los dientes incisivos se le habían montado sobre el labio inferior de modo que apenas podía abrir la boca. Por lo visto, los conejos necesitan mordisquear cosas duras como zanahorias para que los dientes no les crezcan demasiado. Aterrorizada, abrí la puerta de la jaula para coger al pequeño Marinero, pero este comenzó a arañarme la cara y el cuello en un ataque de ira espasmódica. Aún tengo las cicatrices. A falta de alguien que lo cuidara, se había vuelto salvaje.

Eso es lo me ha ocurrido a mí en Seattle. Si te me acercas, aunque sea con amor, te destrozaré a arañazos. Qué lamentable destino para un genio de MacArthur, ¿no te parece? Pfff…

Pero a ti te quiero,

Bernadette

De Paul Jellinek

Bernadette:

¿Ya está? No me digas que te crees de verdad todas esas chorradas. La gente como tú tiene que crear. Bernadette, si no creas, te convertirás en una amenaza para la sociedad.

Paul

TERCERA PARTE

AMENAZA PARA LA SOCIEDAD

Carta de Navidad de la familia Griffin

Fue unos días antes de Navidad
cuando una avalancha de lodo
entró de golpe en nuestra casa
y empapado quedó todo.

Al hotel Westin nos mudamos,
pero no hay por qué desesperar,
pues aquí las habitaciones
son de un lujo sin par.

Yo me pongo el gorro de baño
y Warren un albornoz divino
para acercarnos a la piscina
a hacer unos largos vespertinos.

Y al llegar la noche, nada mejor
que tumbarse a la bartola
e imaginar que cien camareros
por agasajarnos hacen cola.

Así que si oís historias de terror
ya veis que no son verdad.
Que los Griffin estamos bien
¡y os deseamos Feliz Navidad!

* * *

De: Soo-Lin Lee-Segal
Para: Audrey Griffin

Audrey:

Llevo días con los nervios destrozados, intentando averiguar tu paradero después de enterarme de lo del alud de barro. Pero acabo de recibir tu magnífica carta de Navidad. Por eso no has dado señales de vida antes. Estabas ocupada poniendo al mal tiempo buena cara.

¿Quién diría que el Westin es tan lujoso? Lo habrán arreglado desde que estuve allí. Si os cansáis, insisto en que os vengáis a casa. Tras el divorcio, convertí el despacho de Barry en una habitación de invitados y puse una cama plegable, donde podéis dormir Warren y tú, aunque sea un poco difícil con mis nuevos horarios. Kyle puede dormir en una litera con Lincoln y Alexandra. Eso sí, os advierto que tendremos que compartir un solo baño para todos.

Samantha 2 sale dentro de tres meses, así que como es lógico Elgin Branch ha decidido que es el momento ideal para irse a la Antártida, el único lugar del planeta donde no hay internet. Es responsabilidad mía velar por que todo vaya sobre ruedas mientras él esté desconectado de la red. Sin embargo, debo reconocer que tiene su emoción permanecer completamente impasible en medio de sus volátiles exigencias.

Deberías haberlo visto esta mañana. Les ha echado una bronca a unas chicas de marketing. No es que ellas sean santo de mi devoción, pues no hacen más que viajar por todo el mundo, alojándose siempre en hoteles de cinco estrellas. Aun así, he cogido a Elgin por banda y me lo he llevado aparte cuando ha terminado con ellas.

«Seguro que este fin de semana has estado muy ocupado en casa —le he dicho—. Pero no olvides que aquí trabajamos todos por un mismo objetivo.» Tendrías que haber visto cómo se ha callado. ¡Un tanto para nosotras, Audrey!

MIÉRCOLES, 15 DE DICIEMBRE

De: Audrey Griffin
Para: Soo-Lin Lee-Segal

¡Ay, Soo-Lin!

Debo confesarte que el Westin no es para nada como lo describí en mi poema navideño. A ver por dónde empiezo.

Las puertas de cierre automático están toda la noche dando portazos, las cañerías resoplan cada vez que alguien tira de la cadena, y, cuando te duchas, suena como si un hervidor de agua te silbara en el oído. Las familias de turistas extranjeros esperan a ponerse a charlar justo cuando están delante de mi puerta. La mininevera hace tanto ruido que parece que va a cobrar vida en cualquier momento. Los camiones de la basura pasan chirriando a la una de la madrugada para vaciar con gran estruendo los contenedores repletos de botellas. Luego cierran los bares, y las calles se llenan de gente que se habla a gritos con voces broncas de borracho. Todas las conversaciones tienen que ver con coches. «Sube al coche.» «No pienso subir al coche.» «Cállate o no subes al coche.» «A mí nadie me dice que no puedo subir a mi propio coche.»

Eso es una canción de cuna en comparación con el despertador. Seguro que la de la limpieza le pasa el trapo por encima cuando quita el polvo, porque cada noche se dispara a una hora distinta, siempre intempestiva. Al final, optamos por desconectar el maldito chisme.

Y anoche, a las cuatro menos cuarto, fue el detector de humo lo que comenzó a pitar. Pero el responsable de mantenimiento se había ausentado de su puesto de trabajo sin permiso. Y cuando estábamos intentando acostumbrarnos a aquel sonido chirriante, ¡se puso a sonar el radio-despertador en la habitación de al lado! Se oía una emisora mexicana entre interferencias, a todo volumen.

Si alguna vez te has preguntado de qué están hechas las paredes del Westin, yo tengo la respuesta: de papel de seda. Warren duerme como un tronco, así que no podía contar con él.

Me vestí para ir a buscar ayuda, fuera de quien fuera. De repente, se abrió la puerta del ascensor. No te imaginas la banda de degenerados que salieron de allí dando tumbos. Parecían esos jovenzuelos fugados de casa que se juntan en el Westlake Center. Eran cinco o seis, todos llenos de piercings a cual más indescriptible, con el pelo teñido de colores fosforescentes y rapado de mala manera y tatuajes medio borrosos de pies a cabeza. Uno de ellos tenía grabada una línea en el cuello en la que ponía CORTAR POR AQUÍ. Una chica llevaba una chaqueta de cuero con un osito de peluche sujeto a la espalda con imperdibles del que salía la cuerda de un tampón ensangrentado. Aquello ya era inaceptable.

Al final encontré al responsable nocturno y le expresé mi descontento con los desagradables elementos a los que permitían la entrada en el establecimiento.

El pobre Kyle, que está dos habitaciones más allá, nota el estrés. Va siempre con los ojos rojos de no dormir. ¡Ojalá tuviéramos acciones en Visine, con la de colirio que gastamos!

Para colmo, Gwen Goodyear está intentando convocarnos a Warren y a mí para otra cumbre sobre Kyle. Dadas nuestras circunstancias, parecería lógico pensar que nos concedería un período de gracia antes de volver a soltarnos el mismo rollo de siempre. Ya sé que Kyle no es precisamente un estudiante modélico, pero Gwen le tiene manía desde lo de las máquinas de caramelos.

¡Ay, Soo-Lin, escribir sobre ello me transporta a aquellos idílicos tiempos en que estábamos tan tranquilas, acumulando quejas contra Bernadette! Qué sencillo era todo entonces.

* * *

De: Soo-Lin Lee-Segal
Para: Audrey Griffin

¿Quieres transportarte al pasado? Pues abróchate el cinturón, Audrey. Acabo de tener una conversación de lo más apabullante con Elgie Branch, y te quedarás de piedra cuando sepas de lo que me he enterado.

Había reservado una sala a las once de la mañana para que Elgie celebrara una reunión general y andaba liada de aquí para allá, satisfaciendo peticiones de portátiles, acelerando cambios de mobiliario, autorizando pedidos de baterías. Incluso he encontrado una bola que faltaba para la partida de futbolín. Lo único que puedo decir sobre la vida en Mister Softy es que aquí llueve sobre mojado. Cuando he llegado a mi despacho —por cierto, ¿ya te he comentado que por fin tengo un despacho con ventana?—, no menos de seis compañeros me han dicho que Elgie andaba buscándome y que se había pasado por allí en persona. Me había dejado una nota en la puerta, a la vista de todo el mundo, en la que me preguntaba si podíamos quedar para comer. La firmaba como EB, pero algún gracioso había pasado por allí y había puesto «E-Colega», uno de sus muchos apodos.

Yo estaba saliendo por la puerta cuando ha aparecido, calzado, para variar.

«He pensado que podríamos dar una vuelta en bici», me ha dicho. Hacía tan buen día que hemos decidido comprar unos sándwiches en el *deli* de abajo e ir en bici hasta un lugar agradable fuera del campus.

Como soy nueva en Samantha 2, no tenía en mente que disponemos de una flota de bicicletas solo para nosotros. Elgie está hecho un acróbata. Ha puesto un pie en el pedal y con el otro ha patinado y luego lo ha pasado por encima del asiento. Yo llevaba años sin montar en bicicleta, y me temo que se me ha notado.

—¿Algún problema? —me ha preguntado Elgie al ver que me salía del camino y me metía en el césped.

—Creo que el manillar está suelto.

Era increíble. ¡No podía hacer que la bici fuera recta! Mientras yo volvía al camino, Elgie se ha puesto de pie sobre los pedales y ha comenzado a moverse para no caer. Parece fácil, pero no lo es. Inténtalo y verás.

Cuando por fin le he cogido el tranquillo, hemos salido disparados. Había olvidado la sensación de libertad que se tiene al montar en bici. Notaba el viento fresco en mi cara, el sol brillaba y los árboles aún goteaban agua de la última tormenta. Hemos atravesado The Commons, donde la gente estaba comiendo al aire libre, disfrutando del solecito y de las animadoras de los Seahawk, que hacían una exhibición en el campo de fútbol. Al pasar por allí he notado que más de uno me miraba con curiosidad. ¿Quién es esa? ¿Qué hace con Elgin Branch?

A poco más de un kilómetro hemos encontrado una iglesia donde había un patio precioso con una fuente y unos bancos. Tras parar allí, hemos sacado los sándwiches.

—Si te he pedido que comiéramos juntos —me ha dicho— es por lo que has dicho esta mañana sobre lo ocupado que habría estado en casa este fin de semana. Te referías a Bernadette, ¿verdad?

—Ah…

Me he quedado estupefacta. El trabajo es el trabajo. Para mí era muy desconcertante tener que cambiar el chip.

—Me gustaría saber si has notado algo distinto en ella últimamente.

Y se le han llenado los ojos de lágrimas.

—¿Qué ocurre?

Le he cogido de la mano. Sé que parecerá atrevido, pero lo he hecho por compasión. Entonces Elgin ha bajado la mirada y ha sacado su mano con suavidad. Ha estado bien, en serio.

—Si ocurre algo —ha dicho—, yo tengo tanta culpa como ella. No estoy mucho por casa. Me paso el día trabajando. La verdad es que es una madre extraordinaria.

No me gustaba nada la manera de hablar de Elgie. Gracias a Víctimas Contra la Victimización, he acabado siendo toda una experta a la hora de detectar los síntomas de alguien que es víctima de un maltrato emocional: confusión, abstinencia, negociación con la realidad, autorreproches. En VCV, más que ayudar a los recién llegados, les hacemos ABRIR los ojos.

A: Admitir la realidad.

B: Buscar la raíz del problema.

R: Reunirse con los miembros de VCV

I: Impedir que el maltrato los domine.

R: Renacer a una nueva vida.

Entonces me he puesto a hablar de Barry, de su largo historial de negocios fallidos, de sus viajes a Las Vegas, de su trastorno explosivo intermitente (que nunca le han diagnosticado, pero que todo el mundo en VCV me ha convencido de que sufre) y finalmente de cómo encontré el valor para divorciarme de él, pero no antes de que él consiguiera pulirse todos nuestros ahorros.

—Volviendo al tema de Bernadette… —ha dicho Elgin.

Se me han subido los colores. Me había pasado un buen rato hablando de mí misma y de VCV, algo por lo que ya me conocen.

—Lo siento —he dicho—. ¿Cómo puedo ayudarte?

—Cuando la ves en la escuela, ¿qué impresión te da? ¿Has notado algo raro en ella?

—Bueno, para serte sincera —le he dicho con mucho tacto—, ya desde el principio… Bernadette no parecía valorar la comunidad. Y el principio que subyace en la filosofía de Galer Street es precisamente ese, el de la comunidad. No está escrito en ninguna parte que los padres tengan que participar, pero la escuela se construye sobre la base de supuestos tácitos. Por ejemplo, yo estoy al frente de los padres y madres voluntarios de la clase. Pues Bernadette no se ha ofrecido a colaborar con nosotros ni una sola vez. Y otra cosa, nunca acompaña a Bee hasta la clase.

—Eso es porque la lleva en coche y la deja en la entrada —ha dicho Elgin.

—Es una opción. Pero la mayoría de las madres prefieren ir a pie con sus hijos hasta la clase. Sobre todo si eres una madre que estás todo el día en casa.

—Me parece que no te entiendo.

—Galer Street se cimienta en la participación de los padres —he recalcado entonces.

—Pero si cada año mandamos un cheque, además de la matrícula. ¿Acaso no es eso suficiente participación?

—Está la participación económica y otro tipo de participación, más cargada de sentido. Como meterse en la cocina para el concurso de pasteles, dirigir el tráfico a la entrada del colegio o ayudar a los niños a peinarse el día que les hacen la foto de curso.

—Lo siento —me ha dicho Elgin—. Pero estoy con Bernadette en eso...

—Lo único que intento hacer... —Al darme cuenta de que estaba subiendo el tono de voz, he hecho una pausa—. Lo que intento es contextualizar la tragedia de este fin de semana.

—¿Qué tragedia? —ha preguntado Elgin.

Pensaba que estaba de broma, Audrey.

—¿Es que no has recibido los e-mails?

—¿Qué e-mails?

—¡Los de Galer Street!

—¡No, qué dices! —ha respondido—. Hace años que pedí que me quitaran de esas listas... un momento. ¿De qué hablas?

Entonces he pasado a explicarle lo del cartel que había puesto Bernadette y que había destrozado tu casa. ¡No sabía nada! Pondría la mano en el fuego. Se ha quedado ahí sentado, intentando asimilar la información. Incluso ha habido un momento que se le ha caído el sándwich de la mano y ni siquiera se ha molestado en recogerlo.

De repente, me ha sonado la alarma del teléfono. Eran las dos y cuarto, y a la media Elgin tenía una reunión con su superior inmediato.

Cuando volvíamos en bici, el cielo estaba negro, salvo por una brillante nube blanca por donde se colaban los rayos de sol. Nos hemos metido por un barrio monísimo de casitas apiñadas. Me encanta esa paleta de tonos grises y verdes que contrasta con los arces japoneses y los cerezos sin hojas. Podía sentir la presencia de los bulbos del azafrán, los narcisos y los tulipanes bajo tierra, que soportan con paciencia nuestro invierno mientras se hacen fuertes a la espera de poder brotar en otra maravillosa primavera de Seattle.

Por un momento he separado la mano del manillar para acariciar el aire denso y sano. ¿Qué otra ciudad ha visto nacer el jumbo, las ventas por internet, el ordenador personal, el teléfono móvil, los viajes on–line, la música grunge, las *megastores*, Starbucks? ¿En qué otro lugar podría ir alguien como yo en bici al lado del hombre con la cuarta charla más vista ofrecida en un congreso de TED?

–¿Qué ocurre? –me ha preguntado Elgie.

–Ah, nada.

Estaba recordando lo decepcionada que me quedé cuando supe que tendría que ir a la universidad pública de aquí porque mi padre no podía pagar una privada como la USC de Los Ángeles. Yo apenas había salido del estado de Washington. (¡Y aún no he estado en Nueva York!) Pero, de repente, no me importaba. Que viajen los demás por todo el mundo. Lo que buscan en Los Ángeles, Nueva York o cualquier otra ciudad es algo que yo ya tengo aquí, en Seattle. Lo quiero todo para mí.

* * *

De: Audrey Griffin
Para: Soo–Lin Lee–Segal

Pero ¿tú qué te has creído? ¿Que me he tomado un tazón de ingenuidad para desayunar esta mañana? ¿Acaso no sería conveniente que Elgin Branch no supiera nada de los destrozos causados por su mujer? Le he contado tu historia a Warren, y sospecha lo mismo que yo, que Elgin Branch pretende dejar una pista por escrito para que cuando nosotros lo demandemos para sacarle todo lo que tiene él pueda alegar que ignoraba lo sucedido. Pues esa treta no le va a servir de nada. ¿Por qué no le dices eso a E–Colega la próxima vez que vayáis a dejar una casa de Dios sembrada de basura? ¡Que no recibió ningún e-mail! ¡Menuda sandez!

* * *

De: Audrey Griffin
Para: Gwen Goodyear

Por favor, revisa la lista de contactos del correo electrónico de la escuela y asegúrate de que está incluido Elgin Branch. No me refiero a Bernadette, sino concretamente a Elgin Branch.

* * *

Esa noche era el cumpleaños de Kennedy y, como su madre trabaja de noche, mamá y yo hicimos lo que hacemos siempre, que es llevarla a cenar fuera para celebrarlo. Por la mañana nos la encontramos a la entrada de la escuela, donde estaba esperando a que mamá y yo estacionáramos.

—¿Adónde vamos a ir? ¿Adónde vamos a ir? —preguntó Kennedy.

Mamá bajó la ventanilla de su lado.

—Al restaurante de la Space Needle.

Kennedy gritó de alegría y comenzó a saltar.

Primero Daniel's Broiler, ¿y ahora esto?

—Mamá —le dije—. ¿Desde cuándo te has vuelto tan superguay con los restaurantes?

—Desde ahora.

De camino a clase, a Kennedy le costó contener su entusiasmo.

—¡Nadie va al restaurante de la Space Needle! —exclamó.

Lo cual es cierto, pues si bien está situado en las alturas y da vueltas —razones por las cuales debería ser el único restaurante digno de ser visitado—, es turístico a más no poder y carísimo. Kennedy emitió entonces ese gruñido típico de ella y me entró en plan placaje.

Yo había estado antes allí, pero de aquello hacía al menos diez años y ya no recordaba lo impresionante que era. Después de que pidiéramos, mamá metió la mano en su bolso y sacó rápidamente un lápiz y un trozo de cartulina blanca. En medio había escrito, con rotuladores de distintos colores, ME LLAMO KENNEDY Y HOY CUMPLO MIS FABULOSOS QUINCE.

—¿Eh? —dijo Kennedy, sin entender.

—Tú nunca has estado aquí, ¿verdad? —le preguntó mamá, y luego se volvió hacia mí—. Y tú no te acuerdas, ¿no? —Yo negué con la cabeza—. Vamos a poner esto en la repisa. —Mamá apoyó entonces la tarjeta en el cristal—. Y dejaremos un lápiz al lado. A medida que el restaurante vaya girando, todo el mundo escribirá algo, así cuando vuelva aquí, tendrás una tarjeta llena de felicitaciones.

—¡Cómo mola! —exclamó Kennedy al mismo tiempo que yo decía: «¡Eso no es justo!».

—Ya vendremos aquí el año que viene para tu cumpleaños, te lo prometo —dijo mamá.

La tarjeta de cumpleaños se fue alejando de nosotras poco a poco, y nos lo pasamos en grande. Hicimos lo que siempre hacemos Kennedy y yo cuando estamos con mamá, que es hablar del Grupo de Jóvenes. Mamá fue criada en la fe católica pero se volvió atea en la universidad, así que alucinó cuando yo comencé a ir a un grupo como aquel. Pero yo solo lo hacía por Kennedy; fue a ella a quien se le ocurrió la idea. Su madre se pasa media vida en Costco, así que en su casa siempre hay bolsas enormes de golosinas y cajas llenas de regaliz. Además, tienen una tele gigante con todos los canales por cable habidos y por haber, lo que significa que paso mucho tiempo en su casa, comiendo chucherías y viendo *Friends*. Pero de repente un día a Kennedy le dio por pensar que estaba gorda y que quería ponerse a régimen, y comenzó a hacerme comentarios del estilo: «Bee, no puedes comer regaliz porque no quiero engordar». A Kennedy le dan venadas de ese tipo, y siempre tenemos conversaciones de lo más disparatadas. Total, que hizo esa pomposa declaración de que ya no podíamos ir a su casa porque engordaba y que a partir de entonces tendríamos que ir al Grupo de Jóvenes. Lo llamó su «dieta del Grupo de Jóvenes».

Le oculté el hecho a mamá mientras pude, pero cuando se enteró se puso hecha una furia, porque pensaba que yo me volvería una fanática de Jesús. Pero Luke y su mujer, Mae, que dirigen el

Grupo de Jóvenes, no van para nada de ese palo. Bueno, vale, un poco sí. Pero las charlas que dan sobre la Biblia solo duran un cuarto de hora, más o menos, y cuando acaban tenemos dos horas para ver la tele y jugar. La verdad es que me dan un poco de pena Luke y Mae, por lo entusiasmados que están al ver que la mitad de Galer Street vamos allí los viernes. Lo que no saben es que no hay otro lugar adonde ir, porque el viernes es el único día que no se hace ninguna actividad deportiva o extraescolar, y lo único que nos interesa en el fondo es ver la tele.

Aun así, mamá odia el Grupo de Jóvenes, lo que a Kennedy le parece la cosa más divertida del mundo.

—Oiga, mamá de Bee —dijo Kennedy. Así es como llama ella a mamá—. ¿Le suena la historia de la caca en el estofado?

—¿La caca en el estofado? —repitió mamá.

—Nos la han contado en el Grupo de Jóvenes —explicó Kennedy—. Luke y Mae hicieron un espectáculo de marionetas sobre las drogas. Había un burro que decía: «Bueno, una calada de marihuana no le hace daño a nadie». Pero el cordero va y le contesta: «La vida es el estofado, y la maría, la caca. Si echaras una pizquita de caca al estofado, por poca que fuera, ¿te gustaría comértelo?».

—¿Eso es lo que esos santurrones…?

Antes de que mamá pudiera acabar la frase, cogí a Kennedy de la mano.

—Vamos otra vez al baño —dije.

Los servicios se encuentran en la parte del restaurante que no gira, así que, cuando vuelves a tu mesa, esta no se halla donde la dejaste. Esa vez, cuando salimos del baño, echamos a andar mientras nos preguntábamos dónde estaría nuestra mesa, hasta que por fin localizamos a mamá.

Papá estaba con ella. Iba con tejanos, botas de montaña y una parka, y aún llevaba la tarjeta de Microsoft colgada al cuello. Hay cosas que se saben, así, sin más. Y al ver allí a papá supe que había averiguado lo del alud de barro.

—¡Si está aquí tu padre! —dijo Kennedy—. No puedo creer que haya venido a mi fiesta de cumpleaños. Qué detalle.

Intenté detenerla, pero se escabulló entre las mesas a toda prisa.

—Esas zarzas eran lo único que sostenía la ladera —estaba diciendo papá—. Y tú lo sabías, Bernadette. ¿Cómo se te ocurrió dejar pelada una ladera entera con el invierno que está haciendo, el más húmedo jamás registrado?

—¿Cómo te has enterado? —le preguntó mamá—. No me lo digas. Tu asistente está envenenándote los oídos.

—No metas en esto a Soo-Lin —replicó papá—. Si no fuera por ella, yo no podría ni plantearme cogerme tres semanas de vacaciones.

—Si te interesa la verdad —contestó mamá—, quité las zarzas de acuerdo con las instrucciones de Cruella de Vil.

—¿Cruella de Vil? ¿La de *101 dálmatas*? —dijo Kennedy—. ¡Qué pasada!

—¿Quieres dejar de tomarte a broma este asunto? —le pidió papá a mamá—. Te miro y me das miedo, Bernadette. No quieres hablar conmigo. No quieres ir al médico. Eso no es propio de ti.

—Papá —le dije—, estás perdiendo los papeles. Cálmate.

—Pues sí —dijo Kennedy—. Feliz cumpleaños para mí.

Hubo un momento de silencio, y de repente a Kennedy y a mí nos entró la risa tonta.

—¡Qué bueno! Feliz cumpleaños para mí —repitió Kennedy, lo que nos provocó otro ataque de risa.

—La casa de los Griffin se ha derrumbado —dijo papá a mamá—. Están viviendo en un hotel. ¿Vamos a tener que pagar eso nosotros?

—Los aludes de barro están considerados un acto de Dios, así que lo cubre el seguro de los Griffin.

Era como si papá fuera un loco que hubiera subido a la Space Needle con una escopeta cargada, y de repente se volviera para apuntarme a mí.

—¿Y tú por qué no me lo has contado, Bee?

—No lo sé —contesté en voz baja.

—¡Yupi! ¡Aquí llega mi tarjeta de cumpleaños! —exclamó Kennedy mientras me agarraba del brazo y me lo apretaba con fuerza.

—¿Por qué no te tomas un Ritalín y te callas? —le dije.

—¡Bee! —me espetó papá—. ¿Qué manera de hablar es esa? Un poco de respeto, por favor.

—No pasa nada —le dijo mamá a papá—. Ellas se hablan así.

—¡Sí que pasa! —Papá se volvió a Kennedy—. Te pido disculpas por mi hija.

—¿Por qué? —preguntó—. ¡Aquí está mi tarjeta!

—¿A qué viene esa preocupación por Kennedy, papá? —dije—. Si ni siquiera te cae bien.

—Ah, ¿no? —quiso saber Kennedy.

—Pues claro que me caes bien, Kennedy. Bee, ¿cómo puedes decir algo así? ¿Qué pasa en esta familia? Solo he venido aquí para hablar.

—Has venido aquí para gritarle a mamá —dije—. Y eso ya lo hizo Audrey Griffin. Tú ni siquiera estabas allí. Fue horrible.

—¡Cógela, cógela! —Kennedy se me subió encima y agarró la tarjeta.

—No pretendo gritarle… —Papá se aturulló—. Esta es una conversación entre tu madre y yo. He cometido el error de interrumpir la cena de cumpleaños de Kennedy. Pero no sabía cuándo tendría la ocasión de hablar con ella.

—Porque siempre estás trabajando —dije entre dientes.

—¿Cómo? —inquirió papá.

—Nada.

—Trabajo para ti, para mamá y porque lo que hago puede llegar a ayudar a millones de personas. Y si últimamente hago más horas que un reloj es sobre todo para poder llevarte a la Antártida.

—¡Oh, no! —gritó Kennedy—. Qué horror.

Kennedy estaba a punto de romper la tarjeta, pero se la quité de la mano. Estaba llena de frases escritas con distintas caligrafías. Aparte de unos cuantos «Feliz cumpleaños», la mayoría decían cosas como: «Jesús es nuestro salvador. Recuerda que Jesús nuestro Señor murió por nuestros pecados». También había versículos de la Biblia. Me entró la risa, y Kennedy se puso a llorar, lo cual le ocurre a veces. Lo mejor en esos casos es dejar que se le pase, en serio.

Mamá me arrebató la tarjeta.

—No te preocupes, Kennedy —dijo—. Ahora mismo me voy en busca de esos fanáticos de Jesús.

—De eso nada —le dijo papá.

—Hágalo —la animó Kennedy, toda alegre de repente—. Eso quiero verlo.

—¡Sí, mamá, yo también quiero verlo!

—Yo me marcho —dijo papá—. A nadie le importa lo que tenga que decir, nadie me escucha, nadie quiere que esté aquí. Feliz cumpleaños, Kennedy. Adiós, Bee. Bernadette, adelante, pasa por la vergüenza de meterte con gente que le ha encontrado un sentido a su vida. Ya seguiremos con esto cuando llegues a casa.

Al subir en coche por el camino de entrada a casa, vimos que la luz del dormitorio de mamá y papá estaba encendida. Mamá fue directa al Petit Trianon. Yo entré en casa. Oí crujir el suelo de madera en el piso de arriba. Era papá, que salía de la cama para acercarse a la escalera.

—Chicas, ¿sois vosotras? —preguntó.

Contuve la respiración. Así pasó un minuto entero. Papá volvió a su habitación y fue al baño. Luego tiró de la cadena. Yo cogí a Helado por su cuello blando y fuimos a dormir con mamá al Petit Trianon.

Al final mamá no fue en busca de los fanáticos de Jesús en el restaurante. Pero escribió: ES EL CUMPLEAÑOS DE UNA NIÑA. ¿SE PUEDE SABER QUÉ DIABLOS LES PASA? y dejó el papel en la ventana, que comenzó a dar vueltas mientras nos íbamos de allí.

* * *

JUEVES, 16 DE DICIEMBRE

De: Gwen Goodyear
Para: Audrey Griffin

Buenos días, Audrey. Lo he consultado con Kate Webb, y ella recuerda perfectamente que Bernadette y Elgin Branch solicitaron explícitamente ser borrados de todos los e-mails de Galer Street cuando matricularon a Bee en la escuela. Yo misma lo he vuelto a mirar y he comprobado que no están incluidos en ninguna de las listas que utilizamos actualmente.

Cambiando de tema, me alegro de ver que estás instalada y que tienes conexión a internet. En los tres últimos correos que te he enviado sin obtener respuesta te informaba de que el señor Levy considera imprescindible que nos reunamos para hablar de Kyle. Puedo adaptarme a tu horario.

Atentamente,

Gwen

* * *

Aquella mañana en clase estábamos haciendo un ejercicio de vocabulario y agilidad mental, que consistía en que el señor Levy decía una palabra y señalaba a una persona, que tenía que utilizar esa palabra en una frase. El profe dijo: «Enfundar» y señaló a Kyle. Y este soltó: «Enfúndame la polla». Nunca nos habíamos reído con tantas ganas. Por eso el señor Levy quería reunirse con Audrey Griffin. Porque, aunque tuvo mucha gracia, también reconozco que Kyle se pasó tres pueblos.

* * *

De: Soo-Lin Lee-Segal
Para: Audrey Griffin

He preferido pasar por alto el tono reprobatorio de tu e-mail bomba y achacarlo al estrés que te provocan las condiciones de vida que te han venido impuestas. Audrey, estás totalmente equivocada con respecto a Elgie.

Esta mañana he cogido el Connector en mi parada habitual y me he sentado atrás. Elgie ha subido al autobús unas paradas más adelante, con cara de no haber pegado ojo en toda la noche.

Al verme, se le ha iluminado de pronto. (Creo que no recordaba que me había encargado de apuntarnos a los dos para coger el mismo Connector.)

¿Sabías que es de una importante familia de Filadelfia? No es que me lo haya soltado así, sin venir a cuento. Pero me ha explicado que de pequeño pasaba todos los veranos en Europa. A mí me ha dado vergüenza reconocer que nunca he salido de Estados Unidos.

«Habrá que poner remedio a eso, ¿no?», me ha dicho.

¡No saques conclusiones precipitadas, Audrey! Lo ha dicho retóricamente. No es que piense llevarme de viaje a Europa ni nada por el estilo.

Fue a un internado. (A este respecto, parece que tú y yo estábamos mal informadas. La gente como tú y yo, que hemos nacido en Seattle y estudiado en la Universidad de Washington, carecemos de... no quiero utilizar la palabra «sofisticación»... pero la cuestión es que carecemos de ese «algo» necesario para entender una visión más amplia del mundo.)

Cuando Elgie me ha preguntado sobre mí, me he puesto nerviosa porque mi vida ha sido de lo más anodina. Lo único que podría parecerme remotamente interesante es que mi padre se quedó ciego cuando yo tenía siete años y que yo me vi obligada a cuidar de él.

—¿En serio? —ha dicho él—. Entonces, ¿os comunicabais por señas?

—Solo cuando me salía la vena cruel —he contestado. Elgie ha puesto cara de no entender—. Era ciego, no sordo.

Nos hemos puesto a reír a carcajadas. Y entonces alguien ha dicho en broma: «¿Qué es esto, el Connector de Belltown?». Es un chiste difícil de entender si no viajas en los autobuses de Microsoft. El que viene del barrio de Belltown tiene fama de ser muy escandaloso, mucho más que el de Queen Anne. Así pues, el comentario era tanto un toque de atención ante el hecho de que dos personas mostraran su alegría en público como una referencia a lo bien que se lo pasan en el Connector de Belltown. No sé si mi explicación te servirá para captar el sentido de la broma. Había que estar allí, supongo.

Entonces hemos pasado a hablar del trabajo. Elgie estaba preocupado por la cantidad de tiempo que va a estar fuera en navidades.

—Siempre hablas de un mes —le he dicho—, cuando en realidad son veintisiete días. Doce están dentro de las vacaciones navideñas, un período en el que Microsoft se queda vacía igualmente. Seis caen en fin de semana. Te pasarás cinco viajando, tiempo durante el cual estarás en hoteles con acceso a internet, por lo que he comprobado. En fin, que solo estarás desconectado nueve días en total. Eso es como tener una gripe fuerte.

—Vaya —ha dicho—. O sea, que puedo respirar tranquilo.

—Tu único fallo fue contarle al equipo que tenías previsto irte. Yo podría haberte guardado las espaldas, y nadie se habría enterado.

—Lo conté antes de que tú llegaras.

—Entonces estás perdonado.

Lo más maravilloso de todo ha sido ver, al llegar a Microsoft, que Elgie estaba muy animado. Y eso me ha alegrado a mí también.

* * *

De la señora Goodyear, entregado en mano en el Westin

Audrey y Warren:

Me han presentado una acusación muy inquietante en relación con Kyle. Una madre vino a verme hace un mes asegurando que Kyle había estado vendiendo drogas a los estudiantes en los pasillos de la escuela. Yo me negué a creerlo, por vuestro bien y por el de Kyle.

No obstante, otra madre encontró ayer veinte pastillas en la mochila de su hijo/a. Dichas pastillas han sido identificadas como OxyContin. Cuando se le preguntó, el/la estudiante señaló a Kyle como el proveedor. Al/la alumno/a en cuestión se le ha permitido continuar asistiendo a clase la semana que viene, con el acuerdo de que recibirá tratamiento durante las vacaciones. Necesito hablar contigo y con Warren urgentemente.

Atentamente,

Gwen Goodyear

* * *

De: Audrey Griffin
Para: Gwen Goodyear

Vas a tener que esforzarte más si quieres implicar a Kyle en una red de narcotráfico en Galer Street. Warren siente curiosidad por saber qué relación tiene una receta legal de Vicodina extendida a mi nombre, que yo le pedí a Kyle que llevara porque acabé yendo con muletas por culpa de una lesión sufrida en el recinto de la escuela que diriges —algo de lo que nunca me he planteado que Galer Street se responsabilizara, aunque de acuerdo con la ley de prescripción tengo tiempo de sobra para cambiar de opinión—, con veinte pastillas de OxyContin. ¿Es que también estaban a mi nombre?

Hablando de Warren, está informándose sobre la legalidad de permitir que un/a alumno/a del que se sabe que consume drogas acabe el trimestre. ¿Acaso no supone eso una amenaza para el resto de los estudiantes? Lo pregunto solo por curiosidad.

Si tan empeñada estás en echarle la culpa a alguien, te sugiero que te mires en el espejo.

* * *

De: Audrey Griffin
Para: Soo-Lin Lee-Segal

Disculpa por no haberte respondido antes. Pero es que me ha costado una hora cerrar la boca. ¿Así que yo voy a pasar las navidades en un hotel y tú alabas a mi torturador? La última vez que consulté el calendario, estábamos aún a mediados de diciembre, no a veintiocho.

*   *   *

De: Soo–Lin Lee–Segal
Para: Audrey Griffin

Para que lo entiendas, ver a Elgin Branch recorriendo el pasillo del Connector de Microsoft es como presenciar a Diana Ross moviéndose entre su público entregado en aquel concierto suyo de Las Vegas al que fuimos las dos. La gente literalmente alarga la mano para tocarlo. No estoy segura de que Elgin conozca personalmente a nadie, pero ha dirigido tantas reuniones multitudinarias, y ha estado en tantos equipos, que su cara le suena a cientos, si no a miles, de empleados de MS. El año pasado, cuando lo premiaron por su destacado liderazgo técnico, una distinción que se concede a las diez personas con más visión de futuro en una empresa con cien mil trabajadores, colgaron una pancarta enorme con su rostro desde el Edificio 33. En la campaña de donaciones de toda la compañía, recaudó más dinero que nadie para que fuera la «víctima» en el juego del tanque de agua. Por no hablar de su famosa charla en el congreso de TED, la cuarta más visitada en toda la historia de TED. No me extraña que vaya con auriculares aislantes del ruido, si no, la gente se amontonaría para estar cerca de él. La verdad es que me sorprende que coja el Connector para ir a trabajar.

En mi opinión, no habría sido nada profesional por nuestra parte ponernos a despotricar contra las faltas de Bernadette mientras todo el mundo aguzaba las orejas para ver si pescaba algo de la conversación.

*   *   *

De: Audrey Griffin
Para: Soo-Lin Lee-Segal

Me importa un bledo ese tal Ted. No sé quién es y me trae sin cuidado lo que diga en esa charla de la que no hay manera de que dejes de hablar.

* * *

De: Soo-Lin Lee-Segal
Para: Audrey Griffin

TED son las siglas de Tecnología, Entretenimiento y Diseño. El congreso de TED es un encuentro selecto de las mentes más brillantes del mundo. Se celebra una vez al año, en Long Beach, y ser elegido como conferenciante es un enorme privilegio. Aquí tienes un link de la charla de Elgie en TED.

* * *

La charla de papá en el congreso de TED fue todo un acontecimiento. Todos los niños de Galer Street sabían de qué iba. La señora Goodyear había hecho venir a papá para que diera una clase en directo ante toda la escuela. Cuesta creer que Audrey Griffin nunca hubiera oído hablar de ello.

* * *

Transcripción de la charla de papá en el congreso TED publicada en el blog en directo de Enzima Enmascarada

16.30 PAUSA DE LA TARDE
Falta media hora para la Sesión 10: «Código y meditación», la última de la jornada. Las chicas del puesto de chocolates Vosges se han superado en esta pausa, durante la cual están repartiendo tru-

fas con beicon. Rumor de última hora: al final de la Sesión 9, mientras Mark Zuckerberg soltaba un rollo sobre una iniciativa de educación que no le importaba un carajo a nadie, las chicas de Vosges han comenzado a freír su beicon, y el olor ha llegado hasta el auditorio. Eso ha hecho que todo el mundo murmurara con entusiasmo: «¿Oléis a beicon? Yo sí». Chris ha salido corriendo y debe de haber echado un rapapolvo a las chicas, porque ahora tienen el rímel corrido, como si hubieran llorado. Chris siempre ha tenido sus *detractores*, y seguro que esto no ha ayudado.

16.45 LA GENTE ENTRA EN EL AUDITORIO PARA LA SESIÓN 10

• Ben Affleck se hace una foto con Murray Gell-Mann. El Premio Nobel de Física ha llegado esta mañana al aparcamiento del recinto al volante de un Lexus con matrícula de Nuevo México en la que se leía QUARK. Un detalle simpático, como él.

• Mientras estábamos en la pausa, han transformado el escenario en un salón, o quizá un dormitorio de una residencia de estudiantes, con un sillón reclinable La-Z-Boy, un televisor, un microondas, una aspiradora... ¡y un robot!

• ¡Qué fuerte, hay un robot en el escenario! Y es monísimo, de metro veinte, antropomórfico, con cuerpo de ánfora. Me atrevería a decir que es un robot sexy. Hummm, en el programa pone que el próximo ponente es una bailarina de Madagascar que hablará sobre su proceso creativo. ¿Y para qué es el robot? A ver si van a representar una especie de danza africana robótico-lésbica en pleno salón. Atención, que la cosa promete.

• El tipo con un parche en el ojo y una chaqueta estilo Nehru que el año pasado dio una charla de locos sobre ciudades flotantes acaba de sentarse donde lo hace normalmente Al Gore. En TED no hay asientos reservados, ni mucho menos, pero todo el mundo sabe que desde el congreso celebrado en Monterey Al Gore se sienta en la tercera fila, en el pasillo de la derecha. A nadie se le ocurre ocupar su asiento.

• Jane da una serie de anuncios informativos de interés. La recogida de bolsas de regalo se acaba esta noche. Última oportunidad de probar en carretera el vehículo de Tesla. Mañana habrá un almuerzo con (el formidable) biólogo E. O. Wilson para informar de las novedades en torno a la *Enciclopedia de la Vida*, el deseo que formuló en su día en un congreso de TED.

• Acaba de entrar Al Gore, que va conversando con los padres de Sergei Brin. Son tan monos y pequeñitos…, y no es que hablen muy bien inglés.

• Todos los ojos están puestos en el vicepresidente para ver cómo reacciona ante el hecho de que su asiento esté ocupado. El de la chaqueta Nehru se ofrece a cambiarse de sitio, pero Al Gore declina la oferta. ¡El tipo le da una tarjeta comercial! Menuda jugarreta. El público casi lo abuchea, pero nadie reconocerá que estaba tan pendiente de la escena como para eso. Al Gore coge la tarjeta con una sonrisa. Yo corazón Al Gore.

17.00 CHRIS SUBE AL ESCENARIO
Anuncia que antes de la actuación de la bailarina africana habrá una charla sorpresa, una flipada, asegura él, sobre la interfaz cerebro-ordenador. La gente sale de repente del estado de aturdimiento provocado por las trufas con beicon. Chris presenta a Elgin Branch de… agarraos… el equipo de investigación de Microsoft Research. Este es el único grupo medio decente que hay en MS, pero ¿va en serio? ¿Microsoft? El público se desinfla. La energía se disipa.

17.45 HOSTIA PUTA
No hagáis caso del tono sarcástico y despectivo del post de las cinco. Un momento… voy a necesitar un rato…

19.00 SAMANTHA 2
Gracias por vuestra paciencia. Esta charla no se publicará en la web de TED hasta dentro de un mes. Mientras tanto, y con vuestro permiso, intentaré hacerle justicia. Un saludo muy grande para mi colega bloguera TEDGRRRL por dejarme transcribir esto desde su videoteléfono.

173

17.00 Branch se pone los auriculares. En la pantalla grande se lee:

ELGIN BRANCH

(Uno se compadece de esos conferenciantes que solo tienen cinco minutos. Se les ve con prisas y nerviosos.)

17.01 Branch: «Hace veinticinco años comencé a trabajar verificando códigos para un equipo de investigación de Duke. Se proponían fusionar mente y máquina.»

17.02 El mando de control remoto no funciona. Branch pulsa el botón otra vez. Y otra más. Branch mira a su alrededor. «Esto no va», dice en voz alta, sin dirigirse a nadie en especial.

17.03 Branch, cargado de valor, sigue al pie del cañón sin el vídeo. «Pusieron a dos macacos de la India sentados frente a una pantalla de vídeo con un joystick, el cual controlaba una pequeña bola animada. Cada vez que los primates utilizaban el joystick para meter la bola en un cesto, los premiaban con una golosina.» Branch le da al botón del mando una y otra vez y mira a su alrededor. Nadie acude a ayudarlo. ¡Esto es ridículo! El tipo se lo toma bien. Esta mañana David Byrne se ha marchado del escenario hecho una furia cuando le ha pitado el audio.

17.03 Branch: «En teoría, tendría que verse un vídeo del estudio pionero realizado en Duke. En él salen dos monos con doscientos electrodos implantados en la corteza motora cerebral. Parecen un par de Barbies de esas a las que les crece el cabello con la coronilla abierta y un montón de cables cayéndoles en cascada. Pone los pelos de punta, la verdad. Casi es mejor que no lo pueda enseñar. El caso es que fue uno de los primeros ejemplos de interfaz cerebro-ordenador o BCI, por sus siglas en inglés (*Brain-Computer Interface*).» Pulsa el mando una vez más. «Tenía una diapositiva muy buena en la que se explica cómo funciona.»

En mi humilde opinión, ¡era para estar más enfadado de lo que estaba! ¿Cómo es posible que en un congreso de tecnología no consigan hacer que los mandos funcionen?

17.08 Branch: «Una vez que los monos lograron dominar el uso de los joysticks para mover las bolas, los investigadores desconectaron los joysticks. Los monos juguetearon con ellos unos segundos, pero se dieron cuenta de que ya no funcionaban. Aun así querían sus golosinas, así que se quedaron allí sentados, mirando la pantalla mientras "pensaban" en meter las bolas en los cestos. En ese momento, los electrodos que tenían implantados en la corteza motora estaban activados. Dichos electrodos trasladaron los «pensamientos» de los primates a un ordenador, que habíamos programado para que interpretara sus señales cerebrales y actuara de acuerdo con sus pensamientos. Los monos se dieron cuenta de que podían mover la bola con solo pensar en ello, y así recibir su premio. Lo que más sorprende cuando uno ve el vídeo…». Branch mira el foco entrecerrando los ojos. «¿Tenemos el vídeo? Estaría genial verlo. En fin, lo que resulta increíble es lo rápido que los monos dominan el movimiento de las bolas con sus pensamientos. Apenas les costó quince segundos.»

17.10 Branch mira al público con los ojos entrecerrados. «Me comentan que me queda un minuto.»

17.10 Chris sube al escenario de un salto y pide disculpas. Está cabreado con lo del mando. Todos lo estamos. El tal Branch es un tipo muy majo y comedido. ¡Y no ha dicho nada del robot!

17.12 Branch: «El trabajo terminó. Años más tarde acabé en Microsoft. En la sección de robótica». La gente aplaude. Branch entrecierra los ojos. «¿Qué ocurre?» Es evidente que no tiene ni idea de las ilusiones que nos hemos hecho todos con el maldito robot.

17.13 Branch: «Me puse a trabajar con el robot personal activado por voz que tenéis enfrente». Se oye un murmullo entre el público. A quién le importa que Craig Venter haya acabado de anunciar que ha sintetizado vida basada en el arsénico en un tubo de ensayo. ¡Donde se ponga un robot como el de los Supersónicos, que se quite lo demás!

17.13 Branch continúa: «Pongamos por caso que se me antojan unas palomitas. Pues digo: "¡Samantha!"». De repente, el robot se enciende. «Lo hemos llamado Samantha por la protagonista de *Embrujada*.» Risas. «Samantha, tráeme unas palomitas, por favor.» Tenéis que ver al tal Branch, tan encantador y sencillo, con sus tejanos, su camiseta y sin zapatos. Parece que acaba de salir de la cama.

17.13 Samantha se desliza hasta el microondas, abre la puerta del aparato y saca una bolsa de palomitas. Branch: «Ya las teníamos preparadas, como en los programas de cocina». El robot se acerca a Branch y le da las palomitas. Ovación. Branch: «Gracias, Samantha». «De nada», contesta el robot. Risas. Branch: «Es tecnología que se activa con una voz básica y melodiosa».

17.17 Desde la primera fila alguien dice: «¿Y a mí? ¿Puede darme palomitas?». Es David Pogue. Branch: «Vale, pídaselo a ella». Pogue: «Samantha, tráeme unas palomitas». El robot no se mueve. Branch: «Pídaselo por favor». Pogue: «¡Venga ya!». Risas. Branch: «Lo digo en serio. Mi hija tenía ocho años cuando yo estaba trabajando en Samantha y me acusó de ser un bravucón. Así que la programé para que respondiera a las palabras mágicas. Por favor». Pogue: «Samantha, tráeme unas palomitas… ¿por favor?». Esto último lo ha dicho de un modo tan teatral que ha provocado una oleada de carcajadas. El robot se desplaza hasta el borde del escenario y alarga el brazo, pero deja caer la bolsa de palomitas antes de que a Pogue le dé tiempo a cogerla. Su contenido se desparrama por el escenario.

17.19 Branch: «Es Microsoft. Hemos tenido algunos problemas». El público estalla en carcajadas. Branch parece ofendido. «Tampoco tiene tanta gracia.»

17.21 Branch: «Le hemos enseñado a Samantha quinientas órdenes. Podríamos haberle enseñado quinientas más, pero lo que nos frenaba era sus miles de piezas móviles. Le faltaba agilidad de mercado y su producción a escala resultaba muy cara. Al final el proyecto Samantha se canceló». Todo el mundo exclama sorprendido. Branch: «¿Es que sois una panda de friquis informáticos o qué?». Risotadas. ¡La charla se convierte al instante en un clásico de TED!

17.23 Alguien atraviesa el escenario con toda tranquilidad y entrega a Branch un nuevo mando. Branch: «¿A qué viene tanta prisa?». Carcajadas.

17.24 Branch: «En fin, que cancelaron el proyecto de Samantha. Pero entonces recordé el experimento con aquellos monos de Duke. Y pensé, si el factor que complica la creación de un robot personal es el robot en sí, ¿por qué no nos deshacemos del robot sin más?».

17.25 El mando de Branch por fin funciona, así que empieza a pasar las diapositivas. La primera imagen es la de unos monos con cables que les salen de la cabeza. Exclamaciones ahogadas y gritos entre la multitud. Branch: «¡Lo siento, lo siento!». Fundido en negro.

17.26 Branch: «Según la ley de Moore, el número de transistores que puede colocarse en una superficie integrada se duplica cada dos años. Es decir, que al cabo de veinte años, lo que era esa horrible imagen… se ha convertido en esto…». Branch pulsa el botón del mando para pasar a una diapositiva en la que se ve la cabeza rapada de una persona con lo que parece un chip de ordenador bajo la piel.

17.26 Branch: «Que a su vez se ha convertido en esto…». Sostiene en alto un casco de fútbol americano con una pegatina de los Seahawks. En su interior hay electrodos de los que salen cables. «Uno se podría poner esto sin necesidad de conectarse nada al cerebro.»

17.27 Branch se coloca el casco y se mete la mano en el bolsillo. Branch: «Lo de hace veinte años se ha convertido en esto». Muestra al público algo parecido a una tirita. «Os presento a Samantha 2.»

17.27 Branch se pega la tirita en la frente, justo bajo el nacimiento del pelo. Luego se sienta en el sillón reclinable. Branch: «Voy a hacer algo a tiempo real para los más escépticos». Tira de la palanca para reclinar el sillón.

17.29 Un ruido extraño. ¡La aspiradora se ha encendido! Está moviéndose sola; va hacia las palomitas y las aspira. Branch está tumbado con los ojos abiertos, concentrado en las palomitas. La aspiradora se apaga. Branch se vuelve hacia el televisor.

17.31 La tele se enciende sola. Va cambiando de canal hasta detenerse en un partido de los Lakers.

17.31 En la pantalla grande pasa a verse la interfaz de Outlook. Se abre un e-mail en blanco. El cursor se mueve hasta el cuadro PARA: destinatario. ¡Y comienza a escribir solo! BERNADETTE. El cursor salta al campo de mensaje: LA CHARLA TED HA IDO BIEN. EL MANDO NO FUNCIONABA. QUÉ LÁSTIMA QUE AQUÍ NADIE CONOZCA POWERPOINT. DAVID POGUE NO COORDINA MUY BIEN. P. D.: LOS LAKERS VAN GANANDO POR 3 EN LA MEDIA PARTE.

El público está en pie. Un estruendo es la palabra que mejor define lo que se oye ahora en el auditorio. Branch se levanta del sillón, se despega la tirita de la frente y la sostiene en alto.

17.32 Branch: «En marzo enviamos a Samantha 2 al hospital Walter Reed. Si hoy visitáis la web de Microsoft, podréis ver un vídeo de veteranos paralíticos que utilizan Samantha 2 para cocinar sin ayuda de nadie en una elegante cocina, ver la tele, trabajar con un ordenador e incluso cuidar de una mascota. En Samantha 2 tenemos el objetivo de ayudar a nuestros veteranos de guerra heridos a llevar una vida independiente y productiva. Las posibilidades son infinitas. Gracias».

El público está enloquecido. Chris ha subido al escenario y está abrazando a Branch. Nadie da crédito a lo que acaba de ver.

* * *

Voilà. He aquí Samantha 2.

* * *

De: Audrey Griffin
Para: Soo-Lin Lee-Segal

Estoy harta de ti. ¿Te queda claro? ¡Harta!

* * *

De la doctora Janelle Kurtz

Apreciado señor Branch:

He recibido su consulta con respecto a su esposa. Quizá haya interpretado mal sus intenciones, pero lo que usted llama amablemente un «tiempo de descanso y recuperación supervisados», algo que teme que a Bernadette «no le hará mucha gracia», representa en la práctica que su mujer sea retenida en Madrona Hill en contra de su voluntad.

El procedimiento para tan extrema actuación se detalla en la Ley sobre Tratamiento Involuntario, título 71, capítulo 5, sección 150 del Código Revisado del Estado de Washington. Según dicha ley, para que un Profesional de la Salud Mental Designado por el Condado dictamine la reclusión involuntaria de un individuo, el profesional en cuestión debe evaluar a fondo a la persona y determinar si es un peligro inminente para sí misma, los demás o una propiedad a causa de una enfermedad psiquiátrica.

Si cree que su mujer representa tal amenaza, lo que debe hacer de inmediato es llamar a urgencias para que la lleven a un centro médico, donde evaluarán su estado. Si determinan que Bernadette constituye dicha amenaza, le pedirán que busque voluntariamente un tratamiento adecuado. Si se niega, se le privará de sus libertades civiles y será derivada a un hospital psiquiátrico autorizado por el Estado, donde se la podrá retener hasta setenta y dos horas en virtud de lo que establece la ley. A partir de ahí, depende de los tribunales.

Madrona Hill, en la isla Orcas, es un centro excepcional ya que, junto con nuestro conocido tratamiento residencial y hospitalario, ofrecemos el único servicio privado de urgencias psiquiátricas del Estado. Por consiguiente, tengo la oportunidad de presenciar cada día los devastadores efectos que tiene el internamiento involuntario, como el desmembramiento familiar, la implicación de policía, abogados y jueces y la exposición del caso al dominio público, con lo que eso representa para la búsqueda de futuros empleos y la relación con instituciones financieras. Por su elevado coste en términos de recursos humanos y económicos, así como desde el punto de vista emocional, el internamiento involuntario debería contemplarse únicamente después de haber agotado cualquier otra vía posible.

Por lo que usted explica, el comportamiento de su esposa es motivo de preocupación. Por ello me sorprende que no vaya a terapia, lo que sería un primer paso lógico. Estaría encantada de sugerirle varios psiquiatras maravillosos que trabajan en su zona y que podrían visitar a Bernadette a fin de que pueda recibir un tratamiento apropiado. No dude en llamarme si ese es el camino que decide seguir.

Atentamente,

Doctora Janelle Kurtz

* * *

Intercambio de mensajes instantáneos entre papá y Soo-Lin durante una reunión de personal

SOO-LINL-S: ¿Va todo bien? Pareces distraído.

ELGINB: Comienzo a preguntarme si estoy en mi sano juicio. Cosas de casa.

SOO-LINL-S: Si contaras tus historias sobre Bernadette en una reunión de VCV, no podrías decir ni dos frases sin que las hicieran ARDER. En este caso, ARDER corresponde a las siglas: «¡Alto, Recapacita y Decide Enfrentarte a la Realidad!».

SOO-LINL-S: Cada vez que la persona que expone su caso cae en el discurso del maltratador –por ejemplo, si yo dijera algo como «Sé que siempre estoy cansada y que no hablo más que del trabajo», algo de lo que Barry solía acusarme–, alguien se levanta y hace ARDER sus palabras, gritándole: «¡Alto, Recapacita y Decide Enfrentarte a la Realidad!».

SOO-LINL-S: Eso nos enseña a separar nuestra realidad del discurso de nuestro maltratador, que es el primer paso para detener el ciclo de los malos tratos.

SOO-LINL-S: Sé que la terminología empleada por VCV te incomodará. A mí también me ocurría. No pensaba que Barry estuviera «maltratándome».

SOO-LINL-S: Pero en VCV nuestra definición del maltrato es intencionadamente amplia y positiva para la autoestima. Somos víctimas, que nadie se engañe, pero queremos ir más allá de la victimización, una distinción sutil pero importante.

SOO-LINL-S: Elgie, ocupas el Nivel 80 en la empresa más próspera del mundo. Te han pagado con opciones sobre acciones en tres ocasiones. Tienes una hija que destaca en los estudios pese a haber sido operada del corazón varias veces.

SOO-LINL-S: Tu charla en TED es la cuarta más vista de todos los tiempos, ¿y aun así vives con una mujer que no tiene amigos, destruye casas y se queda dormida en público?

SOO-LINL-S: Lo siento, Elgie, pero debo hacerte ARDER.

ELGINB: Te agradezco tus palabras, pero ahora necesito concentrarme. Ya las leeré con más calma después de la reunión.

* * *

VIERNES, 17 DE DICIEMBRE

De: Bernadette Fox
Para: Manjula Kapoor

¡He vuelto! ¿Me echabas de menos? ¿Recuerdas que te dije que ya se me ocurriría la manera de librarme de ir a la Antártida?

¿Y si me tienen que operar de urgencia?

Mi dentista, el doctor Neergaard, no deja de insistir en que me quite las cuatro muelas del juicio, algo para lo que no he tenido nunca ninguna prisa.

Pero ¿qué tal si llamo al doctor Neergaard y le pido que me quite las cuatro de golpe justo el día antes del viaje? (Y cuando digo esto, lo que quiero decir en el fondo es qué tal si llamas tú al doctor Neergaard y le pides que me quite las cuatro de golpe justo el día antes del viaje.)

Puedo contar que era una urgencia, y que lo siento muchísimo, pero que el doctor me ha prohibido volar. De ese modo, marido e hija podrán ir de viaje ellos solos sin que nadie me culpe.

Tienes el número del doctor Neergaard más abajo. Programa la operación para el 23 de diciembre, a cualquier hora después de las diez. (Esa misma mañana hacen un recital en la escuela, y Bee se encarga de la coreografía. La granujilla de ella me ha prohibido ir, pero lo he mirado en internet y he averiguado a qué hora es.) Mi plan es el siguiente: iré a la escuela y luego fingiré que voy de compras navideñas.

Cuando aparezca de nuevo, pareceré una ardilla con la boca llena. Diré que me dolían mucho las muelas y que me pasé por la consulta de mi dentista. Y que, cuando quise darme cuenta, me había extraído las cuatro muelas del juicio, y ahora no puedo ir a la Antártida. En Estados Unidos, a eso lo llamamos salir ganando todos.

LUNES, 20 DE DICIEMBRE
De Marcus Strang del FBI

Apreciado señor Branch:

Soy el director regional del Centro de Denuncias de Delitos en Internet (IC3), que trabaja en colaboración con el Departamento de Seguridad Nacional. Mi sección dentro del IC3 se encarga de investigar las estafas basadas en el pago por adelantado y la usurpación de la identidad.

Nos hemos fijado en usted por el pago mediante tarjeta de crédito de una factura con fecha del pasado 13 de noviembre, por un importe de cuarenta dólares, emitida por una empresa que se hace llamar Servicio Internacional de Ayudantes Virtuales de Delhi. Dicha compañía no existe. Se trata de una empresa fantasma creada por una organización mafiosa que opera en Rusia. Llevamos seis meses acumulando pruebas para fundamentar una acusación contra ellos. Hace un mes nos concedieron una orden judicial que nos permitía rastrear los correos electrónicos entre su esposa, Bernadette Fox, y una tal «Manjula».

En el curso de dicha correspondencia, su mujer ha facilitado información sobre tarjetas de crédito, instrucciones para realizar transferencias bancarias, números de la seguridad social, de permisos de conducir y de pasaporte, direcciones y fotografías de usted, su hija y ella misma.

Al parecer, no está usted al corriente de dichas actividades. Su esposa sugiere en un e-mail a «Manjula» que usted le ha prohibido utilizar los servicios de Ayudantes Virtuales de Delhi.

Estamos ante un asunto tan delicado como urgente. Ayer «Manjula» solicitó poder notarial mientras su familia esté de viaje en la Antártida. Logramos interceptar dicho e-mail antes de que le llegara a su esposa. A juzgar por su comportamiento hasta la fecha, teníamos motivos para creer que firmaría sin dudarlo.

En el momento en que esté leyendo esta carta, yo estaré aterrizando en Seattle. A mediodía llegaré al Centro de Visitantes de Microsoft, donde espero que pueda reunirse conmigo y ofrecerme su plena colaboración.

Es imprescindible que en las próximas tres horas no comparta dicha información con nadie, y menos aún con su mujer, que ha demostrado ser un elemento poco fidedigno.

La orden que se nos concedió servía para todos los correos electrónicos remitidos por su esposa en los últimos tres meses que contuvieran la palabra «Manjula». Se contaban literalmente por centenares. He seleccionado los veinte más relevantes e incluido también uno especialmente largo destinado a Paul Jellinek. Le pido que se familiarice con ellos antes de mi llegada. Le sugiero que cancele los compromisos que tenga para hoy y el resto de la semana.

Espero verle en el Centro de Visitantes. Confiemos en que, con su plena colaboración, Microsoft quede al margen de este asunto.

Atentamente,

Marcus Strang

P. D.: Aquí estamos todos fascinados con su charla en TED. Me encantaría ver lo último de Samantha 2 si el tiempo lo permite.

CUARTA PARTE

INVASORES

Informe policial presentado por el responsable nocturno del hotel Westin

ESTADO DE WASHINGTON

DISTRITO JUDICIAL

CONDADO DE KING

EL ESTADO DE WASHINGTON contra Audrey Faith Griffin

Yo, Phil Bradstock, agente del Departamento de Policía de Seattle, declaro, bajo previo juramento, que:

El día 20 de diciembre, en la ciudad de Seattle, Washington, la antedicha demandada, hallándose en un lugar público, incurrió en una conducta indecorosa, grosera, escandalosa o en cualquier caso incívica, bajo circunstancias en las que dicha conducta llevó a causar o provocar un disturbio contrario a la disposición 9A.84.030 c2 del Código Revisado del Estado de Washington (RCW), y cometió una agresión en cuarto grado tal y como se define en la disposición 9A.36.041 del RCW, ambos considerados delitos menores que podrían ser castigados con una multa no superior a mil dólares o una pena de prisión no superior a treinta días, cuando no ambas.

Dicha información se basa en la declaración del denunciante, STEVEN KOENIG, responsable nocturno del hotel Westin, sito en el centro de Seattle. Su testimonio, a mi juicio, resulta del todo veraz y fidedigno.

1. El lunes 20 de diciembre, aproximadamente a las dos de la madrugada, Steven Koenig informa de que estaba en su puesto

como responsable nocturno del hotel Westin de Seattle cuando recibió una llamada de la huésped AUDREY GRIFFIN, de la habitación 1601, quien se quejaba del ruido procedente de la habitación 1602.

2. El señor Koenig informa de que, al consultar el registro de entrada, vio que la habitación 1602 no estaba ocupada.

3. El señor Koenig informa de que, cuando le comunicó dicha información a la señora Griffin, esta se puso furiosa y le exigió que lo investigara.

4. El señor Koenig informa de que, al salir del ascensor de la decimosexta planta, oyó un ruido fuerte de voces, risas, música rap y lo que describió como «juerga».

5. El señor Koenig informa de que detectó que estaban fumando y percibió un olor inusitado en el pasillo, que en su opinión era «maría».

6. El señor Koenig informa de que buscó el origen del ruido y el olor, lo que le llevó a la habitación 1605.

7. El señor Koenig informa de que llamó a la puerta y se identificó, momento en el cual apagaron la música y cesó todo ruido. El silencio momentáneo fue seguido por unas risitas.

8. El señor Koenig informa de que la señora Griffin, vestida con un albornoz del hotel, se le acercó por el pasillo y le sugirió enérgicamente que se equivocaba de puerta, puesto que la habitación 1605 era la que ocupaba su hijo, Kyle, que estaba durmiendo.

9. El señor Koenig informa de que, tras explicarle a la señora Griffin que el ruido procedía de la habitación 1605, ella le expresó entonces la mala opinión que tenía de él, empleando términos como «imbécil», «cretino» y «necio incompetente».

10. El señor Koenig informa de que hizo saber a la señora Griffin cuál era la política del hotel con respecto al uso de la violencia verbal. La señora Griffin le expresó entonces la mala opinión que tenía de las instalaciones del Westin, empleando términos como «hotelucho de mala muerte», «antro» y «pocilga».

11. El señor Koenig informa de que, mientras la señora Griffin seguía con su valoración negativa del establecimiento, su marido,

WARREN GRIFFIN, apareció en el pasillo, en calzoncillos y con los ojos medio cerrados.

12. El señor Koenig informa de que los intentos del señor Griffin de calmar a su esposa encontraron resistencia y violencia verbal por parte de la señora Griffin.

13. El señor Koenig informa de que, mientras intentaba calmar a la pareja, el señor Griffin eructó, despidiendo un «hedor repugnante».

14. El señor Koenig informa de que la señora Griffin «le echó en cara a su marido» su adicción al alcohol y su insaciable apetito por los bistecs.

15. El señor Koenig informa de que el señor Griffin volvió a la habitación 1601 y cerró la puerta de un portazo.

16. El señor Koenig informa de que, mientras la señora Griffin se dedicaba a manifestar su enorme desagrado para con «la persona que había inventado el alcohol» frente a la puerta cerrada de la 1601, él procedió a introducir la llave maestra en la cerradura de la 1605.

17. El señor Koenig informa de que «de repente, mi cabeza salió disparada hacia atrás», porque «esa zorra zumbada» (la señora Griffin) le había propinado un tirón de pelo, lo que le provocó un gran dolor.

18. El señor Koenig informa de que llamó por radio a la policía de Seattle, momento que la señora Griffin aprovechó para entrar en la habitación 1605, profiriendo un grito al abrir la puerta.

19. El señor Koenig informa de que, cuando él entró en la habitación 1605, contó a nueve individuos: el hijo de la señora Griffin, KYLE GRIFFIN, y un grupo de jóvenes de la calle.

20. El señor Koenig informa de que advirtió la presencia de accesorios diversos para el consumo de drogas, entre ellos «pipas de agua, papelinas, papel de fumar, frascos de fármacos, pinzas para colillas de porro, minipipas, pipas cónicas, jeringuillas, agujas, cucharas y un vaporizador». Tras recorrer la habitación con la mirada, no vio más sustancias controladas que «batidos y pipas encima de la mininevera».

21. El señor Koenig informa de que la señora Griffin se pasó entonces unos cinco minutos expresando de forma histérica su decepción ante los amigos que había elegido su hijo.

22. El señor Koenig informa de que la reacción contenida por parte de Kyle Griffin y los que lo acompañaban indicaba que «iban pasadísimos».

23. El señor Koenig informa de que la señora Griffin arremetió de repente contra una chica que llevaba un osito de peluche sujeto con imperdibles en la espalda de la chaqueta.

NARRACIÓN CONTINUADA POR EL AGENTE BRADSTOCK:
A mi llegada, me identifiqué como agente del Departamento de Policía de Seattle. Intenté separar a la señora Griffin del osito de peluche, que parecía ser la causa de su profunda aflicción. Le informé de que, si no bajaba la voz y salía al pasillo conmigo, tendría que esposarla. La señora Griffin comenzó a gritarme en un tono irreverente: «Soy una ciudadana modélica. Son esos drogadictos los que están violando la ley y corrompiendo a mi hijo». Entonces la agarré del brazo izquierdo, y ella me insultó mientras yo le ponía las esposas. Luego intentó que la soltara, diciéndome: «Quíteme las manos de encima, maldita sea. No me toque, que yo no he hecho nada malo». La señora Griffin esgrimió la amenaza de que su marido era fiscal del distrito y que utilizaría la grabación de las cámaras de vigilancia del hotel para demostrar que yo estaba deteniéndola sin causa probable, asegurándose de que emitieran el vídeo en «todos los informativos de la noche». Le expliqué que solo la detendría temporalmente mientras trataba de averiguar lo que ocurría allí. Dos oficiales de seguridad de refuerzo se personaron en el lugar y, con la ayuda de mi compañero, el agente Stanton, acompañaron a las personas que no residían en el hotel a la salida del establecimiento. En aquel momento, el denunciante relató el incidente del tirón de pelo. La señora Griffin lo negó enérgicamente. Cuando pregunté al señor Koenig si deseaba presentar cargos, la señora Griffin agregó en tono sarcástico algo así como: «Uy, qué miedo. Será mi palabra contra la suya. ¿A quién va a creer

un juez?, ¿a la esposa de un fiscal del distrito o al rey de la pocilga?». El señor Koenig contestó que sí quería presentar cargos.

Basándome en la información expuesta anteriormente, yo, el agente Phil Bradstock, solicito que se obligue a la demandada a responder a los cargos.

* * *

De: Audrey Griffin
Para: Soo-Lin Lee-Segal

¡Hola, forastera! Resulta que tenías razón. Lo de vivir en un hotel ha acabado perdiendo su lustre. Voy a aceptar tu ofrecimiento de que nos alojemos *chez* Lee-Segal. ¡No te preocupes! Ya sé que estás muy ocupada con tu nuevo e importante trabajo, y por nada del mundo querría causarte problemas.

Te he buscado esta mañana en la escuela. Lincoln me ha dicho que estás trabajando tantas horas ¡que ni siquiera tenéis árbol de Navidad! Me pasaré por casa para coger las cajas de adornos que tengo en el garaje. Para cuando llegues a casa, te tendré la casa decorada. No intentes impedírmelo. ¡Ya sabes que las navidades son mis fiestas preferidas!

Qué ironías tiene la vida, ¿eh? ¿Recuerdas cuando te divorciaste de Barry, y Warren te lo arregló todo gratis, ahorrándote treinta mil dólares? ¿Recuerdas que casi te echaste a llorar de lo agradecida que estabas, y que prometiste que algún día nos devolverías el favor? ¡Pues esta es tu oportunidad! Entraré con la llave que hay bajo el cupido.

Una pregunta. ¿Qué quieres cenar? Te tendré preparado un banquete cuando llegues a casa.

¡Enhorabuena!

* * *

191

De: Elgin Branch
Para: Soo-Lin Lee-Segal

Soy consciente de que en la reunión que acabamos de mantener con el agente Strang te has enterado de un montón de cosas horribles que nada tienen que ver contigo, ni con las responsabilidades de tu trabajo. Pero me sentía totalmente desbordado y me veía incapaz de asistir al encuentro yo solo. Con lo atónito que estaba, y que sigo estando, no sabes cuánto agradezco que el agente Strang haya accedido finalmente a que estuvieras presente. Y a ti te estoy aún más agradecido por tenerte a mi lado.

* * *

Nota escrita a mano de Soo-Lin

Elgie:

Mi trabajo consiste en que S2 marche sobre ruedas. Conocer los detalles de tu situación me permite desempeñar mejor mi cometido. Me siento honrada de que hayas confiado en mí. Te prometo que no te fallaré. A partir de ahora, será mejor que no nos comuniquemos por vía electrónica sobre asuntos relacionados con B.

* * *

Respuesta escrita a mano de papá

Soo-Lin:

Acabo de hablar por teléfono con la doctora Kurtz. Si causar «daño a los demás» es uno de los requisitos, tenemos ejemplos de sobra, con lo del pie de Audrey Griffin y el alud de barro. Y lo que escribió B sobre la sobredosis de pastillas constituye sin duda una prueba de «daño a sí misma». La doctora Kurtz vendrá mañana para hablar del internamiento de Bernadette.

* * *

De: Soo-Lin Lee-Segal
Para: EQUIPO DE SAMANTHA 2 (Destinatarios ocultos)

EB estará ocupado con un asunto personal que requiere toda su
atención. Todas las reuniones se celebrarán según el calendario
previsto. EB se mantendrá informado por vía electrónica.
   ¡Gracias!

* * *

De: Soo-Lin Lee-Segal
Para: Audrey Griffin

NO ES UN BUEN MOMENTO para que os quedéis en casa. Ha surgido una emergencia en el trabajo. Ya he pagado a Maura para que
vaya a recoger a Lincoln y Alexandra al colegio y se quede toda la
semana. Está instalada en la habitación que queda libre. Lo siento
muchísimo. ¿Has pensado en cambiar de hotel? ¿O en alquilar una
casa por una temporada? Ya te ayudaré a buscar.

* * *

De: Audrey Griffin
Para: Soo-Lin Lee-Segal

He llamado a Maura y le he dicho que no la necesitarías. Ha vuelto a su apartamento.
   Tu casa ha quedado estupenda. El Papá Noel hinchable saluda
a los que pasan por la calle, y las repisas de las ventanas están adornadas con «nieve». He puesto a José, María y el niño Jesús en el
césped, junto con un letrero mío que dice OS DESEAMOS FELIZ
NAVIDAD. Soy yo la que debería estarte agradecida.

De papá al decano de admisiones de Choate

Apreciado señor Jessup:

Como ya sabe, Hillary Loundes me comunicó por carta que Bee había sido admitida en Choate para el próximo otoño. Cuando leí por primera vez su sugerencia de que Bee se saltara un año, mi primera reacción fue oponerme a la idea. Sin embargo, no he dejado de tener presentes las sabias palabras de la señora Loundes. Ahora coincido con ella en que lo más conveniente para Bee es que su inmersión en el universo académico de Choate comience de inmediato. En vista de que Bee está rindiendo por encima del nivel de tercero, le pido que considere la posibilidad de admitirla en enero, es decir, dentro de un mes, como estudiante de tercero.

Si no me falla la memoria, en Exeter siempre había alumnos que abandonaban el colegio a mitad de curso y otros que ocupaban sus plazas. En caso de que prospere mi solicitud, me gustaría iniciar los trámites burocráticos lo antes posible, para que la transición de Bee pueda realizarse sin problemas. Gracias.

Atentamente,

Elgin Branch

* * *

De papá a su hermano

De: Elgin Branch
Para: Van Branch

Van:

Espero que estés bien. Sé que hace tiempo que no hablamos, pero ha surgido una emergencia familiar, y me preguntaba si podrías venir a Seattle el miércoles y quedarte un par de días. Te enviaré un billete y te buscaré una habitación de hotel. Ya me dirás algo.

Gracias,

Elgie

MARTES, 21 DE DICIEMBRE
Un aluvión de e-mails entre tío Van y papá

Elgie:

Ah del barco, marinero. Pues sí que ha llovido lo suyo… y en Seattle más, supongo… desde la última vez que supe de ti. Lo siento, pero no creo que pueda dejarme caer por esos lares. Por Navidad siempre ando ocupado. Mejor lo dejamos para otro momento.

Mahalo,

Van

* * *

Van:

Puede que no me haya explicado bien. Se trata de una situación de emergencia relacionada con mi familia. Cubriré todos los gastos y el salario que puedas perder. Las fechas son del 22 al 25 de diciembre.

* * *

Hermano:

Puede que sea yo quien no se haya explicado bien. Tengo una vida en Hawai. Tengo responsabilidades. No puedo montarme en un avión sin más porque te dignes honrarme con un e-mail después de cinco años y me invites a pasar las navidades en un hotel.

195

Van:

No me jodas, que te dedicas a vivir del cuento cuidando la casa de otro. Bernadette está enferma. Bee no lo sabe. Necesito que pases el día con Bee mientras yo voy con Bernadette a que la ayuden. Sé que hemos perdido el contacto, pero quiero que Bee tenga a un familiar cerca. Te pido disculpas si el ofrecimiento del hotel te ha parecido brusco. Mi casa está patas arriba. La habitación de invitados lleva años cerrada porque hay un boquete en el suelo que nadie se ha molestado en reparar. Todo está relacionado con la enfermedad de Bernadette. Venga, hombre.

* * *

Elgie:

Lo haré por Bee. Resérvame un billete en el vuelo directo que sale de Kona. Queda un asiento libre en primera clase; sería todo un detalle que pudieras pillármelo. Hay un Four Seasons que tiene disponibles habitaciones dobles con salón y vistas al mar. He encontrado a alguien para que me sustituya, así que no tengo prisa por volver.

* * *

Solicitud de autorización presentada por la doctora Janelle Kurtz

SOLICITUD PARA FACTURAR UNA VISITA FUERA DEL CENTRO
ASUNTO: BERNADETTE FOX/ELGIN BRANCH

El caso de Bernadette Fox llegó a mi conocimiento el pasado 12 de diciembre. Su marido, Elgin Branch, amigo de la miembro del consejo Hannah Dillard, me escribió una carta larguísima y muy emotiva en la que me pedía información sobre un posible internamiento involuntario (adjunto n.º 1).

La descripción que me hizo el señor Branch de su esposa sugería un cuadro de ansiedad social, conducta de búsqueda compulsiva de fármacos, agorafobia, falta de control de los impulsos, depresión posparto sin tratar y posible manía. En caso de dar crédito a sus palabras, plantearía un doble diagnóstico de uso indebido de sustancias y trastorno bipolar de tipo dos.

Respondí por escrito al señor Branch, explicándole lo que estipulaba la ley y sugiriéndole que su esposa hiciera terapia (adjunto n.º 2).

Ayer recibí una llamada del señor Branch para pedirme que nos reuniéramos en persona. Me comentó que había nuevos sucesos relacionados con su mujer, entre ellos pensamientos suicidas.

La llamada del señor Branch me parece extraña, por no decir sospechosa, por los siguientes motivos:

1. FECHAS: En mi respuesta al señor Branch, le expliqué en detalle que para internar a su esposa en contra de su voluntad, sería necesario que demostrara ser un peligro inminente para sí misma y los demás. En cuestión de unos días, el señor Branch asegura tener pruebas de ello.

2. RESISTENCIA A LA IDEA DE LA TERAPIA: El señor Branch parece obsesionado con que se interne a la señora Fox en Madrona Hill. ¿Por qué se opone a buscar un terapeuta externo para su mujer?

3. SECRETISMO: El señor Branch se niega a divulgar información concreta por teléfono; en su lugar insiste en reunirse personalmente conmigo.

4. URGENCIA: El señor Branch me ha llamado hoy para rogarme que nos veamos de inmediato, a poder ser en su oficina.

A la vista de todo lo expuesto, considero justificado poner en duda los motivos y la credibilidad del señor Branch. Sin embargo, me siento obligada a hacer un seguimiento del caso. Como doctora de Madrona Hill, se me ha informado en dos ocasiones con respecto al comportamiento de la señora Fox. Dada la mención explícita a la idea del suicidio, se trata ya de una cuestión de responsabilidad. Además, la tenacidad del señor Branch indica que no cejará en su empeño hasta que nos veamos.

Tengo que ir a Seattle a dar una conferencia en la Universidad de Washington. He quedado con el señor Branch para vernos esta tarde en su despacho. Reconozco que este es un hecho insólito, pero no me importa hacer un esfuerzo extra por el amigo de una miembro del consejo. Confío en convencerlo de que busque a otra persona que pueda ofrecer un tratamiento más apropiado a su esposa.

Le he informado de que mi tarifa era de 275 dólares por hora más el tiempo de desplazamiento, que se cobra como hora y media. El señor Branch entiende que lo más probable es que nuestra conversación en persona y el trayecto hasta su despacho no los cubra el seguro.

* * *

De: Audrey Griffin
Para: Soo-Lin Lee-Segal

¡Buenas! He hecho casitas de galleta de jengibre para que los niños las decoren después del colegio. ¿A qué hora llegarás a casa? Me interesaría saber cuándo tengo que meter el asado en el horno.

* * *

De: Soo-Lin Lee-Segal
Para: Audrey Griffin

Como ya te he dicho, estoy ocupadísima en el trabajo, así que no podré estar de vuelta para la cena. ¡Pero se me hace la boca agua solo de pensar en tu famoso asado!

* * *

De: Audrey Griffin
Para: Soo–Lin Lee–Segal

No pienses que no sé por dónde vas. ¿Qué te parece si cojo el coche y te llevo un poco de asado personalmente?

* * *

De: Soo–Lin Lee–Segal
Para: Audrey Griffin

¿Qué te parece si no lo haces? ¡Gracias, de todos modos!

* * *

Aquel martes yo estaba en mi habitación haciendo deberes cuando el teléfono sonó dos veces, lo que significaba que había alguien en la verja de entrada e indicaba también que traían la cena. Pulsé *7 para abrir la verja y bajé a abrirle la puerta al mensajero. Me quedé flipada al verlo con bolsas del Tilth, el restaurante ecológico por excelencia de Seattle. Llevé la comida a la cocina. Papá estaba allí, de pie, rechinando los dientes.

—Creía que estabas trabajando —dije.

Como llevaba dos noches sin aparecer por casa, supuse que estaría haciendo horas sin parar por lo del viaje a la Antártida.

—Quería ver cómo te va —dijo.

—¿A mí? —pregunté—. Si estoy bien.

En ese momento mamá llegó del Petit Trianon y se quitó las botas de agua a patadas.

—¡Anda, mira quién ha venido! Me alegro, porque he encargado más comida de la cuenta.

—Hola, Bernadette —la saludó papá, sin darle un abrazo.

Destapé los bordes de los envases de comida y los dejé en la mesa de la cocina, delante de nuestras sillas.

—Hoy vamos a utilizar platos.

Mamá sacó la vajilla de porcelana de la despensa y yo puse la comida en los platos bonitos.

Pero papá se quedó allí de pie, con la parka puesta.

—Tengo una noticia. Van viene mañana.

Tío Van era mi único tío y por tanto mi tío favorito. Mamá tenía un apodo para él: Van «¿Vas a Acabarte Eso?» Branch. Vive en Hawai, y trabaja como cuidador de una finca enorme que pertenece a un productor de cine de Hollywood. El productor apenas va por allí, pero debe de tener un trastorno obsesivo-compulsivo, porque le paga a Van para que se pase todos los días por la casa a tirar de la cadena de todos los baños. El susodicho productor también tiene casa en Aspen, y un invierno se le helaron las cañerías y los váteres se desbordaron, con lo que se le estropearon un montón de antigüedades, y ahora está paranoico perdido y cree que puede volver a ocurrirle en cualquier momento, aunque es imposible que las cañerías se hielen en Hawai. Así que, como a mamá le gusta decir, Van se gana la vida tirando de la cadena. Una vez fuimos a Hawai, y Van me llevó a dar una vuelta por la finca que cuida y me dejó tirar de la cadena de los váteres; fue divertido.

—¿Y a qué viene? —quise saber.

—Buena pregunta. —Mamá se había quedado clavada en el sitio, igual que papá.

—Viene de visita —respondió papá—. He pensado que podría cuidar de la perra mientras estamos fuera. ¿Por qué lo dices, Bernadette? ¿Te parece mal?

—¿Dónde va a alojarse? —preguntó mamá.

—En el Four Seasons. Mañana iré a recogerlo al aeropuerto. Bee, me gustaría que me acompañaras.

—No puedo —contesté—. Voy a ver el espectáculo de Navidad de las Rockettes con el Grupo de Jóvenes.

—Su avión llega a las cuatro —dijo papá—. Iré a recogerte a la escuela.

—¿Puede venir Kennedy? —le pregunté, y añadí una sonrisa de oreja a oreja.

—No —respondió—. No me gusta ir en el coche con Kennedy. Ya lo sabes.

—Qué aburrido eres. —Le puse mi cara de Kubrick más desagradable y comencé a comer.

Papá salió airado de la cocina, dando un portazo contra la encimera. Un instante después se oyó un ruido sordo, seguido de varias palabrotas. Mamá y yo fuimos corriendo al salón y encendimos las luces. Papá había chocado contra una tonelada de cajas y maletas.

—¿Qué coño es toda esta mierda? —preguntó, dando saltos.

—Es para la Antártida —respondí.

Las cajas de UPS habían llegado a una velocidad pasmosa. Mamá había pegado a la pared tres listas con todo lo que teníamos que llevar cada uno de nosotros al viaje. Todas las cajas estaban medio abiertas y de ellas salían parkas, botas, guantes y pantalones de nieve, unas prendas más fuera que otras de sus envoltorios, colgando como lenguas.

—Ya casi lo tenemos todo. —Mamá se movió con destreza entre las cajas—. Estoy esperando que llegue el óxido de cinc para ti. —Señaló con el pie en dirección a un enorme petate negro—. Estoy intentando encontrar para Bee una de esas máscaras en un color que le guste…

—Veo mi maleta —dijo papá—. Y la de Bee. ¿La tuya dónde está, Bernadette?

—Está ahí —respondió mamá.

Papá se acercó hasta allí y cogió la bolsa de viaje, que colgó de su mano como un globo desinflado.

—¿Por qué no hay nada dentro? —preguntó papá.

—¿Y tú qué haces aquí? —replicó mamá.

—¿Que qué hago yo aquí?

—Estábamos a punto de ponernos a cenar —dijo mamá—. No te has sentado a la mesa, ni te has quitado el abrigo.

—No me quedo a cenar. Tengo una cita en el despacho.

—Al menos déjame que vaya a buscarte ropa limpia.

—Tengo ropa en el despacho.

—Entonces, ¿se puede saber para qué has venido a casa? —inquirió mamá—. ¿Solo para decirnos lo de Van?

—A veces es agradable hacer las cosas en persona.

—Pues quédate a cenar —le sugirió mamá—. No entiendo a qué viene esto.

—Yo tampoco —dije.

—Yo hago las cosas a mi manera, y tú a la tuya —dijo papá, y salió de casa por la puerta principal.

Mamá y yo nos quedamos allí de pie, esperando que volviera con el rabo entre las piernas. En lugar de ello, oímos su Prius avanzar por el camino de gravilla hasta la calle.

—Pues habrá venido a casa solo para decirnos lo de Van —supuse yo.

—Me parece extraño —dijo mamá.

MIÉRCOLES, 22 DE DICIEMBRE
Informe de la doctora Kurtz

PACIENTE: Bernadette Fox

ANTECEDENTES: De acuerdo con mi solicitud de autorización con fecha 21 de diciembre, dispuse reunirme con Elgin Branch en el campus de Microsoft. Desde la presentación de dicha solicitud, en la que expresaba mi escepticismo respecto al señor Branch, mi opinión sobre él y sus motivos ha cambiado. En un intento de explicar este cambio de parecer, procedo a detallar una cantidad desmesurada de pormenores relacionados con mi encuentro con el señor Branch.

La conferencia que di en la Universidad de Washington finalizó antes de lo previsto. Confiando en coger el ferry de las 22.05, llegué media hora antes. Me indicaron el camino al despacho de la secretaria del señor Branch. Sentada a la mesa había una mujer con un impermeable puesto y un plato de comida tapado con papel de plata en el regazo. Cuando le pregunté por el señor Branch, la mujer me contó que era amiga de la secretaria y que había venido para darle una sorpresa con la cena. Me dijo que todo el mundo estaba reunido en el salón de actos de abajo.

Yo le expliqué que también había venido por un asunto personal. Entonces se fijó en mi tarjeta de identificación de Madrona Hill que llevaba sujeta al maletín y dijo algo así como: «¿Madrona Hill? ¡Vaya si será un asunto personal!».

Cuando llegó la secretaria, casi se puso a gritar al verme hablando con su amiga, y quiso hacerme pasar por una empleada de Microsoft. Yo intenté darle a entender que ya me había identificado de otro modo, pero ella me metió rápidamente en una sala de reuniones y bajó los estores. Luego me entregó un expediente del FBI con información confidencial. No me es posible revelar su contenido salvo los hechos destacados concernientes al estado mental de la señora Fox:

- atropelló a una madre en el colegio
- hizo colocar un cartel enorme que daba a la casa de dicha mujer para mofarse de ella
- acumula medicinas recetadas
- sufre ansiedad extrema, megalomanía y pensamientos suicidas.

A su llegada, el señor Branch parecía nervioso, debido al hecho de que a aquellas horas aún tenía a todo el mundo trabajando en el salón de abajo y acababan de dar con un error de programación justo antes de que él apareciera. Le prometí que sería breve y le pasé una lista con los nombres de algunos psiquiatras fantásticos de la zona. El señor Branch se mostró incrédulo. Tenía la firme convicción de que el expediente del FBI contenía pruebas suficientes para justificar el internamiento de su esposa.

Le expresé entonces sin rodeos mi preocupación ante su determinación de recluir a su mujer en contra de su voluntad. Él me aseguró que solo quería la mejor atención posible para ella.

La secretaria del señor Branch llamó a la puerta y le preguntó si había revisado una corrección de la codificación. El señor Branch miró su móvil y se estremeció. Por lo visto, había recibido cuarenta y cinco e-mails en el rato que llevábamos hablando. «Si

Bernadette no me mata, me matará lo de "Responder a todos"», dijo mientras iba pasando los correos en la pantalla del móvil. Acto seguido, gritó algo en clave acerca de presentar una lista de cambios, algo que la secretaria se apresuró a anotar antes de salir de la sala a toda prisa.

Tras un enérgico intercambio de impresiones en el que el señor Branch me acusó de negligencia en el cumplimiento de mi deber, reconocí que era posible que su mujer padeciera un trastorno adaptativo, es decir, una respuesta psicológica provocada por un factor estresante, que normalmente implica ansiedad o depresión. Le expliqué que, en el caso de su esposa, el factor estresante parecía ser el viaje que pensaban hacer a la Antártida. En casos extremos, los mecanismos de defensa de una persona pueden resultar tan inadecuados que el factor estresante llega a causar un brote psicótico.

El señor Branch estuvo a punto de desplomarse del alivio que sintió al ver que yo acababa confirmando que a su mujer le pasaba algo.

La secretaria volvió a entrar, esta vez acompañada de dos hombres. Se pusieron a hablar entre ellos en su jerga sobre el uso de una corrección de la codificación.

Cuando se marcharon, le dije al señor Branch que el tratamiento recomendado para un trastorno de adaptación era la psicoterapia, no una reclusión psiquiátrica. Le expuse claramente que es totalmente inmoral e inaudito que un psiquiatra ordene el internamiento de una persona sin verla antes. El señor Branch me aseguró que tampoco estaba empeñado en que se llevaran a su mujer con una camisa de fuerza, y me preguntó si existía la posibilidad de un paso intermedio.

La secretaria llamó a la puerta por tercera vez. Al parecer, la corrección del señor Branch había funcionado, y la reunión había terminado. Entonces entró más gente en la sala, y el señor Branch repasó una lista de prioridades para el día siguiente.

Me chocó la intensidad que se respiraba en el ambiente. Nunca he visto a un grupo de personas tan automotivadas, trabajando a un nivel tan alto. La presión era palpable, pero también lo era el compañerismo y la pasión por el trabajo. Lo que más llamaba la atención era la veneración que tenían todos por el señor Branch, y su carácter jocoso e igualitario aun en condiciones de gran tensión. En un momento dado, me fijé en que iba sin zapatos y entonces caí en la cuenta de quién era: ¡el famoso conferenciante de la charla de TED! El que contaba que si uno llevaba un chip de ordenador pegado a la frente ya no tendría que volver a mover un músculo el resto de su vida. Es una versión extrema de lo que yo considero una tendencia preocupante hacia la evasión de la realidad.

Cuando todo el mundo se marchó, solo quedamos el señor Branch, su secretaria y yo en la sala. Sugerí entonces que, en vista de que la señora Fox parecía estar automedicándose para la ansiedad, podría derivar el caso a uno de mis colegas más cualificados especialista en intervenciones por fármacos. El señor Branch me expresó su agradecimiento. Pero, dado que nadie salvo yo podía tener conocimiento de aquel expediente del FBI, me pidió que considerara la posibilidad de realizar yo misma la intervención. Le contesté que así lo haría.

Recalqué la importancia de que el señor Branch durmiera unas horas. Su secretaria dijo que le había reservado una habitación de hotel, y que ella misma se encargaría de llevarlo hasta allí en coche.

* * *

Al día siguiente, papá vino a recogerme por la tarde a la salida del cole y fuimos al aeropuerto.

—¿Aún te hace ilusión ir a Choate? —me preguntó.

—Sí —respondí.

—Me alegro de ello, me alegro muchísimo —dijo papá—. ¿Sabes lo que es un cadáver político?

—Sí.

—Pues así me sentía yo justo después de que me aceptaran en Exeter. Tenía la sensación de estar atascado en las aguas de la escuela secundaria. Me imagino que es como te sientes tú ahora mismo.

—La verdad es que no.

—Un cadáver político es un presidente, por ejemplo, que no ha sido reelegido...

—Ya sé lo que es, papá. Pero ¿qué tiene que ver con Choate? El resto de mis compañeros dejarán Galer Street y se irán a otro cole en otoño, como yo. Así que es como si el mismo día que empezaras octavo dijeras que va a ser un año perdido. O como si, al cumplir los catorce, pensaras que vas a perder un año hasta cumplir los quince.

Eso lo calmó un poco durante unos minutos, pero luego volvió a la carga.

—Me alegro de saber que te lo pasas bien con el Grupo de Jóvenes —dijo—. Si el estar allí te da fuerzas, quiero que sepas que tienes todo mi apoyo.

—¿Puedo quedarme a dormir en casa de Kennedy?

—Pasas mucho tiempo en su casa —dijo, muy preocupado.

—¿Puedo?

—Claro que puedes.

Pasamos de largo las terminales ferroviarias de la bahía de Elliott, donde hay unas grúas de color naranja enormes que parecen avestruces que beben mientras custodian miles de contenedores de carga apilados. Cuando era pequeña, le pregunté a mamá qué eran todos aquellos contenedores. Me contestó que huevos de avestruz llenos de muñecas Barbie. Aunque ya no juego con Barbies, me sigue entusiasmando pensar en tantas muñecas juntas.

—Siento no haber estado mucho por casa. —Era papá, que insistía de nuevo.

—Sí que estás.

—Me gustaría estar más —dijo—. Y lo voy a hacer. El viaje a la Antártida será el punto de partida. Verás lo bien que lo pasamos allí los dos.

—Los tres.

Saqué la flauta y la toqué el resto del trayecto al aeropuerto.

Tío Van estaba supermoreno y tenía las facciones marcadas y los labios blancuzcos y cuarteados. Llevaba una camisa hawaiana, chanclas, una almohada inflable alrededor del cuello y un enorme sombrero de paja con un pañuelo de colores en el que ponía LA RESACA.

—¡Hermano! —Van le dio un fuerte abrazo a papá—. ¿Dónde está Bee? ¿Dónde está tu niñita?

Lo saludé con la mano.

—Tú eres muy grande. Mi sobrina Bee es una niña pequeña.

—Soy Bee —dije.

—¡No puede ser! ¡Sí que has crecido! —Y, poniendo la mano en alto, añadió—: ¡Chócala!

Le di una palmada en la mano sin fuerzas.

—Traigo encima unos regalos. —Se quitó el sombrero de paja, bajo el cual llevaba más, todos con un pañuelo de LA RESACA—. Uno para ti —dijo, poniendo uno en la cabeza de papá—. Otro para ti. —Me puso uno en la cabeza—. Y otro para Bernadette.

Se lo quité de la mano.

—Ya se lo daré yo —dije.

Era tan horrendo que tuve que dárselo a Kennedy.

Mientras veía a Van allí plantado, embadurnando sus gruesos labios con protector labial, pensaba: Espero que nadie me vea en el zoo con este tipo.

* * *

Presentación realizada por la doctora Kurtz
ante su supervisor

PACIENTE: Bernadette Fox

PLAN DE INTERVENCIÓN: He presentado los antecedentes de mi paciente a los doctores Mink y Crabtree, especialistas en intervenciones por fármacos. Dado el componente de uso indebido de sustancias, ambos han coincidido en la conveniencia de llevar a cabo una intervención. Si bien no cuento con una formación específica en el terreno de las intervenciones por fármacos, en vista de las circunstancias excepcionales descritas en los antecedentes de mi paciente, he decidido encargarme personalmente de la misma.

EL MODELO DE JOHNSON VERSUS LA INTERVENCIÓN MOTIVACIONAL: En el transcurso de esta última década, Madrona Hill se ha ido alejando del modelo de Johnson de una intervención «al estilo emboscada» a favor del enfoque «motivacional» más global propugnado por Miller y Rollnick, el cual ha demostrado ser más eficaz según diversos estudios. Sin embargo, debido al secretismo impuesto en este caso por el FBI, se ha optado por el modelo de Johnson.

REUNIÓN PRELIMINAR: El señor Branch y yo nos hemos reunido esta tarde en la consulta del doctor Mink en Seattle. El doctor Mink realizó muchas intervenciones al estilo Johnson durante los años ochenta y noventa, y nos ha detallado los componentes en los que se basa dicho modelo.

1. «Presentar la realidad» al paciente con contundencia.

2. Los miembros de la familia expresan el amor que sienten por el paciente con sus propias palabras.

3. Los miembros de la familia detallan el daño que ha causado el paciente.

4. Los miembros de la familia garantizan su apoyo en el tratamiento del paciente.

5. Los miembros de la familia y los profesionales sanitarios explican las consecuencias negativas del rechazo al tratamiento por parte del paciente.

6. Al paciente se le da la oportunidad de buscar un tratamiento de forma voluntaria.

7. Traslado inmediato del paciente a un centro de tratamiento.

Todas las esperanzas están puestas en que Bernadette Fox reconozca su enfermedad e ingrese por voluntad propia en Madrona Hill.

Aquella noche fui a ver el *Espectáculo de Navidad de Radio City* con el Grupo de Jóvenes. La primera parte, con las Rockettes, fue un rollazo. No era más que música enlatada y un grupo de chicas bailando el cancán. Pensaba que al menos cantarían, o harían otro tipo de baile. Pero se dedicaron a dar patadas puestas en fila, mirando todas a un lado y luego al otro. Después comenzaron a girar, manteniendo la fila, mientras sonaban canciones como «It's Beginning to Look a Lot Like Christmas» y «I Saw Mommy Kissing Santa Claus». Menuda bazofia. Kennedy y yo estábamos flipando.

Llegó el intermedio. No tenía sentido salir al vestíbulo porque nadie llevaba dinero, con lo cual lo más emocionante que podíamos hacer era beber agua de una fuente. Así pues, nos quedamos todo el grupo en nuestros asientos. Mientras el público volvía a la sala, las señoras con sus crepados, su maquillaje acartonado y sus broches navideños intermitentes comenzaron a rebosar de entusiasmo. Incluso Luke y Mae, que nos acompañaban, estaban de pie frente a sus asientos, con la mirada clavada en el telón rojo.

El teatro se quedó a oscuras. Sobre el telón se proyectó una estrella. Al público se le cortó la respiración y se puso a aplaudir con más fervor de la cuenta ante lo que no era más que una estrella.

«Hoy es el día más sagrado para toda la humanidad –dijo una voz resonante que daba miedo–. Es el nacimiento de mi hijo Jesús, rey de reyes.»

El telón se abrió de golpe. En el escenario había un pesebre viviente, con el niño Jesús, María y José. «Dios» narró, en un tono de lo más inquietante, la historia de la Natividad. Salieron a escena varios pastores con ovejas, cabras y burros vivos. Cada vez que aparecía un animal, la sala se llenaba de exclamaciones de sorpresa.

«¿Es que esta gente no ha estado nunca en la granja de un zoo?», comentó Kennedy.

Los Reyes Magos entraron a lomos de un camello, un elefante y un avestruz. Incluso a mí me sorprendió aquella estampa, pues no sabía que se pudiera montar a un avestruz.

Entonces salió al escenario una negra corpulenta, una aparición que de alguna manera rompió el encanto, ya que llevaba un vestido rojo superceñido, de esos que se ven en los almacenes Macy's.

«Oh, noche santa…», comenzó a cantar.

A mi alrededor se oían gritos ahogados de euforia por todas partes.

«… De estrellas refulgentes –prosiguió–, / esta es la noche en que el Salvador nació. Tanto esperó el mundo en su pecado, / hasta que Dios derramó su inmenso amor.» Aquella melodía tenía algo que me hizo cerrar los ojos. La letra y la música me envolvieron con una agradable sensación de bienestar. «Un canto de esperanza, / al mundo regocija, / por el que ilumina una nueva mañana.» La cantante hizo una pausa. Abrí los ojos.

«¡Ponte de rodillas! –entonó con energía, llena de una dicha extraordinaria–, / ¡escucha reverente!»

«¡Oh, noche divina!», se le unieron más voces. En el escenario, por encima del niño Jesús, había un coro formado por medio centenar de personas, todos negros, vestidos con ropa brillante. No los había visto llegar. La sensación de bienestar que me invadía comenzó a hacerse fuerte en mi interior, y se me formó un nudo en la garganta.

«Cristo nació, / ¡Oh, noche divina! / Nació Jesús.»

Era todo tan extraño e intenso que por un momento me desorienté, y casi me sentí aliviada cuando se terminó. Pero la música siguió sonando. Sabía que tendría que prepararme para la siguiente oleada. En la parte superior del escenario apareció de repente un letrero digital con la letra del villancico. Al igual que el coro, parecía haber salido de la nada. Las palabras, formadas por puntos rojos, fueron pasando de un extremo a otro del letrero…

NOS ENSEÑÓ
A AMARNOS UNOS A OTROS...
SU VOZ FUE AMOR,
SU EVANGELIO ES PAZ.

Un murmullo quedo de voces disonantes me rodeó. Era gente del público, que se había puesto en pie para sumarse al coro.

NOS HIZO LIBRES DEL YUGO
Y LAS CADENAS DE OPRESIÓN
QUE EN SU NOMBRE DESTRUYÓ.

De repente, dejé de ver la letra porque me la tapaba la gente que tenía delante, así que yo también me puse de pie.

DE GRATITUD Y GOZO,
DULCES HIMNOS CANTA
EL CORAZÓN HUMILDE
QUE A TODA VOZ PROCLAMA...

Todo el público comenzó a levantar los brazos a la altura de la cabeza y a mover las manos como los cantantes de gospel.

Kennedy se había puesto el pañuelo de LA RESACA. «¿Qué?», me dijo y puso los ojos bizcos. Yo le di un empujón.

Entonces la solista negra, que se había mantenido en segundo plano para dejar que el coro hiciera todo el trabajo, se puso delante.

«¡Cristo, el Señor!», bramó su voz, mientras en el rótulo ponía:

¡CRISTO, EL SEÑOR!

Era un acto tan descaradamente religioso y lleno de júbilo que me di cuenta de que aquella gente, gente «de iglesia», como los llamaba mamá, en el fondo estaba oprimida, y solo en una ocasión como aquella podían expresarse sin tapujos porque se sentían seguros entre otras personas de su misma condición. Aquellas señoras tan emperifolladas, con sus peinados especiales y sus jerséis navideños, también se animaron a cantar, sin importarles lo mal que lo hacían. Algunas echaban la cabeza hacia atrás e incluso cerraban los ojos. Yo levanté las manos para ver qué se sentía. Tiré la cabeza hacia atrás y cerré los ojos.

POR SIEMPRE Y PARA SIEMPRE.

Yo era el niño Jesús. Mamá y papá eran María y José. La paja era mi cama de hospital. Me vi rodeada de los cirujanos, médicos internos y enfermeras que me ayudaron a sobrevivir cuando nací amoratada; si no hubiera sido por ellos ahora estaría muerta. A todas aquellas personas ni siquiera las conocía, no sería capaz de identificarlas en una rueda de sospechosos llegado el caso, pero se habían dedicado en cuerpo y alma a tener los conocimientos necesarios que acabaron salvándome la vida. Gracias a ellas yo podía estar ahora en medio de aquella magnífica oleada de gente y música.

¡OH, NOCHE DIVINA! ¡OH, NOCHE! ¡OH, NOCHE DIVINA!

De repente, me dieron un codazo en el costado. Era Kennedy. «Toma. —Me pasó su pañuelo de LA RESACA al ver que las lágrimas me corrían por las mejillas—. No me vayas a dar con tanto Jesús.»
Volví a echar la cabeza hacia atrás, pasando de ella. Puede que en eso consista la religión, en tirarte por un precipicio y confiar en que algo más grande que tú cuidará de ti y te llevará al lugar indicado. No sé si es posible sentirlo todo de golpe, de tal modo que te parece que vas a estallar. Quería a papá con toda mi alma, y lamentaba haber sido tan mala con él en el coche. Él solo intentaba hablar conmigo, y yo no sabía por qué no podía dejar que lo hiciera. Claro que notaba que nunca estaba en casa. Llevaba años notándolo. Me daban ganas de volver corriendo a casa y abrazar a papá, y pedirle por favor que no pasara tanto tiempo fuera de casa, que no me enviara a Choate porque los quería demasiado a él y a mamá, y quería demasiado a nuestra casa, a Helado, a Kennedy y al señor Levy como para

212

marcharme. Me sentía rebosante de amor por todo, pero al mismo tiempo me veía colgadísima allí, como si nadie fuera capaz de entenderme. Me sentía tan sola en este mundo… y a la vez tan amada…

A la mañana siguiente la madre de Kennedy vino a despertarnos. «Mierda —dijo—, vais a llegar tarde.» Nos tiró unas barritas de cereales para desayunar y volvió a la cama.

Eran las ocho y cuarto. El Día de la Celebración Mundial comenzaba a las nueve menos cuarto. Me vestí a toda prisa, bajé corriendo la colina y crucé el paso elevado sin detenerme. Kennedy siempre llega tarde al colegio, y a su madre ya ni le importa, así que se quedó en casa a desayunar tranquilamente mientras veía la tele.

Fui directa a la sala de material, donde el señor Kangana y los alumnos de primero estaban haciendo el ensayo general. «Ya estoy aquí —dije, agitando mi *shakuhachi* en el aire—. Lo siento.» Los pequeños, que estaban monísimos con sus quimonos japoneses, se me subieron encima como monos.

A través de la pared oí que la señora Goodyear nos anunciaba, y entramos en el gimnasio, que estaba abarrotado de padres, cámara de vídeo en mano. «Y ahora —dijo la directora—, actuarán los alumnos de primero, acompañados de la estudiante de octavo Bee Branch.»

Los de primero se pusieron en fila. Cuando el señor Kangana me dio la señal, toqué las primeras notas y los niños comenzaron a cantar.

> *Zousan, zousan*
> *O-ha-na ga na-ga-I no ne*
> *So-yo ka-a-san mo*
> *Na-ga-I no yo.*

Lo hicieron todos muy bien, cantando todos al unísono. Salvo Vivian, a la que aquella mañana se le había caído el primer diente y se quedó parada en el escenario, con la lengua metida en la mella.

Tras hacer una pausa, llegó el momento de cantar la canción en inglés, con mi coreografía. Los pequeños comenzaron a cantar y a moverse como elefantes, cogidos de las manos y con los brazos colgando como trompas.

Elefantito, elefantito,
tienes una trompa muy larga.
Sí, señor, como mi mamá.

En aquel momento tuve un presentimiento. Y entonces vi a mamá, de pie en la entrada, con sus enormes gafas de sol.

Elefantito, elefantito,
dime a quién quieres.
Oh, ya sabes que a mi mamá.

Me eché a reír porque sabía que a mamá le parecería curioso que ahora fuera yo quien llorara. Levanté la vista, pero se había ido. Fue la última vez que la vi.

VIERNES, **24** DE DICIEMBRE
De la doctora Janelle Kurtz

Al Consejo de Dirección:
Por la presente, me gustaría informarles de que renuncio a mi cargo de directora de psiquiatría de Madrona Hill. Me encanta mi trabajo, y mis compañeros son como mi familia. Sin embargo, como psiquiatra responsable del ingreso de Bernadette Fox, y en vista de los trágicos y misteriosos acontecimientos relacionados con su intervención, me veo en la obligación de tomar dicha decisión. Gracias por todos estos maravillosos años y por brindarme la oportunidad de ponerme al servicio de la sociedad.
Atentamente,

Doctora Janelle Kurtz

*   *   *

Informe de la doctora Kurtz sobre la intervención de mamá

PACIENTE: Bernadette Fox

Teníamos previsto abordar a la señora Fox en la consulta de su dentista, donde tenía hora a las diez de la mañana. El doctor Neergaard fue informado de nuestro plan y nos reservó una sala vacía. El hermano de Elgin Branch, Van, se encargaría de ir a recoger a la hija, Bee, al colegio y llevarla al zoo hasta nuevo aviso.

No queríamos que la señora Fox viera el vehículo de su marido al llegar a la consulta del dentista. Así pues, se decidió que el señor Branch y yo nos quedáramos en su casa y desde allí fuéramos en mi coche a la consulta del doctor Neergaard.

RESIDENCIA DE FOX/BRANCH: Es la antigua escuela de chicas Straight Gate, un enorme aunque deteriorado edificio de ladrillo enclavado en medio de una inmensa zona verde en declive con vistas a la bahía de Elliott. Sorprende el mal estado en que se encuentra su interior, un espacio oscuro y húmedo con habitaciones tapiadas y un olor tan fuerte a moho que casi podía palparse. El hecho de que una familia con ingresos considerables viva en condiciones tan precarias indica falta de amor propio, ambivalencia ante su superioridad socioeconómica y poco sentido de la realidad.

Llegué a la residencia de los Branch a las nueve de la mañana y me encontré con varios vehículos, entre ellos un coche de policía, aparcados de cualquier manera en el camino de entrada. Cuando llamé al timbre, me abrió la puerta la señora Lee-Segal, la secretaria del señor Branch. Me explicó que el señor Branch y ella acababan de llegar. En aquel momento, el agente del FBI Marcus Strang estaba informándoles de que la tal «Manjula», la ayudante virtual, le había robado al señor Branch todas las millas que tenía acumuladas en American Airlines la semana anterior.

Al señor Branch le sorprendió que el agente Strang no le hubiera dicho nada hasta entonces. El agente del FBI le explicó que no se habían tomado en serio la amenaza, ya que los ladrones por internet no solían abandonar su escondite, y menos aún coger un avión. Pero la noche anterior habían utilizado las millas acumuladas para comprar un billete de ida de Moscú a Seattle en un vuelo que llegaría al día siguiente. Por otra parte, «Manjula» había estado enviando e-mails a la señora Fox para que esta le confirmara que estaría sola en la casa mientras el señor Branch y su hija se hallaban en la Antártida.

El señor Branch estuvo a punto de caerse redondo del susto y tuvo que apoyarse en una pared para no perder el equilibrio. La señora Lee-Segal le frotó la espalda y le aseguró que su mujer estaría a salvo en Madrona Hill, en la isla Orcas. Insistí en que no existía tal garantía, en que tendría que evaluar el estado de la señora Fox antes de que pudiera ordenar su reclusión involuntaria.

El señor Branch comenzó a volcar equivocadamente su ira e impotencia contra mí, acusándome de incompetente y obstruccionista. La señora Lee-Segal interrumpió la conversación para señalar que llegábamos tarde a la consulta del doctor Neergaard. Le pregunté al agente Strang si la intervención seguía siendo una actuación fiable, dadas las circunstancias. Nos aseguró que sí y que ya habían apostado más efectivos para aumentar la protección policial. Impresionados ante la situación, salimos todos por la puerta principal cuando, de repente, oímos una voz de mujer a nuestra espalda.

—Elgie, ¿quiénes son todas estas personas?

Era Bernadette Fox. Acababa de entrar por la cocina.

En una rápida evaluación visual observé que era una mujer de cincuenta y pocos años, de altura y constitución media, sin maquillaje y de una tez pálida pero saludable. Vestía un impermeable azul y debajo unos tejanos, un jersey de nudos de cachemir blanco y unos mocasines sin calcetines. Tenía el pelo largo, que llevaba cepillado y recogido atrás con un pañuelo. No había nada en su aspecto que indicara que no se cuidara. De hecho, se la veía elegante y bien arreglada.

Encendí la grabadora. A continuación incluyo una transcripción:

FOX: ¿Se trata de Bee? No le ha pasado nada, ¿verdad? Acabo de verla en la escuela…

BRANCH: No, Bee está bien.

FOX: Y entonces, ¿quiénes son todas estas personas?

DOCTORA KURTZ: Yo soy la doctora Janelle Kurtz.

BRANCH: Se supone que a estas horas tendrías que estar en el dentista.

FOX: ¿Y tú cómo lo sabes? ¿Elgie?

DOCTORA KURTZ: Será mejor que nos sentemos.

FOX: ¿Por qué? ¿Quién es usted? Elgie…

BRANCH: ¿Lo hacemos aquí, doctora?

DOCTORA KURTZ: Supongo que…

FOX: ¿Hacer qué? Esto no me gusta. Me voy de aquí.

DOCTORA KURTZ: Bernadette, estamos aquí porque nos preocupamos por usted y queremos darle la ayuda que necesita.

FOX: ¿Qué clase de ayuda exactamente? ¿Qué hace la policía ahí fuera? ¿Y la moscardona?

DOCTORA KURTZ: Nos gustaría que tomara asiento para así poder exponerle la realidad de su situación.

FOX: Elgie, haz el favor de pedirles que se marchen. Sea lo que sea, hablémoslo en privado. Te lo digo en serio. Esta gente no pinta nada aquí.

BRANCH: Lo sé todo, Bernadette. Y ellos también.

FOX: Si esto es por lo del doctor Neergaard… si te lo ha contado… o te has enterado de algún modo… que sepas que he cancelado la cita hace diez minutos. Estoy dispuesta a viajar. Iré a la Antártida.

BRANCH: Bernadette, por favor. Deja de mentir.

FOX: Mira mi móvil. ¿Ves? Llamadas realizadas. Doctor Neergaard. Llámalo tú mismo. Toma…

BRANCH: Doctora Kurtz, ¿deberíamos…?

DOCTORA KURTZ: Bernadette, nos preocupa su capacidad para cuidar de sí misma.

FOX: ¿Qué es esto? ¿Una broma? No entiendo nada, de veras. ¿Es por Manjula?

BRANCH: No existe ninguna Manjula.

FOX: ¿Cómo?

BRANCH: Agente Strang, ¿podría…?

FOX: ¿Agente Strang?

AGENTE STRANG: Del FBI. Hola.

BRANCH: Agente Strang, ya que está usted aquí, ¿podría explicarle a mi esposa los estragos que han causado sus actos?

AGENTE STRANG: Si esto se ha convertido de repente en una intervención, no me corresponde a mí explicar nada.

FOX: Solo quiero…

AGENTE STRANG: Queda fuera de mis competencias.

BRANCH: Manjula es el alias utilizado por una red de usurpación de identidad que opera desde Rusia. Se hacen pasar por la tal Manjula para conseguir toda nuestra información bancaria personal. No solo eso, sino que tienen previsto venir a Seattle para pasar a la acción mientras Bee y yo estamos en la Antártida. ¿Es así, agente Strang?

AGENTE STRANG: Más o menos.

FOX: No me lo puedo creer. Bueno, sí que me lo creo. ¿A qué te refieres con pasar a la acción?

BRANCH: ¡Pues no sé! ¡Vaciarnos las cuentas bancarias y los fondos de inversiones y apropiarse del título de propiedad, cosa que no debería ser muy difícil ya que les has facilitado toda nuestra información personal, incluyendo las contraseñas! Manjula ha llegado a pedir poderes notariales.

FOX: Eso no es cierto. Llevo días sin tener noticias suyas. De hecho, estaba pensando en despedirla.

BRANCH: Eso es porque el FBI ha estado interceptando los e-mails y respondiendo por ti. ¿No lo entiendes?

DOCTORA KURTZ: Sí, es una buena idea que se siente, Bernadette. Sentémonos todos.

FOX: Ahí no…

DOCTORA KURTZ: ¡Oh!

FOX: Está mojado. Lo siento, hay una gotera. Dios, Elgie, me dejas hecha polvo. ¿Nos ha quitado todo?

BRANCH: Aún no, gracias a Dios.

LEE-SEGAL: (SUSURRO APENAS AUDIBLE.)

BRANCH: ¡Ya no me acordaba! ¡Ha utilizado las millas de American que teníamos acumuladas!

FOX: ¿Las millas de American? Esto me supera. Lo siento, es que no salgo de mi asombro.

DOCTORA KURTZ: Bueno, ahora que estamos cómodos… más o menos. ¡Oh, mi falda!

FOX: ¿Se ha…? Vaya, lo siento. Ese color naranja es porque el tapajuntas está oxidado y el agua se filtra. Normalmente se va lavándolo. Pero a veces hay que utilizar un quitamanchas. ¿Quién es usted?

DOCTORA KURTZ: La doctora Janelle Kurtz. No pasa nada. Bernadette, me gustaría seguir exponiéndole la realidad. A raíz de que el FBI accediera a su cuenta de correo electrónico, pudimos ver que se había planteado la idea del suicidio en el pasado. Tenía acumuladas un montón de pastillas por si un día intentaba suicidarse. Nos consta que trató de atropellar a una madre a la salida del colegio.

FOX: No sea ridícula.

LEE-SEGAL: (RESOPLA.)

FOX: Tú cállate, anda. A todo esto, ¿se puede saber qué demonios haces tú aquí? Que alguien abra una ventana para que salga la moscardona esta.

BRANCH: ¡Deja de llamarla así, Bernadette!

FOX: Perdona. Que alguien saque a la «asistente» de mi salón.

DOCTORA KURTZ: Señora Lee-Segal, estaría bien que se marchara.

BRANCH: Puede quedarse.

FOX: Ah, ¿sí? ¿Puede quedarse? ¿Y eso por qué?

BRANCH: Es una amiga…

FOX: ¿Qué clase de amiga? Tuya y mía no, desde luego.

BRANCH: Ahora no mandas tú, Bernadette.

FOX: Un momento, ¿qué es eso?

LEE-SEGAL: ¿El qué?

FOX: Eso que te sale por los bajos de los pantalones.

LEE-SEGAL: ¿A mí? ¿Dónde?

FOX: Es una prenda interior. ¡Te salen unas bragas por los tejanos!

LEE-SEGAL: No sé cómo habrán llegado hasta ahí…

FOX: ¡Eres una secretaria nacida en Seattle y no tienes nada que hacer en esta casa!

DOCTORA KURTZ: Bernadette tiene razón. Este es un asunto estrictamente familiar.

LEE-SEGAL: Encantada de irme.

AGENTE STRANG: ¿Y si me voy yo también? Estaré fuera. (SE DESPIDEN Y LA PUERTA PRINCIPAL SE ABRE Y SE CIERRA.)

FOX: Ya puede continuar, capitana Kurtz… disculpe, doctora Kurtz.

DOCTORA KURTZ: Bernadette, la agresión contra su vecina llevó a la destrucción de su casa y a un posible TEPT de treinta niños. No tiene la menor intención de ir a la Antártida. Tenía pensado quitarse las cuatro muelas del juicio para evitarlo. Le ha entregado voluntariamente información personal a un delincuente, lo que podría haber arruinado a su familia. Es usted incapaz de tener relaciones humanas al nivel más básico, llegando a confiar en un ayudante virtual para que haga la compra, pida hora o cumpla con las obligaciones domésticas más elementales por usted. Su casa merecería la declaración de ruinosa por parte del departamento de edificación, lo que me indica que sufre usted una grave depresión.

FOX: ¿Va a seguir «exponiéndome la realidad» o puedo decir algo?

VOZ MASCULINA: ¡A por él!

KURTZ/BRANCH: (RUIDOS DE PÁNICO.)

(NOS PERCATAMOS DE LA PRESENCIA DE UN HOMBRE CON UN ABRIGO LARGO QUE MIRABA ALGO EN UN TELÉFONO.)

BRANCH: ¿Quién es usted?

DETECTIVE DRISCOLL: El detective Driscoll, de la policía de Seattle.

FOX: Lleva ahí de pie todo este rato.

DETECTIVE DRISCOLL: Disculpen. Me ha podido la emoción. Clemson ha interceptado un pase y se ha escapado corriendo. Hagan como si yo no estuviera.

DOCTORA KURTZ: Bernadette, a Elgin le gustaría empezar expresando el amor que siente por usted. Elgin…

BRANCH: ¿Qué coño te pasa, Bernadette? Creía que lo de los abortos te había afectado incluso más que a mí. Pero no me digas que lo que te ha tenido preocupada todo este tiempo era una maldita casa. Eso que te ocurrió con la Casa de las Veinte Millas… me ocurre a mí diez veces al día en Microsoft. La gente se recupera de ese tipo de situaciones. Es lo que se llama superar un bache. Ganaste una beca MacArthur. ¿Y veinte años después sigues lamiéndote las heridas por la injusticia de una pelea que tuviste con un gilipollas inglés, una pelea que provocaste tú? ¿Te das cuenta de lo egoísta y autocompasivo que es eso? ¿Te das cuenta?

DOCTORA KURTZ: Bueno. A ver. Es importante reconocer que uno está dolido. Pero centrémonos en el aquí y ahora. Elgin, ¿por qué no intentas expresar tu amor por Bernadette? Habías mencionado la madre tan maravillosa…

BRANCH: ¿Te metes en tu caravana y te dedicas a mentirme a diestro y siniestro, externalizando tu vida, o mejor dicho, nuestras vidas, a la India? ¿Es que yo no cuento para nada? ¿Te da miedo marearte cuando crucemos el pasaje de Drake? Eso tiene solución. Se llama parche de escopolamina. Lo que no puedes hacer es decidir quitarte las cuatro muelas del juicio de golpe y mentirnos a Bee y a mí. Hay gente que ha muerto por sacarse las muelas del juicio. Pero ¿tú lo harás por evitar charlar con desconocidos? ¿Qué coño va a pensar Bee cuando se entere? ¿Y todo porque eres una «fracasada»? ¿Qué hay de tu papel como esposa? ¿Y como madre? ¿Qué ha pasado para que ya no hables con tu marido? ¿Por qué tienes que desahogarte con un arquitecto al que hace veinte años que no ves? Dios, estás enferma. Tú lo estás, y a mí me pones enfermo.

DOCTORA KURTZ: Otra muestra de amor podría ser un abrazo.

BRANCH: Te has vuelto loca, Bernadette. Es como si hubieran llegado unos extraterrestres y te hubieran cambiado por una réplica, pero la réplica es una versión de ti en forma de reinona desquiciada. Estaba tan convencido de ello que una noche, mientras dormías, te toqué los codos. Y es que pensaba que, por muy bien que hubieran hecho la réplica, no habrían reproducido a la perfección esos codos tuyos tan salidos. Pero ahí estaban, tan puntiagudos como siempre. Cuando te los toqué, te despertaste. ¿Lo recuerdas?

FOX: Sí, lo recuerdo.

BRANCH: Cuando quise darme cuenta, vi que temía que me llevaras contigo. Bernadette se ha vuelto loca, pensé, pero no dejaré que me arrastre con ella. Soy padre. Soy marido. Soy jefe de un equipo de más de doscientas cincuenta personas que confían en mí, y sus familias también. Me niego a caer en el precipicio contigo.

FOX: (ININTELIGIBLE.)

BRANCH: ¿Y por eso me odias? ¿Te burlas de mí, tachándome de simplón, porque amo a mi familia? ¿Porque me encanta mi trabajo? ¿Por qué me encantan los libros? ¿Cuándo empezaste a sentir ese desprecio por mí, Bernadette? ¿Hay una fecha concreta? ¿O tienes que consultar con tu ayudante virtual a la que le pagas setenta y cinco centavos por hora pero que en realidad es la mafia rusa, que ha comprado un billete de avión con todas las millas que teníamos acumuladas y va a venir a Seattle a matarte? ¡Santo Dios, será mejor que me calle!

DOCTORA KURTZ: ¿Y si dejamos atrás el tema del amor y pasamos a hablar del daño que ha causado el comportamiento de Bernadette?

BRANCH: ¿Lo dice en serio? ¿Quiere que hablemos del daño que ha causado?

FOX: Ya sé cuál es ese daño.

DOCTORA KURTZ: Estupendo. Lo siguiente es… he olvidado qué es lo siguiente. Hemos tratado la realidad, el amor, el daño…

DETECTIVE DRISCOLL: A mí no me mire.

DOCTORA KURTZ: Si me lo permiten, voy a consultar mis apuntes.

DETECTIVE DRISCOLL: ¿Puedo aprovechar para preguntarles si es de alguien este café?

BRANCH: ¿Cómo dice?

DETECTIVE DRISCOLL: He dejado el mío en alguna parte, pero yo suelo tomarlo con más leche de la que lleva este…

DOCTORA KURTZ: ¡La garantía de apoyo!

BRANCH: Pues claro que te apoyo. Eres mi esposa. Eres la madre de Bee. Y, por suerte para todos nosotros, aún queda algo de dinero a nuestro nombre para que pueda pagar ese apoyo.

FOX: Lo siento, Elgie. No sé cómo resarcirte. Tienes razón. Necesito ayuda. Haré lo que sea. Comencemos con el viaje a la Antártida, los tres solos, sin ordenadores, sin trabajo…

BRANCH: ¿Qué tal si no culpas de esto a Microsoft?

FOX: Solo digo que estemos nosotros tres, nuestra familia, sin distracciones de ningún tipo.

BRANCH: No pienso ir contigo a la Antártida. A las primeras de cambio te echaría por la borda.

FOX: ¿Has cancelado el viaje?

BRANCH: Nunca le haría eso a Bee. Lleva un año leyendo libros y haciendo redacciones sobre la Antártida.

FOX: Entonces no entiendo…

DOCTORA KURTZ: Bernadette, me gustaría sugerirle que trabajemos juntas durante las próximas semanas.

FOX: ¿Va a venir de viaje con nosotros? Qué exótico.

DOCTORA KURTZ: No, no va por ahí la cosa. Usted necesita centrarse en ponerse mejor, Bernadette.

FOX: Sigo sin ver dónde encaja usted en todo esto.

DOCTORA KURTZ: Soy psiquiatra en Madrona Hill.

FOX: ¿En Madrona Hill? ¿El manicomio? ¡Por Dios, Elgie! ¿Vas a enviarme a un manicomio? ¡Dime que no!

DETECTIVE DRISCOLL: Joder, ¿eso va a hacer?

BRANCH: Bernadette, necesitas ayuda.

FOX: ¿Así que vas a llevar a Bee a la Antártida y a meterme a mí en Madrona Hill? ¡No puedes hacer eso!

DOCTORA KURTZ: Nos gustaría que fuera usted por voluntad propia.

FOX: Ay, Dios. ¿Por eso está aquí Van? ¿Para tener a Bee distraída con leopardos de las nieves y tiovivos mientras tú me encierras?

BRANCH: Aún no eres consciente de lo enferma que estás, ¿verdad?

FOX: Elgie, mírame. Estoy en un atolladero, pero puedo salir por mi propio pie. Podemos salir juntos de esta. Por nosotros. Por Bee. Pero me niego a trabajar con estos intrusos. Lo siento, pero me hago pis desde que he llegado a casa y ya no aguanto más. ¿O necesito la aprobación de la doctora?

DOCTORA KURTZ: Vaya, vaya…

FOX: ¡Dios, es usted! ¡Es él, Elgie!

BRANCH: ¿Quién?

FOX: El hombre que te dije que me seguía aquella noche en el restaurante. ¡Es él! Usted ha estado siguiéndome, ¿verdad?

DETECTIVE DRISCOLL: En teoría, usted no debería saberlo. Pero sí, así es.

FOX: Todo esto es porque se supone que estoy mal de la cabeza. Pero acabo de quitarme un peso de encima al descubrir que este señor ha estado siguiéndome, porque al menos ahora sé que no estoy loca.

(SE CIERRA LA PUERTA DEL BAÑO.) (UN LARGO SILENCIO.)

DOCTORA KURTZ: Ya le he dicho que las intervenciones no son mi fuerte.

BRANCH: Era cierto que estaban siguiendo a Bernadette. ¿Y si es verdad que ha llamado al doctor Neergaard para cancelar la hora? ¿No deberíamos confirmarlo como mínimo?

DOCTORA KURTZ: Como ya comentamos, la duda es un elemento natural, necesario incluso, de las intervenciones. Recuerde que su mujer no buscará ayuda *de motu proprio*. Lo que queremos es impedir que toque fondo.

BRANCH: ¿Es que no ha tocado fondo ya?

DOCTORA KURTZ: El fondo es la muerte. Esto es para que Bernadette no llegue a ese extremo.

BRANCH: ¿En qué le beneficia esto a Bee?

DOCTORA KURTZ: En que su madre va a conseguir ayuda.

BRANCH: ¡Dios!

DOCTORA KURTZ: ¿Qué ocurre?

BRANCH: Su bolsa. Hace un par de noches, solo estaba hecha mi bolsa de viaje y la de Bee. Esa es la bolsa de Bernadette. Ahora está hecha.

DETECTIVE DRISCOLL: ¿Qué quiere decir?

BRANCH: ¡Doctora Kurtz, eso demuestra que tenía pensado viajar! Puede que Bernadette haya acabado teniendo una dependencia excesiva de internet y la hayan timado. La usurpación de identidad está a la orden del día. A uno no le envían al manicomio...

DOCTORA KURTZ: Señor Branch...

(LLAMANDO A LA PUERTA DEL BAÑO.)

BRANCH: Bernadette. Lo siento. Vamos a hablar de esto.

(DANDO PATADAS A LA PUERTA.)

DETECTIVE DRISCOLL: Necesitamos refuerzos.

DOCTORA KURTZ: Señor Branch...

BRANCH: Suélteme. ¡Bernadette! ¿Por qué no contesta? Señor...

DETECTIVE DRISCOLL: Sí, aquí estoy.

BRANCH: Y si se ha tomado unas pastillas, o si ha roto una ventana y se ha rajado las venas... ¡Bernadette!

(SE ABRE LA PUERTA PRINCIPAL.)

AGENTE STRANG: ¿Ocurre algo?

DETECTIVE DRISCOLL: Lleva encerrada en el baño varios minutos, y no responde.

AGENTE STRANG: Échense atrás. ¡Señora Fox!

(LA PUERTA ES GOLPEADA A PATADAS VARIOS MINUTOS.)

DETECTIVE DRISCOLL: No está aquí. El grifo del lavabo está abierto.

BRANCH: ¿Se ha ido?

DOCTORA KURTZ: ¿Hay alguna ventana…?

AGENTE STRANG: Está cerrada. (ABRIENDO LA VENTANA.) El jardín desciende por la ladera. Esto está muy alto para que haya saltado sin hacerse daño. Y no hay alféizar. Yo estaba en la puerta principal. (ESTÁTICA DE RADIO.) Kevin, ¿ves algo?

VOZ A TRAVÉS DE LA RADIO: Por aquí no ha entrado ni salido nadie.

BRANCH: No se ha esfumado. Usted estaba apostado en la puerta del baño, ¿verdad?

DETECTIVE DRISCOLL: Me he alejado un momento para mirar la bolsa de viaje.

AGENTE STRANG: ¡Joder!

DETECTIVE DRISCOLL: Es que me ha llamado la atención su observación.

DOCTORA KURTZ: Esta es la única puerta por la que podría haber… ¿adónde conduce?

BRANCH: Al sótano. Nunca lo abrimos. Está lleno de zarzas. Detective, ¿podría echarme una mano?

(LA PUERTA RASCA EL SUELO.)

DOCTORA KURTZ: Uf, qué olor.

DETECTIVE DRISCOLL: ¡Puaj!

AGENTE STRANG: Está claro que no se ha ido por ahí abajo…

(SONIDO DE UN MOTOR QUE SE PONE EN MARCHA.)

DOCTORA KURTZ: ¿Qué es eso?

BRANCH: Una desbrozadora. Si ha bajado al sótano…

DOCTORA KURTZ: No puede ser…

(RUIDO DE MOTOR.)

DOCTORA KURTZ: ¡Señor Branch!

El señor Branch no llegó muy lejos dentro del sótano antes de caer en las zarzas. Salió de entre los arbustos ensangrentado y con la ropa hecha jirones. Tenía el párpado izquierdo desgarrado y graves arañazos en el ojo. Una ambulancia lo trasladó a toda prisa a la clínica oftalmológica de Virginia Mason.

Un equipo de perros policía rastreó la zona. No encontraron ni rastro de Bernadette Fox.

QUINTA PARTE

CORRER PELIGROS

3

De papá

Bee:

La señora Webb ha llamado para decir que tu taza de la jirafa está vidriada y ya se puede recoger. Me he pasado por Galer Street, y la profesora de primero me ha dado este cartel de despedida que su clase ha hecho para ti. Es tan vistoso que he pensado que te gustaría ponértelo en la pared del dormitorio de la residencia. (En cambio, la taza me la quedaré yo, ¡con la excusa de que podría romperse si te la envío por correo!) La escuela entera te manda muchos besos, querida, desde los niños de parvulario hasta Gwen Goodyear.

Seattle está tal y como la dejaste. Hemos tenido tres días de sol, pero ahora vuelve a llover. Sigo sin noticias de mamá. Me mantengo en contacto permanente con las compañías de tarjetas de crédito y móvil. En cuanto detecten cualquier actividad, me avisarán.

No olvides que toda esta situación no tiene nada que ver contigo, Bee. Es un problema de adultos entre tu madre y yo. Es complicado, y ni siquiera yo estoy seguro de saber todo lo que ha ocurrido. Lo más importante es que sepas cuánto te apreciamos los dos.

La semana que viene voy a Washington a una reunión. He pensado que podría acercarme en coche hasta Choate para recogerte y pasar un largo fin de semana en Nueva York. Podríamos alojarnos en el Plaza, como la pequeña Eloise del cuento.

Te echo muchísimo de menos. Cuando quieras hablamos por teléfono, o por Skype, que me encantaría, si alguna vez cambias de opinión al respecto.

Un abrazo,

Papá

* * *

Fax de Soo-Lin

Querida Audrey:

Espero que te encuentres bien en Arizona. (¿Utah? ¿Nuevo México? Lo único que me ha dicho Warren es que estás en un motel en medio del desierto sin cobertura de móvil ni correo electrónico, ¡ya te vale!)

No sé cuántas noticias te habrán llegado de lo ocurrido en este último mes, así que comenzaré desde el principio.

Como tú sospechabas, mucho antes incluso que yo, entre Elgie y yo se ha ido forjando un estrecho vínculo a raíz de nuestro trabajo en Samantha 2. Por mi parte, comenzó como un sentimiento de admiración por su talento que luego fue más allá a medida que él se confiaba a mí sobre su matrimonio abusivo.

En octavo están leyendo a Shakespeare, y uno de los deberes de Lincoln era memorizar un soliloquio. (Cuéntaselo a Kyle. ¡Se pondrá contentísimo de no estar ya en Galer Street!) A Lincoln le tocó un discurso de *Otelo* en el que el moro defiende el improbable amor que comparte con Desdémona. Resume en pocas palabras la relación que tenemos Elgie y yo.

> *Me amó por los peligros que había corrido*
> *y yo la amé por la piedad que mostró por ellos.*

Shakespeare siempre lo expresa todo de la mejor manera posible, ¿verdad?

Ya sabes que Bernadette desapareció de su casa en medio de una intervención psiquiátrica por fármacos. Al principio, todo el mundo temía que la mafia rusa la hubiera secuestrado. Sin embargo, no tardamos en enterarnos de que los rusos habían sido detenidos al cambiar de avión en Dubrovnik. ¡Eso hizo que el FBI y la policía se esfumaran casi tan rápido como Bernadette!

Al final, Elgie y Bee no fueron a la Antártida. Elgie tuvo que ser tratado por una escoriación en la córnea, y le pusieron varios puntos en el párpado. Al cabo de setenta y dos horas, dio parte de la desaparición de su mujer. Por el momento no hay noticias de Bernadette.

Para mí que se la tragaron los fantasmas de las chicas de Straight Gate. ¿Sabías que Straight Gate no solo era una «escuela para niñas rebeldes»? Era un lugar donde encerraban a adolescentes embarazadas, y se practicaban abortos ilegales en el sótano. ¿Y fue allí donde Bernadette decidió criar a su hija?

Me estoy yendo por las ramas.

En previsión de posibles eventualidades, Elgie había tomado medidas para enviar a Bee al internado en enero. Cuando Bernadette desapareció, supuso que su hija no querría ir, pero ella insistió.

Le pedí a Elgie que viniera a vivir conmigo, pero sigue prefiriendo un hotel, cosa que yo respeto. Lo que me ha tocado es tener en casa a esa perra enorme y boba de ellos, que se pasa día y noche correteando de aquí para allá, gimoteando por Bernadette y goteando agua por todas partes.

Elgie me sugirió que buscara una casa más grande en Queen Anne, casa que él pagaría. Pero entonces admitieron a Lincoln en Lakeside. (Ah, ¿no te lo he dicho? ¡Nos han admitido en Lakeside!) En vista de que Lakeside iba a ser el centro de nuestras vidas durante los próximos cuatro años, pensé: ¿qué nos retiene en Queen Anne? ¿Por qué no Madison Park? Está más cerca de Lakeside. Y de Microsoft. A Elgie le pareció bien, siempre y cuando la casa no requiriera obras.

He encontrado una casa muy bonita, justo enfrente del lago Washington. Es una construcción preciosa de estilo Craftsman, cuyos antiguos dueños eran Kurt Cobain y Courtney Love. ¡Seguro que la reputación de Lincoln se ha disparado en la escuela!

Dejo Microsoft, gracias a Dios. Va a haber otra reorganización masiva. ¡Sí, una detrás de otra! Por supuesto, el proyecto de Samantha 2 está protegido, pero aun así Microsoft no es un sitio muy divertido donde estar ahora mismo. La productividad está estancada con tantos rumores.

Al releer esta carta, temo que sea de muy mal gusto, teniendo en cuenta donde estás. ¿Dónde es, por cierto? ¿Cómo está Kyle? Espero que puedas alegrarte por mí.

Un abrazo,

Soo-Lin

SÁBADO, 15 DE ENERO ·
Fax de Audrey Griffin

Querida Soo-Lin:

Celebro tu felicidad recién estrenada. Eres una persona maravillosa, y mereces toda la dicha que te haya reportado tu nueva vida. Que siga así.

Yo he encontrado la serenidad aquí, en Utah, donde Kyle está rehabilitándose en pleno desierto. Es drogadicto y le han diagnosticado TDAH y trastorno límite de la personalidad.

Dimos con un programa de inmersión fantástico, aunque arduo. Optamos por Utah porque es el único estado en el que la ley permite básicamente secuestrar a tu propio hijo, así que están especializados en estos programas que se desarrollan en zonas inhóspitas. El primer día se llevaron a Kyle y a un grupo de chicos con los ojos vendados a treinta kilómetros de aquí y los dejaron en medio del desierto, sin sacos de dormir, comida, cepillos de dientes ni tiendas, y les dijeron que volverían a buscarlos al cabo de una semana.

No es que sea un *reality show* como los de la tele donde hay cámaras y todo el mundo los observa. No. Esos críos están obligados a colaborar si quieren sobrevivir. Muchos de ellos, como Kyle, estaban dejando de tomar drogas de golpe.

Yo estaba aterrorizada, claro está. Kyle es incapaz de hacer nada por sí mismo. Recordarás cuando salíamos por ahí, a disfrutar de una noche de chicas, y de repente me llamaba para decirme: «Mamá, se han acabado las pilas del mando a distancia». Y yo volvía pronto a casa para ir a comprarle más pilas. ¿Cómo iba a sobrevivir siete días en el desierto? O peor aún, miraba a las otras madres que tenía a mi alrededor, y pensaba: «Mi hijo va a matar a uno de vuestros hijos».

Al cabo de una semana, reunieron a los chicos y los trajeron de vuelta al centro de rehabilitación. Kyle regresó vivo, cinco kilos más delgado, oliendo que apestaba: y un poquito más dócil.

Warren regresó a Seattle, pero yo no pude. Me alojé en un motel al lado del cual el Westin parece el Taj Mahal. Las máquinas de refrescos están protegidas por una rejilla metálica. Las sábanas raspan tanto que hice más de ciento cincuenta kilómetros hasta el Walmart más cercano para comprar unas de algodón.

Comencé a acudir a reuniones de Al-Anon, unas destinadas a padres cuyos hijos tienen problemas de drogadicción. He acabado aceptando que mi vida se me había ido de las manos. Siempre he ido a misa, pero este programa es profundamente espiritual, de un modo que nunca había vivido hasta ahora. Dejémoslo ahí.

La verdad es que me da miedo volver a Seattle. Gwen Goodyear ha tenido la generosidad de ofrecerse a readmitir a Kyle en Galer Street tras las vacaciones de primavera y permitirle que recupere las asignaturas durante el verano para que pueda graduarse con su clase. Pero no estoy segura de querer volver todavía. No soy la misma mujer que escribió ese estúpido poema de Navidad. Al mismo tiempo, no tengo claro quién soy. Confío en Dios para que me guíe.

Qué triste lo de Bernadette. Sé que aparecerá. Siempre se trae algo entre manos, ¿verdad?

Un abrazo,

Audrey

De: Soo-Lin
Para: Audrey Griffin

¡Audrey! ¡Estoy viviendo la más horriple de las besadillas! Depería escripir a un combañero de VCV, bero no buedo borque se me ha muerto el bortátil con todas las direcciones, y la tuya es la única dirección de e-mail que me sé de memoria. Estoy en un cipercafé en Sudamérica, y este teclado está tan sucio y bringoso y es tan ESBANTOSO ¡que cambia la P por la B y la B por la P y la coma se queda enganchada y hay que darle enseguida a la tecla de retroceso bara que no se llene todo el texto de comas! Campiaría lo de las pes y las bes bero me copran bor minuto y no acebtan tarjetas de crédito y solo tengo veinte besos. Me han buesto un temborizador y este TRASTO de ordenador se abagará dentro de dos minutos. No quiero que Elgie seba que he salido de extranjis así que te contaré todo lo que bueda antes de que me quede sin dinero.

¡¡¡La han encontrado!!! ¡¡¡¡Han dado con Pernadette!!!! Ayer basaron un cargo de mil trescientos dólares de la combañía de cruceros de la Antártida en la tarjeta Visa de Elgie. Cuando llamó a la agencia de viajes, se lo confirmaron. ¡¡¡Pernadette se hapía ido a la Antártida sin ellos!!! Tenían su tarjeta de crédito archivada,,,, y, como el viaje llegapa a su fin, le cargaron los gastos imbrevistos, y alertaron a Elgie. El de la agencia de viajes le dijo que el parco se dirigía en aquel momento al basaje de Drake, a su regreso de la Antártida, ¡y que en veinticuatro horas atracaría en Ushuaia, Argentina! Elgie me llamó y combré dos pilletes bara ir hasta allí.

Audrey,,, ¡¡¡estoy emparazada!!! Sí, llevo un hijo de Elgie en mi vientre. No quería decírselo a nadie borque tengo cuarenta años y es un embarazo de alto riesgo bor edad avanzada. Elgie sí lo sabe, claro está, y ese es el verdadero motivo bor el que he dejado el trapajo, para no sufrir más estrés de la cuenta, y tampién es bor eso bor lo que Elgie se ha ofrecido a bagar una casa, no bara que él y yo vivamos felices bor siempre jamás, JA JA JA, como yo querría, ¡¡¡sino bor este nuevo pepé!!! Y ahora que Pernadette vuelve a escena, ¿qué basará conmigo? ¡No depería haper dejado MS! ¡Soy tonta! Me hapía montado un cuento de hadas y creía, ingenua de mí, que Elgie, yo y los niños viviríamos felices y comeríamos berdices. ¿Qué haré bara ganarme la vida? Pernadette me odia. Deperías haper oído las cosas horriples que me dijo. Me da bavor. Es una pruja. Estoy en un estado de bánico total. Elgie no quiere que esté aquí. Casi le dio algo cuando vio que yo también venía a Ushuaia. Ni se enteró de que yo hapía combrado un pillete bara mí tampién. ¿Qué ipa a hacer, dar la esbalda a la mujer que lleva a su pepé? Ja, ja, bues no. Aquí me tiene, en Ushuaia, ¡¡¡¡¡¡escripiendo en este HORRIPLE TECLADO!!!!!! Tengo que estar junto a Elgie cuando Pernadette paje de ese parco mañana, caiga quien caiga. Vaya si lo estaré. Y si ÉL no le cuenta que estoy emparazada, ten bor seguro que lo haré yo y

MARTES, 18 DE ENERO
De Bruce Jessup

Apreciado señor Branch:

Le he llamado al trabajo, pero me sale una grabación que informa de que se encuentra fuera del país. Le escribo con gran tristeza y urgencia. Tras consultarlo con la asesora de Bee y la responsable de la residencia, hemos convenido unánimemente en recomendar sacarla de Choate Rosemary de forma inmediata, sin esperar a que finalice el año académico.

Como sabe, todos estábamos entusiasmados con la repentina llegada de Bee. Le buscamos un dormitorio en Homestead, una de las residencias con más intimidad, y una compañera de habitación, Sarah Wyatt, una estudiante de Nueva York que se cuenta entre las mejores del centro.

Aun así, desde su primera semana aquí, me han llegado informes acerca de la inadaptación de Bee al ambiente del internado. Los profesores decían que se sentaba atrás del todo y nunca tomaba apuntes. Yo la he visto llevarse comida al cuarto en lugar de quedarse en el comedor con los demás estudiantes.

Luego su compañera de dormitorio solicitó cambiar de habitación. Sarah se quejaba de que, durante las horas de estudio, Bee se dedicaba a ver la actuación de Josh Groban de «Oh Holy Night» en YouTube. Confiando en que esta fuera una forma de llegar a Bee, envié a su habitación al capellán, que la encontró indiferente ante el discurso espiritual.

Ayer por la mañana vi a Bee dar un saltito mientras cruzaba el campus. Aquel gesto suyo me tranquilizó enormemente hasta que Sarah se presentó en mi despacho, toda angustiada. Me contó que unos días antes Bee y ella fueron a buscar su correo al centro de actividades de estudiantes. En el buzón de Bee había un sobre marrón voluminoso sin remitente. Llevaba matasellos de Seattle. Bee comentó que no le sonaba la letra. El paquete contenía un fajo de documentos.

Bee se puso a saltar mientras los leía, llena de entusiasmo. Sarah le preguntó qué era, pero Bee no quiso decírselo. Ya en la habitación, Bee dejó de escuchar YouTube y le contó a Sarah que estaba escribiendo «un libro» basado en aquellos documentos.

Ayer por la tarde, aprovechando la ausencia de Bee, Sarah echó una miradita al «libro» de Bee. Sarah se llevó tal susto al ver su contenido, sobre todo los documentos del FBI señalados como CONFIDENCIALES, que vino corriendo a verme.

Según la descripción de Sarah, Bee ha escrito un texto en el que relaciona todos los contenidos del sobre. Entre ellos se incluyen documentos del FBI relativos a la vigilancia de su mujer, e-mails entre usted y su secretaria, notas manuscritas entre una mujer y su jardinero, una factura de urgencias a nombre de dicha mujer, los dimes y diretes de una campaña de recaudación de fondos para Galer Street en torno a un almuerzo que acabó en desastre, un artículo sobre la carrera de su esposa como arquitecta, correspondencia entre una psiquiatra y usted.

Quien me preocupa es Bee. Como tal vez ya sepa, John F. Kennedy estudió en Choate. Durante su paso por esta institución, el director, el juez Choate, dio un discurso de graduación en el que pronunció aquella frase que acabó pasando a la posteridad: «No hay que preguntarse que puede hacer Choate por uno, sino qué puede hacer uno por Choate».

Aunque me resulta difícil, le diré qué puedo hacer yo por Choate. Puedo reconocer cuando un estudiante, incluso uno superdotado como Bee, ha llegado al internado en un momento de su vida en que debería estar en casa con la familia. Espero que esté de acuerdo conmigo, y que venga de inmediato a Wallingford para llevarse a su hija con usted.

Atentamente,

Bruce Jessup

MIÉRCOLES, 19 DE ENERO
Fax de Soo-Lin

Audrey:

AVISO: ¡Ayer los extraterrestres me abdujeron el cerebro! Hace tanto tiempo de mi último embarazo que había olvidado las locuras que puedes llegar a hacer por culpa de las hormonas, como ir corriendo a un cibercafé argentino en mitad de la noche y escribir e-mails disparatados y bochornosos a una amiga.

Ahora que ya he recuperado mi cerebro, intentaré ponerte al día sobre la saga de Bernadette de una forma más equilibrada. Pero debo advertirte que, si los acontecimientos descritos en mi último (e incoherente) correo parecían propios de una película de acción, no son nada comparados con lo ocurrido en las últimas cuarenta y ocho horas.

Tras nuestra llegada en plena noche, Elgie y yo amanecimos en la pequeña, húmeda y deprimente localidad de Ushuaia. Era verano, pero aquello no tenía nada que ver con ningún verano que yo hubiera vivido. Había una niebla densa y constante, y el aire era más húmedo incluso que en los bosques pluviales de la península Olímpica. Como nos sobraba tiempo antes de la llegada del

239

barco de Bernadette, le preguntamos al conserje si había algún lugar de interés en la zona. Nos dijo que la atracción turística más famosa era una cárcel. Sí, ese es el concepto que tienen aquí de pasatiempo, visitar una cárcel. Fue clausurada hace muchos años y ahora alberga una galería de arte. Gracias, pero no. Elgie y yo fuimos directamente al muelle a esperar la llegada del barco de Bernadette.

Por el camino vi amapolas de Islandia, lupinos y dedaleras, que me recordaron a nuestra tierra. Hice fotos; ya te las mandaré, si quieres.

El muelle apestaba a pescado y estaba lleno de embarcaciones de pesca sin encanto y estibadores ordinarios. En Seattle atracamos los cruceros lejos de los barcos de pesca. ¡En Argentina, no!

Elgie y yo esperamos en la «oficina de inmigración», cuatro paredes finas con una fotografía enmarcada de Michael Jackson y una máquina de rayos X que ni siquiera estaba enchufada. Había tres teléfonos de cabina prehistóricos. Un montón de marineros extranjeros aguardaban en fila para llamar a su país. Aquel lugar parecía la torre de Babel.

Para que te hagas una idea del estado emocional en que se hallaba Elgie durante las semanas previas a aquel día, te diré que oscilaba entre creer que Bernadette aparecería en cualquier momento y temer que habría pasado algo terrible. En cuanto se enteró de que su mujer se había largado a la Antártida, dejándolos a todos con el alma en vilo, se puso furioso, algo que a mí me pareció un poco extraño, la verdad.

—Uno no se enfada porque alguien tenga cáncer —le dije—. Es evidente que Bernadette está enferma.

—Ella no tiene cáncer —repuso Elgie—. Es egoísta y débil. En lugar de enfrentarse a la realidad, huye. Huyó de Los Ángeles. Huía a su caravana. Huía de cualquier responsabilidad personal. ¿Y qué hizo cuando se vio cara a cara con este hecho? Huir, literalmente. Y ahora yo estoy ciego, maldita sea.

Audrey, Elgie no está ciego. Mi padre sí que lo estaba, así que no tengo paciencia para exageraciones. Elgie solo tiene que llevar un esparadrapo sobre el cristal izquierdo hasta que se le cure la córnea, que será pronto.

El H&H *Allegra* llegó finalmente a puerto. Es un buque más pequeño que los transatlánticos que estoy acostumbrada a ver en Seattle, pero no deja ser una verdadera joya, todo recién pintado. Los trabajadores del puerto colocaron la escalera y los pasajeros comenzaron a desembarcar y a pasar después por inmigración. Elgie mandó decir que estábamos allí buscando a Bernadette Fox. A nuestro lado desfilaban pasajeros y más pasajeros, pero no veíamos a Bernadette por ninguna parte.

El pobre Elgie parecía un perro que esperaba, gimoteando junto a la puerta, a que su amo volviera a casa. «Ahí está…», decía. «No, no es ella», añadía después. «¡Oh, ahí está!», repetía. «No, no es ella», comentaba muy triste. Cada vez quedaban menos pasajeros por desembarcar, y seguimos esperando.

Tras un largo e inquietante intervalo en que no aparecieron más pasajeros, el capitán del barco y unos cuantos oficiales se acercaron a nosotros formando una piña, hablando entre ellos con caras largas.

—No puede ser —masculló Elgie.

—¿El qué no puede ser? —le pregunté.

—¡Me están tomando el pelo, joder! —soltó.

—¿Cómo? —dije mientras el capitán y su cuadrilla entraban en el barracón de inmigración.

—Señor Branch —dijo el capitán con un marcado acento alemán—. Parece haber un problema. No encontramos a su esposa.

Va en serio, Audrey. ¡Bernadette lo ha vuelto a hacer! En algún momento del trayecto, desapareció del barco.

Al capitán se le veía muy agitado, te lo aseguro. Había dado parte de la desaparición al presidente de la compañía de cruceros y prometió una investigación exhaustiva. Y entonces, la situación se volvió totalmente surrealista. Mientras estábamos allí parados, asimilando aquella noticia bomba que acababan de tirarnos encima, el capitán se excusó muy gentilmente. «Debemos preparar el barco para el próximo grupo que ha de llegar», anunció.

La sobrecargo, una alemana con el pelo muy corto teñido de rubio, nos entregó el pasaporte de Bernadette con una tímida sonrisa, como diciendo «Sé que no es mucho, pero es todo lo que tenemos».

—Un momento… —gritó Elgie—. ¿Quién tiene la responsabilidad de lo ocurrido? ¿Quién está al mando?

Resulta que la respuesta es nadie. Cuando Bernadette subió al barco, abandonó Argentina (y así constaba, por el sello que le pusieron en el pasaporte), de modo que no era problema de los argentinos. Pero, como la Antártida no es un país, ni cuenta con gobierno propio, Bernadette no entró oficialmente en ninguna parte al salir de Argentina.

—¿Puedo registrar el barco? —suplicó Elgie—. ¿O su habitación?

Pero un oficial argentino insistió en que no podíamos subir a bordo porque no disponíamos de la documentación necesaria. El capitán volvió entonces sobre sus pasos con dificultad a lo largo del muelle barrido por el viento y la lluvia, dejándonos allí, con la boca abierta.

—Los otros pasajeros —dijo Elgie, corriendo hacia la calle.

Pero el último autocar ya se había ido. Elgie echó a correr entonces como un loco hacia el barco, pero no llegó muy lejos porque chocó contra un poste y del golpe cayó al suelo. (Le falla la percepción de la profundidad por el cristal que lleva tapado.) Para entonces, el agente de aduanas argentino estaba de pie junto a Elgie, empuñando una pistola. Armé tal griterío que el capitán se dignó al menos darse la vuelta. La imagen de Elgie tendido en el muelle mojado, gimiendo «Mi esposa, mi esposa» mientras lo apuntaban con un arma y yo daba saltos sin parar, bastó para que un alemán se apiadara de nosotros. Se acercó de nuevo y nos dijo que mandaría registrar el barco y que esperáramos.

Por lo que a mí respecta, si Bernadette acabó en la otra punta del océano en su viaje a la Antártida, allí se podría quedar. Sí, me has oído bien. Si ya no me gustaba esa mujer antes, ¡menos me gustaba ahora que llevo en mis entrañas al bebé de su marido! La razón por la que puedo reconocer un egoísmo tan cobarde es lo mucho que amo a Elgie, tanto que, si él quería encontrar a su mujer, yo también lo deseaba. Me metí totalmente en el papel de asistente.

Hice cola detrás de la docena de tripulantes que querían llamar a casa durante el breve descanso que tenían antes de volver a embarcar. Cuando me tocó a mí, milagrosamente conseguí contactar con el agente Strang del FBI. Elgie y yo compartimos el auricular mientras el agente Strang nos pasaba con un amigo suyo, un abogado de derecho marítimo ya retirado. En cuanto le explicamos nuestro dilema, se puso a buscar en internet.

El enfado de los marineros que esperaban hablar por teléfono aumentaba minuto a minuto con nuestro silencio. Al final el abogado se puso de nuevo al aparato y nos explicó que el H&H *Allegra* estaba registrado con «bandera de conveniencia» en Liberia. (Te ahorraré la consulta al atlas: Liberia es un país pobre y dividido por la guerra situado en el oeste de África.) Dicho dato no nos servía de ayuda ni consuelo. El abogado nos advirtió que no esperáramos obtener la más mínima colaboración por parte de Harmsen & Heath. En el pasado, este señor había representado a familias de personas desaparecidas en un crucero (¿quién diría que este es un sector aparte?), y le costó años y también numerosas citaciones gubernamentales obtener una simple lista de pasajeros. El abogado nos explicó entonces que, si se producía un delito en aguas internacionales, el gobierno de la víctima tenía jurisdicción. Sin embargo, la Antártida es el único lugar del planeta que no se considera aguas internacionales, porque lo regula algo llamado el Tratado Antártico. Según él, parecía que habíamos caído en un agujero negro jurídico. Nos sugirió que intentáramos conseguir la ayuda del gobierno liberiano, o del estadounidense, pero primero tendríamos que convencer a un juez de que se aplicara el «brazo largo de la ley». No tuvo tiempo de aclararnos qué quería decir eso porque había quedado para jugar a squash y llegaba tarde.

El agente Strang, que seguía al teléfono, nos dijo algo así como que lo teníamos «crudo». Creo que había acabado hasta la coronilla de Elgie y sobre todo de Bernadette, por los problemas que habían causado. Por alguna razón, yo tampoco le caía muy bien.

El tiempo apremiaba. Nuestro único elemento de conexión con Bernadette, el barco en sí, zarparía en una hora. La flota de autocares regresó, esta vez con un nuevo grupo de pasajeros, que en cuanto bajaron se pusieron a dar vueltas por el muelle y a hacer fotos.

Por suerte el capitán cumplió su palabra y regresó. Habían registrado el buque a fondo con una pistola de rayos detectores de carbono que se solía emplear para la búsqueda de posibles polizones. Pero a bordo no había nadie más que los tripulantes. Elgie le preguntó al capitán si sabía de otro barco que pudiera llevarnos (¡a los dos!) a los lugares que Bernadette había visitado, y así poder buscarla por nuestra cuenta. Pero todos los buques rompehielos tenían el pasaje completo desde hacía años. A la imposibilidad de continuar la búsqueda por falta de un medio de transporte, se sumaba el hecho de que el verano antártico estaba llegando a su fin, y la capa de hielo se cerraba cada vez más. Así pues, ni el H&H *Allegra* podría adentrarse tanto en la Antártida en su siguiente travesía como lo había hecho en la anterior.

Créeme cuando te digo que no había nada que hacer.

–¡Alto! *Warten Sie!* –Era la sobrecargo, que venía corriendo hacia nosotros con su falda corta y sus botines camperos, agitando un bloc en el aire–. Han encontrado esto en el escritorio. –Pero no había nada escrito en el papel–. El bolígrafo ha dejado rastro.

Elgie se quitó las gafas y examinó el papel.

–Se ven unas marcas… –dijo–. Podemos enviarlo a un especialista forense. ¡Gracias! ¡Muchas gracias!

El bloc se encuentra ahora en manos de un laboratorio de Delaware que analiza este tipo de cosas, por una suma enorme de dinero, dicho sea de paso.

Dicen que esperemos lo mejor. Pero ¿cómo hay que tomarse eso, cuando lo mejor que podría haber pasado es que Bernadette se hubiera quedado en un iceberg en la Antártida? Una cosa es esfumarse de Seattle, y otra muy distinta desaparecer en una tierra sin cobijo alguno y con las temperaturas más bajas del planeta.

Hemos vuelto a Seattle esta mañana en estado de shock. Al consultar su correo de voz, Elgie ha visto que tenía un montón de llamadas del director de Choate. Parece que ahora pasa algo con Bee. Elgie no ha querido decirme de qué se trata. Ha vuelto a coger un avión con destino a la Costa Este para verla, lo cual no deja de ser un poco repentino.

Por lo que a mí respecta, intento centrarme en el aquí y el ahora: mi embarazo y los muebles para la nueva casa, que tiene un montón de dormitorios, ¡y cada uno con un baño completo! Preferimos esperar a que pasen los tres primeros meses de gestación para contarles a Alexandra y Lincoln lo del bebé. Bee no sabe nada de mi embarazo ni de nuestro viaje a Ushuaia. Elgie quiere esperar el informe del capitán antes de hablar con ella. Bee tiene una mentalidad científica, así que Elgie piensa que es mejor exponerle la situación con datos en la mano.

En fin, ya te he advertido que este e-mail se las traía. Ay, Audrey, cuánto te echo de menos. ¡Vuelve pronto!

Soo-Lin

JUEVES, 20 DE ENERO
Fax de Audrey Griffin

Soo-Lin:

No te preocupes por el e-mail de Ushuaia. ¡Yo he estado mucho peor que eso! ¿No me crees? ¡La verdad es que una noche me detuvieron por alterar el orden público en el Westin! Al final retiraron los cargos. Pero, aun así, te aseguro que no me ganas cuando se trata de perder los papeles por culpa de las emociones. Y yo ni siquiera tenía la excusa más que justificada de la alteración hormonal propia del embarazo. ¡Felicidades! Os tengo a ti, a Elgie y al bebé en mis oraciones.

Qué inquietantes son las noticias sobre Bernadette… No creo ni por un momento que haya perecido en la Antártida. Envíame el informe del capitán en cuanto lo recibas, por favor. Estoy muy preocupada.

Un abrazo,

Audrey

Fax de Soo-Lin

Querida Audrey:

Guarda la última carta que te escribí y enmárcala, pues es un recuerdo de un momento fugaz en el que viví lo que podría llamar la verdadera felicidad.

¿Sabes que te dije que Elgie volvía a la Costa Este para ver a Bee? ¿Y que me parecía bastante extraño? Pues resulta que Elgie ha sacado a Bee de Choate. ¡Acaba de volver a Seattle con Bee a la zaga!

¿Recuerdas lo encantadora y tranquila que era siempre Bee? Pues está irreconocible, en serio, totalmente consumida por el odio. Elgie se ha mudado de nuevo a la casa de Gate Avenue para estar con ella. Pero Bee se niega a dormir bajo el mismo techo que él. El único lugar donde se digna dormir es en la caravana de Bernadette. ¡Santa Bernadette!

Elgie tiene tal sentimiento de culpa que se plegará a los deseos de Bee. ¿Que no quiere volver a Galer Street? ¡Vale! ¿Que se niega a poner los pies en mi casa para nuestras cenas semanales? ¡Vale!

No te puedes ni imaginar cuál es el origen de toda esta agitación. Es el «libro» más increíble que Bee pudiera escribir. No se lo deja ver a nadie, pero, por lo poco que me ha contado Elgie, está basado en e-mails entre tú y yo, Audrey, además del informe del FBI, y hasta incluye notas manuscritas entre tú y el especialista en zarzas. No tengo ni idea de cómo ha llegado Bee a meter sus manazas en todo esto. No es por señalar a nadie, pero la única persona que podría haber tenido acceso a toda esta información es Kyle. (El bueno de Kyle.) Quizá puedas encararte con él en vuestra próxima sesión de terapia. A mí, por lo pronto, me gustaría obtener algunas respuestas. Incluso tengo la paranoia de que este fax caerá en manos enemigas.

Elgie quiere que Bee vaya a Lakeside en otoño. Lo único que puedo decir es que más le vale sobreponerse porque lo que no vamos a hacer de ninguna manera es trasladar la caravana a la nueva casa. ¿Te imaginas? Quedaríamos como los paletos de Madison Park. No sé por qué hablo en primera personal del plural. ¡Como si Elgie quisiera que viviéramos todos juntos como una familia!

Seguro que piensas que soy terriblemente egoísta, pero ¡mi vida también se ha vuelto del revés! He dejado mi trabajo, estoy embarazada con cuarenta años de un hombre que vive en un torbellino y para colmo tengo unas horribles náuseas matutinas. La única cosa que puedo meterme en el cuerpo son torrijas. Ya he engordado cinco kilos, y ni siquiera estoy en el segundo trimestre de gestación. Cuando Bee se entere de que Bernadette ha perecido, sin mencionar lo del bebé, a saber lo que hará.

Te envío una carta de la compañía de cruceros junto con el informe del capitán, además del análisis forense. Y esas fotos tan maravillosas que te prometí de las amapolas de Ushuaia. Llego tarde a una reunión de VCV, y vaya si la necesito.

Un abrazo,

Soo-Lin

* * *

DE ELIJAH HARMSEN,
PRESIDENTE DE VIAJES DE AVENTURA HARMSEN & HEATH

Apreciado señor Branch:

Antes de nada, permítame expresar mis más sinceras condolencias a usted y Bee por la repentina desaparición de Bernadette. Me imagino el golpe tan duro que debe de suponer perder a una mujer tan extraordinaria.

Desde que mi bisabuelo fundara Harmsen & Heath en 1903, la seguridad de nuestros pasajeros ha sido siempre nuestra máxima prioridad. De hecho, a lo largo de más de un siglo, hemos tenido una trayectoria intachable.

Tal y como se le prometió, adjunto un informe elaborado por el capitán Jürgen Altdorf. Los datos recopilados se basan principalmente en la firma electrónica creada por la tarjeta de identificación dotada de un código magnético de su esposa, y retratan con fiabilidad y todo detalle su vida a bordo: desembarcos diarios, compras en la tienda de regalos, facturas del salón del barco. Además, el capitán Altdorf realizó entrevistas exhaustivas de acuerdo con el protocolo de actuación de Harmsen & Heath.

La última actividad de su mujer que quedó registrada tuvo lugar el 5 de enero. Después de ir a la excursión de la mañana, regresó sin problemas al barco e hizo un gasto considerable en el bar. En aquel momento, el H&H *Allegra* atravesaba el estrecho de Gerlache. Cabe señalar que el mar estuvo inusitadamente turbulento durante las siguientes veinticuatro horas. Nos vimos obligados a cancelar dos desembarcos programados. Por mayor precaución, se realizaron varios anuncios por megafonía, advirtiendo a los pasajeros que no salieran a cubierta mientras no remitieran las inclemencias meteorológicas.

Creo que las condiciones del tiempo y el gasto realizado en el salón Shackleton le ayudarán a entender mejor el estado en que se hallaba su esposa el día que fue vista por última vez. Si bien nadie podrá llegar a saber lo que ocurrió realmente, es inevitable sacar determinadas conclusiones.

Por desagradable que sea aceptarlo, los hechos pueden servirles en cierta medida de consuelo a usted y su hija en estos momentos de duelo tan difíciles.

Atentamente, y con mi más sentido pésame,

Elijah Harmsen

* * *

Informe del capitán

ESTE ES UN INFORME PRESENTADO POR EL CAPITÁN JÜRGEN GEBHARD ALTDORF DEL HARMSEN & HEATH *ALLEGRA* BASADO EN DATOS OBTENIDOS DE LA FIRMA ELECTRÓNICA DE LA PASAJERA CON TARJETA DE IDENTIFICACIÓN N.º 998322-01 EN EL VIAJE INICIADO EL DÍA 26 DE DICIEMBRE DE USHUAIA, ARGENTINA, A LA PENÍNSULA ANTÁRTICA, Y QUE CERTIFICA LA PRESENCIA DE LA PASAJERA N.º 998322-01, DE NOMBRE BERNADETTE FOX, CIUDADANA DE ESTADOS UNIDOS, RESIDENTE EN SEATTLE, ESTADO DE WASHINGTON.

26 DE DICIEMBRE 16.33 EMBARQUE DE LA PASAJERA EN EL HH *ALLEGRA* CAMAROTE ASIGNADO 322. 26 DE DICIEMBRE 18.08 RECOGIDA DE LA TARJETA DE IDENTIFICACIÓN CON FOTO POR PARTE DE LA PASAJERA. 26 DE DICIEMBRE 18.08 PRESENCIA REGISTRADA DE LA PASAJERA EN EL SIMULACRO DE EMERGENCIA. 26 DE DICIEMBRE 20.05 CARGO DE 433,09 DÓLARES EN LA TIENDA DE REGALOS EN CONCEPTO DE ROPA Y ARTÍCULOS DE PERFUMERÍA

27 DE DICIEMBRE EN ALTA MAR. 06.00 LA PASAJERA RECIBE TRATAMIENTO PARA EL MAREO POR PARTE DEL MÉDICO DEL BARCO. 27 DE DICIEMBRE LA PASAJERA NOTIFICA QUE NI EL SERVICIO DE LIMPIEZA NI EL DE CORTESÍA ENTREN EN SU CAMAROTE HASTA NUEVO AVISO. LA RESPONSABLE DE DICHOS SERVICIOS RECUERDA VARIOS ENCUENTROS CON LA PASAJERA EN EL VESTÍBULO DEL BARCO Y SUS ALREDEDORES. INDAGACIONES SOBRE LOS CITADOS SERVICIOS REVELAN QUE LA PASAJERA LOS RECHAZÓ. NO CONSTA NINGÚN SERVICIO DE LIMPIEZA EN EL TRANSCURSO DEL VIAJE.

30 DE DICIEMBRE 10.00 DESEMBARCO DE LA PASAJERA EN ISLA DECEPCIÓN, BAHÍA BALLENEROS. 30 DE DICIEMBRE 12.30 REGRESO AL BARCO. 30 DE DICIEMBRE 13.47 SALIDA REGISTRADA DE LA PASAJERA A FUELLES DE NEPTUNO. 30 DE DICIEMBRE 19.41 REGRESO AL BARCO.

31 DE DICIEMBRE 08.00 DESEMBARCO DE LA PASAJERA EN EL MAR DE WEDDELL 70°06'S 52°04'O. 31 DE DICIEMBRE 13.23 LA PASAJERA ES LA ÚLTIMA EN SUBIR A BORDO.

1 DE ENERO 10.10 DESEMBARCO DE LA PASAJERA EN LA ISLA DEL DIABLO. REGRESO AL BARCO A LAS 16.31. 1 DE ENERO 23.30 LA PASAJERA FIRMA EL RECIBO DE DOS CÓCTELES PINGÜINO ROSA EN EL SALÓN SHACKLETON. UNA BOTELLA DE VINO CABERNET EN LA CENA.

2 DE ENERO 08.44 DESEMBARCO DE LA PASAJERA EN LA COSTA DE DANCO. 2 DE ENERO 18.33 REGRESO AL BARCO. 2 DE ENERO 23.10 UNA BOTELLA DE VINO CABERNET EN LA CENA. LA PASAJERA FIRMA EL RECIBO DE DOS CÓCTELES PINGÜINO ROSA, SALÓN.

3 DE ENERO 08.10 DESEMBARCO DE LA PASAJERA EN LA ISLA DETAILLE. 3 DE ENERO 16.00 REGRESO AL BARCO.

4 DE ENERO 08.05 DESEMBARCO DE LA PASAJERA EN LA ISLA PETERMANN. 4 DE ENERO 11.39 REGRESO AL BARCO. 4 DE ENERO 13.44 LA PASAJERA FIRMA EL RECIBO DE UNA BOTELLA DE VINO CABERNET PARA COMER. 14.30 DESEMBARCO DE LA PASAJERA EN PUERTO LOCKROY. 18.30 REGRESO AL BARCO. 4 DE ENERO 23.30 LA PASAJERA FIRMA EL RECIBO DE CUATRO CÓCTELES PINGÜINO ROSA Y CUATRO WHISKIES SOUR, SALÓN SHACKLETON.

5 DE ENERO 08.12 DESEMBARCO DE LA PASAJERA EN EL PUERTO DE NEKO. 5 DE ENERO 16.22 LA PASAJERA REGISTRA SU ENTRADA. 5 DE ENERO 18.00 LA PASAJERA FIRMA EL RECIBO DE DOS BOTELLAS DE VINO, SALÓN SHACKLETON.

6 DE ENERO 05.30 EL ESTADO DEL MAR IMPOSIBILITA QUE EL BARCO FONDEE. 6 DE ENERO 08.33 SE ANUNCIA QUE EL MAR ESTÁ AGITADO. SOLO SE SIRVE DESAYUNO CONTINENTAL. 6 DE ENERO 18.00 SE ANUNCIA EL CIERRE DEL SALÓN SHACKLETON.

15 DE ENERO 17.00 SUMA PRELIMINAR DEL TOTAL DE GASTOS POR CAMAROTE. SE COLOCA LA FACTURA EN LA PUERTA DE LA PASAJERA.

16 DE ENERO 16.30 LA PASAJERA NO SE PRESENTA A LA REUNIÓN INFORMATIVA PREVIA AL ÚLTIMO DESEMBARCO. 16 DE

ENERO 19.00 LA PASAJERA NO PAGA LA FACTURA DEL BAR, LA DE LA TIENDA DE REGALOS NI LAS PROPINAS DE LA TRIPULACIÓN. 16 DE ENERO 19.00 LA PASAJERA NO RESPONDE A LAS REITERADAS LLAMADAS DE LOS BOTONES. 16 DE ENERO 19.30 LA PASAJERA NO CONTESTA A LOS REPETIDOS INTENTOS DE ENTRAR EN SU HABITACIÓN. 16 DE ENERO 19.32 LA SOBRECARGO ENTRA EN EL CAMAROTE. LA PASAJERA NO SE ENCUENTRA ALLÍ. 16 DE ENERO 22.00 PESE A UNA BÚSQUEDA EXHAUSTIVA POR TODO EL BARCO, NO SE LOCALIZA A LA PASAJERA POR NINGUNA PARTE.

17 DE ENERO 07.00 LA SOBRECARGO Y YO MISMO INTERROGAMOS A LOS PASAJEROS. NO SE OBTIENE INFORMACIÓN RELEVANTE. SE DEJA MARCHAR A LOS PASAJEROS. 17 DE ENERO 10.00 LA EXPLORACIÓN CARBOTÉRMICA NO DETECTA LA PRESENCIA DE NINGUNA PERSONA DESAPARECIDA.

**LA DOCUMENTACIÓN FOTOGRÁFICA NO INCLUYE NINGUNA FOTO DE LA PASAJERA EN LOS ARCHIVOS DEL FOTÓGRAFO. TAMPOCO APARECE EN NINGÚN VÍDEO REALIZADO POR EL CÁMARA DEL BARCO.
***EL REGISTRO DEL CAMAROTE 322 PERMITE EL HALLAZGO DE UN BLOC DE NOTAS QUE, DE ACUERDO CON LAS INSTRUCCIONES RECIBIDAS, HA SIDO REMITIDO A UN EXPERTO DE ESTADOS UNIDOS.

* * *

Informe realizado por Tonya Woods, analista forense de documentos

Apreciado señor Branch:

Mediante el uso de un aparato de detección electrostático (ESDA), hemos analizado las marcas de escritura presentes en varias hojas de papel con membrete del HARMSEN & HEATH *ALLEGRA*. Dado que en dichas marcas se observan tres grados de profundidad bien diferenciados, es muy probable que se escribiera una carta de tres páginas. Como despedida y firma, constan las palabras: «Un abrazo, mamá», lo que nos indica claramente que se trata de una carta de una madre dirigida a su hijo o hija. Las palabras que se repiten con más frecuencia son «Audrey Griffin», que aparecen escritas al menos en seis ocasiones. Aunque nos resulta imposible reconstruir la carta entera, estamos casi seguros de que contiene las siguientes frases:

«Audrey Griffin es el diablo».

«Audrey Griffin es un ángel.»

«Romeo, Romeo.»

«Soy cristiana.»

«Audrey sabe.»

No dude en avisarme si puedo ayudar en algo más.

Atentamente,

Tonya Woods

* * *

Fax de Audrey Griffin a su marido

Warren:

Necesito que vayas a casa de inmediato y mires el contestador automático, mi correo y mi e-mail. Espero urgentemente cualquier novedad sobre Bernadette Fox.

Sí, Bernadette Fox.

Durante meses has querido saber lo que sucedió en aquellos días previos a Navidad que me hicieron capitular. He intentado tener el valor de contártelo un fin de semana de estos en terapia familiar. Pero Dios ha decidido que te lo cuente ahora.

Aquellos días antes de Navidad fueron una pesadilla. Estaba furiosa con Bernadette Fox. Estaba furiosa con Kyle por ser tan canalla. Estaba furiosa con Soo-Lin por ponerse de lado de Elgin Branch. Estaba furiosa contigo por beber y por negarte a ir a casa de Soo-Lin con nosotros. Por muchas casitas de galleta de jengibre que hiciera, solo conseguía que mi ira fuera a más.

Entonces una noche fui a ver a Soo-Lin al trabajo, donde coincidí con una mujer que buscaba a Elgin Branch. Me fijé en que llevaba una tarjeta de identificación de Madrona Hill, la institución psiquiátrica. Me quedé intrigada, por no decir otra cosa. Mi interés se despertó más aún cuando Soo-Lin me mintió acerca de la identidad de la mujer.

Aquella noche, Soo-Lin llegó tarde a casa y, mientras dormía, aproveché para fisgar en su bolso. Dentro encontré un expediente confidencial del FBI.

El contenido era increíble. Bernadette había proporcionado, sin ser consciente de ello, sus datos financieros a una operación de usurpación de identidad, y el FBI estaba preparando un golpe. Más increíble todavía eran los post-its pegados en el dorso del expediente. Eran notas escritas a mano entre Elgin y Soo-Lin en las que se daba a entender que él había llamado a Madrona Hill porque Bernadette era un peligro para sí misma y los demás. ¿Y cuáles eran sus pruebas? Que me había aplastado el pie con el coche y había destruido nuestra casa.

¿¡Iban a mandar a mi enemiga acérrima a una institución psiquiátrica!? Debería haber sido una causa de celebración. En cambio, me quedé sentada en el banco del vestíbulo, temblando de pies a cabeza. Todo quedó atrás salvo la verdad: Bernadette no me pasó el coche por encima del pie. Lo fingí todo. ¿Y el alud de barro? Bernadette quitó las zarzas tal y como yo le pedí que hiciera.

Debió de pasar una hora entera, y yo seguía allí sentada, inmóvil, respirando sin más, con la vista clavada en el suelo. Ojalá hubiera estado enfocándome una cámara para poder ver la cara de una mujer a la que le abren los ojos sobre la verdad. ¿La verdad? Mis mentiras y exageraciones serían la causa de que encerraran a una madre.

Me hinqué de rodillas en el suelo. «Dime, Dios —dije—. Dime qué debo hacer.»

De repente, me invadió una sensación de calma. Una calma que me ha protegido durante este último mes. Fui caminando hasta el Safeway abierto veinticuatro horas, hice una copia de todos los documentos del expediente, así como de los post-its, y volví a meter los originales en el bolso de Soo-Lin antes de que nadie se levantara.

Si bien toda la información que contenía aquel expediente era cierta, solo recogía una parte de la verdad. Así pues, me propuse completar la historia con mi propia documentación. A la mañana siguiente registré de arriba abajo nuestra casa en busca de todos los e-mails y notas que tuvieran relación con el alud de barro y mi «lesión»; luego me pasé todo el día ordenándolos cronológicamente de acuerdo con los correos electrónicos de Bernadette recopilados por el FBI. Sabía que mi versión completa de los hechos absolvería a Bernadette.

Pero ¿de qué? ¿Qué habría ocurrido en aquella reunión entre Elgin y la psiquiatra? ¿Tendrían un plan?

Volví a casa de Soo-Lin a las cuatro de la tarde. Lincoln y Alexandra estaban entrenando con el equipo de natación. Kyle, para variar, estaba hecho un zombi, jugando a videojuegos en el sótano. Me planté delante de la tele.

—Kyle —le dije—, si necesitara consultar el e-mail de Soo-Lin, ¿cómo podría hacerlo?

Kyle lanzó un gruñido y fue al piso de arriba para abrir el armario de la ropa blanca. En la parte inferior había un ordenador de torre cubierto de polvo, un teclado gigantesco y un monitor de los cuadrados. Kyle montó todo el equipo encima de la cama de la habitación de invitados y conectó el módem a la clavija del teléfono.

En una pantalla de fondo turquesa se cargó una versión prehistórica de Windows, ¡una extraña visión del pasado! Kyle se volvió hacia mí.

—Supongo que no quieres que se entere, ¿no?

—Eso sería lo ideal.

Kyle fue a una web de Microsoft y descargó un programa que permitía manejar a distancia el ordenador de otra persona. Consiguió enviar el nombre de usuario y la clave de acceso de Soo-Lin al programa de correo electrónico instalado en aquel ordenador. Con dicha información, introdujo una serie de números separados por puntos y, en cuestión de minutos, lo que Soo-Lin veía en su portátil de Microsoft apareció en la pantalla que teníamos delante.

—Parece que no está trabajando con el ordenador —me dijo Kyle, haciendo crujir sus nudillos. Tecleó unas cuantas cosas más—. Ha puesto un mensaje informando de que no estará en la oficina por la noche. Seguro que te da tiempo.

No sabía si darle un abrazo o un bofetón. En lugar de ello, le di dinero y le dije que esperara fuera de casa a que llegaran Lincoln y Alexandra y los llevara por ahí a comer una pizza. Kyle bajaba ya por las escaleras cuando se me ocurrió una idea aún mejor.

—Kyle —lo llamé—, sabes que Soo-Lin trabaja de asistente, ¿verdad? ¿Crees que la información que tenemos bastaría para acceder al ordenador de su jefe?

—¿Te refieres al padre de Bee?

—Sí, me refiero a él.

—Depende de si ella tiene acceso a su bandeja de entrada —dijo Kyle—. Déjame que lo mire.

Warren, hablo en serio cuando te digo que en menos de cinco minutos tenía delante el ordenador de Elgin Branch. Kyle consultó su agenda personal.

—En estos momentos está cenando con su hermano, así que seguramente estará desconectado una hora como mínimo.

Me lancé a leer a toda prisa la correspondencia entre Elgin y Soo-Lin, su hermano y aquella psiquiatra. Descubrí que planeaba una intervención para la mañana siguiente. Quería obtener una copia de aquellos documentos para sumarlos a los que ya tenía, pero me faltaba una impresora. Cuando todo el mundo dormía (salvo Soo-Lin, que había llamado para avisar que no vendría a casa aquella noche), Kyle abrió dos cuentas de Hotmail y me enseñó a hacer algo llamado «captura de pantalla» y a enviar la imagen de una cuenta de Hotmail a la otra… o algo así. Lo único que sé es que funcionó. Lo imprimí todo desde un ordenador del Safeway.

Según el plan previsto, la intervención tendría lugar en la consulta del doctor Neergaard. Yo no quería interferir en una investigación del FBI, pero no permitiría que internaran a Bernadette en un hospital psiquiátrico por culpa de mis mentiras. A las nueve de la mañana me dirigí a la consulta del dentista. De camino, me pasé por Straight Gate.

En la entrada había un coche patrulla y el Subaru de Soo-Lin. Aparqué en un callejón. Justo en aquel momento pasó zumbando un vehículo que me sonaba. Era el de Bernadette, que iba con sus gafas de sol. Tenía que entregarle aquel expediente. Pero ¿cómo conseguiría llegar hasta la casa sin que me viera la policía?

¡Pues claro! ¡Por el agujero de la valla!

Corrí hasta la otra punta de la bocacalle, trepé por la valla y subí por la colina pelada. (Una curiosidad asombrosa: las zarzas habían vuelto a brotar. ¡Tanto esfuerzo para nada!)

Me abrí camino como pude por el barro medio líquido hasta llegar a las fotinias de Bernadette. Me agarré de las ramas y me di impulso para subir hasta el césped. Había un agente de policía al otro lado de la casa, de espaldas a mí. Recorrí el jardín con sigilo hasta la casa. No tenía ningún plan. Solo me tenía a mí, el sobre marrón que llevaba metido por el talle de los pantalones y a Dios.

Al estilo de un comando, subí a hurtadillas la majestuosa escalera situada en la parte trasera de la casa y accedí al pórtico de atrás. Se hallaban todos reunidos en el salón. No los oía, pero por su lenguaje gestual era evidente que estaban en plena intervención. Entonces vi una silueta moverse hasta la otra punta del salón. Era Bernadette. Bajé corriendo por las escaleras. Se encendió una luz en una pequeña ventana lateral situada a unos tres metros y medio del suelo. (El jardín lateral desciende de forma empinada, así que en la parte trasera de la casa la planta baja se encuentra a una altura equivalente a varios pisos.) Corrí hasta allí agachada.

Entonces tropecé con algo. Maldije para mis adentros, pero era una escalera de mano, que yacía en medio del jardín lateral, como si Dios la hubiera dejado allí en persona. De ahí en adelante, me sentí invencible. Sabía que Él me protegía. Cogí la escalera y la apoyé en la fachada. Sin vacilar, subí por ella y di unos golpecitos en la ventana.

—Bernadette —susurré—. Bernadette.

La ventana se abrió y apareció el rostro de Bernadette, toda patidifusa.

—¿Audrey?

—Ven.

—Pero…

No tenía más elección que venir conmigo o dejar que la metieran en un manicomio.

—¡Vamos!

Bajé por la escalera, y Bernadette me siguió, no sin antes cerrar la ventana.

—Vamos a mi casa —dije.

Ella volvió a mostrarse dubitativa.

—¿Por qué haces esto? —preguntó.

—Porque soy cristiana.

Se oyó un ruido de radio.

—Kevin, ¿ves algo?

Bernadette y yo atravesamos el césped a toda prisa, arrastrando la escalera con nosotras.

Bajamos resbalando por la ladera cubierta de lodo hasta nuestro jardín. Los operarios que estaban reparando el suelo se quedaron boquiabiertos al ver a unas criaturas de barro entrar por la puerta con paso tambaleante. Los mandé a casa.

Entregué a Bernadette el expediente completo, con la información del FBI y toda la que yo había logrado recopilar, incluyendo un artículo halagador que Kyle había encontrado en internet sobre la carrera de Bernadette como arquitecta.

—Deberías haberme dicho que habías ganado una beca MacArthur —le dije—. No habría sido tan moscardona de haber sabido que tenías tanto talento.

La dejé sentada a la mesa. Me di una ducha y le llevé un té. Bernadette leía con el ceño fruncido, sin expresar emoción alguna. Solo habló una vez, para decir:

—Tendría que haberlo hecho.

—¿El qué? —pregunté.

—Dar a Manjula poderes notariales.

Al volver la última página, respiró hondo.

—Aún hay cajas con ropa de Galer Street en el salón por si quieres cambiarte —le sugerí.

—Así de desesperada estoy. —Se quitó el jersey cubierto de barro. Debajo llevaba un chaleco de pesca. Le dio unas palmaditas. A través de los bolsillos de malla le vi el monedero, el móvil, las llaves y el pasaporte—. Me veo capaz de cualquier cosa —dijo con una sonrisa.

—Eso seguro que puedes hacerlo.

—Haz que le llegue esto a Bee, por favor —me pidió mientras volvía a meter los documentos en el sobre—. Sé que es mucho. Pero podrá soportarlo. Prefiero destrozarla con la verdad que con mentiras.

—No vas a destrozarla —le dije.

—Tengo que hacerte una pregunta. ¿Se la está tirando? Me refiero a la asistente, a tu amiga, ¿cómo se llama?

—¿Soo-Lin?

—Sí —dijo—. Soo-Lin. ¿Elgie y ella están…?

—Es difícil saberlo.

Esa fue la última vez que vi a Bernadette.

Regresé a casa de Soo-Lin y reservé una plaza para Kyle en el centro de rehabilitación Eagle's Nest.

Me enteré de que Bee estaba en el internado; Gwen Goodyear me lo confirmó. Así pues, le envié el sobre con todos los documentos a Choate, sin remitente.

Hasta ahora no he sabido que Bernadette acabó yendo a la Antártida, y que desapareció en alguna parte del continente blanco. Se llevó a cabo una investigación y, leyendo entre líneas, se ve que pretenden hacer creer a todo el mundo que Bernadette se emborrachó y cayó por la borda. Yo no me lo trago. Pero me preocupa que pueda haber intentado contactar con Bee a través de mí. Warren, sé que todo esto no es fácil de digerir. Pero te pido por favor que vayas a casa y mires si hay algún mensaje de Bernadette.

Un abrazo,

Audrey

* * *

Fax de Warren Griffin

Querida:

Estoy orgullosísimo de ti. Ahora mismo estoy en casa. No hay noticias de Bernadette. Lo siento. Me muero de ganas de verte este fin de semana.

Un abrazo,

Warren

VIERNES, 28 DE ENERO

Fax de Soo-Lin

Audrey:

Me han hecho ARDER en VCV. Tengo prohibido volver hasta que no pase por el «RETO y lo lea». (RETO significa en este caso REconoce Tu Óptica). Se trata de redactar un inventario de nuestra historia en que asumimos nuestra parte de responsabilidad en el maltrato que sufrimos. Si en algún momento caigo en la victimización, tengo que hacerme ARDER a mí misma. Llevo tres horas enfrascada con mi RETO. Te lo envío, por si te interesa.

* * *

RETO de Soo-Lin Lee-Segal

Tras un comienzo complicado como asistente de Elgie, nuestra relación laboral fue prosperando. Elgie pedía lo imposible y yo lo hacía realidad. Yo veía que él se maravillaba con mi destreza. No tardamos en formar un tándem imparable en el que yo realizaba el mejor trabajo de mi vida y Elgie me elogiaba. Podía sentir que estábamos enamorándonos.

259

(ALTO, RECAPACITA Y DECIDE ENFRENTARTE A LA REALIDAD: era yo quien estaba enamorándose, no Elgie.)

Todo cambió el día que Elgie me propuso que quedáramos para comer y me habló de su mujer en confianza. Si él no contemplaba la máxima de que no puedes criticar a tu cónyuge delante de un compañero de trabajo, sobre todo si este es del sexo opuesto, yo desde luego sí que la contemplaba. Intenté no implicarme. Pero nuestros hijos iban a la misma escuela, así que la línea entre el trabajo y nuestra vida personal ya estaba desdibujada.

(ALTO, RECAPACITA Y DECIDE ENFRENTARTE A LA REALIDAD: en el momento en que Elgie comenzó a criticar a su mujer, yo podría haber puesto fin a la conversación cortésmente.)

Entonces Bernadette se vio implicada en una red de piratas informáticos. Elgie estaba furioso con ella, y depositó su confianza en mí, gesto que yo interpreté como una prueba más de su amor. Una noche, cuando Elgie tenía pensado quedarse a dormir en el despacho, le reservé una habitación en el Hyatt de Bellevue y lo llevé hasta allí en mi propio vehículo. Cuando me detuve junto al aparcacoches, Elgie me preguntó:

—¿Qué haces?

—Ir contigo para que te acomodes.

—¿Estás segura? —me dijo él, dándome a entender que veía que aquella noche acabaría resolviéndose la tensión sexual existente entre nosotros.

(ALTO, RECAPACITA Y DECIDE ENFRENTARTE A LA REALIDAD: no solo estaba engañándome por completo a mí misma, sino que estaba aprovechándome de la vulnerabilidad emocional de un hombre.)

Cogimos el ascensor para subir a su habitación. Yo me senté en la cama. Elgie se quitó los zapatos y se metió bajo las mantas sin desvestirse.

—¿Puedes apagar la luz? —me pidió.

Apagué la lámpara de la mesita de noche. La habitación se quedó completamente a oscuras. Yo me quedé allí sentada, presa del deseo, casi sin poder respirar. Poco a poco fui subiendo los pies encima de la cama.

—¿Te vas? —me preguntó.

—No —dije.

Pasaron los minutos. En mi mente conservaba la imagen del lugar que Elgie ocupaba en la cama. Visualizaba su cabeza, sus brazos encima de las mantas, con las manos juntas bajo el mentón. Transcurrió más tiempo. Era evidente que Elgie esperaba que yo diera el primer paso.

(ALTO, RECAPACITA Y DECIDE ENFRENTARTE A LA REALIDAD: ¡ja!)

Llevé mi mano hacia donde imaginaba que estaban las suyas. Mis dedos se hundieron en algo húmedo y aterciopelado, y luego noté un roce áspero.

—Gaaahhh… —exclamó Elgie.

Le había metido los dedos en la boca, y él instintivamente me había mordido.

—¡Oh, querido! —dije—. ¡Lo siento!

—Perdona —se disculpó él—. ¿Dónde está tu…?

Elgie buscaba a tientas mi mano. Cuando la encontró, la puso sobre su pecho y luego colocó encima su otra mano. ¡Un avance! Respiré con toda la calma que pude y esperé una señal. Pasó otra eternidad. Moví el pulgar sobre el dorso de su mano, en un intento patético de provocar una chispa, pero su mano siguió rígida.

—¿En qué piensas? —dije finalmente.

—¿De veras quieres saberlo?

Yo me volví loca de entusiasmo.

—Solo si a ti te apetece contármelo —le respondí con mi tono de voz más bromista y juguetón.

—Lo que más me duele del expediente del FBI es esa carta que Bernadette escribió a Paul Jellinek. Ojalá pudiera retroceder en el tiempo y decirle que quiero conocerla. Quizá si hubiera hecho eso, ahora mismo no estaría aquí tumbado.

Suerte que la habitación estaba a oscuras, si no habría comenzado a darme vueltas. Me levanté y volví a casa. Tuve suerte de no salirme de la carretera por el puente de la 520, accidentalmente o no.

Al día siguiente fui al trabajo. Elgie tenía hora para ensayar la intervención de su mujer con una psiquiatra fuera del campus.

Más tarde, estaba previsto que llegara su hermano de Hawai. Yo me puse con lo mío, fantaseando en todo momento con la cursilada de ver aparecer por la puerta un ramo de flores, moviéndose en el aire, seguido de Elgie, que procedía a expresarme su amor, muy avergonzado.

De repente, se hicieron las cuatro de la tarde, y me di cuenta de que Elgie no vendría al trabajo ni por asomo. No solo eso, sino que al día siguiente sería la intervención. Y al otro se marcharía a la Antártida. ¡Así que estaría semanas sin verlo! No hubo ni una llamada, ni nada de nada.

Yo había estado configurando una tableta para que Elgie se la llevara de viaje. De camino a casa, me pasé por el hotel donde se alojaba su hermano, y donde yo me había encargado de reservar también una habitación para Elgie para las dos noches siguientes.

(ALTO, RECAPACITA Y DECIDE ENFRENTARTE A LA REALIDAD: podría haber hecho que alguien se la llevara, pero me moría de ganas de verlo.)

Estaba dejando el paquete en recepción cuando de repente oí: «¡Eh, Soo-Lin!».

Era Elgie. Ya solo con oírlo pronunciar mi nombre me derretí y me embargó la esperanza. Su hermano y él me invitaron a cenar con ellos. ¿Qué puedo decir? Durante la cena la cosa se desmadró, en parte debido a las rondas de tequila que Van no dejaba de pedir por el «colocón de lucidez» que, según él, daba aquella bebida. Creo que no me he reído tanto en mi vida como oyendo a ambos contar historias de su infancia. Cuando mi mirada y la de Elgie se cruzaban, la aguantábamos un segundo más de la cuenta antes de bajarla. Después de cenar, fuimos hasta el vestíbulo haciendo eses.

Un cantante llamado Morrissey estaba alojado en el hotel, y un grupo de jóvenes homosexuales apasionados se había dado cita allí, con la esperanza de verlo pasar. Iban con pósters, discos y cajas de bombones. ¡El amor estaba en el aire!

Elgie y yo nos sentamos en un banco, pero Van subió a acostarse. Mientras las puertas del ascensor se cerraban tras él, Elgie me preguntó:

—¿A que Van no es tan malo?

—Es divertidísimo —respondí.

—Bernadette lo tiene por un fracasado total que no para de sacarme dinero.

—Lo que sin duda es cierto —le dije, comentario ante el cual Elgie soltó una risa de admiración. Entonces le pasé la tableta—. Toma esto antes de que me olvide. Le he pedido a Gio que lo programe para que no arranque hasta que veas la presentación.

En aquel momento comenzó la presentación, consistente en una serie de fotos que había recopilado de Elgie durante todos sus años en Microsoft. En ellas salía presentando su trabajo en el salón de actos, en unas imágenes muy naturales con Samantha 1, lanzando un balón de fútbol americano con el jugador Matt Hasselbeck en el picnic de ejecutivos que solía celebrarse en el rancho de Paul Allen o recibiendo su Premio al Reconocimiento Técnico. También había fotos de Bee con tres años sentada en su regazo. Era cuando acababan de darle el alta en el hospital, y aún se le veía el vendaje asomando por la parte superior del vestido. En una de ellas está en la guardería, y lleva unos aparatos ortopédicos en las piernas, ya que en sus primeros años de vida había pasado tanto tiempo en cama que las caderas no se le habían girado correctamente. También estaba la famosa foto de E-Colega, en la que Elgie salía con un reloj enorme y un montón de cadenas de oro al cuello, haciendo señas raperas.

—Es importante para mí que veas esto cada día —le dije—. Así sabrás que tienes otra familia, en Microsoft. Ya sé que no es lo mismo. Pero nosotros también te queremos.

(ALTO, RECAPACITA Y DECIDE ENFRENTARTE A LA REALIDAD: en algunas de aquellas fotos recorté la imagen de Bernadette. También incluí una mía en mi mesa de trabajo, que retoqué con Photoshop para que mi rostro irradiara luz.)

—No pienso llorar —dijo Elgie.

—Puedes hacerlo —dije.

—Lo sé, pero no lo haré.

Nos quedamos mirándonos con una sonrisa en los labios. Él se rió. Yo también. Ante nosotros se abría un futuro prometedor.

(ALTO, RECAPACITA Y DECIDE ENFRENTARTE A LA REALIDAD: porque estábamos borrachos.)

Y entonces comenzó a nevar.

Las paredes del Four Seasons están hechas de placas finas de pizarra, apiladas como un milhojas, y un filo había hecho un roto en la parka de Elgie, y de su interior salían plumas, que se arremolinaban a nuestro alrededor. Los fans de Morrissey movieron los brazos en el aire de manera teatral y comenzaron a cantar una de sus canciones, que decía algo así como «through hail and snow I'd go...» («a través del granizo y la nieve iría...»). ¡Me recordó a una de mis películas preferidas, *Moulin Rouge*!

—Vamos arriba.

Elgie me cogió de la mano. En cuanto se cerraron las puertas del ascensor, nos besamos. Cuando recuperamos el aire, dije:

—Me preguntaba cómo sería.

El sexo fue torpe. Estaba claro que Elgie quería acabar cuanto antes, y luego se quedó dormido. A la mañana siguiente nos apresuramos a vestirnos, mirando al suelo. Elgie le había dejado su coche a Van, así que lo llevé a casa. Fue entonces cuando Bernadette apareció en escena y dio comienzo su intervención.

Bernadette sigue desaparecida del mapa, y yo estoy embarazada. Aquella noche lamentable en el hotel fue la primera y la última vez que nos acostamos juntos. Elgie me ha prometido que se ocupará de mí y del bebé, pero se niega a vivir conmigo. Algunos días pienso que solo tengo que darle tiempo. ¿Que le gustan las biografías presidenciales? Pues yo le puse Lincoln a mi hijo por un presidente. ¿Que le apasiona Microsoft? A mí también. Somos totalmente compatibles.

(ALTO, RECAPACITA Y DECIDE ENFRENTARTE A LA REALIDAD: Elgie nunca me querrá porque básicamente carezco de su inteligencia y sofisticación. Siempre querrá más a Bee que a este hijo nuestro que aún no ha nacido. Intenta comprarme con lo de la nueva casa, y yo haría bien en aceptarlo.)

Fax de Soo-Lin

Audrey:

He ido a VCV para leer mi RETO y me han hecho ARDER. ¡Otra vez! Desde Frankenstein no se echaba una turba tan enfadada encima de una pobre criatura que sufre.

Yo creía que mi RETO no podía ser más sincero. Pero todo el mundo me ha dicho que estaba lleno de autocompasión.

En la defensa que he hecho de mí misma, he explicado que Elgie me victimizaba por partida doble dado mi embarazo. Un planteamiento erróneo, pues en VCV no se contempla la doble victimización: si nos vemos doblemente victimizados es porque permitimos que nos victimicen, y por tanto existe un nuevo maltratador, que somos nosotros mismos, así que estrictamente hablando no se da una doble victimización. Pero yo he señalado que Elgie victimizaba también a mi bebé, lo que representaría una nueva víctima del mismo maltratador. Me han dicho que en realidad era yo quien victimizaba a mi bebé. Eso casi lo podría aceptar, pero entonces alguien ha observado que, como el bebé era de Elgie, en el fondo era yo quien estaba victimizando a Elgie.

«Pero ¿qué clase de grupo de apoyo es este? –he espetado–. Os diré quién es la víctima aquí. Soy yo, y vosotros sois los maltratadores, sádicos de sótano de iglesia.» Luego he salido de allí hecha una furia, me he comprado un helado y me he metido en el coche a llorar.

Ese ha sido el momento culminante.

Cuando he vuelto a casa, he caído en la cuenta de que era la única noche de la semana en que Elgie viene a cenar. De hecho, él ya había llegado y estaba ayudando a Lincoln y Alexandra con los deberes. Yo tenía hecha una lasaña, y los niños se habían encargado de meterla en el horno y poner la mesa.

Estas cenas en familia son algo a lo que Elgie se resistía al principio, pero que ahora parece disfrutar. Escucha esto: Bernadette no cocinaba, sino que se dedicaba a encargar comida preparada. Y cuando acababan de comer, no se molestaba en lavar los platos.

No señora; en la mesa del comedor había unos cajones como de escritorio, así que Bernadette tenía la gran idea de meter en ellos los platos y utensilios sucios. Al día siguiente, la señora de la limpieza los sacaba de allí y los lavaba. ¿Te cabe en la cabeza semejante modo de vida?

Mientras me dedicaba a echar la lechuga en una ensaladera, Elgie me dijo en voz baja:

—Te he enviado el informe del capitán y la carta del abogado. ¿Has tenido tiempo de leerlos?

—¿Por qué me lo preguntas? —le solté, dejando airada la ensaladera y el aderezo encima de la mesa—. Si no te importa lo que pienso.

La puerta de casa se abrió de golpe. Por ella entró volando Huracán Bee, agitando en el aire la carta del señor Harmsen y el informe del capitán.

—¿¡Deseas que mamá esté muerta!?

—Bee... —dijo Elgie—. ¿De dónde has sacado eso?

—Estaban en el buzón de casa. —Avanzó pisando fuerte y empujó el respaldo de la silla de Elgie—. ¡Podría aceptar todo lo demás! Pero lo único que le importa a todo el mundo es demostrar que mamá está muerta.

—Yo no he escrito eso —replicó Elgie—. Es lo que dice el abogado de un tipo que no quiere acabar demandado.

—¿Qué pasará cuando mamá vuelva a casa y descubra que vas a cenar con una gente a la que odia, y te comportas como si tal cosa?

—Si eso pasa, tendrá que ser ella quien dé explicaciones —dije. Lo sé, lo sé, craso error.

—¡Eres una moscardona! —me gritó Bee, volviéndose hacia mí—. Tú eres la que quiere que mamá esté muerta para poder casarte con papá y quedarte con su dinero.

—Perdona —me dijo Elgie—. Le puede el dolor.

—Lo que me duele es ver lo memo que eres —le soltó Bee a Elgie—. Y cómo has caído en las redes de Yoko Ono.

—Lincoln, Alexandra —dije—. Id abajo a ver la tele.

—Estoy seguro de que no lo piensa así —trató de tranquilizarme Elgie.

—Oh, tú sigue poniéndote como una foca —me dijo Bee entre dientes.

Me eché a llorar. Naturalmente, ella no sabe que estoy embarazada. Pero, aun así, ya te he contado lo mal que lo he pasado con las náuseas matutinas. Por algún motivo, no me basta con las torrijas. La otra noche me levanté con un antojo de poner encima helado de caramelo salado de Molly Moon's. Compré una caja y me puse a hacer sándwiches de torrijas con helado de caramelo salado. Créeme cuando te digo que debería patentar el invento y montar un negocio. El doctor Villar me dijo ayer que tuviese cuidado si no quería que el bebé naciera todo relleno de azúcar, como un pastelillo. ¿Quién puede culparme por llorar? Subí corriendo a mi habitación y me tiré en la cama.

Al cabo de una hora apareció Elgie.

—Soo-Lin —dijo—. ¿Estás bien?

—¡No! —grité.

—Lo siento —dijo—. Siento lo de Bee, siento lo de Bernadette, siento lo del bebé.

—¡Sientes lo del bebé! —Me dejé llevar por otra tanda de sollozos convulsivos.

—No quería decir eso —dijo Elgie—. Es que es todo muy repentino.

—Repentino te parecerá a ti por todos esos abortos que tuvo Bernadette. Pero cuando una es una mujer sana, como yo, y hace el amor con un hombre, se queda embarazada.

Tras un largo silencio, Elgie habló.

—Le he dicho a Bee que podríamos ir a la Antártida.

—Ya sabes que no puedo viajar allí.

—Solo iríamos Bee y yo —dijo—. Ella cree que le ayudará a cerrar el círculo. Eso es lo que piensa.

—Así que estás decidido a ir.

—Es la única manera de que Bee me deje estar con ella. La echo de menos.

—En ese caso ve, no faltaba más.

—Eres una mujer increíble, Soo-Lin —dijo.

—Vaya, gracias.

—Sé lo que quieres oír —dijo—. Pero piensa en todo lo que he pasado, en lo que aún estoy pasando. ¿De verdad quieres que diga cosas que no sé si quiero decir?

—¡Sí! —Ya no me quedaba dignidad.

—El último viaje de la temporada comienza dentro de dos días —dijo Elgie finalmente—. Todavía quedan plazas en el barco. Si no vamos, el plazo de la reserva vencerá. Es mucho dinero. Y se lo debo a Bee. Es una buena chica, Soo-Lin. De verdad que lo es.

Así que nada. Elgie y Bee salen mañana para la Antártida. A mí todo esto me parece de lo más trágico. Pero ¿qué sé yo? Si no soy más que una secretaria nacida en Seattle.

Un abrazo, Audrey,

Soo-Lin

SEXTA PARTE

EL CONTINENTE BLANCO

Llegamos a Santiago a las seis de la mañana. Como nunca había volado en primera clase, no sabía que cada asiento era como un huevo y que se convertía en una cama al apretar un botón. En cuanto mi asiento quedó en posición totalmente horizontal, la azafata me tapó con un edredón blanco recién planchado. Parece ser que sonreí, porque papá me miró desde su asiento y me dijo: «No te acostumbres a esto». Le devolví la sonrisa, pero entonces recordé que lo odiaba, y me puse el antifaz. Era de aquellos que están rellenos de semillas de lino y lavanda, y me lo dieron recién salido del microondas, así que estaba calentito y enseguida noté sus propiedades relajantes. Dormí diez horas seguidas.

En el aeropuerto había una cola enorme en el control de inmigración, pero un agente nos hizo señas a papá y a mí, y desenganchó una cadena para que pudiéramos ir directamente a una ventanilla vacía reservada para familias con niños pequeños. Al principio, me molestó porque tengo quince años. Pero luego pensé: vale, seré buena chica.

El militar iba con traje de faena y tardó una eternidad en revisar nuestros pasaportes. Sobre todo me miraba a mí, y luego mi pasaporte. Así todo el rato. Supuse que sería por mi ridículo nombre.

Cuando por fin habló, me dijo:

—Me gusta tu gorra. —Era una gorra de béisbol de los Tigers de Princeton que le enviaron a mamá en una campaña de recaudación de fondos—. Princeton… eso es una universidad americana, como Harvard.

—Solo que mejor —dije.

—Me gustan los tigres —dijo, colocando la palma de la mano sobre nuestros pasaportes—. Me gusta esa gorra.

—A mí también —respondí, con la mano en la barbilla—. Por eso la llevo.

—Bee —dijo papá—. Dale la gorra.

—¡¿Cómo?! —exclamé.

—Me gustaría muchísimo tener una gorra como esa —dijo el tipo, dándole la razón a papá.

—Bee, hazlo.

Papá intentó quitarme la gorra, pero esta se me quedó enganchada en la coleta.

—¡Es mía! —Me tapé la cabeza con las dos manos—. Me la dio mamá.

—Si la había tirado a la basura —repuso papá—. Ya te compraré otra.

—Cómprese una —le dije al agente—. Puede encargarla por internet.

—Podemos encargársela nosotros —añadió papá.

—¡No, no podemos! —repliqué—. Es un hombre hecho y derecho con un trabajo y un arma. Puede hacerlo él mismo.

El hombre nos devolvió los pasaportes sellados y se encogió de hombros, como diciendo «Valía la pena intentarlo». Tras recoger el equipaje, entramos con la multitud a la zona principal del aeropuerto. Un guía turístico nos identificó de inmediato por las cintas en azul y blanco que llevábamos atadas a las bolsas de viaje. Nos dijo que esperáramos a que el resto del grupo pasara por inmigración. Tuvimos que esperar un buen rato.

—No por mucho madrugar... —dijo papá.

Tenía razón, pero actué como si no lo hubiera oído.

Empezaron a aparecer otros pasajeros con cintas de color azul y blanco. Eran nuestros compañeros de viaje. La mayoría se veían mayores, con un montón de arrugas en la cara pero ni una sola en la ropa. ¡Y qué decir de los equipos fotográficos que llevaban! Se paseaban entre ellos como pavos reales vestidos de caqui, luciendo sus cámaras y objetivos. Mientras se pavoneaban, sacaban bolsitas empañadas con cierre hermético llenas de fruta seca y se metían trocitos en la boca. Había momentos en que los sorprendía mirándome con curiosidad, probablemente por ser la más joven del grupo, y me sonreían con amabilidad. Uno de ellos se me quedó mirando tanto rato que no pude contenerme, y tuve que decir: «Saque una foto. Dura más».

«¡Bee!», dijo bufando papá.

Una curiosidad: al lado de una extraña sala sin ventanas, había un símbolo que representaba una figura esquemática de rodillas bajo un techo puntiagudo. Se trataba del signo universal para iglesia. Empleados de la limpieza, trabajadores de los restaurantes y conductores de taxi entraban allí a rezar.

Llegó el momento de subir al autocar. Esperé a que papá ocupara un asiento para sentarme en otra parte. La carretera que llevaba al centro de la ciudad discurría paralela a un río, cuya orilla se veía sembrada de basura: latas de refrescos, botellas de agua, toneladas de plástico y restos de comida tirados allí sin más. Había unos niños dando patadas a una pelota entre la basura, corriendo con perros sarnosos entre la basura, incluso lavando su ropa en cuclillas entre la basura. Era de lo más mosqueante; daban ganas de soltarles: «¿Es que ninguno de vosotros va a recoger la basura?».

Cuando entramos en un túnel, el guía, que estaba de pie en la parte delantera del autocar, echó mano del sistema de megafonía y comenzó a explicar con gran entusiasmo cuándo fue construido el túnel, quién ganó la contrata, cuánto duró su construcción, qué presidente la aprobó, cuántos coches lo atravesaban a diario, etcétera. Yo esperaba que en algún momento revelara su grandeza, como por ejemplo que tuviera una función de autolimpieza o que estuviera hecho de botellas recicladas. Pero no, era un túnel sin más. Aun así, una no podía evitar alegrarse por el guía, pues, si las cosas se ponían muy mal, siempre le quedaría el túnel.

Llegamos al hotel, que era una columna de hormigón en forma de espiral. Nos registró una señora austríaca que nos atendió en una sala de reuniones especial.

—Asegúrese de que hay dos camas en la habitación —le pedí.

Me quedé horrorizada al enterarme de que papá y yo compartiríamos habitación durante todo el viaje.

—Sí, disponen ustedes de dos camas —dijo la señora—. Aquí tiene su *pono* para la excursión por la ciudad y el traslado al aeropuerto.

—¿Mi qué? —pregunté.

—Su *pono* —repitió.

—¿Mi qué?

—Su *pono*.

—¿Qué es un *pono*?

—Un bono —dijo papá—. No seas tan brujilla.

La verdad era que no entendía lo que decía la señora. Pero, como en general estaba siendo bastante brujilla, dejé que papá se saliera con la suya esta vez. Cogimos la llave y fuimos a la habitación.

—¡Lo de la excursión por la ciudad suena divertido! —comentó.

Casi me daba pena al verlo con aquel parche en el ojo y aquella actitud desesperada, hasta que recordaba que todo aquello había empezado porque él había intentado encerrar a mamá en un hospital psiquiátrico.

—Ya —dije—. ¿Te apetece ir?

—Sí —respondió él, todo esperanzado y emocionado.

—Pues que te diviertas.

Cogí mi cantimplora de Choate y me dirigí a la piscina.

Choate era un enorme y majestuoso complejo cubierto de hiedra y compuesto de joyas de la arquitectura moderna desperdigadas por vastas extensiones de césped nevado surcadas de senderos hechos a golpe de bota. Yo no tenía nada en contra del lugar en sí. Es que la gente era rara. A mi compañera de habitación, Sarah Wyatt, no le caí bien desde el principio. Creo que es porque, cuando se marchó para pasar las vacaciones de Navidad en casa, vivía ella sola en un dormitorio doble, y a su vuelta se encontró de repente con que tenía que compartirla. En Choate las conversaciones giraban en torno a quién era tu padre. El suyo poseía varios edificios en Nueva York. Todos y cada uno de los estudiantes, y no exagero, tenía un iPhone, y la mayoría iban también con iPads, y todos los ordenadores que veía eran Mac. Cuando dije que mi padre trabajaba en Microsoft, se burlaron de mí descaradamente. Yo utilizaba un PC y escuchaba música en mi Zune. Pero ¿qué es eso?, me preguntaba la gente superofendida, como si hubiera cogido un enorme zurullo pestilente y le hubiera conectado unos auriculares. Le conté a Sarah que mi madre era una famosa arquitecta que había ganado un premio MacArthur por su talento. No quiso creerme. «Es verdad —le dije—. Míralo en internet.» Pero Sarah Wyatt no se dignó mirarlo, ese era el poco respeto que me tenía.

Sarah lucía un pelo liso y abundante y llevaba ropa de marca. Le gustaba explicarme dónde la compraba, y cada vez que yo le decía que no me sonaba una de las tiendas, emitía un pequeño gruñido. Marla, su mejor amiga, vivía en la planta de abajo. Hablaba sin parar, y era divertida, supongo, pero tenía un acné virulento, fumaba tabaco y estaba en un período de prueba académica. Su padre era un director de televisión de Los Ángeles, y parloteaba de sus amigos de allí que tenían padres famosos. Todo el mundo se reunía a sus pies mientras ella se dedicaba a cotorrear de lo guay que era Bruce Springsteen. Pues claro que Bruce Springsteen es guay, pensaba yo, no hace falta que Marla me lo diga. Lo que quiero decir es que Galer Street olía a salmón, pero al menos allí la gente era normal.

Entonces un día fui a mi buzón y vi aquel sobre marrón. No constaba el remitente; mi nombre y dirección estaban escritos con unas extrañas mayúsculas de imprenta que no eran de mamá ni de papá y no contenía ninguna carta en que se dijera quién lo enviaba, tan solo una recopilación de documentos sobre mamá. A partir de entonces todo fue mejor, pues comencé a escribir mi libro.

Sin embargo, intuí que algo pasaba una tarde al volver a mi habitación después de las clases. Nuestra residencia, llamada Homestead, era una casita que chirriaba por todas partes situada en medio del campus donde George Washington había hecho noche en una ocasión, según rezaba en una placa. Ah, he olvidado comentar que Sarah desprendía un extraño olor como a talco para bebés, un olor que en lugar de agradable resultaba mareante. A día de hoy sigo sin saber qué sería. En fin, que al abrir la puerta de entrada de la residencia oí un correteo en el piso de arriba. Cuando subí, la habitación estaba vacía, pero oí a Sarah en el baño. Me senté a mi mesa, abrí el portátil y entonces lo percibí. Aquel olor pesado a talco impregnaba el aire que rodeaba mi mesa, lo cual era extrañísimo ya que Sarah había insistido mucho en dividir la habitación por la mitad, y había órdenes estrictas de no traspasar la línea invisible que separaba ambas partes. En aquel momento, pasó como una flecha detrás de mí, atravesó el cuarto y bajó las escaleras. Se oyó un portazo. Sarah estaba fuera, en la esquina, esperando para cruzar Elm Street.

—Sarah —la llamé desde la ventana.

Ella se detuvo y miró arriba.

—¿Adónde vas? ¿Va todo bien?

Temía que quizá hubiera ocurrido algo con alguno de los edificios de su padre.

Sarah actuó como si no me oyera. Enfiló Christian Street, lo cual me extrañó, porque sabía que ella tenía squash. Tampoco giró para dirigirse a Hill House, o a la biblioteca. Lo único que había pasada la biblioteca era Archbold, donde se encuentran las dependencias del decano. Fui a clase de danza y, cuando volví, intenté hablar con Sarah, pero no se dignó mirarme. Pasó la noche abajo, en la habitación de Marla.

Unos días más tarde, estando en inglés, la señora Ryan me dijo que debía presentarme de inmediato en el despacho del señor Jessup. Sarah coincidía en aquella clase conmigo. Mi reacción instintiva fue volverme hacia ella, y la vi bajar la mirada rápidamente. Entonces lo supe: aquella neoyorquina que olía raro y siempre iba con pantalones de yoga y unos pendientes de brillantes enormes me había traicionado.

En el despacho del señor Jessup me encontré con papá, que me dijo que debía abandonar Choate por mi bien. Resultaba divertidísimo ver al señor Jessup y a papá danzando uno alrededor del otro mientras comenzaban cada frase con un «Como me preocupa tanto Bee», «Dado que Bee es una chica tan extraordinaria» o «Por el bien de Bee». Se convino mi marcha de Choate y el traspaso de mis créditos para que pudiera ir a Lakeside al año siguiente. (Por lo visto, me habían aceptado allí. Y yo sin enterarme.)

Ya en el pasillo, me vi sola con papá y el busto de bronce del juez Choate. Papá me pidió que le enseñara mi libro, pero yo me negué en redondo. Lo que sí le enseñé fue el sobre que había recibido.

—¿De dónde ha salido esto? —me preguntó.

—De mamá —respondí.

Pero la letra del sobre no era la de mamá, y él lo sabía.

—¿Por qué te enviaría esto?

—Porque quiere que sepa.

—¿Que sepas el qué?

—La verdad. Esa que tú nunca me habrías contado.

Papá respiró hondo y dijo:

—La única verdad es que ahora has leído cosas que no eres lo bastante mayor para entender.

Fue entonces cuando tomé una decisión tajante: lo odio.

Cogimos un vuelo chárter que salió de Santiago tempranísimo con destino a Ushuaia, Argentina. Una vez allí, recorrimos la pequeña población de yeso en autocar. Las casas tenían tejados de estilo colonial español y patios de barro con columpios oxidados. Cuando llegamos al muelle, nos hicieron pasar a una especie de barracón dividido a lo largo por una pared de cristal. Se trataba de la oficina de inmigración, así que había una cola de gente, cómo no. El espacio situado al otro lado del vidrio comenzó a llenarse de personas mayores ataviadas con ropa de viaje y cargadas con mochilas en las que llevaban atadas cintas de color azul y blanco. Era el grupo que acababa de desembarcar, nuestros particulares fantasmas dickensianos del viaje futuro. Nos hacían señas de aprobación con los pulgares en alto mientras movían los labios, diciendo en silencio: «Os va a encantar», «No os imagináis lo fantástico que es» y «Qué suerte tenéis». Y, de repente, todos los que iban con nosotros comenzaron a murmurar: «Buzz Aldrin, Buzz Aldrin,

Buzz Aldrin». Al otro lado del cristal había un hombre pequeño pero matón con una cazadora de aviador de piel cubierta de insignias de la NASA y los codos doblados como si buscara pelea. Tenía una sonrisa sincera, y se quedó animosamente al otro lado del vidrio mientras la gente de nuestro grupo se colocaba junto a él y hacía fotos. Papá me sacó una con él; le diré a Kennedy que me la hice cuando visité a Buzz Aldrin en la cárcel.

Cuando regresé a Seattle después de dejar Choate, era viernes, así que fui directa al Grupo de Jóvenes. Me los encontré jugando como niños a algo llamado «pajaritos hambrientos», donde todo el mundo estaba dividido en dos equipos y los que hacían de mamás pájaro tenían que coger palomitas de un cuenco con un trozo de regaliz rojo a modo de pajita para luego ir corriendo hasta donde estaban los polluelos y darles de comer. Me quedé alucinada al ver que Kennedy estaba jugando a algo tan infantil. Estuve observándolos hasta que se percataron de mi presencia y se hizo el silencio. Kennedy ni se me acercó. Luke y Mae me dieron un fuerte abrazo al estilo cristiano.

—Sentimos muchísimo lo que le ha ocurrido a tu madre —dijo Luke.

—A mi madre no le ha ocurrido nada —repliqué.

El silencio se hizo más incómodo, y entonces todo el mundo miró a Kennedy, porque era mi amiga. Pero yo veía que ella también me tenía miedo.

—Acabemos de jugar —dijo, mirando al suelo—. Nuestro equipo va ganando diez a siete.

Una vez que nos sellaron los pasaportes, salimos del barracón. Una señora nos indicó que siguiéramos la línea blanca hasta el capitán, que nos daría la bienvenida a bordo. Me bastó oír las palabras «el capitán» para echarme a correr por el muelle astillado tan rápido que sabía que no eran mis piernas las que me llevaban, sino el entusiasmo. Y entonces vi a un hombre con un traje azul marino y una gorra blanca al pie de unas escaleras.

—¿Es usted el capitán Altdorf? —le pregunté—. Soy Bee Branch. —El hombre me sonrió confundido. Respiré hondo y dije—: Bernadette Fox es mi madre.

Entonces me fijé en la placa que llevaba puesta con su nombre: CAPITÁN JORGE VARELA. Debajo ponía ARGENTINA.

—Un momento… —dije—. ¿Dónde está el capitán Altdorf?

—Aaah —respondió aquel falso capitán—. El capitán Altdorf. Él estaba antes. Ahora está en Alemania.

—¡Bee! —Era papá, que venía resoplando con cara de pocos amigos—. No puedes salir corriendo de esa manera.

—Lo siento. —La voz se me quebró y me salió a modo de llanto—. He visto tantas fotos del *Allegra* que tengo la sensación de que se va cerrando el círculo.

Eso era una mentira, porque ¿cómo es posible que un barco te inspire esa sensación? Pero, después de volver de Choate, enseguida me di cuenta de que en nombre de ese supuesto fin de etapa papá me dejaría hacer lo que quisiera. Dormir en la caravana de mamá, no volver a la escuela e incluso viajar a la Antártida. Personalmente, el concepto de cerrar el círculo me parecía totalmente ofensivo, porque significaba que intentaba olvidar a mamá. Y lo cierto era que si iba a ir a la Antártida era para encontrarla.

Cuando llegamos al camarote, nuestro equipaje ya estaba allí. Cada uno de nosotros llevaba dos bultos: una maleta con ropa normal y un petate con todo lo necesario para ir de expedición. Papá comenzó a sacar sus cosas.

—Muy bien —dijo—. Yo me quedaré con los dos cajones de arriba, y tú puedes ocupar los dos de abajo. Me quedaré con este lado del armario. ¡Genial! En el baño hay dos cajones. Me quedaré con el de arriba.

—No hace falta que me comentes todas y cada una de tus aburridas acciones —dije—. Ni que estuvieras jugando a *curling* olímpico. Que solo estás deshaciendo una maleta.

Papá se señaló a sí mismo.

—Soy yo quien pasa de ti. Eso es lo que los expertos me han aconsejado que haga, y eso es lo que estoy haciendo.

Se sentó en su cama, arrastró el petate hasta colocarlo entre sus piernas y abrió la cremallera de golpe. Lo primero que vi aparecer fue aquella especie de tetera que utilizaba para hacerse lavados nasales. No estaba dispuesta a compartir una habitación minúscula como aquella mientras papá usaba aquel cacharro todos los días. Lo metió en un cajón y siguió sacando cosas.

—Oh, Dios —dijo.

—¿Qué?

—Es un humidificador de viaje —explicó papá, abriendo una caja.

Dentro había un aparato del tamaño de una caja pequeña de cereales. De repente, el rostro se le crispó y se volvió hacia la pared.

—¿Qué pasa? —insistí.

—Le pedí a mamá que me comprara un aparato de estos porque el aire en la Antártida es muy seco.

Vaya, pensé, poniendo los ojos como platos, tal vez no haya sido tan buena idea hacer este viaje si papá va a estar todo el tiempo llorando.

«Bueno, señoras y señores. —Por suerte, era una voz con acento neozelandés que sonaba, haciendo ruido, por un altavoz del techo—. Bienvenidos a bordo. En cuanto estén instalados, les invitamos a reunirse con nosotros en el salón Shackleton, donde les ofreceremos unos cócteles y aperitivos de bienvenida.»

—Me voy —dije, y salí corriendo de allí, dejando solo a papá con su lloriqueo.

De pequeña, siempre que se me caía un diente de leche, el ratoncito Pérez me dejaba un DVD. Mis tres primeros fueron *¡Qué noche la de aquel día!*, *Una cara con ángel* y *Érase una vez en Hollywood*. Más adelante, cuando perdí el incisivo izquierdo, el ratoncito Pérez me dejó *Xanadu*, que se convirtió en mi película favorita de todos los tiempos. La mejor parte era el número final en la flamante pista de patinaje sobre ruedas, toda ella en cromo brillante con una tarima pulida, unos asientos de terciopelo curvos y las paredes forradas de alfombra de pelo largo.

Así era el salón Shackleton, además de tener montones de televisores de pantalla plana colgados del techo y ni una sola ventana a la que asomarse. Era todo para mí porque el resto del pasaje aún estaba deshaciendo el equipaje. Un camarero puso patatas fritas en las mesas, y me comí una cesta entera yo sola. Al cabo de unos minutos un grupo de personas superbronceadas en pantalones cortos y chanclas y con etiquetas de identificación se acercaron tranquilamente a la barra. Eran miembros de la tripulación, naturalistas.

Me acerqué.

—¿Puedo hacerle una pregunta? —le dije a uno de ellos, de nombre Charlie.

—Por supuesto. —El hombre se metió una oliva en la boca—. Dispara.

—¿Estaba usted en el viaje que zarpó justo después de Navidad?

—No, empecé a mediados de enero. —Se echó un par de olivas más a la boca—. ¿Por qué?

—Me preguntaba si sabría algo de uno de los pasajeros. Una mujer llamada Bernadette Fox.

—Pues no sabría decirte. —Escupió un montón de huesos en la palma de su mano.

Otro guía igual de moreno en cuya etiqueta ponía FROG me preguntó:

—¿Qué quieres saber? —Era australiano.

—Nada —dijo el primer naturalista, Charlie, haciendo como un gesto de negación con la cabeza

—¿Estaba usted en el viaje de Año Nuevo? —le pregunté a Frog—. Porque en él iba una mujer que se llamaba Bernadette…

—¿La señora que se mató? —dijo Frog.

—No se mató —aseguré.

—Nadie sabe lo que pasó —dijo Charlie, mirando a Frog con los ojos como platos.

—Quien estaba era Eduardo —dijo Frog, cogiendo un cuenco de cacahuetes—. ¡Eduardo! Tú estabas aquí cuando aquella señora saltó. Era el viaje de Año Nuevo. Estuvimos hablando del tema.

Eduardo tenía una cara de torta con rasgos hispanos y hablaba con acento inglés.

—Creo que aún están investigando.

Una mujer con el cabello negro y rizado recogido en lo alto de la cabeza se metió en la conversación. En su etiqueta ponía KAREN.

—Tú estabas allí, Eduardo... ¡puaj! —gritó Karen, y escupió una masa pastosa de color beige en un cuenco—. Pero ¿qué hay ahí?

—¡Mierda! ¿Eso son cacahuetes? —preguntó Charlie—. He echado los huesos de oliva ahí.

—Joder —exclamó Karen—. Creo que me he roto un diente.

Y luego todo comenzó a pasar muy rápido: «He oído que escapó de un centro psiquiátrico antes de llegar aquí». «Se me ha mellado un diente.» «Pero ¿cómo es posible que dejaran subir a bordo a alguien así?» «¿Eso es tu diente?» «Dejarían subir a bordo a cualquiera mientras tenga veinte de los grandes.» «¡Eres un cabrón!» «Hostia, lo siento.» «Menos mal que se mató. ¿Y si hubiera matado a un pasajero, o a ti, Eduardo...?»

—¡Que no se mató! —grité—. Es mi madre, y es imposible que hiciera algo así.

—Así que es tu madre —masculló Frog—. No lo sabía.

—¡Ninguno de vosotros sabe nada!

Le di una patada a la silla de Karen, pero no se movió porque estaba atornillada al suelo. Entonces bajé corriendo por las escaleras traseras, pero había olvidado nuestro número de habitación e incluso la cubierta en la que estábamos, así que me dediqué a ir recorriendo aquellos horribles pasillos estrechos de techos bajos que apestaban todos a gasóleo. Al final se abrió una de las puertas y apareció papá.

—¡Por fin te encuentro! —dijo—. ¿Lista para subir a lo de orientación?

Entré en la habitación, dándole un empujón al pasar por su lado, y cerré de un portazo. Esperaba que papá volviera al camarote, pero no lo hizo.

Durante toda mi etapa preescolar e incluso al principio del parvulario, la piel se me amorataba cada dos por tres debido al corazón. La mayoría de las veces apenas se notaba, pero cuando tenía mala pinta significaba que tocaba operarme otra vez. En una ocasión, antes de que me sometieran al procedimiento de Fontan, mamá me llevó al Seattle Center y estuve jugando en la enorme fuente musical. Me había quedado en ropa interior, y corría arriba y abajo por la empinada rampa que rodeaba la fuente, tratando de escapar de los chorros de agua. Un niño mayor que yo me señaló. «Mira —le dijo a su amigo—. ¡Es Violet Beauregarde!» Se refería a un personaje de *Charlie y la fábrica de chocolate*, la mocosa que se volvía azul y se convertía en una pelota gigante. Yo estaba hinchada porque me habían atiborrado de esteroides como preparación previa a la intervención quirúrgica. Fui corriendo a mamá, que estaba sentada en el borde de la rampa, y hundí la cara en su pecho.

«¿Qué te pasa, Bee?»

«Me han llamado eso», grité.

«¿Eso?» Los ojos de mamá estaban a la altura de los míos.

«Violet Beauregarde», conseguí decir antes de ponerme a llorar.

Los niños malos se apiñaron cerca para mirarnos, confiando en que mi mamá no se chivara a las suyas.

«Muy original —les dijo mamá, alzando la voz—. Ojalá se me hubiera ocurrido a mí.»

Podría señalar aquel como el único momento de felicidad plena en mi vida, porque me di cuenta entonces de que mamá siempre me tendría a su lado, y eso hizo que me sintiera gigante. Me lancé por la rampa de hormigón, más rápido que nunca, tanto que tenía todos los números para caer, pero no fue así, porque mamá estaba en el mundo.

Me senté en una de las estrechas camas de nuestra habitación diminuta. El motor del barco comenzó a hacer un ruido sordo, y por megafonía volvió a oírse la voz del neozelandés.

«Bueno, señoras y señores —dijo. El sonido se cortó un instante, como si estuviera a punto de anunciar una mala noticia y necesitara pensar. Luego retomó la palabra—. Despídanse de Ushuaia, porque nuestra aventura antártica acaba de comenzar. El chef Issey ha preparado el tradicional rosbif *bon voyage* con pudin de York-shire, que se servirá en el comedor después de la reunión de orientación.»

Yo no pensaba ir de ningún modo, pues significaría que tendría que sentarme con papá, así que decidí ponerme manos a la obra. Cogí mi mochila y saqué el informe del capitán.

Mi plan consistía en seguir los pasos de mamá porque sabía que algo me llamaría la atención, que me percataría de alguna pista que pasaría desapercibida para los demás. ¿El qué, exactamente? No tenía ni idea.

Lo primero que hizo mamá fue gastarse 433 dólares en la tienda de regalos a las pocas horas de haber embarcado. Sin embargo, en la factura no se desglosaban los artículos adquiridos. Me disponía a salir del camarote cuando caí en la cuenta de que aquella era una oportunidad ideal para deshacerme de la tetera de lavados nasales de papá. La cogí y después me dirigí hacia la parte delantera del barco. Al pasar al lado de un cubo de basura sujeto a la pared, aproveché para tirar aquel chisme y luego lo tapé con toallas de papel.

Al doblar la esquina en dirección a la tienda de regalos, fue cuando —¡hala!— me sobrevino el mareo. Lo único que pude hacer para mantenerme en pie fue darme la vuelta poco a poco y bajar de nuevo por las escaleras, peldaño a peldaño, muy lentamente, porque cualquier movimiento brusco de mi cuerpo, por leve que fuera, me haría vomitar. Tardé como un cuarto de hora en llegar al descansillo, va en serio. Una vez allí, avancé pasito a pasito hacia el pasillo. Respiré hondo, o lo intenté, porque tenía todos los músculos agarrotados.

—¿Está mareada, señorita? —dijo una voz, lacerándome los oídos.

Era tal mi malestar que incluso el sonido de una voz hacía que me vinieran ganas de devolver.

Me volví con el cuerpo rígido. Se trataba de una empleada de la limpieza, cuyo carro estaba sujeto a la barandilla con una correa elástica.

—Tenga, tómese esto para el mareo —y me dio una cajita blanca.

Me quedé allí parada, incapaz casi de bajar la vista.

—Vaya, sí que está mareada —dijo, pasándome una botella de agua, que solo pude mirar.

—¿Cuál es su camarote? —Me cogió la tarjeta de identificación que llevaba colgada al cuello—. Vamos, pequeña, yo la ayudo.

Mi habitación estaba a unas puertas de allí. La empleada la abrió con su llave y la empujó para que pudiera entrar. Dicha acción exigía una determinación férrea, pero poco a poco fui dando un paso tras otro. Para cuando logré entrar, la mujer ya había bajado los estores y preparado las camas. Me puso dos pastillas en la mano y me ofreció la botella de agua abierta. Al principio me quedé mirándolo todo sin más, pero luego conté hasta tres y me concentré para tragarme las pastillas y sentarme en la cama. La mujer se arrodilló y me quitó las botas.

—Estará mejor si se quita el suéter y los pantalones.

Me bajé la cremallera de la sudadera y ella me la sacó por los puños. Luego me quité los tejanos como pude. Tirité al notar el aire en contacto con mi piel desnuda.

—Ahora acuéstese.

Tras reunir el valor para meterme bajo las frías mantas, me acurruqué y clavé la mirada en los paneles de madera que revestían la habitación. Sentía en el estómago los temblorosos huevos de cromo que papá tenía en su mesa. Estaba sola con el ruido del motor, el tintineo de las perchas y el golpeteo de los cajones que se abrían y se cerraban sin parar. Solo estábamos el tiempo y yo. Era como aquella vez que visitamos el ballet entre bambalinas, y vi los centenares de cuerdas lastradas, la cantidad de monitores de vídeo y el tablero ligero con un millar de indicadores de iluminación, todo ello necesario para un pequeño cambio de escenario. Ahora estaba tumbada en la cama, observando el tiempo entre bambalinas, en su lento transcurrir, todo lo que lo compone, que es nada. La parte inferior de las paredes, tapizada de un azul oscuro, quedaba separada por una tira metálica de la parte superior, revestida de una madera reluciente, que contrastaba con la pintura plástica de color beige del techo. Qué colores tan horrorosos, pensé, me va a dar algo, tengo que cerrar los ojos. Pero hasta el esfuerzo que eso requería parecía imposible. Así que, al igual que el director de escena del ballet, tiré de una cuerda en mi cerebro, y luego de otra, seguidas de cinco más, que acabaron cerrándome los párpados. Tenía la boca abierta, pero de ella no salían palabras, solo un ruidoso gemido. De haber sido palabras, estas habrían sido: «Cualquier cosa menos esto».

De repente, pasaron catorce horas, y al abrir los ojos vi una nota de papá en la que ponía que había ido al salón a escuchar una conferencia sobre aves marinas. Salí de la cama de un salto, y sentí que volvían a flaquearme las piernas y el estómago. Tiré de la cadenilla del estor para subirlo. Era como si estuviéramos dentro de una lavadora. Caí de nuevo en la cama. Estábamos atravesando el pasaje de Drake. Quería asimilar la experiencia, pero tenía trabajo que hacer.

El pasillo estaba engalanado con bolsas para vomitar, plisadas como abanicos e introducidas en las juntas de las barandillas, detrás de dispensadores de desinfectantes para manos y en los huecos de las puertas. El barco estaba tan inclinado que, al echarme a andar, me vi con un pie en el suelo y el otro en la pared. La recepción era un espacio amplísimo, lo que significaba que no había barandillas para agarrarse si uno quería ir a la otra punta, así que habían improvisado una red de cuerdas a lo Spiderman. Allí no había nadie más que yo. Como animales mareados, todo el mundo se había retirado a su madriguera a pasar aquel suplicio. Tiré de la puerta de la tienda de regalos, pero estaba cerrada con llave. Una señora que había trabajando detrás del mostrador levantó la vista. Estaba masajeándose la cara interna de la muñeca.

—¿Está abierto? —pregunté, articulando para que me leyera los labios.

La mujer se acercó a la puerta y abrió con llave la tira metálica de la parte inferior.

—¿Has venido por lo del papel de papiroflexia? —me preguntó.

—¿Eh?

—Los pasajeros japoneses van a dar una clase práctica de papiroflexia a las once. Si estás interesada en participar, tengo el papel.

Ya me había fijado en aquel grupo de turistas japoneses. No hablaban una palabra de inglés, pero tenían su propio intérprete, que agitaba en el aire un palo con cintas del que colgaba un pingüino de peluche para que le prestaran atención.

El buque dio una sacudida y yo fui a caer al interior de un cesto lleno de sudaderas de Harmsen & Heath. Intenté ponerme de pie, pero no hubo manera.

—¿Siempre se mueve tanto?

—Esta vez el mar está muy agitado —dijo la mujer desde detrás del mostrador—. Hay olas de más de nueve metros.

—¿Estaba usted aquí para Navidad? —le pregunté.

—Sí, sí que estaba.

Abrió un pequeño tarro sin etiqueta, hundió el dedo en su interior y comenzó a frotarse la cara interna de la otra muñeca.

—¿Qué hace? —quise saber—. ¿Qué hay en ese tarro?

—Es una crema para el mareo causado por el movimiento. La tripulación no podríamos funcionar sin ella.

—¿Es ABHR? —dije.

—Pues sí.

—¿Y qué pasa con la discinesia tardía?

—Vaya, qué informada estás —dijo—. El médico nos dice que la dosis es tan baja que no corremos ese riesgo.

—En el viaje de Navidad había una mujer que compró un montón de cosas en la tienda de regalos, el veintiséis de diciembre por la tarde —expliqué—. Si le doy su nombre y número de habitación, ¿podría buscarme la factura para que yo pueda ver exactamente lo que compró?

La mujer me lanzó una mirada extraña que no supe interpretar.

—Es mi madre —le aclaré—. Se gastó más de cuatrocientos dólares.

—¿Estás aquí con tu padre? —me preguntó.

—Sí.

—¿Qué te parece si vuelves a tu camarote mientras yo busco esa factura? Tardaré unos diez minutos.

Le di mi número de habitación y regresé al camarote, ayudándome de las cuerdas para avanzar por la recepción. Toda la ilusión que me hacía la idea de tener una tele en el cuarto se vino abajo cuando vi que en las únicas dos cadenas que había estaban emitiendo *Rompiendo el hielo* y la conferencia sobre aves marinas. La puerta se abrió de golpe. Di un respingo. Era papá… seguido de la señora de la tienda de regalos.

—Polly me ha contado que le has pedido ver una copia de la factura de mamá.

—Teníamos órdenes de avisar a tu padre —me dijo la mujer avergonzada—. Te he traído papel para hacer papiroflexia.

La fulminé con una mirada al estilo Kubrick y me tiré en la cama.

Papá miró a Polly, dándole a entender que ya se hacía cargo él de la situación. La puerta se cerró y papá se sentó en la otra punta de la cama.

—Los naturalistas se sentían fatal por lo de anoche —dijo, hablando a mi espalda—. Han venido a buscarme. El capitán ha hablado con toda la tripulación. —Hubo una larga pausa—. Habla conmigo, Bee. Quiero saber lo que piensas y sientes.

—Quiero encontrar a mamá —dije con la cara hundida en la almohada.

—Ya lo sé, cariño. Yo también.

Volví la cabeza.

—Y entonces, ¿qué hacías en una estúpida conferencia sobre aves marinas? Te comportas como si estuviera muerta, cuando deberías estar intentando dar con ella.

—¿Ahora? —preguntó—. ¿En el barco?

La mesa auxiliar se veía abarrotada con el colirio de papá, sus gafas para leer y otras de sol, ambas con un cristal tapado, esas bandas elásticas horrorosas que se ponen en las patillas de las gafas para que no se muevan, su monitor medidor del ritmo cardíaco y un montón de tubitos de vitaminas de esas que se deshacen bajo la lengua. Tuve que incorporarme.

—En la Antártida. —Saqué el informe del capitán de mi mochila.

Papá respiró hondo.

—¿Qué haces con eso?

—Esto va a ayudarme a encontrar a mamá.

—No estamos aquí para eso —dijo papá—. Estamos aquí porque querías cerrar el círculo.

—Eso te lo dije para engañarte. —Ahora me doy cuenta de que no se puede decir eso a alguien y esperar que lo encaje bien. Pero en aquel momento me pudo la excitación—. Fuiste tú quien me hiciste pensar en ello, papá, al decirme que la carta del tal Harmsen estaba redactada con la palabrería propia de un picapleitos. Porque, si uno analiza el informe del capitán con una mente abierta, se ve claramente que a mamá le encantó esto. Se lo pasaba tan bien, todo el día bebiendo y haciendo excursiones, que decidió quedarse. Y me escribió una carta en la que me lo contaba para que no me preocupara.

—¿Puedo darte otra interpretación? —me preguntó papá—. Yo veo a una mujer muy reservada que se bebía una botella de vino para cenar y luego pasaba a mayores. Eso no es pasárselo bien, es matarse con la bebida. Y estoy seguro de que mamá te escribió una carta, pero en ella se dedicaba más que nada a echar pestes de Audrey Griffin con un montón de comentarios paranoicos.

—Según el experto, es «muy probable» que la escribiera.

—Pero nunca lo sabremos —repuso papá—. Porque no llegó a enviarla.

—Se la dio a un pasajero para que la enviara cuando regresaran del viaje, pero se perdió.

—¿Y por qué no informó de ello ese pasajero en el interrogatorio?

—Porque mamá le pidió que no dijera nada.

—Eso es mucho suponer —dijo papá—. Cuando oigas ruido de cascos, piensa en caballos, no en cebras. ¿Sabes lo que significa?

—Sí. —Me dejé caer sobre la almohada con un gran resoplido.

—Significa que cuando intentas entender algo, es mejor comenzar por el razonamiento más lógico, no por el más extravagante.

—Ya sé qué significa. —Moví la cabeza porque había caído sobre un charquito de baba.

—Han pasado seis semanas, y nadie sabe nada de ella —dijo papá.

—Está esperándome en alguna parte —aseguré—. Es un hecho.

Un aura de energía palpitante me atacó el lado derecho de la cara. Emanaba de las cosas de papá que había encima de la mesa. Había tantos objetos, y tan bien ordenados, que era peor que una chica, y me daba rabia. Me incorporé de golpe para apartar aquella imagen de mi vista.

—No sé de dónde sacas eso, cariño, de verdad que no lo sé.

—Mamá no se ha matado, papá.

—Eso no significa que una noche no bebiera más de la cuenta y cayera por la borda.

—Ella no habría dejado que eso sucediera —repliqué.

—Hablo de un accidente, Bee. Por definición, nadie deja que suceda un accidente.

De detrás de la silla del escritorio salió una columna de humo. Era el humidificador que mamá había comprado para papá, que ahora estaba enchufado y tenía encima una botella de agua colocada boca abajo. Tal y como quería papá.

—Sé que a ti te iría bien que mamá se hubiera matado. —Hasta que no empecé a decir aquellas palabras en voz alta, no fui consciente de que las tenía metidas en el fondo del estómago—. Porque la estabas engañando, y eso te sacaría del atolladero; así podrías contar que ya estaba loca.

—Bee, eso no es cierto.

—Eres tú quien buscas caballos —dije—. Mientras tú te pasabas la vida entera en el trabajo, mamá y yo nos divertíamos como nunca. Vivíamos la una para la otra. Ella no haría nada parecido a emborracharse y pasearse por la cubierta de un barco porque eso significaría que no volvería a verme. El hecho de que tú pienses lo contrario demuestra lo poco que la conoces. Eres tú quien buscas caballos, papá.

—Y entonces, ¿dónde está escondida? —preguntó papá, comenzando a resoplar—. ¿En un iceberg? ¿Flotando en una balsa? ¿De qué se alimenta? ¿Cómo se protege del frío?

—Por eso quería la factura de la tienda de regalos —respondí muy lentamente, porque quizá así me entendería—. Para demostrar que compró ropa de abrigo. Allí la venden. Vi parkas, botas y gorros. También tienen barritas de cereales…

—¡Barritas de cereales! —explotó papá—. ¿Barritas de cereales? ¿En eso te basas? —La piel del cuello de papá se veía traslúcida y le temblaba una vena enorme—. ¿En parkas y barritas de cereales? ¿Ya has salido ahí fuera?

—No… —tartamudeé.

—Ven conmigo —dijo papá, poniéndose de pie.

—¿Para qué?

—Quiero que notes la temperatura del exterior.

—¡No! —dije con toda la rotundidad posible—. Ya sé cómo es el frío.

—Este frío, no.

Papá cogió el informe del capitán.

—¡Eso es mío! —grité—. ¡Es propiedad privada!

—Si te interesan los hechos, ven conmigo.

Papá me agarró de la capucha y me sacó por la puerta a rastras. Yo gruñía «¡Suéltame!», y él «¡Vas a venir conmigo!». Subimos las empinadas y estrechas escaleras dándonos codazos. Llegamos a una planta más arriba, luego a dos, forcejeando y despotricando con tanto ímpetu que tardamos unos instantes en darnos cuenta de que nos habíamos convertido en el centro de atención. Los japoneses, que estaban sentados a mesas cubiertas de papel para hacer papiroflexia, se nos quedaron mirando.

—¿Han venido para hacer papiroflexia? —nos preguntó el intérprete japonés con sentimientos encontrados, ya que por un lado parecía que no había acudido nadie al taller, pero, por otro, ¿quién querría enseñarnos papiroflexia a nosotros dos?

—No, gracias —respondió papá, soltándome.

Yo aproveché para cruzar el salón a todo correr y rocé sin querer una de las sillas, que había olvidado que estaban atornilladas al suelo, de modo que en lugar de apartarla de mi camino, se me clavó en las costillas y reboté en una de las mesas justo en el momento en que el barco comenzaba a cabecear.

Papá me alcanzó.

—¿Adónde creías que…?

—¡No pienso ir ahí afuera contigo!

Entre arañazos y bofetadas avanzamos tambaleantes hacia la salida enzarzados en un amasijo de papeles para papiroflexia y prendas recién estrenadas de la marca Patagonia. Apoyé el pie contra la jamba de la puerta para que papá no pudiera seguir arrastrándome.

—De todos modos, ¿qué delito tan grave había cometido mamá? —grité—. ¿Tener una ayudante que hiciera los recados por ella desde la India? ¿Y qué es Samantha 2? Un robot que permite hacer lo que uno quiera sin moverse del asiento. Has invertido diez años de tu vida y millones y millones de dólares en algo para que la gente no tenga que vivir su propia vida. Mamá encontró la manera de hacerlo por setenta y cinco centavos la hora, ¡y tú intentaste encerrarla en un hospital psiquiátrico!

—¿Eso es lo que piensas? —preguntó papá.

—Eras una auténtica estrella de rock, papá, que te paseabas por el pasillo del Connector de Microsoft.

—¡Yo no he escrito eso!

—¡Lo escribió tu novia! —dije—. Todos sabemos la verdad. Mamá escapó porque te has enamorado de tu asistente.

—Vamos afuera.

Al final los esfuerzos de papá tuvieron su efecto, pues me cogió con un brazo como si yo estuviera hecha de madera hueca y con el otro abrió la puerta de un tirón.

Antes de que se cerrara, alcancé a ver a los pobres japoneses. No se había movido ni uno solo. Algunos se habían quedado paralizados con los brazos en el aire, a punto de hacer un pliegue en el papel. Parecía un diorama de una presentación de papiroflexia en un museo de cera.

Yo aún no había estado fuera en todo lo que llevábamos de travesía. Las orejas me escocieron al instante y la nariz se convirtió en una piedra de un frío abrasador al final de mi cara. El viento soplaba con tanta fuerza que se me heló la cara interna de los globos oculares. Sentí como si se me fueran a agrietar los pómulos.

—¡Ni siquiera hemos llegado a la Antártida! —bramó papá a través del viento—. ¿Notas el frío que hace? ¿Lo notas?

Abrí la boca, y la saliva se me heló en su interior, como si fuera una cueva glacial. Cuando tragué, algo que me costó un esfuerzo atroz, me supo a muerte.

—¿Cómo ha podido sobrevivir a esto Bernadette durante cinco semanas? ¡Mira a tu alrededor! ¡Nota el aire en tu piel! ¡Y ni siquiera hemos llegado a la Antártida!

Metí las manos dentro de los puños de las mangas y cerré los dedos entumecidos.

Papá agitó en el aire el informe del capitán delante de mi cara.

—La única verdad que hay en todo esto es que mamá estaba sana y salva a bordo el cinco de enero a las seis de la tarde, y que luego comenzó a beber. El mar estaba demasiado agitado para fondear. Y eso es todo. ¿Buscas hechos? Siente esto. Este viento, este frío, estos son los hechos.

Papá tenía razón. Es más inteligente que yo, y tenía razón. Nunca encontraría a mamá.

—Dame eso —le dije, intentando coger el informe.

—¡No dejaré que hagas esto, Bee! ¡No es bueno para ti, esa búsqueda constante de algo que no está ahí!

Papá ofreció entonces el informe a Dios, y el cielo se tragó hasta la última hoja de papel.

—¡No! —Pero tenía las articulaciones agarrotadas y las manos metidas en las mangas—. ¡Es todo lo que tengo!

Con cada palabra, mi gélida respiración me acuchillaba el interior de los pulmones.

—No es todo lo que tienes —dijo papá—. Me tienes a mí, Bee.

—¡Te odio!

Volví corriendo a la habitación y me tomé dos pastillas más de aquellas blancas, no porque estuviera mareada sino porque sabía que me dejarían sin sentido, y me dormí. En algún momento me desperté, y noté que ya no tenía sueño. Miré por la ventana. El mar estaba picado y negro, como el cielo. Un ave marina solitaria planeaba en el aire. Algo asomó en el agua. Era un enorme pedazo de hielo, el primer presagio de la horrible tierra que teníamos delante. Me tomé dos pastillas más y volví a quedarme dormida.

Una música apenas audible llenó entonces la habitación, y durante un par de minutos fue subiendo poco a poco de volumen. «I'm starting with the man in the mirror…» Era Michael Jackson, que sonaba a través de los altavoces en un servicio de despertador; entre el estor de la ventana y la pared se colaba una rendija de luz.

«Bueno, señoras y señores, buenos días —dijo la voz de siempre por megafonía. Tras una pausa que no presagiaba nada bueno, prosiguió—: Para los que aún no hayan tenido el placer de mirar por la ventana, bienvenidos a la Antártida. —Al oír aquello, me levanté de golpe—. Muchos de ustedes ya están en cubierta, disfrutando de esta mañana tranquila y despejada. Hemos avistado tierra por primera vez a las seis y veintitrés, cuando hemos llegado a la isla de Cerro Nevado. Ahora nos dirigimos a la bahía de la Decepción.» Tiré de la cadenilla de los estores.

Ahí estaba, una oscura isla rocosa, con cumbres nevadas, aguas negras a sus pies y un cielo plomizo infinito cerniéndose sobre ella. La Antártida. Se me hizo un enorme nudo en el estómago, porque si la Antártida pudiera hablar solo diría una cosa: «Tú no perteneces a este lugar».

«Las zódiacs comenzarán a cargarse a las nueva y media —continuó el neozelandés—. Nuestros naturalistas y expertos camarógrafos dirigirán las excursiones. Aquellos que lo prefieran, también pueden ir en kayak, que siempre tienen a su disposición. La temperatura es de menos trece grados centígrados, o de ocho grados Fahrenheit. Buenos días y, una vez más, bienvenidos a la Antártida.»

Papá entró de golpe en el camarote.

—¡Ya estás levantada! ¿Te apetece un chapuzón?

—¿Un chapuzón?

—Es una isla volcánica —me explicó—. Hay una fuente termal, que calienta una franja de agua cercana a la costa. ¿Qué me dices? ¿Quieres zambullirte en el océano Antártico?

—No. —Me veía desde fuera. Era como si tuviera a mi lado a la Bee de antes, diciéndome: «Pero ¿de qué vas? Si es algo que te encantaría hacer. Kennedy fliparía». Pero la Bee de ahora era la que controlaba mi voz, y contestó—: Ve tú si quieres, papá.

—Tengo la sensación de que vas a cambiar de opinión —dijo papá con voz cantarina.

Pero ambos sabíamos que estaba fingiendo.

Transcurrieron los días. Nunca sabía qué hora era porque el sol no se ponía jamás, así que recurría a papá. Él se había puesto el despertador a las seis de la mañana, como en casa, luego iba al gimnasio y, cuando sonaba la melodía de Michael Jackson, volvía al camarote para ducharse. Ideó un sistema en el que entraba en el baño con una muda de ropa interior limpia bajo el brazo y salía ya cambiado, para así poder acabar de vestirse en la habitación. En una ocasión dijo: «Es increíble. No encuentro mi tetera para lavados nasales por ninguna parte». Luego se iba a desayunar. Regresaba con un plato de comida para mí y una fotocopia de las seis páginas del *New York Times Digest*, en la parte superior de la cual ponía con grandes letras escritas a mano DEJAR COPIA SOLO EN RECEPCIÓN — NO LLEVAR A LA HABITACIÓN. Estaba impresa en el dorso de los menús que sobraban del día anterior. Me gustaba ver el pescado que habían servido la noche anterior, porque no me sonaba ninguno. Había nombres como austromerluza, cherna y pargo rojo. Guardé los menús por si Kennedy no me creía. Después papá, el rey de las capas, se embutía con esmero en su ropa de expedición, se embadurnaba de protector solar y labial, se ponía colirio y se marchaba.

Las lanchas de caucho negras con motor llamadas zódiacs no tardaban en llevar a los pasajeros a tierra. En cuanto salía la última, yo revivía. Me quedaba sola con las aspiradoras. Iba a la biblioteca, situada arriba del todo, donde tenía controlada una partida épica de Colonos de Catán que jugaban varios pasajeros. También había un montón de puzles, lo cual me entusiasmó porque me encantan, pero dentro de las cajas me encontraba siempre con una nota que decía: «A este puzle le faltan siete piezas» o el número que fuera, y yo pensaba, ¿qué sentido tiene intentar hacerlo? Allí había otra señora que tampoco salía nunca del barco, no sé por qué. No hablaba conmigo, enfrascada como estaba siempre en su libro de sudokus de nivel fácil. En la parte superior de cada página anotaba el lugar donde hacía el sudoku, a modo de recuerdo. En todas ponía: «Antártida». Pero yo me dedicaba más que nada a estar en la biblioteca. Se hallaba acristalada por todas partes, lo que me permitía verlo todo. Lo único que hay que saber de la Antártida es que se compone de tres franjas horizontales. La inferior corresponde al agua, que puede adquirir cualquier tonalidad entre negro y gris oscuro; la intermedia, a la tierra, que suele verse blanca o negra, y la superior, al cielo, que es de un tono gris o azul. La Antártida no posee una bandera propia, pero en caso de que la tuviera debería representarse con tres franjas horizontales en distintos tonos de gris. Si uno quisiera ir de artista, podría ponerlo todo gris, y decir que en el fondo había tres franjas de gris, correspondientes al agua, la tierra y el cielo, pero eso probablemente requeriría muchas explicaciones.

Al final, la flotilla de lanchas regresaba al barco. Yo no sabía en cuál venía papá, porque todos los pasajeros llevaban puestas las mismas parkas rojas con capucha y pantalones de nieve a juego, seguramente porque el rojo hacía que resaltaran más en contraste con el gris. Los guías iban de negro. Yo me aseguraba de estar de vuelta en el camarote cuando llegaba la primera zódiac para que papá pensara que había estado limpiando. La encargada de las habitaciones siempre me dejaba en la cama una toalla enrollada en forma de conejito, y este acababa luciendo un complemento cada día más vistoso. Primero llevaba mis gafas de sol, luego mi cinta del pelo y después una de esas tiras nasales que utilizaba papá para respirar mejor.

Papá entraba con ímpetu en el cuarto, con el frío aún en la ropa, cargado de información y de historias. Me enseñaba las fotos que había hecho y decía que no hacían justicia. Luego iba a comer y me traía algo, y después volvía a marcharse para la excursión de la tarde. Mi momento preferido era el resumen vespertino, que solía ver en la tele de la habitación. Cada día los submarinistas realizaban inmersiones para grabar en vídeo el lecho marino. Resulta que en aquellas aguas negras y hostiles había millones de criaturas a cual más extraña, como pepinos de mar vidriosos, gusanos cubiertos de elegantes púas de un palmo de largo, estrellas de mar fluorescentes y copépodos, con manchas y rayas, que parecían salidas de *El submarino amarillo*. La razón por la que no cito ninguno de estos animales por su nombre científico (cosa que tampoco haría) es porque aún no les han asignado ninguno. En la mayoría de los casos, es la primera vez que los submarinistas los ven.

Yo intentaba querer a papá y no odiarlo por su alegría fingida y la forma que tenía de vestirse. Intentaba imaginar lo que mamá había visto en él cuando era arquitecta. Intentaba ponerme en el lugar de alguien a quien hasta la más insignificante de sus acciones le parecía una auténtica delicia. Sin embargo, era triste, porque el mero hecho de pensar en él y en todos sus cachivaches siempre me daba rabia. Lamentaba haber relacionado en mi mente a papá con una chica enorme, porque, una vez que eres consciente de algo así, es difícil volver atrás.

A veces era todo tan fabuloso que no podía creer la suerte que tenía de ser quien era. Pasábamos por delante de icebergs que flotaban en medio del océano. Eran gigantescos, con extrañas formaciones esculpidas en el hielo. Resultaban tan impactantes y majestuosos que acongojaban, pero en el fondo no eran más que pedazos de hielo que no significaban nada. Había playas negras como el ébano ligeramente cubiertas de nieve, y a veces se veía algún pingüino emperador solitario, enorme, con las mejillas anaranjadas, en lo alto de un iceberg, y te preguntabas cómo habría llegado allí, o cómo saldría de allí, o si querría hacerlo. En otro iceberg tomaba el sol una foca leopardo sonriente, con pinta de inofensiva, pero en realidad es uno de los depredadores más fieros del planeta, y no tendría ningún problema en abalanzarse sobre un ser humano y arrastrarlo con sus dientes afilados hasta las aguas heladas para zarandearlo hasta despellejarlo. A veces observaba el hielo marino desde el filo del barco, con aquellas piezas blancas de puzle que nunca llegaban a encajar y aquel tintineo de copas de cóctel entrechocadas que producía en contacto con el casco. Había ballenas por todas partes. En una ocasión vi una manada de cincuenta orcas entre madres y crías, retozando en grupo mientras exhalaban con alegría, rodeadas de pingüinos que saltaban como pulgas en medio del mar oscuro antes de impulsarse para subir a un iceberg donde ponerse a salvo. Si tuviera que elegir, esa sería mi parte preferida, el modo en que los pingüinos salían disparados del agua y aterrizaban en el hielo. Casi nadie en el mundo tiene la oportunidad de ver nada de aquello, por lo que lo observaba con la presión de recordarlo con todo detalle, y de intentar buscar las palabras para describir tanta magnificencia. Entonces se me ocurría una marcianada, como la costumbre que tenía mamá de dejarme notas en la fiambrera. A veces incluía una para Kennedy, a quien su madre nunca le escribía notas, y algunas de ellas eran historias que coleaban durante semanas. Entonces me levantaba de la silla y miraba por los prismáticos a través de los ventanales de la biblioteca. Pero nunca veía a mamá por ninguna parte. No tardé en dejar de pensar en casa, y en mis amigos, porque cuando estás en un barco en plena Antártida y no se distingue el día de la noche, ¿quién eres? Supongo que lo que quiero decir con ello es que era un fantasma a bordo de un barco fantasma en medio de una tierra fantasma.

Una noche, a la hora del resumen vespertino, papá me trajo un plato de bolitas de queso y volvió a subir al salón, mientras yo me quedé a verlo en la tele. Un científico ofreció una presentación sobre el recuento de polluelos de pingüino como parte de un estudio que estaba llevándose a cabo en aquel momento. A continuación, llegó el momento de anunciar el plan para el día siguiente, que consistía en ir a Puerto Lockroy, a un puesto de avanzada militar británico de la Segunda Guerra Mundial reconvertido en museo del patrimonio antártico en el que «vivía gente» que llevaba una «tienda de regalos» y una «oficina de correos», donde nos animaron a todos a «¡comprar sellos del pingüino antártico y enviar cartas a nuestro país!».

Mi corazón comenzó a dar brincos y me puse a caminar de aquí para allá como una loca, repitiendo Oh-Dios-Oh-Dios-Oh-Dios mientras esperaba que papá apareciera por la puerta.

«Bueno, señoras y señores —dijo la voz por los altavoces—. Hasta aquí otro maravilloso resumen. El chef Issey me acaba de informar de que la cena está lista. Buen provecho.»

Subí volando al salón porque pensé que quizá encontraría allí a papá, sentado en una silla atónito, pero la reunión ya se había disuelto. Un grupo de personas bajaba por las escaleras con andar pesado. Corrí hasta el fondo y di toda la vuelta hasta el comedor. Allí estaba papá, sentado a una mesa con un hombre.

—¡Bee! —dijo—. ¿Quieres cenar con nosotros?

—Un momento, ¿es que no estabas en el resumen? —le pregunté—. ¿No has oído…?

—¡Sí! Y mira, te presento a Nick, que está estudiando las colonias de pingüinos. Me estaba explicando que siempre necesita ayudantes para contar polluelos de pingüinos.

—Hola… —En aquel momento papá me dio tanto miedo que retrocedí un paso y choqué con un camarero—. Lo siento… hola… adiós.

Di media vuelta y salí de allí tan rápido como pude.

Fui corriendo a la llamada sala de derrota, consistente en una mesa gigante con un mapa de la península Antártica extendido encima. Cada día veía a los miembros de la tripulación señalar en él la trayectoria del buque con una línea de puntos, trayectoria que los pasajeros copiaban después minuciosamente en sus mapas cuando pasaban por allí. Abrí un enorme cajón plano y encontré el mapa del viaje de mamá. Lo coloqué sobre la mesa y seguí con el dedo el recorrido de los puntos. Efectivamente, su barco había parado en Puerto Lockroy.

A la mañana siguiente, mientras papá estaba en el gimnasio, salí a cubierta. Enclavado en la costa rocosa se veía un edificio de madera negro en forma de L, como dos hoteles del Monopoly, con los contramarcos de las ventanas en blanco y los postigos de un rojo alegre. Había pingüinos desperdigados por los alrededores. El fondo del paisaje era un campo nevado sobre el que se alzaba una enorme montaña puntiaguda que sobresalía por encima de siete más pequeñas apiñadas, como Blancanieves y los siete enanitos.

Papá se había apuntado a ir en kayak con el primer grupo, y luego a Puerto Lockroy con el segundo. Esperé a que se marchara para arrancar las etiquetas de mi parka roja y mis pantalones de nieve y enfundármelos. Me mezclé con el torrente de pasajeros que bajaban las escaleras con el cuerpo rígido, como los astronautas, hasta la llamada sala de equipo de personas, un cuarto lleno de taquillas donde guardar la ropa y el calzado mojados con dos aberturas enormes a cada lado donde había amarrados muelles flotantes. Bajé por la rampa hasta una zódiac que chisporroteaba.

«¿Puerto Lockroy? —confirmó un tripulante—. ¿Ha registrado la salida?»

Me señaló un puesto con un ordenador. Pasé mi tarjeta de identificación por el escáner. Mi foto apareció de golpe en la pantalla, junto con las palabras ¡DISFRUTE DE SU TIEMPO EN TIERRA, BALAKRISHNA! Sentí que me invadía un sentimiento de irritación hacia Manjula, quien se suponía que debía haberse asegurado de que me llamaran Bee, pero entonces recordé que era un bandido de internet.

Una docena de monos rojos se metieron en la zódiac con Charlie al motor. La mayoría eran mujeres que ya habían visto suficientes pingüinos para toda una vida y sentían ya la llamada del consumismo. No hacían más que acribillar a Charlie a preguntas sobre lo que podrían comprar.

«No lo sé —respondió el naturalista, y añadió con vaguedad—: Camisetas.»

Era la primera vez que me veía allí fuera, en medio de aquellas aguas vítreas. Un viento glacial me azotaba por todas partes. Todo mi ser se encogió al instante, y, cada vez que me movía, notaba el roce frío de algún rincón del mono que aún no había entrado en contacto con mi piel, así que acabé atrapada en la inmovilidad más absoluta. Solo giraba la cabeza un poquito, lo justo para ver la costa.

Cuanto más nos acercábamos a Puerto Lockroy, tenía la extraña sensación de que más pequeño se veía el edificio, lo que hizo que me asustara por primera vez. Charlie aceleró el motor y llevó la lancha a las rocas. Salí de la embarcación rodando boca abajo sobre el enorme neumático de los costados y me quité el chaleco salvavidas. Tras abrirme paso como pude entre las grandes rocas, sorteando los cantarines pingüinos de pico rojo que vigilaban sus nidos, llegué a una rampa de madera que conducía a la entrada. Una bandera británica ondeaba con el viento frío y gris. Fui la primera del grupo en aparecer por allí, y abrí la puerta de golpe. Dos chicas en edad universitaria nos saludaron con un entusiasmo un tanto bobalicón.

«¡Bienvenidos a Puerto Lockroy!», dijeron con acento británico.

Era uno de aquellos lugares deprimentes en los que hacía tanto frío dentro como fuera. Me hallaba en una sala con las paredes pintadas de turquesa. Se trataba de la tienda de regalos, donde había vistosos estandartes colgando del techo, mesas llenas de libros, animales disecados y postales, además de cubículos de vidrio con sudaderas, gorras de béisbol y cualquier objeto donde pudiera bordarse un pingüino. De mamá no había ni rastro, pero ¿por qué habría de haber? Aquel sitio no era más que la tienda de regalos.

En la otra punta de la sala se veía una salida que conducía al resto de Port Lockroy, pero las jóvenes inglesas bloqueaban el paso. Me lo tomé con calma y me mostré interesada en los tablones de anuncios mientras los otros pasajeros prorrumpían en exclamaciones de admiración y sorpresa a medida que entraban en la tienda y veían el botín que contenía. Incluso la señora de los sudokus había salido por una vez de la biblioteca para hacer aquella excursión.

—Bienvenidos a Puerto Lockroy —decían las chicas, alternándose—. Bienvenidos a Puerto Lockroy.

Tenía la sensación de que hacía una hora ya que estábamos allí.

—¿Dónde está todo el mundo que vive aquí? —les pregunté finalmente—. ¿Dónde vivís vosotras?

—Lo tienes delante —respondió una—. Vamos a esperar a que entre todo el grupo para empezar con la charla. —Dicho esto, comenzaron otra vez—: Bienvenidos a Puerto Lockroy.

—Pero ¿dónde dormís? —quise saber.

—Bienvenidos a Puerto Lockroy. ¿Ya están todos? Oh, ahí vienen unos cuantos más.

—¿Hay una especie de comedor donde están todos los demás?

Pero las chicas siguieron con lo suyo, mirando por encima de mi cabeza.

—Bienvenidos a Puerto Lockroy. Vale, parece que ya estamos todos. —Una de ellas comenzó entonces a soltar el rollo—. Durante la Segunda Guerra Mundial, Puerto Lockroy fue un puesto de avanzada militar del ejército británico…

Se detuvo porque el grupo de turistas japoneses acababa de entrar, y con ellos, la típica confusión insustancial. Ya no aguantaba más. Me abrí paso entre las chicas inglesas.

Vi dos salas pequeñas. Al entrar en la de la izquierda, me encontré con un centro de control anticuado con mesas y aparatos oxidados llenos de botones y cuadrantes, pero no había nadie. En la otra punta de la sala vi una puerta con un letrero que decía NO ABRIR. Pasé por delante de una pared llena de libros deteriorados y abrí la puerta. Una luz cegadora me tiró hacia atrás: daba afuera, a un campo nevado. Cerré la puerta y retrocedí hasta la otra sala.

—En 1996, la Fundación para el Patrimonio Antártico del Reino Unido financió la transformación de Puerto Lockroy en un museo viviente —estaba explicando una de las chicas.

La segunda sala era una cocina, con fogones oxidados y estantes llenos de extraños alimentos racionados y latas de comida británica. También había una puerta con el letrero de NO ABRIR. Fui corriendo hasta ella y la abrí de un tirón. Otra vez… aquel impacto deslumbrante de un paisaje nevado.

Cerré la puerta rápidamente. Cuando los ojos se me acostumbraron de nuevo a la luz del interior, volví a la sala central e intenté poner orden en mi cabeza. Vale, solo había tres puertas. La principal, por donde habíamos entrado, y aquellas dos que daban al exterior…

—Durante la guerra, Puerto Lockroy fue el lugar donde se desarrolló la operación Tabarin… —continuaron las chicas.

—No entiendo —les interrumpí—. ¿Cuántas personas viven aquí?

—Solo nosotras dos.

—Pero ¿dónde vivís físicamente? —pregunté—. ¿Dónde dormís?

—Aquí.

—¿Cómo que «aquí»?

—Desplegamos los sacos de dormir en la tienda de regalos.

—¿Y dónde hacéis vuestras necesidades?

—Fuera…

—¿Dónde laváis la ropa?

—Bueno, es que…

—¿Dónde os ducháis?

—Así es como viven —me soltó una turista. Era una señora pecosa, de ojos azules y pelo rubio entrecano—. No seas maleducada. Estas chicas han venido a pasar tres meses aquí y hacen pis en una lata porque forma parte de la aventura.

—¿De verdad que solo estáis las dos? —insistí con voz débil.

—Y los pasajeros de los barcos como vosotros que vienen a visitarnos.

—¿Así que no hay nadie, por ejemplo, que haya abandonado uno de los barcos para quedarse a vivir aquí con vosotras…?

El mero hecho de oír las palabras que salían por mi boca y también la idea de que mamá pudiera estar allí esperando mi llegada me parecieron tan infantiles que de repente me puse a llorar como una niña. A la humillación que sentía en aquel momento se sumó el enfado que tenía conmigo misma por dar rienda suelta a mis esperanzas como una tonta. Los mocos me corrieron por la cara, se me metieron en la boca y me cayeron por la barbilla hasta mi nueva parka roja, con la que estaba entusiasmada porque podíamos quedárnosla.

—¡Dios mío! —exclamó la señora pecosa—. Pero ¿qué le pasa?

Yo no podía dejar de llorar. Estaba atrapada en una especie de atracción de feria llena de comida de supervivencia, fotografías de Doris Day, cajas de whisky, una lata oxidada de cereales de tiempos de Maricastaña, máquinas de código Morse, calzones abiertos por detrás tendidos de una cuerda y baberos en los que ponía CLUB DE PLAYA DE LA ANTÁRTIDA. Charlie, con el mentón pegado al pecho, hablaba por la radio que llevaba sujeta a la parka. Un montón de señoras preocupadas preguntaban «¿Qué ocurre?», algo que ahora ya sé decir en japonés: «Anata wa daijōbudesu?».

Me abrí paso como pude entre la piña de gente enfundada en nailon y conseguí llegar a la puerta principal. Bajé por la rampa a trompicones y, cuando llegué abajo, trepé por unas rocas para alejarme cuanto me fue posible antes de detenerme en una pequeña cala. Miré atrás y no vi a nadie. Me senté para recobrar el aliento. Había un elefante marino, envuelto en su propia grasa, tumbado de costado sin hacer nada. Me pregunté si sería capaz de moverse. Sus ojos eran como dos enormes botones negros que rezumaban lágrimas negras. De la nariz también le salía una sustancia negra. Mi aliento formaba un halo denso. El frío me dejó agarrotada. No sabía si podría volver a moverme. La Antártida era un lugar realmente espantoso.

—¿Bee, cariño? —Era papá—. Gracias —le dijo en voz baja a una señora japonesa que le había conducido hasta mí.

Se sentó y me pasó un pañuelo.

—Pensaba que estaría aquí, papá.

—Entiendo que hayas podido pensar eso —dijo.

Lloré un poco, pero luego paré. Aun así, siguió oyéndose un llanto. Era papá.

—Yo también la echo de menos, Bee. —Su pecho daba violentas sacudidas. Llorar no era su fuerte—. Sé que crees que tienes el monopolio de la añoranza por ella. Pero mamá era mi mejor amiga.

—Para mí sí que era mi mejor amiga —dije.

—Yo la conocía desde hacía más tiempo. —Ni siquiera pretendía ser gracioso.

Al ver llorar a papá, pensé que no podíamos estar los dos sentados en unas rocas de la Antártida, hechos un mar de lágrimas.

—Todo va a ir bien, papá.

—Tienes toda la razón —dijo, sonándose la nariz—. Todo empezó con esa carta que le envié a la doctora Kurtz. Solo intentaba buscar ayuda para mamá. Tienes que creerme.

—Te creo.

—Eres estupenda, Bee. Siempre lo has sido. Eres nuestro mayor logro.

—Ya será menos.

—Lo digo en serio. —Me rodeó con el brazo y me atrajo hacia él. Mi hombro encajaba a la perfección bajo su hombro. Podía sentir ya el calor de su axila. Me acurruqué más contra él—. Toma, prueba esto.

Papá metió la mano bajo la parka y sacó dos de aquellas galletas caloríficas que calentaban los bolsillos. Di un alarido de lo bien que me sentaron.

—Sé que este viaje ha sido duro para ti —dijo papá—. No es como lo habías imaginado. —Y, soltando un gran suspiro sensiblero, añadió—: Siento que tuvieras que leer todos esos documentos, Bee. No iban dirigidos a ti. No eran algo que un adolescente debería verse obligado a leer.

—Me alegro de haberlo hecho.

No sabía que mamá hubiera tenido todos aquellos bebés. Me hizo sentir como si todos ellos fueran niños que mamá habría preferido tener, y a los que amaba tanto como a mí, pero yo era la única que vivía y había salido malparada, por culpa de mi corazón.

—Paul Jellinek tenía razón —dijo papá—. Es un gran hombre, un verdadero amigo. Me gustaría que fuéramos un día a visitarlo a Los Ángeles. Era quien mejor conocía a Bernadette. Veía que ella necesitaba crear.

—O se convertiría en una amenaza para la sociedad —dije.

—Ahí es donde fallé realmente a tu madre —confesó papá—. Era una artista que había dejado de crear. Yo debería haber hecho todo lo posible para que volviera a crear.

—¿Y por qué no lo hiciste?

—No sabía cómo hacerlo. Intentar ayudar a un artista a que cree… es una empresa titánica. Yo me dedico a escribir código. No lo entendía. Y sigo sin entenderlo. Te diré más, había olvidado, hasta que leí el artículo de *Artforum*, que utilizamos el dinero de la beca MacArthur de mamá para comprar Straight Gate. Es como si las esperanzas y los sueños de Bernadette se desmoronaran literalmente a nuestro alrededor.

—No sé por qué todo el mundo le tiene tanta manía a nuestra casa —dije.

—¿Has oído hablar alguna vez del cerebro como un mecanismo de descarte?

—No.

—Pongamos por caso que te hacen un regalo, y al abrirlo ves que es un fabuloso collar de diamantes. En un primer momento, estás loca de alegría y das botes de entusiasmo. Al día siguiente, el collar sigue haciéndote feliz, pero no tanto. Al cabo de un año, ves el collar y piensas, bah, esa antigualla. Lo mismo ocurre con las emociones negativas. Digamos, por ejemplo, que tienes una grieta en el parabrisas y te molesta mucho. ¡Oh no, mi parabrisas, está destrozado, casi no veo a través del cristal, esto es una tragedia! Pero como el dinero no te llega para arreglarlo, conduces con el parabrisas rajado. Al cabo de un mes alguien te pregunta qué le ha pasado a tu parabrisas, y tú le respondes: «¿A qué te refieres?». Eso es porque tu cerebro lo ha «descartado».

—La primera vez que entré en casa de Kennedy, noté aquel pestazo que hay siempre en su casa por la costumbre que tiene su madre de freír pescado —expliqué—. Cuando le pregunté a Kennedy qué era aquel olor tan asqueroso, me respondió, toda extrañada: «¿Qué olor?».

—Exacto —dijo papá—. ¿Sabes por qué hace eso el cerebro?

—Ni idea.

—Por una cuestión de supervivencia. Hay que estar preparado para nuevas experiencias porque a menudo indican peligro. Si vives en una selva llena de flores aromáticas, tienes que dejar de embelesarte tanto con su agradable fragancia, porque de lo contrario no podrías oler un depredador. Por eso el cerebro se considera un mecanismo de descarte. Se trata literalmente de una cuestión de supervivencia.

—Eso mola.

—Lo mismo ocurre con Straight Gate —añadió—. Hemos descartado los boquetes del techo, las humedades del suelo, las habitaciones acordonadas. Odio tener que decírtelo, pero así no vive la gente.

—Así vivíamos nosotros —repuse.

—En efecto, así vivíamos.

Pasó un largo rato, lo cual estuvo bien. Solo estábamos nosotros, el elefante marino y el ruido que hizo papá al sacar su protector labial.

—Éramos como los Beatles, papá.

—Ya sé que piensas eso, cielo.

—Lo digo en serio. Mamá es John, tú eres Paul, yo soy George y Helado es Ringo.

—Helado —dijo papá, riendo.

—Helado —repetí yo—. Resentida con el pasado, temerosa del futuro.

—¿Qué es eso? —preguntó papá, frotándose los labios entre sí.

—Algo que leyó mamá en un libro sobre Ringo Starr. Dicen que hoy día se siente así, resentido con el pasado y temeroso del futuro. Nunca había visto a mamá reír tan fuerte. Cada vez que veíamos a Helado ahí sentada, con la boca abierta, decíamos: «Pobre Helado, resentida con el pasado, temerosa del futuro».

En el rostro de papá se dibujó una gran sonrisa.

—Soo-Lin —comencé a decir, pero ya solo con pronunciar su nombre se me hacía difícil seguir hablando—. Es maja. Pero es como la caca en el estofado.

—¿La caca en el estofado? —dijo papá.

—Imaginemos que haces un estofado —le expliqué—, y te ha salido tan rico que tienes ganas de comértelo, ¿vale?

—Vale.

—Y entonces vas y le echas un poquito de caca. Aunque solo sea una pizquita de nada, y lo mezclas todo muy bien, ¿te apetecerá comértelo?

—No —respondió papá.

—Pues eso es Soo-Lin. Caca en el estofado.

—Bueno, creo que eso no es justo —dijo.

Y no tuvimos más remedio que echarnos a reír.

Fue la primera vez durante todo el viaje que me permití mirar de verdad a papá. Llevaba puestas unas orejeras de forro polar y óxido de zinc en la nariz. El resto de la cara le brillaba por la crema solar y la hidratante. Iba con unas gafas de sol de montañero con protectores laterales. No se veía qué cristal llevaba tapado, ya que el otro era igual de oscuro. La verdad es que no había nada en él que inspirara odio.

—Para tu información, te diré que no eres la única que tiene ideas descabelladas sobre lo que le ocurrió a mamá —admitió papá—. Pensé que quizá hubiera desembarcado y, al verme con Soo-Lin, se las arregló para esquivarnos. ¿Y sabes lo que hice?

—¿Qué?

—Contraté a un cazador de recompensas de Seattle para que fuera a Ushuaia a buscarla.

—¿En serio? ¿Un cazador de recompensas auténtico?

—Son expertos en encontrar a personas desaparecidas lejos de su hogar —explicó papá—. Me lo recomendó alguien del trabajo. Se pasó dos semanas en Ushuaia buscando a Bernadette, controlando los barcos que entraban y salían del puerto, los hoteles. No encontró nada. Y entonces recibimos el informe del capitán.

—Ya —dije.

—Bee —me dijo con tacto—. Tengo que decirte algo. ¿Te has fijado en que no me desespera la idea de no poder tener acceso al correo electrónico estando aquí?

—La verdad es que no.

Me sentí mal porque hasta entonces no fui consciente de que no había pensado en papá en absoluto. Era cierto, normalmente no puede pasar sin su correo electrónico.

—Se va a producir una reorganización a gran escala que probablemente estén anunciando ahora, mientras nosotros estamos aquí sentados. —Papá se miró el reloj—. ¿Hoy es día diez?

—No lo sé —respondí—. Es posible.

—A partir del día diez, Samantha 2 queda cancelado.

—¿Cancelado? —Ni siquiera sabía lo que podía implicar esa palabra.

—Se ha acabado. Van a incorporarnos a juegos.

—¿Te refieres a la Xbox, por ejemplo?

—Más o menos —dijo—. El hospital Walter Reed se ha retirado del proyecto por recortes presupuestarios. En Microsoft, no eres nada si no llegas a la fase de distribución. Si Samantha 2 pasa a estar por debajo de los juegos, al menos podrán distribuir millones de unidades.

—¿Y todos esos parapléjicos con los que has estado trabajando?

—Estoy en conversaciones con la Universidad de Washington —contestó papá—. Confío en que podamos continuar nuestra labor allí. Es complicado, porque Microsoft posee las patentes.

—Creía que eran tuyas.

—Los cubos conmemorativos sí que son míos, pero las patentes son de Microsoft.

—O sea, ¿que vas a dejar Microsoft?

—Ya he dejado Microsoft. Entregué mi tarjeta de identificación la semana pasada.

Nunca había visto a papá sin aquella tarjeta. Una tristeza terrible me invadió hasta rebosarme de tal manera que temí explotar de tristeza.

—Qué raro me resulta eso —fue lo único que pude decir.

—¿Te parece un buen momento para que te cuente algo aún más raro? —me preguntó.

—Supongo que sí —dije.

—Soo-Lin está embarazada.

—¿Cómo?

—Eres demasiado joven para entender este tipo de cosas, pero solo fue una noche. Yo había bebido más de la cuenta. Desde el momento en que empezó, ya había terminado. Sé que eso parecerá muy... ¿qué palabra utilizarías tú... asqueroso?

—Yo nunca digo asqueroso —repliqué.

—Si lo acabas de decir —repuso papá—. Es como has descrito el olor de la casa de Kennedy.

—¿De verdad está embarazada? —pregunté.

—Ajá. —Pobre hombre, parecía que fuera a vomitar.

—Vamos, que tu vida es un desastre —dije. Lo siento, pero me salió de tal manera que me hizo sonreír.

—No puedo decir que no se me haya ocurrido verlo así —dijo papá—. Pero intento no pensar de ese modo. Intento enmarcar mi vida en un contexto diferente. Nuestras vidas, la tuya y la mía.

—¿Así que Lincoln y Alexandra y yo vamos a tener el mismo hermano o hermana?

—Pues sí.

—Eso sí que es una marcianada.

—¡Marcianada! —exclamó papá—. Siempre he detestado que utilizaras esa palabra. Pero la verdad es que es una marcianada.

—Papá, el otro día la llamé Yoko Ono porque fue ella quien separó a los Beatles, no porque sea asiática. Lo siento.

—Ya lo sé.

Se agradecía que estuviera allí aquel elefante marino de mirada boba, porque podíamos quedarnos los dos observándolo sin más. Pero a papá le dio entonces por ponerse colirio.

—Papá —dije—. De verdad que no quiero herir tus sentimientos, pero…

—Pero ¿qué?

—Que tienes tantos chismes que ya he perdido la cuenta.

—Es una suerte que tú no los necesites, ¿no?

Tras quedarnos callados un momento, dije:

—Creo que lo que más me gusta de la Antártida es contemplar el paisaje.

—¿Sabes por qué? —preguntó papá—. Cuando los ojos enfocan el horizonte sin forzar la vista durante un período de tiempo prolongado, el cerebro libera endorfinas. Es lo mismo que el llamado «subidón del corredor». Hoy día nos pasamos la vida frente a una pantalla de doce pulgadas. Es un cambio agradable.

—Tengo una idea —dije—. Deberías inventar una aplicación para que, cuando te quedas mirando el teléfono, hagas creer al cerebro que lo que tiene delante es el horizonte y así poder experimentar el subidón del corredor mientras mandas un mensaje de texto.

—¿Qué acabas de decir? —preguntó papá, girando la cabeza hacia mí, con las neuronas a toda marcha.

—¡Fijo que piensas robarme la idea! —dije, dándole un empujón.

—Date por avisada.

Solté un gruñido y lo dejé ahí. Luego vino Charlie y nos dijo que teníamos que volver.

Durante el desayuno, Nick, el contador de pingüinos, me preguntó otra vez si quería ser su ayudante, una idea que me parecía divertida, la verdad. Tuvimos que salir antes que los demás, en una zódiac para nosotros solos. Nick me dejó ponerme junto al motor fuera borda y llevar el timón. La mejor manera de describir a Nick sería decir que carecía de personalidad, lo cual suena mezquino, pero no deja de ser cierto. Lo más cerca que le vi de tener personalidad fue cuando me dijo que escudriñara el horizonte en toda su amplitud, como un reflector, de un lado a otro, de un lado a otro. Me contó que, después de estar por primera vez en aquellas latitudes llevando una zódiac, en cuanto volvió a casa, tuvo un accidente de coche porque no hacía más que mirar de izquierda a derecha, de izquierda a derecha, y al final acabó chocando contra la parte trasera del vehículo que tenía delante. Pero eso no es tener personalidad, es tener un accidente de coche.

Me dejó en una colonia de pingüinos de Adelia y me dio una tablilla con sujetapapeles con un mapa por satélite señalado con varias fronteras. Aquel trabajo era el seguimiento de un estudio realizado un mes atrás en que otro científico había contado los huevos. Mi labor consistía en ver cuántos polluelos habían conseguido salir del cascarón. Nick evaluó la situación de la colonia.

—Parece que la reproducción ha fracasado por completo —observó, encogiéndose de hombros.

Me chocó la indiferencia con la que lo dijo.

—¿Cómo que ha fracasado por completo?

—Los pingüinos de Adelia están programados para poner sus huevos exactamente en el mismo lugar cada año —explicó—. Como el invierno se ha retrasado, sus zonas de nidificación seguían cubiertas de nieve cuando hicieron los nidos. Así que parece que no hay polluelos.

—Pero ¿cómo puedes llegar a esa conclusión? —le pregunté, pues yo era incapaz de ver algo así.

—Dímelo tú —respondió—. Observa su comportamiento y dime lo que ves.

Me dejó con un contador manual y se fue a analizar otra colonia, diciéndome que regresaría al cabo de dos horas. Los de Adelia son quizá los pingüinos más monos de todos. Tienen la cabeza completamente negra salvo por unos círculos blancos perfectos, a modo de refuerzo, alrededor de sus diminutos ojos negros. Comencé por la esquina superior izquierda y fui pulsando el contador cada vez que veía una bola de pelusa gris sobresaliendo entre los pies de un pingüino. Clic, clic, clic. Subía hasta lo más alto de la zona delimitada en el mapa para luego bajar hasta la otra punta y volver a subir. Tenía que asegurarme de no contar el mismo nido dos veces; algo casi imposible, ya que no estaban en una cuadrícula ordenada. Cuando acabé el recuento, lo hice de nuevo y me salió el mismo número.

Lo que me sorprendió de los pingüinos es que no tienen el pecho totalmente blanco, sino cubierto de manchas de color verde y melocotón, por el vómito compuesto por una mezcla de algas y camarones antárticos medio digerida que les salpica cuando alimentan a sus polluelos. Otra característica de los pingüinos es ¡lo mal que huelen! Y lo ruidosos que son. A veces emiten un arrullo muy relajante, pero por lo general gritan. Los que yo vi se pasaron la mayor parte del tiempo caminando de aquí para allá como un pato y saltando sigilosamente de una roca a otra, para luego enzarzarse en unas peleas violentas en las que se daban picotazos hasta hacerse sangre.

Subí a lo alto de las rocas para contemplar el paisaje. Allí donde mirara había hielo, en todas las formas posibles, glaciares, hielo rápido, icebergs, placas de hielo en el agua en calma. El aire era tan frío y limpio que incluso a cierta distancia el hielo se veía nítido y afilado como si lo tuviera justo enfrente. La inmensidad de todo ello, la paz, la quietud, el silencio enorme… en fin, que podría haberme quedado una eternidad allí sentada.

—¿Qué comportamiento has observado? —me preguntó Nick cuando regresó.

—Los pingüinos que se han pasado casi todo el rato peleando eran los que no tenían crías —dije.

—Ahí lo tienes.

—Es como si lo que les tocara fuera cuidar de sus polluelos, pero, como no tienen, no saben qué hacer con toda su energía. Y se dedican a pelearse entre ellos.

—Me gusta esa teoría. —Nick revisó mi trabajo—. Tiene buena pinta. Necesito que me des un autógrafo.

Firmé al pie para corroborar que era la científica.

Cuando Nick y yo regresamos al barco, papá estaba en la sala de equipo, quitándose capas. Al pasar la tarjeta de identificación por el escáner, me pitó y salió un mensaje en la pantalla: BALAKRISHNA, CONSULTE AL RESPONSABLE. Hummm. La pasé otra vez, y volvió a pitar.

—Eso es porque no has fichado al salir —dijo Nick—. En teoría, es como si no te hubieras movido del barco.

«Bueno, señoras y señores —dijo la voz de megafonía, seguida de la larga pausa habitual—. Esperamos que hayan disfrutado de la excursión de la mañana y que vengan con hambre para degustar el asado argentino que están sirviendo ya en el comedor.»

Yo subía ya por las escaleras cuando me di cuenta de que papá no venía conmigo. Estaba junto al escáner, con cara de extrañado.

—¡Papá!

Sabía que todo el mundo iría corriendo a hacer cola en el bufet y no quería quedarme la última.

—Ya voy, ya voy.

Papá reaccionó y conseguimos adelantar al gentío que desfilaba hacia el comedor.

Aquella tarde no hubo excursión porque teníamos que cubrir una enorme distancia y no había tiempo para hacer una parada. Papá y yo fuimos a la biblioteca para jugar a algo.

Nick nos encontró allí. Me pasó unos papeles.

—Son copias de tus datos, y de los anteriores, por si te interesan.

Puede que aquella fuera su personalidad, la de un tipo majo.

—¡Qué puntazo! —dije—. ¿Quieres jugar con nosotros?

—No —contestó—. Tengo que recoger mis cosas.

—Mala suerte —dijo papá—. Porque me gustaría mucho jugar al Risk, pero necesitamos tres jugadores.

—Ya jugaremos nosotras con ustedes —dijo una voz femenina con acento británico.

¡Era una de las dos jóvenes de Puerto Lockroy! La otra chica y ella llevaban pegada a la camisa una etiqueta con su nombre escrito a mano y la frase PREGÚNTEME POR PUERTO LOCKROY. Estaban recién duchadas y lucían una sonrisa de oreja a oreja en sus rostros radiantes.

—¿Qué hacéis vosotras aquí? —pregunté.

—No hay ningún barco que tenga programado visitar Puerto Lockroy en los dos próximos días —respondió Vivian.

—Así que el capitán nos ha dicho que podíamos pasar la noche en el *Allegra* —explicó Iris.

Ambas tenían tantas ganas de hablar que eran como dos pilotos de carreras compitiendo por cortarse la una a la otra. Sería por la falta de compañía de alguien más.

—¿Cómo vais a volver? —quise saber.

—Ha habido un cambio de planes que tiene que ver con Nick… —comenzó Vivian.

—Por eso no hay excursión esta tarde —terminó de explicar Iris.

—El *Allegra* tiene que llevarlo a Palmer —dijo Vivian.

—Así que acabaremos cruzándonos con el otro barco que visita Puerto Lockroy, y Vivian y yo pasaremos a ese…

—Aunque a las compañías de cruceros les gusta mantener estas cosas en secreto…

—Les gusta dar a los pasajeros la impresión de que están ellos solos en el vasto océano Antártico, por eso estas maniobras solo se hacen en plena noche…

—¡Y te alegrará saber que nos hemos duchado! —exclamó Vivian, y ambas soltaron unas risitas, poniendo fin a aquella disputa por ver quién hablaba más de las dos.

—Lo siento mucho si he sido maleducada —me disculpé.

Me volví hacia papá, pero vi que se dirigía al puente de mando. No lo llamé porque papá sabe cuál es mi estrategia en el Risk. Consiste en ocupar Australia desde el principio. Aunque Australia es un territorio pequeño, solo tiene una vía de entrada y salida, así que cuando llega la hora de conquistar el mundo entero, si no tienes Australia, te metes allí y tu ejército se queda atrapado hasta el siguiente turno. En ese caso, el jugador que va detrás de ti puede zamparse las tropas sueltas que has ido dejando por el camino. Enseguida hice que las tres eligiéramos un color y distribuyéramos nuestros ejércitos antes de que papá volviera. En mis primeros cuatro turnos me hice con Australia.

Me divertí de lo lindo jugando al Risk con aquellas chicas porque nunca había visto a dos personas tan contentas. Lo que hace una ducha caliente y mear en un váter en condiciones. Vivian e Iris me contaron una historia curiosa sobre un día que estaban sentadas en Puerto Lockroy entre transatlánticos y de repente llegó un yate de lujo enorme que por lo visto era el de Paul Allen, el *Octopus*, del que bajaron Tom Hanks y el cofundador de Microsoft en persona y les pidieron hacer una visita. Les pregunté a las chicas si se ducharon en el *Octopus*, pero me dijeron que les dio demasiado reparo plantearlo.

La señora pecosa que me había llamado maleducada en Puerto Lockroy se sentó con un libro y me vio con Vivian e Iris riendo como si nos conociéramos de toda la vida.

—Hooola —le dije, como un enorme gato sonriente.

Antes de que pudiera responderme, la voz de megafonía dijo: «Bueno, señoras y señores, buenas noches». Era para anunciar la presencia de un grupo de ballenas a estribor, cosa que yo ya había visto. A aquel le siguieron unos cuantos anuncios más, para informar de una charla sobre fotografía, de la cena y luego de *La marcha de los pingüinos*, pero, como no queríamos interrumpir la partida, nos turnamos para ir a buscar platos de comida que subíamos corriendo del comedor a la biblioteca. Con cada anuncio, papá aparecía al otro lado de la ventana y me hacía una señal de aprobación con el pulgar en alto, gesto que yo le devolvía. El sol seguía resplandeciendo en el horizonte, de modo que la única manera de calcular el paso del tiempo era el flujo de personas que iban abandonando la biblioteca. Papá dejó de aparecer enseguida, y al final nos quedamos las tres solas jugando al Risk. Debieron de pasar horas. Solo estábamos nosotras y los empleados de la limpieza. Pareció haber otro anuncio por megafonía, pero no estaba segura porque con el ruido de la aspiradora no oía bien. Entonces aparecieron en cubierta unos cuantos pasajeros en pijama con cara de dormidos, cámara en mano.

—¿Qué ocurre? —pregunté.

Eran las dos de la madrugada.

—Ah, debemos de estar en Palmer —respondió Vivian, haciendo revolotear la mano en el aire.

Le tocaba jugar a ella, y estaba convencida de que iba a apoderarse de Europa.

Apareció más gente en cubierta, pero me resultaba imposible ver nada por encima de sus cabezas. Al final, me subí a la silla.

—¡Dios mío!

Había una pequeña ciudad, si es que se puede llamar ciudad a un puñado de contenedores de carga y un par de edificios de chapa.

—¿Qué es ese lugar?

—Es Palmer —contestó Iris.

Palmer era el nombre abreviado con que se conocía la Base Palmer. Cuando Nick dijo que tenía que recoger sus cosas, e Iris comentó que íbamos a dejarlo en Palmer, supuse que iría a contar pingüinos a una isla.

—Es donde está destinado Nick durante el próximo mes —explicó Vivian.

Yo lo sabía todo acerca de los tres lugares de la Antártida donde pueden vivir los estadounidenses. Uno es la Base McMurdo, que parece un horrible vertedero con un millar de habitantes. También está el Polo Sur, naturalmente, situado tierra adentro, a tal distancia de la costa que resulta imposible llegar hasta allí, donde viven veinte personas. Y la base Palmer, con unas cuarenta y cinco personas. En los tres casos, la población residente está compuesta por científicos y personal de apoyo. Pero yo había consultado el cuarto de derrota y le había preguntado al capitán, y me constaba que el *Allegra* nunca hacía escala en la Base Palmer.

Con todo, allí estábamos.

—¿Vamos a bajar? —le pregunté a las chicas.

—Oh, no —dijo Iris.

—Solo van los científicos —añadió Vivian—. Llevan a cabo una operación muy específica.

Salí corriendo a cubierta. Unas cuantas zódiacs recorrían de un lado a otro los doscientos metros que separaban el barco de la base. Nick se alejaba de nosotros en una zódiac abarrotada de refrigeradores y cajas de comida.

—¿Quiénes son esas personas que vienen al barco? —me pregunté en voz alta.

—Es una tradición. —Charlie el naturalista estaba a mi lado—. Dejamos que los científicos de Palmer suban a bordo a tomar algo.

Debí de poner una cara de lo más expresiva, porque Charlie se apresuró a añadir:

—Para nada. La gente tiene que esperar cinco años, desde que presentan la solicitud, para venir a Palmer. Hay muy pocas camas y provisiones. A ninguna madre de Seattle se le antojaría acabar en un sitio así. Siento ser así, pero es lo que hay.

—¡Bee! —susurró una voz de loco. Era papá. Yo pensaba que estaría durmiendo porque eran las dos de la madrugada. Antes de que quisiera darme cuenta, estaba llevándome escaleras abajo—. He comenzado a darle vueltas a la cabeza cuando la tarjeta de identificación no te ha pasado por el escáner —me explicó con voz temblorosa—. ¿Y si Bernadette bajó del barco pero «no fichó al salir»? Según su tarjeta, seguiría aún a bordo, por lo que sería lógico que todo el mundo pensara que había desaparecido del barco. Pero si desembarcó en alguna parte sin registrar la salida, es posible que aún esté aquí.

Papá abrió de golpe la puerta del salón, que estaba llenándose de gente con semblante malhumorado, científicos de la Base Palmer.

—El último lugar en que mamá desembarcó fue el puerto de Neko —dije, tratando de atar cabos—. Y luego volvió a bordo.

—Eso según el registro de su tarjeta —insistió papá—. Pero ¿y si después salió a escondidas del barco? ¿Sin pasar por el escáner al salir? Yo estaba ahora mismo en la barra, y una señora ha venido y ha pedido un pingüino rosa.

—¿Un pingüino rosa?

Comenzó a temblarme el corazón. Era la bebida que se mencionaba en el informe del capitán.

—Resulta que esa señora es científica en la Base Palmer —explicó papá—. Y el pingüino rosa es la bebida oficial de los que viven aquí.

Observé el rostro de los recién llegados. Se veían jóvenes y dejados, con pinta de trabajar todos en REI, y risueños. No vi la cara de mamá entre ellos.

—Mira ese lugar —dijo papá—. No sabía que existiera.

Me puse de rodillas encima de un asiento situado junto a la ventana y miré afuera. Una serie de pasarelas rojas conectaban los edificios de chapa azules. Había unos cuantos postes de electricidad aquí y allá, y un depósito de agua en el que había pintada una orca. Cerca de la costa se veía un barco naranja gigantesco que no se parecía en nada a un crucero, sino más bien a uno de esos buques que siempre están en la bahía de Elliott.

—Según la mujer, la Base Palmer es el destino más solicitado en toda la Antártida —explicó papá—. Si hasta tienen un chef que se formó en Le Cordon Bleu, imagínate.

Desde allí arriba se veía un ir y venir de zódiacs entre nuestro barco y la costa rocosa. En una de las lanchas había un maniquí de Elvis, que los naturalistas estaban grabando en vídeo entre gritos y risotadas. A saber. Sería una broma entre ellos.

—Así que los pingüinos rosas que se mencionaban en el informe del capitán… —dije, absorta aún en mis cavilaciones.

—No eran para Bernadette —afirmó papá—. Debían de ser para un científico, como Nick, que iban a dejar en la Base Palmer y que se hizo amigo de ella.

Yo seguía atascada en un pensamiento.

—Pero el barco de mamá no llegó siquiera a pasar cerca de la Base Palmer… —Entonces caí en la cuenta—. ¡Ya sé cómo podemos comprobarlo!

Salí corriendo del salón y bajé las escaleras en dirección a la sala de derrota, con papá a la zaga. Sobre el tablero de madera reluciente estaba el mapa de la península Antártica, con la línea de puntitos rojos que mostraba nuestra travesía. Abrí el cajón y hojeé los mapas hasta que di con el que tenía fecha del 26 de diciembre.

—Este es el viaje que hizo mamá.

Extendí el mapa sobre la mesa y sujeté las esquinas con pesos de latón.

Seguí con el dedo el recorrido de la línea roja correspondiente a la travesía de mamá. Partiendo de Tierra del Fuego, el *Allegra* había hecho escala en la isla Decepción, igual que nosotros. A continuación, la trayectoria describía una curva ascendente que bordeaba la península Antártica y se adentraba en el mar de Weddell para luego volver hacia el puerto de Neko e isla Adelaida, pero después daba media vuelta y regresaba a través del estrecho de Bransfield hasta la isla Rey Jorge para dirigirse finalmente a Ushuaia.

—Su barco no llegó a acercarse a la Base Palmer.

No cabía la menor duda.

—¿Qué son esas cosas?

Papá señaló unas rayas grises que se cruzaban con la línea de puntitos rojos. Se repetían en tres zonas distintas.

—Una corriente o algo así —supuse.

—No… esto no son corrientes —dijo papá—. Mira, cada una de ellas tiene un símbolo… —Era cierto. En aquellas líneas grises había un copo de nieve, una campana y un triángulo—. Tiene que haber una leyenda…

La había, en la esquina inferior izquierda. Al lado de dichos símbolos figuraban las palabras SITKA STAR SOUTH, LAURENCE M. GOULD Y ANTARTIC AVALON.

—Me suena el nombre de Laurence M. Gould —dije.

—Parecen nombres de barcos —observó papá.

—¿De qué me sonará…?

—¿Bee? —dijo papá con una sonrisa de oreja a oreja—. Mira ahí afuera.

Al levantar la cabeza, vi a través de la ventana aquel buque enorme, con el casco todo naranja, sobre el que resaltaban unas letras mayúsculas de imprenta en color azul: RV LAURENCE M. GOULD.

—Lo de RV significa buque de investigación —aclaró papá—. Ese barco se cruzó con el de mamá, y mira dónde está ahora.

Me daba miedo decir lo que pensaba.

—¡Está aquí, Bee! —exclamó papá—. Mamá está aquí.

—¡Corre! —dije—. ¡Vamos a preguntar a una de esas personas que hay en el salón…!

Papá me agarró del brazo.

—¡No! —contestó—. Si mamá se entera, puede que se esfume otra vez como por arte de magia.

—Papá, estamos en la Antártida. ¿Adónde podría ir?

Me miró como preguntándome: «¿Hablas en serio?».

—Vale, vale, vale —dije—. Pero los turistas no tienen permitido desembarcar. ¿Cómo vamos a…?

—Vamos a robar una zódiac —respondió papá—. Tenemos exactamente cuarenta minutos.

Fue entonces cuando me fijé en que papá llevaba nuestras parkas rojas. Me cogió de la mano y bajamos uno, dos, tres niveles hasta que llegamos a la sala de equipo.

—¿Qué, cómo va la noche? —nos preguntó una chica desde detrás del mostrador—. ¿O ya es por la mañana? ¡Sí que lo es! —Y se puso de nuevo con su papeleo.

—Vamos a volver arriba —dijo papá en voz alta.

Yo lo empujé detrás de una hilera de taquillas.

—Dame las chaquetas. —Las metí en una taquilla vacía y lo llevé después a la zona reservada para la tripulación, donde había estado con Nick. En la pared había colgada una fila de parkas negras—. Ponte una de esas —le dije en voz baja.

Me acerqué con aire despreocupado hasta el muelle flotante, donde había amarrada una zódiac. El único miembro de la tripu-

320

lación que había allí era un filipino. En su etiqueta de identificación ponía JACKO.

—He oído decir a uno de los marineros que el barco está recibiendo señales por satélite de la Base Palmer —le expliqué—, así que están todos en el puente de mando, llamando a casa gratis.

Jacko entró corriendo y desapareció escaleras arriba, subiéndolas de dos en dos.

—¡Ya! —le indiqué a papá en un susurro.

Me enfundé la parka de un tripulante que me quedaba enorme y me subí las mangas largas. Cogimos dos chalecos salvavidas y saltamos a una zódiac. Solté el cabo de la cornamusa y apreté un botón del motor, que cobró vida con un petardeo. Nos alejamos del *Allegra* y nos adentramos en las aguas negras brillantes.

Volví la vista. Aún había unos cuantos pasajeros haciendo fotos en cubierta, pero la mayoría ya había entrado en el barco. Vi a la señora de los sudokus en la biblioteca, y a Iris y Vivian sentadas a la misma mesa en la que habíamos estado jugando al Risk, mirando por la ventana. La mayoría de los camarotes tenían los estores bajados. En teoría, papá y yo seguíamos a bordo tan ricamente.

—Agáchate —me dijo papá al ver acercarse una zódiac en dirección a nosotros—. Eres mucho más baja que cualquiera de los que están por aquí. —Se puso delante del motor y agarró el bastón de mando—. Agáchate más —insistió—. Que no se te vea.

Me tumbé boca abajo sobre el suelo de tablas de la lancha.

—¡Quítate esas gafas ridículas!

Papá iba con las graduadas normales, y se veía a la legua que llevaba un cristal tapado.

—¡Mecachis!

Se metió a ciegas las gafas en el bolsillo y se subió la cremallera de la chaqueta por encima de la nariz.

—¿Quién se acerca? —pregunté—. ¿Ves algo?

—Frog, Gilly y Karen —dijo papá sin mover la mandíbula—. Voy a virar con cuidado. No mucho, lo justo para alejarme un poco.

Papá los saludó con la mano.

Noté el paso de la otra zódiac.

—Vale, ya está —dijo—. Ahora voy a buscar un lugar donde atracar…

Me asomé por el borde del neumático. La Base Palmer nos rodeaba por todas partes.

—Tú ve directo hacia las rocas… —le sugerí.

—¿Cómo voy a hacer eso…?

—Pues haciéndolo —dije, poniéndome de pie—. Avanza a toda máquina…

Papá así lo hizo, y de repente me vi cayendo de bruces sobre el borde del neumático. Me agarré de la cuerda que servía de baranda y fui a dar con todo el cuerpo contra la parte de fuera. Los pies y una rodilla me quedaron atrapados entre el caucho duro y la costa rocosa.

—¡Aaau! —grité.

—¡Bee! ¿Estás bien!

No me parecía estarlo, la verdad.

—Sí. —Saqué los pies de allí de un tirón y me puse de pie, con las piernas temblorosas—. ¡Oh, no!

La otra zódiac había dado media vuelta y los que iban a bordo hacían señas con las manos y gritaban. A nosotros. Me escondí detrás del bote.

—Ve —dijo papá.

—¿Adónde?

—A buscarla —respondió—. Yo los entretendré. Nuestro barco sale a las tres de la madrugada. Quedan treinta minutos. Busca a alguien. Pregunta por mamá. O está aquí o no está. Si quieres volver, tendrás que llamar por radio al barco a las tres menos diez. ¿Entendido? A las tres menos diez.

—¿Cómo que si quiero volver?

—No sé por qué lo he dicho —contestó papá.

Respiré hondo y levanté la vista hacia los edificios de chapa.

—Asegúrate de… —Papá metió la mano en el bolsillo interior de su chaqueta y sacó una bolsita de terciopelo negro con un cordel de seda dorado—… darle esto.

Sin despedirme, subí cojeando por el camino, cuyo pavimento de grava se hallaba casi todo desgastado por la erosión. A izquierda y derecha había contenedores de cargas de distintas tonalidades de azul, señalados con rótulos diversos: FRIGORÍFICO, VOLÁTIL, ALMACÉN INFLAM., ALMACÉN CORR., CUEVA DE MURCIÉLAGOS. Sobre unas cubiertas de madera había montadas varias tiendas, con puertas de verdad y banderas divertidas, como una pirata o de Bart Simpson. Aunque el sol se veía en el cielo, me movía en medio del silencio de la noche. A medida que avanzaba, la densidad de edificios iba a más, conectados todos ellos con un entramado de puentes rojos y tuberías. A mi izquierda vi un acuario con calamares y estrellas de mar pegadas al cristal, y extrañas criaturas marinas como las que salían en los resúmenes vespertinos. Había un enorme bidón de aluminio, y al lado un letrero con una copa de martini en el que ponía NO DEJAR BAJO NINGÚN CONCEPTO RECIPIENTES DE VIDRIO CERCA DE LA TINA CALIENTE.

Llegué a las escaleras que conducían al edificio principal. Mientras las subía, me atreví a mirar atrás.

La otra zódiac se había acercado a la de papá, y uno de los guías había pasado de una lancha a la otra. Parecían estar discutiendo, pero papá seguía en su sitio, junto al motor, lo que significaba que los guías se hallaban de espaldas a mí. De momento, no me habían visto.

Al abrir la puerta me vi sola en una sala grande y calentita con una hilera de mesas de picnic de aluminio y el suelo cubierto de piezas de moqueta. Olía como una pista de hielo. Una de las paredes estaba ocupada con estanterías repletas de DVD. Hacia el fondo había un mostrador y una cocina de acero inoxidable abierta. En una pizarra blanca se leían las palabras ¡BIENVENIDO A CASA, NICK!

De repente, se oyeron unas risas procedentes de alguna parte. Me eché a correr por el pasillo y comencé a abrir puertas. En una sala no había más que walkie-talkies enchufados a cargadores. En un letrero enorme ponía PROHIBIDAS LAS TAZAS DE CAFÉ SALVO LA DE JOYCE. En el cuarto de al lado había mesas de trabajo, ordenadores y tanques de oxígeno. En otro no había más que extrañas máquinas científicas. A continuación, encontré un baño. Oí voces a la vuelta de la esquina. Corrí hacia ellas y tropecé.

En el suelo había una olla para cocer espaguetis colocada sobre una bolsa de basura aplanada. Dentro de la olla vi una camiseta con algo en ella que me resultaba familiar… unas vistosas letras escritas a mano. Me agaché y la saqué de la fría agua gris. ESCUELA GALER STREET.

—¡Papá! —grité—. ¡Papi!

Corrí hasta la otra punta del pasillo para asomarme por los ventanales.

Ambas zódiacs estaban alejándose rápidamente de la Base Palmer, en dirección a nuestro barco. Papá iba en una de ellas.

Entonces, a mi espalda, oí:

—Menuda granujilla estás hecha.

Era mamá. Estaba allí parada, detrás de mí, con unos pantalones de Carhartt y un forro polar.

—¡Mamá! —Se me saltaron las lágrimas. Corrí hacia ella. Mamá cayó de rodillas, y yo la abracé con todas mis fuerzas y hundí mi cuerpo en el suyo—. ¡Te he encontrado!

Mamá tuvo que cargar con todo mi peso porque yo me había abandonado entre sus brazos. Me quedé mirando su hermoso rostro, con aquellos ojos azules que me examinaban como solían hacerlo siempre.

—¿Qué haces aquí? —me preguntó—. ¿Cómo has llegado hasta aquí?

Sus arrugas parecían rayos de sol que radiaban de sus ojos sonrientes. Tenía las raíces del pelo canosas más largas que nunca.

—Mira qué pelo llevas —comenté.

—Me tenías medio muerta, ¿sabes? —dijo. Y, con lágrimas en los ojos y expresión de desconcierto, añadió—: ¿Por qué no me has escrito?

—¡Si no sabía dónde estabas! —exclamé.

—¿Y mi carta? —dijo ella.

—¿Tu carta?

—La que te envié hace semanas.

—Tu maldita carta nunca me llegó —solté—. Toma. Esto es de papá.

Le pasé la bolsita de terciopelo. Ella sabía lo que era; se la acercó a la mejilla y cerró los ojos.

—¡Ábrela! —dije.

Desató el cordel y sacó un relicario. Dentro había una fotografía de santa Bernadette. Era el colgante que le había regalado papá después de que ella ganara el premio de arquitectura. Era la primera vez que yo lo veía.

—¿Qué es esto? —Mamá sacó una tarjeta y la sostuvo lejos de la cara—. No leo lo que pone.

Se la quité de la mano y leí en voz alta.

1. BIFOCALES BEEBER
2. CASA DE LAS VEINTE MILLAS
3. BEE
4. TU HUIDA
QUEDAN CATORCE MILAGROS MÁS.

—Elgie —dijo mamá, y echó el aire con una sonrisa dulce y relajada.

—Sabía que te encontraría —dije, y la abracé con todas mis fuerzas—. Nadie me creía. Pero yo lo sabía.

—Mi carta —dijo mamá—. Si nunca llegaste a recibirla… —Me separó de ella para mirarme fijamente—. No lo entiendo, Bee. Si nunca recibiste mi carta, ¿cómo es que estás aquí?

—He hecho como tú —dije—. Me he escapado.

SÉPTIMA PARTE

EL CONEJITO ANDARÍN

En mi primer día de vuelta en Galer Street, de camino a música, me pasé por mi casillero. Lo encontré lleno de anuncios de los últimos meses. Junto con todos los folletos publicitarios sobre el reto del reciclaje y el Día de la Bicicleta para ir al cole, había un sobre, un sobre franqueado enviado a Galer Street a mi atención. En el remite constaba la dirección de una empresa constructora de Denver; la letra era de mamá.

Al ver mi cara, Kennedy comenzó a colgarse de mí, preguntándome «¿Qué es? ¿Qué es? ¿Qué es?» sin parar. Yo no quería abrir el sobre delante de ella, pero no podía abrirlo sola. Así pues, volví corriendo al aula de mi curso. El señor Levy estaba con otros profesores, a punto de ir a Starbucks, aprovechando la pausa. Al verme, les dijo a los demás que fueran tirando. En cuanto cerramos la puerta, intenté contarle todo de golpe, lo de la intervención y Audrey Griffin, que salvó a mamá, lo de Choate y mi compañera de habitación, a la que no le caía bien, lo de la Antártida y el bebé de Soo-Lin, lo de la búsqueda de mamá hasta que por fin la encontré y ahora esto, la carta extraviada. Pero me hice tal lío con mis atropelladas explicaciones que al final me decanté por la segunda mejor opción que tenía. Fui a mi taquilla y le entregué el libro que había escrito en Choate. Luego me dirigí a música.

En el descanso para comer, el señor Levy vino a buscarme. Me dijo que el libro estaba bien, que le había gustado, pero que le faltaba más trabajo, a su juicio. Me propuso una idea, que lo terminara como proyecto de investigación del segundo trimestre. Me sugirió que reclamara la colaboración de Audrey, Paul Jellinek, la señora Goodyear y cualquier otra persona que pudiera aportar más documentación. Y de mamá, por supuesto, pero ella no tenía previsto regresar de la Antártida hasta al cabo de dos semanas. El señor Levy dijo que me computaría por las clases que había perdido, y así podría graduarme con el resto de mi clase. De ahí que escriba esto.

VIERNES, 7 DE ENERO
La carta extraviada de mamá

Bee:

Te escribo desde un contenedor de carga de la Antártida, donde estoy esperando por voluntad propia a que un veterinario me extraiga las cuatro muelas del juicio. Déjame que te cuente.

Lo último que sabes es que desaparecí mientras me perseguían por el salón de casa con un cazamariposas. Como recordarás, aquel mismo día a primera hora de la mañana asistí al Día de la Celebración Mundial. Para evitar la «celebración» propiamente dicha con los ocupantes del llamado «mundo», me hice la ocupada en la mesa del café, donde me serví, removí y me metí cinco tazas en total de café bien cargado. En cuanto terminó la actuación, me largué a casa (no a la consulta del doctor Neergaard para que me sacara las muelas del juicio, lo cual era una auténtica locura, algo de lo que incluso yo me había dado cuenta) e intervine en mi propia intervención, la cual resultó mucho más dolorosa porque tenía unas ganas de mear que me moría. Cuando entré en el baño, oí de repente un golpeteo.

¿Recuerdas que pensábamos que Audrey Griffin era el diablo? Pues resulta que Audrey Griffin es un ángel. Me sacó de allí por la terraza y me llevó corriendo a su cocina, donde, estando ya a salvo, me entregó el expediente sobre mi pésimo comportamiento, que a estas alturas te habrá llegado por correo normal.

Sé que parece que me esfumé sin más, pero no fue así.

Por lo que yo sabía, Elgie aún tenía previsto llevarte a la Antártida, una decisión que mantuvo con mucha firmeza durante la intervención. A la mañana siguiente me dirigí al aeropuerto para poder hablar con vosotros dos en persona. (Te aviso que no volveré a comunicarme nunca más por e-mail o mensaje de texto ni tampoco por teléfono. A partir de ahora, solo mantendré contacto como la mafia cara a cara o a cabezazos.) Pregunté si habías facturado, pero estaba estrictamente prohibido divulgar dicha información —esos piratas aéreos del 11-S siguen trayendo cola—, así que no me quedaba más opción que facturar y embarcar.

Como sabes, no estabas en el avión. Me entró el pánico, pero entonces una azafata muy guapa me dio un vaso de zumo de naranja con hielo picado. Estaba más rico de lo que tenía derecho a estar, así que hice el viaje hasta Miami, con la cabeza echando humo, como un violento misil que buscaba hacer daño. Elgie era el canalla, yo el genio incomprendido. Las diatribas que ensayaba eran épicas, sin una sola fisura.

Cuando bajé del avión en Miami fue como volver a entrar en el útero materno. ¿Sería por las voces de bienvenida de LeBron James y Gloria Estefan? No, era por el aroma a repostería de Cinnabon, con sus típicos bollos de canela. Me pedí uno grande y fui a coger un tranvía, que me llevaría al mostrador de billetes. Allí compraría un pasaje de vuelta a casa y aceptaría mi destino.

El bollo de canela no se iba a comer solo, así que me senté. Los tranvías iban y venían mientras yo destrozaba aquel delicioso pastelillo, deleitándome con cada mordisco, hasta que caí en la cuenta de que había olvidado las servilletas. Tenía las manos embadurnadas de glaseado, y la cara también. En uno de los bolsillos del chaleco llevaba un pañuelo. Con las manos en alto como un cirujano, le pedí a una señora que me abriera la cremallera del bolsillo. El que abrió solo contenía un libro sobre la Antártida; lo saqué y utilicé sus páginas nuevas para limpiarme las manos y, sí, la cara también.

Llegó un tranvía. Las puertas se abrieron de golpe y tomé asiento. Bajé la vista hacia el libro, que en aquel momento tenía en mi regazo. Se titulaba *El peor viaje del mundo* y su autor era Apsley Cherry-Garrard, uno de los pocos supervivientes del infortunado intento del capitán Scott de llegar al Polo Sur. En la contraportada ponía: «La gente no va a la Antártida. Es llamada a la Antártida».

Cuando llegamos a la terminal principal, no bajé. Fui a la Antártida.

Naturalmente, el primer lugar donde me buscaríais sería la compañía de cruceros. Supuse que ellos os informarían de que yo había embarcado y, por tanto, sabríais que estaba sana y salva. Ventaja: una vez que zarpamos, ya no había manera de comunicarse con el mundo exterior. Era lo que papá y yo necesitábamos urgentemente: un descanso de tres semanas.

En cuanto subí a bordo del *Allegra* –sigue sorprendiéndome un poco que no vinieran unas autoridades a sacarme de allí a rastras en el último momento–, me dio la bienvenida un naturalista. Le pregunté cómo estaba.

–Bien –me respondió–. Siempre y cuando vuelva al hielo.

–¿No acaba de venir de allí? –dije.

–Hace tres días –contestó con nostalgia.

No podía imaginar a lo que se refería. Al fin y al cabo, era hielo. ¿Hasta qué punto se puede sentir pasión por el hielo?

No tardaría en descubrirlo. Después de pasarme dos días con un mareo atroz, amanecí en la Antártida. Al asomarme a la ventana me encontré ante un iceberg, el triple de alto y el doble de ancho que el barco. Fue un flechazo. Por megafonía anunciaron que podíamos ir en kayak. Me abrigué bien y me puse la primera en la cola. Tenía que estar en íntima comunión, de cerca, con el Hielo.

Hielo. Es alucinante, un compendio de sinfonías heladas en el que el inconsciente cobra vida con una bofetada de color, el azul. (La nieve es blanca; el hielo, azul. Tú sabrás por qué, Bee, que eres la que entiende de estas cosas, pero yo no tenía ni idea.) En la Antártida rara vez nieva, porque es un desierto. Un iceberg es una masa de hielo con decenas de millones de años que se ha desprendido de un glaciar. (Será por esto por lo que una ama la vida: un día le sirves en bandeja tu número de la seguridad social a unos mafiosos rusos

332

y al cabo de dos semanas estás pensando en glaciares.) Vi centenares de ellos, catedrales de hielo, relucientes como bloques de sal; restos de naufragios, pulidos por el desgaste como las escalinatas de mármol del Vaticano; monolitos tipo Lincoln Center volcados y llenos de agujeros; hangares esculpidos por Louise Nevelson; edificios de treinta pisos, con formas arqueadas imposibles, como salidas de una exposición universal; blancos, sí, pero azules también, con todas las tonalidades de azul habidas y por haber en la rueda de colores, oscuro como un chaquetón de marinero, incandescente como un letrero de neón, real como las rayas de una camiseta típicamente francesa, de color pastel como un arrullo para bebés, rondando siempre la imponente negrura cual monstruos helados.

Transmitían una majestuosidad indescriptible por su edad, sus proporciones, su falta de conciencia, su derecho a existir. Cada uno de aquellos icebergs me llenaba con un sentimiento de tristeza y asombro. Fíjate en que no hablo de pensamientos, pues estos requieren de un pensador, y mi cabeza era entonces un globo incapaz de pensar. No pensaba en papá, no pensaba en ti, y lo más fuerte de todo era que no pensaba en mí misma. El efecto era como la heroína (pienso yo), y quería prolongarlo el mayor tiempo posible.

Incluso la más mínima interacción con otro ser humano me devolvía de golpe a los pensamientos terrenales, de modo que siempre era la primera en salir por la mañana y la última en volver. Solo iba en kayak, nunca llegaba a pisar el continente blanco propiamente dicho. Me pasaba el día con la cabeza agachada, me encerraba en mi habitación y me dedicaba a dormir, pero básicamente me centraba en ser y estar. Sin que se me acelerara el corazón y mi imaginación echara a volar.

En un momento dado, mientras estaba remando en medio del agua, surgió una voz de la nada.

—¡Hola! —dijo—. ¿Ha venido a ayudar?

Ya podría haberme preguntado si era una bruja buena o una bruja mala, con aquel tono tan desenfadado, aquellos azules en tecnicolor y aquel iceberg con formas en espiral.

La voz era la de Becky, una bióloga marina, que estaba en una zódiac tomando muestras de agua. Viajaba en el *Allegra* de camino a la Base Palmer, un centro de investigación científica donde iba a «vivir unos meses», según me explicó.

Pero ¿qué dices?, pensé yo, si aquí no se puede vivir.

Subí a la zódiac y se puso a cantar los niveles de fitoplancton. Ella hablaba por los codos. Su marido era contratista, vivía en Ohio y trabajaba con un programa informático llamado Quickie Architect (!) porque quería que lo propusieran para llevar a cabo un proyecto en el Polo Sur con el propósito de desmontar una cúpula geodésica y sustituirla por una base de investigación.

¿Cómooo?

A estas alturas ya sabrás que soy un genio acreditado. No me digas que nunca te he contado lo de la beca MacArthur, porque sí lo he hecho. Lo que pasa es que nunca recalqué la importancia que tenía. ¿Quién quiere admitir ante su hija que un día fue considerada la arquitecta más prometedora del país, pero que ahora dedica su laureada genialidad a poner verde al conductor de delante por llevar matrícula de Idaho?

Bee, sé lo mal que lo habrás pasado todos estos años, atrapada en el coche, rehén de mis cambios de humor repentinos. Yo lo intentaba. Tomaba la determinación de no decir nunca nada malo sobre ningún conductor. Entonces me tocaba esperar y esperar a que un monovolumen saliera del lugar donde estaba aparcado. «No pienso decir nada», me recordaba a mí misma. Y desde el asiento trasero, ibas tú y gritabas: «Sé lo que ibas a decir de ella: "Pero ¡qué tía más idiota!"».

Si saco esto a colación, supongo que es para reconocer que te he fallado de cien maneras distintas. ¿He dicho cien? Más bien serían mil.

¿A qué se refería Becky con lo de desmontar aquella cúpula? ¿Qué iban a hacer con ella? ¿De qué se construiría la nueva base? ¿Qué materiales se hallaban en el Polo Sur? ¿No había más que hielo? Tenía millones de preguntas, así que le pedí a Becky que cenara conmigo. Era una mujer sosa, con el culo como una mesa camilla y una actitud empalagosa hacia los camareros que revelaba cierto aire de superioridad, como diciendo «mira qué bien te trato por atenderme». (Creo que es algo propio de la gente del medio oeste.) Después de cenar, Becky sugirió con insistencia que le gustaría ir al bar, donde, entre sus preguntas al camarero sobre las edades de sus «retoños», que vivían en Cachemira, conseguí sonsacarle más información.

A riesgo de ser como papá y explicar cosas que ya sabes, diré que la Antártida es el lugar más alto, seco, frío y ventoso del planeta. El Polo Sur está situado a una altitud de tres mil metros, tiene una temperatura media de sesenta grados bajo cero y vientos huracanados. En otras palabras, aquellos exploradores pioneros no solo tuvieron que llegar hasta allí, sino que para hacerlo se vieron obligados a escalar montañas de altura considerable. (Una curiosidad: en estas tierras o bien eres un Amundsen, un Shackleton o un Scott. Amundsen fue el primero en llegar al Polo, pero lo hizo alimentando a los perros con perros, lo que convierte a Amundsen en el Michael Vick de los exploradores polares: te puede gustar, pero no lo digas o acabarás discutiendo con una panda de fanáticos. Shackleton es el Charles Barkley del grupo: es una leyenda, una figura estelar, pero se le pone el asterisco de que nunca llegó al Polo, es decir, a ganar un campeonato. Ignoro qué analogía deportiva podría tener este hecho. Por último, está el capitán Scott, canonizado por su fracaso y, hasta el día de hoy, nunca aceptado totalmente por lo mal que trataba al personal. Yo me decanto por él, tú ya me entiendes.) El Polo Sur se halla situado sobre una placa de hielo movediza. Cada año tienen que trasladar el indicador oficial que señala su ubicación exacta ¡ya que puede desplazarse hasta treinta metros! ¿Significaría eso que mi edificio debería ser un iglú capaz de retroceder como los cangrejos con la fuerza del viento? Tal vez. No es algo que me preocupe. Para eso está el ingenio y el insomnio.

La construcción de cualquier tipo de estructura debería coordinarse desde Estados Unidos. Todos y cada uno de los materiales empleados, hasta los clavos, tendrían que proceder del exterior. Conseguir las provisiones en un lugar como aquel resultaría tan costoso que no podría desperdiciarse absolutamente nada. Hace veinte años construí una casa sin generar desechos, utilizando únicamente materiales procedentes de un radio de no más de veinte millas a la redonda. En este caso, se requeriría el uso de materiales procedentes de un radio de no menos de nueve mil millas a la redonda.

De repente, se me aceleró el corazón, pero no para mal, como cuando siento que me voy a morir, sino para bien, como si me dijera: «Hola, ¿puedo ayudarte en algo? Si no, será mejor que te apartes porque voy a darle a la vida un meneo de cuidado».

No dejaba de pensar en la gran idea que había tenido al aprovechar el viaje familiar a la Antártida.

Ya me conoces, o quizá no, pero a partir de aquel momento dediqué cada hora del día a preparar la toma de poder por mi parte de la nueva base del Polo Sur. Y cuando digo cada hora del día, me refiero a las veinticuatro en total, ya que el sol nunca se ponía.

A cualquiera que me preguntara —lo que debo reconocer, en su defensa, que intentó aquel valeroso periodista de *Artforum*, pero cada vez que veía su nombre en la bandeja de entrada le daba desesperadamente a eliminar eliminar eliminar—, le diría que nunca me he considerado una gran arquitecta. Soy más bien una solucionadora de problemas creativa con buen gusto y debilidad por las pesadillas logísticas. Tenía que ir allí, aunque solo fuera por el hecho de poder poner la mano en el indicador del Polo Sur y decir que el mundo giraba literalmente a mi alrededor.

Me pasé dos noches seguidas sin dormir por lo interesante que me resultaba todo. Las bases del Polo Sur, McMurdo y Palmer están coordinadas por una misma constructora militar, con sede en Denver. Mi contacto más directo con todo ello era Becky, así que decidí no separarme de ella, sin importarme que se deshiciera en disculpas cada vez que le pedía a un camarero que le trajera más panecillos.

Un día de aquellos, estando en medio del océano con Becky en nuestro laboratorio de ciencias flotante, entre cifra y cifra, le dejé caer como si tal cosa que me parecería divertido acompañarla a la

Base Palmer. No sabes cómo se puso. ¡No se permite la presencia de civiles! ¡Solo de personal imprescindible! ¡Hay que esperar cinco años para ir allí! ¡Es el lugar más disputado del mundo entre los científicos! ¡Ella estuvo años pidiendo una subvención!

Aquella noche, Becky se despidió de mí, cosa que me sorprendió, porque no estábamos para nada cerca de la Base Palmer. Pero un barco se desviaría de su ruta para recogerla a las tres de la madrugada. Resulta que en la Antártida hay toda una red de transporte en la sombra, como el Connector de Microsoft. Varios buques de investigación marina recorren constantemente un circuito de transporte de personal y suministros a las bases existentes, coincidiendo a menudo con cruceros, que también sirven como barcos de aprovisionamiento para dichos enclaves remotos.

Contaba con solo seis miserables horas. Me sería imposible convencer a Becky de que me llevara con ella a la Base Palmer. Estaba en la cama, presa de la desesperación, cuando al dar las tres vi acercarse con sigilo un bloque gigantesco de color pimentón, el *Laurence M. Gould*.

Bajé a la sala de equipo con la idea de ponerme en primera fila para mi futura escapada. En el muelle flotante estaban apilados los bártulos de Becky y cincuenta cajas con productos frescos. Alcancé a ver naranjas, calabazas y repollos. Un filipino adormilado estaba cargándolas en una zódiac que cabeceaba en el agua sin tripulación. De repente, me endilgó una caja de piñas.

Entonces caí en la cuenta: yo llevaba varios días saliendo de excursión con Becky para medir los niveles de plancton, y aquel tipo me tomó por una científica. Cogí la caja y subí de un salto a la zódiac, donde me quedé mientras el filipino me pasaba más. Tras llenar la lancha hasta los topes, el marinero saltó a bordo y encendió el motor.

Así de fácil me vi de camino al imponente *Laurence M. Gould*. Nos recibió un marinero ruso igual de adormilado y molesto. El filipino se quedó en la zódiac y yo subí al muelle del buque y comencé a descargar. Al ruso lo único que le preocupaba era registrar la entrada de las cajas en el sistema. Cuando la lancha estuvo vacía, y para cerciorarme de que aquello estaba sucediendo de verdad, le dije adiós al filipino con un leve movimiento de la mano. El marinero puso en marcha el motor para regresar al *Allegra* él solo.

Allí estaba, con los pies clavados en el *Laurence M. Gould*. Y lo mejor era que no había pasado por el escáner al salir del *Allegra*. Eso significaba que no tendrían constancia de mi partida, y seguramente no serían conscientes de mi desaparición hasta que no atracaran en Ushuaia. Para entonces, ya encontraría la manera de ponerme en contacto contigo.

Volví la vista hacia el *Allegra* y le hice un gesto de agradecimiento con la cabeza. Entonces vislumbré la silueta de Becky mientras comenzaba a cargar el resto de las provisiones en una zódiac. Una vez más me pudo la aversión irracional que sentía hacia ella y me dije: «¿Para qué la necesito?». Becky no es mi jefa.

Me adentré en las entrañas del buque a través de un laberinto de pasadizos de un olor nauseabundo, mezcla de gasóleo, fritanga y tabaco. Fui a parar a un salón minúsculo con sofás en tonos pastel cubiertos de bolitas y una tele antigua. Me senté allí mientras el motor cobraba vida haciendo ruido. Me senté allí mientras el barco partía. Me senté allí un rato. Y me quedé dormida.

Me desperté con los gritos de Becky. A la hora del desayuno, unos marineros me habían visto durmiendo y habían preguntado por ahí. Por suerte, solo estábamos a seis horas de la Base Palmer. Becky decidió que lo que había que hacer era entregarme a Ellen Idelson, la directora de la base. Durante el resto del viaje permanecí recluida en el salón, como una prisionera objeto de curiosidad. Los científicos rusos asomaban la cabeza y me observaban mientras yo veía *El aceite de la vida*.

En cuanto llegamos a Palmer, Becky me cogió por el pescuezo y me llevó a rastras ante la querida líder, Ellen Idelson. Para disgusto de Becky, Ellen se puso contentísima cuando afirmé que trabajaría gratis y que no había tarea demasiado degradante para mí.

—Pero ¿cómo va a volver a casa? —protestó Becky.

—Se quedará en el *Gould* —respondió Ellen.

—Pero si las camas están contadas —replicó Becky.

—Ya, eso es lo que siempre decimos —contestó Ellen.

—Pero ¡si no lleva encima el pasaporte! Lo tiene en el *Allegra*.

—Ese es su problema, ¿no?

Nos quedamos las dos mirando cómo Becky resoplaba enfurruñada.

—A Becky se le da muy bien pedir subvenciones —dijo Ellen con desprecio.

Se trataba de que «el enemigo de mi enemigo es mi amigo». La cosa se ponía interesante.

Me entregaron a Mike, un ex senador estatal de Boston que ansiaba tanto pasar un tiempo en la Antártida que se había formado para convertirse en mecánico diésel. Me puso a trabajar lijando y pintando la zona de las cubiertas que rodeaba la carcasa del generador. Para ello me dio un montón de papel de lija de calidad industrial. Pero, antes de pasar la lija, había que rascar la madera. Disponía de una espátula para masilla, la cual tenía el filo romo, y supuse que podría coger prestada una piedra de afilar de la cocina.

—Mira a quién tenemos por aquí —dijo Ellen, que estaba conversando con el chef cuando entré.

Ellen me señaló una mesa de picnic, y yo me senté obediente. Ella se acercó con un portátil abierto.

En la pantalla vi mi página de Wikipedia. Detrás había una ventana correspondiente a la web de *Artforum*. (Por cierto, aquí internet va más rápido que en ninguna otra parte, porque la conexión es militar o algo así. Podrían utilizar el lema: «Base Palmer: ven por el hielo, quédate por internet».)

—Lo que has hecho no ha estado bien —dijo Ellen—. Mira que colarte de polizón en el *Gould*. Solo faltaba que Becky se pusiera más nerviosa. Eso no es nada bueno para la moral.

—Me hago cargo.

—¿Qué quieres? —me preguntó—. ¿Por qué estás aquí?

—Necesito enviar una carta a mi hija. No un e-mail, sino una carta de verdad. Que llegue a Seattle el día diecisiete.

Bee, es fundamental que recibas esta carta antes de que el barco llegue a Ushuaia para que nadie se preocupe.

—La valija sale mañana —dijo Ellen—. Incluiremos la carta.

—Además, me gustaría tener la oportunidad de diseñar la base del Polo Sur. Pero para ello necesito ir allí en persona y hacerme una idea del entorno.

—Acabáramos —exclamó Ellen—. Ya me extrañaba a mí.

Ellen comenzó a darme mil y una razones para mostrarme la absoluta imposibilidad de dicha idea. Los aviones con destino al Polo Sur solo salían de la Base McMurdo, situada a dos mil cien millas náuticas de Palmer. Llegar a McMurdo era relativamente fácil. Volar al Polo ya era otra historia. Los vuelos estaban estrictamente reservados para PI, personal imprescindible, y yo le di un nuevo significado a la expresión «no PI».

En plena discusión, caí en la cuenta de que Ellen Idelson era contratista. Y estaba actuando como el contratista Kabuki. Se trata de un ritual en que *a)* el contratista explica con todo lujo de detalles la imposibilidad del trabajo que le has pedido que haga, *b)* tú retiras tu petición, manifestando un enorme remordimiento por atreverte a sugerir siquiera algo así, y *c)* el contratista te dice que ha encontrado la manera de hacerlo.

Ambas interpretamos nuestros papeles con pericia, Ellen señalando las diversas dificultades que planteaba la idea y yo disculpándome de manera abyecta por una petición tan irracional y desconsiderada. Asentí con semblante adusto y me retiré a mis quehaceres con la lija. Cinco horas más tarde, Ellen me llamó a su despacho con un silbido.

—Has tenido suerte —dijo—, tengo debilidad por los bichos raros, los desviados y los genios. Te he conseguido un hueco en un Herc que va de McMurdo al Polo Sur. El avión sale dentro de seis semanas. Te irás de Palmer dentro de cinco semanas. Tendrás que aguantar las tres horas de vuelo de pie. He mandado que el avión vaya cargado de globos sonda, leche en polvo y combustible para reactores.

—Ya me va bien ir de pie —dije.

—Eso lo dices ahora —dijo Ellen—. Por cierto, una pregunta importante: ¿tienes todas las muelas del juicio?

–Sí… –respondí–. ¿Por qué lo preguntas?

–No se permite ir al Polo Sur a nadie que las tenga. Hace un par de años tuvimos que sacar de allí en avión a tres personas con las muelas del juicio infectadas. No quieras saber lo que costó eso. A partir de entonces instituimos una norma: nada de muelas del juicio.

–¡Mierda! –Me puse a saltar como Sam Bigotes, enfurecida ante el hecho de que, de todos los motivos posibles para que el Polo Sur se me escapara de las manos, ¡al final no podría ir por haber cancelado aquella maldita cita con el dentista!

–Tranquila –dijo Ellen–. Podemos quitártelas. Pero tendrá que ser hoy.

Una pequeña sacudida me recorrió el cuerpo. Me hallaba ante una mujer que elevaba el espíritu del «sí se puede» a un nuevo nivel lleno de emoción.

–Pero tienes que saber dónde te metes –me advirtió–. El Polo Sur se considera el entorno con unas condiciones de vida más estresantes del planeta. Te verás atrapada en un espacio reducido con una veintena de personas que seguramente no serán de tu agrado. Son todas bastante horribles, en mi opinión, y más aún por culpa del aislamiento. –Ellen me pasó una tablilla con sujetapapeles–. Aquí tienes un test psicológico que hacen los que invernan allí. Contiene setecientas preguntas, y la mayoría son chorradas. Al menos, échale un vistazo.

Tomé asiento y pasé las páginas hasta elegir una al azar. «Verdadero o falso: ordeno todos mis zapatos por colores. Si me los encuentro desordenados, puedo ponerme violento». Ellen tenía razón, era una chorrada.

Más relevante era la carátula, que definía el perfil psicológico de los candidatos más aptos para soportar las condiciones de vida extremas del Polo Sur. Se trataba de «individuos con actitudes displicentes y tendencias antisociales», y personas que «se encuentran cómodas pasando mucho tiempo solas en espacios reducidos», «no sienten la necesidad de salir al exterior y hacer ejercicio» y, la pega, «pueden aguantar días y días sin ducharse».

¡Resulta que me había pasado los últimos veinte años de mi vida preparándome para invernar en el Polo Sur! Sabía que lo hacía por algo.

—Podré soportarlo —le dije a Ellen—. Siempre y cuando cuente con la aprobación de mi hija. Debo ponerme en contacto con ella.

—Eso es fácil —dijo Ellen, dedicándome finalmente una sonrisa.

Aquí hay un tipo que estudia los osos marinos, y además es veterinario en Pasadena, con un título en odontología equina. Es el que le limpiaba la dentadura a Zenyatta, el mejor caballo de carreras del mundo. (Si es que en este lugar hay gente de todo tipo. Hoy a la hora de comer, un premio Nobel de física me ha explicado la teoría del «universo acolchado». No tiene nada que ver con los padres que te encuentras a la salida de Galer Street, todos enfundados en sus chaquetas North Face. Estoy hablando de un concepto de física quántica donde todo lo que puede pasar, pasa, en un número infinito de universos paralelos. Mierda, ahora no puedo explicarlo. Pero te aseguro que durante un momento fugaz, mientras hablaba con él, lo he pillado. Como todo en mi vida… ¡cuando consigo algo, lo pierdo!)

En fin, que es el veterinario quien va a extraerme las muelas del juicio. Lo ayudará el médico de la base, Doug, un cirujano de Aspen que vino aquí como parte de una aventura personal en la que se ha propuesto recorrer esquiando los seis continentes a lo largo de toda su vida. Están convencidos de que la extracción será pan comido porque las muelas del juicio me asoman ya por la encía y no están saliendo torcidas ni nada de eso. Por algún motivo, Cal, un afable especialista en nuetrinos, quiere estar presente en la intervención. Parece que le caigo bien a todo el mundo, lo que tiene que ver con el hecho de que llegué aquí cargada de productos frescos, y con la escasez de mujeres. En la Antártida valgo diez puntos por mi condición femenina; un simple trayecto en barco me separa de valer la mitad.

Bee, solo tengo una oportunidad de ir al Polo Sur. El *Laurence M. Gould* zarpará con destino a McMurdo dentro de cinco semanas. A partir de ahí, si sigue mi racha de buena suerte, podré coger ese trineo que lleva a los noventa grados de latitud Sur. Pero solo iré si tengo noticias tuyas. Escríbeme a través de Ellen Idelson al e-mail que figura abajo. Si no me contestas, cogeré ese barco hasta McMurdo y de ahí volveré en avión a casa.

XXXX

Doug, el cirujano, me acaba de dar novocaína y vicodina, que resulta ser la única razón por la que Cal el Neutrino estaba aquí, ya que había oído que iban a abrir el arcón de los fármacos. Ahora ya se ha ido. No tengo mucho tiempo antes de que empiece a delirar. Vamos con lo importante:

Bee, no odies a papá. Ya lo odio yo bastante por las dos. Dicho esto, podría perdonarlo. Y es que no sé qué seríamos papá y yo el uno sin el otro. Bueno, sí que sabemos lo que sería él: un tipo que se lo monta con su asistente. Pero no tengo ni idea de lo que sería yo.

¿Recuerdas todas esas cosas que odiabas de mí cuando eras pequeña? Odiabas que cantara, que bailara, y sobre todo que me refiriera a ese indigente con rastas que se paseaba por las calles con una pila de mantas sobre los hombros como «mi hermano». Odiabas que dijera que eras mi mejor amiga.

Ahora estoy de acuerdo contigo en eso último. No soy tu mejor amiga, soy tu madre. Y, como madre tuya que soy, tengo dos proclamas que hacer.

En primer lugar, nos mudamos de Straight Gate. Ese lugar lleva décadas siendo una pesadilla de la cual despertaremos los tres cuando chasquee los dedos.

Hace unos meses recibí una llamada de un tipo muy friqui llamado Ollie-O, que estaba recaudando dinero para que Galer Street pudiera tener un nuevo recinto. ¿Y si les regalamos Straight Gate, o se lo vendemos por un dólar? La verdad inefable es que Galer Street ha sido lo mejor que me ha pasado en la vida, porque te han cuidado de maravilla. Los profesores te adoraban, y ahí has dejado de ser Bala para convertirte en mi Krishna flautista. Ellos necesitan un recinto, y nosotros necesitamos comenzar a vivir como la gente normal.

Echaré de menos las tardes en que salía al jardín y echaba la cabeza hacia atrás. El cielo en Seattle está tan bajo que me daba la sensación de que Dios nos había tirado por encima un paracaídas de seda. Todos los sentimientos que he experimentado en mi vida estaban en aquel cielo: la luz del sol con su alegre titilar, las volutas de nubes etéreas y sonrientes, las columnas de sol cegadoras. Esferas doradas, rosadas y de color carne con una luminosidad totalmente falsa; nubes mullidas gigantescas de aspecto acogedor e indulgente, que se repetían hasta el infinito por todo el horizonte como si se hallaran entre espejos, y tajadas de lluvia que descargaban agua con toda su fuerza allí a lo lejos, pero que en poco rato lo harían sobre nosotros, mientras en otra parte del cielo había una mancha negra, sin lluvia.

El cielo siempre estaba en constante movimiento, ya fuera a parches, en capas o remolinos, que unas veces se agitaban y otras pasaban a toda velocidad. Estaba tan bajo que había días que alargaba la mano, como tú, Bee, en la primera película que viste en 3D, de lo convencida que estaba de que podría agarrarlo, y luego… convertirme en él.

Todos esos papanatas están totalmente equivocados. Lo mejor que tiene Seattle es el tiempo. En el mundo entero la gente tiene vistas al mar. Pero nosotros, al otro lado del mar, tenemos la isla de Bainbridge, una franja de setos de hoja perenne, con los picos nevados de los imponentes y escarpados montes Olympic al fondo. Supongo que lo que pretendo decir es que lo echo de menos, el agua y las montañas.

Mi segunda proclama es que no vas a ir al internado. Sí, es una decisión egoísta, pues no soporto la vida sin ti. Pero sobre todo, y lo digo en serio, detesto la idea por ti. Sencillamente, no congeniarás con esos hijos de papá esnobs. No son como tú. Parafraseando a la asistente de papá, «No quiero utilizar la palabra "sofisticación"». (Vale, tenemos que jurar y perjurar que nunca le tomaremos el pelo a papá con relación a los e-mails de su asistente. Puede que ahora te cueste verlo, pero créeme, no ha significado nada. Está claro que al pobre papá le corroe ya la vergüenza. Si no la ha plantado para mi regreso, descuida, que yo misma me encargaré de espantarla de un manotazo.)

Bee, cariño, eres una criatura de la tierra, de Estados Unidos, del estado de Washington y de Seattle. Esos niños pijos de la Costa Este pertenecen a otro mundo, y se mueven por una vía rápida que no lleva a ninguna parte. Tus amigos de Seattle irradian una simpatía de una franqueza canadiense. Ninguno de vosotros tiene móvil. Las chicas van con sudaderas y bragas grandes de algodón y se pasean sonrientes con el pelo enredado y sus mochilas adornadas a la espalda. ¿Sabes lo exótico que resulta que no te haya corrompido la moda y la cultura pop? Hace un mes mencioné el nombre de Ben Stiller, ¿y recuerdas lo que me contestaste? «¿Quién es ese?» En aquel momento renació mi amor por ti.

Me siento culpable por haberme convertido en la persona que soy. Seattle no tiene la culpa de ello. Bueno, quizá sí. La gente es bastante aburrida. Pero reservémonos la opinión final hasta que empiece a ser más una artista que una amenaza. Solo te prometo una cosa, que seguiré adelante.

Lo siento, pero no tienes elección. Te quedas conmigo, con nosotros, cerca de casa. Y no quiero oír hablar del conejito andarín. El conejito andarín no va a ninguna parte.

Dime que sí y estaré fuera un mes más. Luego regresaré y trabajaré en el proyecto para la nueva estación del Polo Sur, tú te graduarás en Galer Street e irás a Lakeside, papá seguirá haciendo del mundo un lugar mejor en Microsoft y nos mudaremos a una casa normal, de estilo Craftsman, me atrevería a decir.

Dime que sí. Y no olvides que soy y siempre seré

Mamá

AGRADECIMIENTOS

Gracias…

A Anna Stein, agente tan feroz como elegante, y amiga querida. A Judy Clain, verdadera creyente, llena de chispa y amabilidad.

A mis padres: Joyce, por esa fe en mí casi embarazosa, y Lorenzo, por infundirme el deseo de convertirme en escritora.

Por la ayuda práctica: a Heather Barbieri, Kate Beyrer, Ryan Boudinot, Carol Cassella, Gigi Davis, Richard Day, Claire Dederer, Patrick deWitt, Mark Driscoll, Robin Driscoll, Sarah Dunn, Jonathan Evison, Holly Goldberg Sloan, Carolyne Heldman, Barbara Heller —me estremezco al pensar en el lío que tendría en mis manos sin tus brillantes notas–, Johanna Herwitz, Jay Jacobs, Andrew Kidd, Matthew Kneale —mi estrella romana, titilando–, Paul Lubowicki —¡sobre todo, sobre todo!–, Cliff Mass, John McElwee, Jason Richman, Sally Riley, Maher Saba, Howie Sanders, Lorenzo Semple III, Garth Stein, Phil Stutz, Arzu Tahin, Wink Thorne, Chrystol White y John Yunker.

A las chicas Cassella: Elise, Julia y Sara, sin cuyo encanto y educación no existiría Bee.

En Little, Brown: a Terry Adams, Reagan Arthur, Emily Cavedon, Nicole Dewey, Heather Fain, Keith Hayes, Michael Pietsch, Nathan Rostron —a veces pienso que toda mi carrera literaria es una rebuscada estratagema para que me cojas el teléfono–, Geoff Shandler, Amanda Tobier y Jayne Yaffe Kemp.

Mi más profundo agradecimiento de por vida a: Nicholas Callaway, Mia Farrow, Merrill Markoe, Peter Mensch, Ann Roth, James Salter, Larry Salz y Bruce Wagner.

Al círculo de Seattle: a los padres, profesores y empleados de la escuela ___, a todos los señores Levy y a ni una sola de las moscardonas. Muchas gracias a mis compañeros de Seattle7Writers, de Elliott Bay Book Company, de University Books y de la Richard Hugo House.

Y, sobre todo, gracias a George Meyer, quien, con bondad y sin apenas quejarse, es víctima de todos los dardos para que yo pueda encerrarme a escribir. Gracias por no separarte de mí, cariño.